Captive d'un mariage

*

Chantage aux Bahamas

*

Pour le cœur de Javier Casillas

MICHELLE SMART

Captive d'un mariage

Traduction française de
ÉLISABETH MARZIN

HARLEQUIN

Titre original :
BILLIONAIRE'S BRIDE FOR REVENGE

Ce roman a déjà été publié en 2019

HARPERCOLLINS FRANCE
83-85, boulevard Vincent-Auriol, 75646 PARIS CEDEX 13
Service Lectrices — Tél. : 01 45 82 47 47 - www.harlequin.fr
ISBN 978-2-2804-9887-6

Composé et édité par HarperCollins France.
Imprimé en décembre 2023 par CPI Black Print (Barcelone)
en utilisant 100% d'électricité renouvelable.
Dépôt légal : janvier 2024.

FSC www.fsc.org
MIXTE
Papier issu de sources responsables
FSC® C159065

Pour limiter l'empreinte environnementale de ses livres, HarperCollins France s'engage à n'utiliser que du papier fabriqué à partir de bois provenant de forêts gérées durablement et de manière responsable.

1

Benjamin Guillem promena son regard parmi la foule éparpillée dans le parc de la villa située au cœur de Madrid. Seul invité à ne pas être accompagné, il était également le seul à ne pas être venu dans l'intention de célébrer les fiançailles de Javier Casillas.

Il prit une flûte de champagne sur le plateau d'un serveur et la vida d'un trait. Les bulles lui brûlèrent la gorge comme en écho à l'aigreur qui l'habitait. Javier et Luis l'avaient trahi. Les frères Casillas avaient profité de leur amitié pour l'escroquer. Il prit une autre flûte et se dirigea vers la fontaine pour avoir une vue panoramique sur la propriété. Il aperçut Luis à l'autre bout du parc, entouré des flatteurs habituels. Javier, son jumeau, restait en revanche invisible. Il devait détester chaque instant de cette réception. C'était l'être le moins sociable qu'il connaissait. Il avait toujours été ainsi, même avant que son père tue sa mère vingt ans plus tôt.

Une jeune femme brune, élancée, sortit du salon d'été d'une démarche souple. Les frères Casillas quittèrent instantanément les pensées de Benjamin. Levant le visage vers le soleil, elle ferma les yeux pour savourer ses rayons. À en juger par sa grâce et son port de reine, c'était une danseuse. Il y en avait beaucoup à cette réception. La fiancée de Javier était la danseuse étoile de la compagnie que les frères Casillas avaient achetée pour honorer la mémoire de leur mère. Pour sa part il n'appréciait pas particulièrement la danse classique. Mais cette danseuse...

Le soleil mettait en valeur les reflets cuivrés de son épaisse chevelure ondulée qui ruisselait sur la peau laiteuse de ses épaules. Avec sa mâchoire volontaire adoucie par une bouche sensuelle, elle était d'une beauté saisissante. Son regard croisa soudain celui de Benjamin, comme si elle avait senti ses yeux sur elle. Son front se plissa furtivement, puis elle esquissa un sourire hésitant. Le cœur de Benjamin fit un petit bond étrange. Fascinante...

Impossible de détacher son regard d'elle.

Et apparemment c'était réciproque. Deux étrangers hypnotisés l'un par l'autre, dans une bulle de temps qui n'appartenait qu'à eux... Une ombre apparut derrière elle, et elle cligna les yeux. La petite bulle magique éclata aussi vite qu'elle s'était formée. L'ombre était celle de Javier, qui sortait du salon d'été à son tour. Il aperçut Benjamin et le salua d'un hochement de tête tout en prenant la jeune femme par la taille d'un geste possessif. Sa fiancée, comprit aussitôt Benjamin. Le temps qu'ils le rejoignent, il avait surmonté sa déception et s'était ressaisi. Il n'était pas là pour s'amuser.

— Benjamin, je suis heureux de te voir, déclara Javier. Tu n'as jamais rencontré ma fiancée, Freya, je crois ?

— Non.

Benjamin regarda la jeune femme droit dans les yeux, et elle s'empourpra.

— Enchanté de faire votre connaissance.

En d'autres circonstances, il aurait été réellement enchanté, mais à présent que le charme était rompu il ne ressentait plus qu'un certain mépris. Comment avait-elle pu le regarder avec une telle insistance alors qu'elle n'était pas libre ?

— As-tu vu Luis ? demanda Javier sans s'attarder sur les présentations.

— De loin, mais j'espère bien le voir de plus près. Il faut qu'on parle. Toi, moi et lui, précisa Benjamin d'un ton égal. En privé.

Javier le regarda un instant en silence avant de faire signe à un serveur.

— Trouvez mon frère et dites-lui de nous rejoindre dans mon bureau, le *señor* Guillem et moi.

Lâchant sa fiancée, il pivota sur lui-même et regagna le salon d'été sans un mot de plus.

Deux mois plus tard…

Souris, Freya.

Souris pour les photographes. Souris pour ton fiancé. Qui n'est pas encore arrivé mais qui attend de toi que tu joues ton rôle, même en son absence. Souris pour tous ces étrangers. N'arrête pas de sourire, voilà encore un photographe. Souris en feignant de boire ton champagne.

Souris aux serveurs qui circulent à travers la salle de bal avec des plateaux de canapés très appétissants mais, surtout, ne commets par l'erreur de manger quoi que ce soit. Contente-toi de sourire.

Freya avait mal à la mâchoire, mais elle gardait stoïquement son sourire factice aux lèvres. Être promue danseuse étoile de la Compañía de Danza Casillas imposait certaines responsabilités en dehors de la danse. Elle était à présent la vedette de la compagnie. Le nouveau théâtre ultramoderne que les frères Casillas construisaient ouvrait dans quelques mois, et c'était son visage qui figurait sur toutes les affiches. Et bien sûr elle tenait le rôle principal dans la première production qui y serait présentée. Elle, Freya Clements, issue d'une famille modeste de l'East End londonien, danseuse étoile… Elle était en train de vivre son rêve. Son mariage avec Javier Casillas, codirecteur de la compagnie, serait… la cerise sur le gâteau ? Non, ce n'était pas la bonne métaphore. En fait, elle ne parvenait pas à trouver une métaphore appropriée pour décrire ses sentiments à propos de ce mariage.

Javier était riche. Très riche. Personne ne savait exactement à combien s'élevait la fortune qu'il partageait avec Luis, son frère jumeau, mais dans la presse ils étaient souvent qualifiés de milliardaires. Il était également séduisant. Et il l'avait choisie pour être, selon ses termes, sa partenaire de vie. Quand elle le regardait elle pensait à lui comme à son prince charmant mais sans le titre. Ou sans le charme. Peu importait qu'il soit froid et peu disponible. C'était mieux ainsi. Ce mariage donnerait à sa mère les moyens de se battre contre la maladie. Dans une semaine exactement, il serait son mari. À partir d'aujourd'hui, toutes les activités de la compagnie étaient suspendues pendant deux semaines, le temps que l'installation des équipements de l'école de danse associée au théâtre soit terminée. Javier avait décidé de programmer leur mariage à cette période. Où était-il ? Il devrait être arrivé depuis une heure. Elle s'était éclipsée quelques minutes pour l'appeler depuis les toilettes, mais son téléphone ne fonctionnait pas. Impossible d'identifier le problème, mais elle n'avait ni signal ni connexion Internet. Elle ferait une nouvelle tentative dès qu'elle pourrait s'échapper de nouveau.

Les journalistes étaient venus en nombre, impatients d'assister à la première apparition publique du couple. Tout excités à l'idée que Javier, fils des danseurs Clara Casillas et Yuri Abramova, une union qui s'était terminée par une tragédie tristement célèbre, s'apprêtait à épouser une « ballerine dont la carrière s'annonçait aussi brillante que celle de sa mère ». C'étaient les termes employés dans un article d'un magazine culturel espagnol, traduit à Freya par Sophie, sa collègue, colocataire et meilleure amie. La facilité avec laquelle Sophie avait appris l'espagnol renforçait les complexes de Freya, qui au bout de deux ans à Madrid en connaissait tout juste les rudiments.

La plupart des membres du corps de ballet assistaient à cette soirée, afin de représenter la compagnie devant les mécènes dont le soutien était recherché. Sophie s'était fait excuser en raison d'une migraine, mal dont elle souffrait de plus en plus souvent depuis quelques semaines. Son absence ne faisait qu'accroître la nervosité de Freya. *Souris.* Elle échangea de fausses bises avec une femme comptant parmi les plus riches d'Europe. Suffoquée par un nuage de parfum écœurant, elle fit de son mieux pour masquer son dégoût.

Une haute silhouette apparut dans la salle de bal. Le cœur de Freya fit un bond dans sa poitrine. C'était lui. L'homme qui se trouvait à ses fiançailles. Benjamin Guillem. Son nom s'imposait souvent à son esprit depuis cette réception, deux mois plus tôt. Quant à son visage, il avait une fâcheuse tendance à hanter ses rêves… Elle changea de position afin qu'il ne soit plus dans son champ de vision, puis elle sourit à un homme âgé qui se dirigeait vers elle. Pas question de regarder Benjamin Guillem comme elle l'avait fait à ses fiançailles. S'il venait lui parler elle lui adresserait le même sourire factice qu'à tous les autres invités, et cette fois elle ne resterait pas muette. Elle dirait quelques banalités, de cette voix claire et distinguée qu'elle avait travaillée au fil des ans pour se débarrasser de l'accent populaire de l'East End, qui détonnait dans la haute société. La première fois qu'elle l'avait vu, elle avait été incapable de prononcer un seul mot…

Malgré tous ses efforts pour se concentrer sur ce que lui disait le vieil homme — quelque chose à propos de sa petite-fille passionnée de danse — elle resta sur le qui-vive, parcourue de frissons irrépressibles. Et soudain il fut là, juste derrière le vieil homme, attendant son tour de lui parler. Sans le regarder, elle rit à une plaisanterie de son interlocuteur. Pourvu que ce soit vraiment une plaisanterie… Elle entendait à peine ce qu'il disait. Le sang battait à ses tempes, et elle avait des bourdonnements d'oreille.

Benjamin Guillem eut la politesse d'attendre une pause dans la conversation pour s'avancer vers elle.

— Mademoiselle Clements ?

À sa grande consternation, elle se retrouva de nouveau sans voix et dut se contenter d'un hochement de tête.

— Nous nous sommes rencontrés le jour de vos fiançailles. Je suis Benjamin Guillem, un vieil ami de votre fiancé.

Il avait un accent français prononcé qui ajoutait à la sensualité de sa voix profonde. Contrairement aux autres invités, il ne se pencha pas vers elle pour lui faire une fausse bise. Il se contenta de fixer sur elle le regard qui l'avait envoûtée le jour de ses fiançailles. Le teint mat et les cheveux noirs, il avait une bouche au dessin ferme surmontée d'une fine cicatrice et un nez droit. Son visage était d'une beauté sublime, mais il avait quelque chose d'inquiétant qui évoquait un acteur de film noir. Alors que les autres hommes étaient en smoking, il portait un costume noir et une chemise de la même teinte, avec une fine cravate argent. Un borsalino aurait pu compléter sa tenue sans que cela paraisse incongru. La seule touche de couleur était apportée par ses yeux. Ces yeux fascinants. D'un vert émeraude lumineux, ils donnaient l'impression que rien ne leur échappait.

— Je me souviens, répliqua-t-elle d'un ton qu'elle espérait léger. Vous me l'avez volé.

Elle lui en avait été reconnaissante. Javier l'avait prise par la taille, ce qui l'avait laissée complètement froide. Alors que n'importe quelle autre femme aurait sans nul doute été ravie à sa place. Il fallait espérer que d'ici leur mariage, dans sept jours très exactement, elle commencerait à éprouver au moins une vague attirance pour lui. Il ne s'était encore rien passé entre eux, mais cela changerait forcément très bientôt.

Ils savaient l'un et l'autre ce qui les attendait, se rappela-t-elle pour la énième fois. Leur mariage serait un mariage sans amour, le seul genre d'union qu'ils envisageaient l'un et l'autre. Elle continuerait à danser et à construire sa brillante carrière aussi longtemps qu'elle en aurait envie, puis quand elle estimerait le moment venu, elle lui donnerait des enfants. Elle était le trophée de Javier. Elle en était consciente et elle l'acceptait. Malgré tout, elle espérait qu'une certaine amitié naîtrait entre eux une fois qu'ils se connaîtraient mieux. Mais de toute façon, même si aucun lien ne devait se nouer entre eux, ça n'avait aucune importance. L'essentiel c'était la santé de sa mère. Une fois mariée à Javier, elle aurait enfin les moyens de soulager la douleur de celle-ci et de lui rendre la vie moins pénible. Sans cesser de la regarder dans les yeux, Benjamin inclina légèrement la tête.

— Je m'en excuse mais c'était nécessaire. Nous avions une affaire urgente à régler.

— C'est ce qu'il m'a dit.

Javier ne lui avait pas donné d'autres précisions quand elle l'avait interrogé à son retour, une heure plus tard. Et son ton sans réplique l'avait invitée à en rester là. Son fiancé était un livre fermé, impossible à ouvrir. Si sa disparition en compagnie de son frère et de son ami avait piqué sa curiosité ce jour-là, c'était uniquement à cause de son ami. Benjamin Guillem. Elle avait dû refréner son envie d'assaillir Javier de questions à son sujet. Une envie qu'elle avait trouvée inquiétante. C'était une chance qu'elle ne ressente rien pour Javier. Si son cœur battait aussi fort pour lui que pour ce Français, elle aurait hésité à accepter de l'épouser…

— Si vous cherchez Javier, je suis désolée mais il n'est pas encore arrivé. Et je ne pense pas que Luis soit là non plus.

Benjamin scruta le visage de Freya. De toute évidence elle n'était pas au courant du conflit qui l'opposait aux frères Casillas. Rien de surprenant à cela. Il ne s'attendait pas à ce que Javier la mette dans la confidence. Cependant, il y avait des vibrations qui émanaient d'elle. Des vibrations auxquelles il était particulièrement sensible, comme si un fluide électrique circulait entre eux. Et il y avait l'éclat étincelant de ses yeux noirs. Un regard par lequel il ne devait pas se laisser envoûter. Il avait une tâche à accomplir et il ne pouvait pas se permettre de se laisser distraire. Il avait tout planifié à la minute près, et il était hors de question de prendre le moindre retard.

Ce soir, la fiancée de Javier avait relevé ses cheveux bruns en un chignon serré, cerclé de minuscules diamants. Son corps svelte était drapé dans une robe de velours vermillon qui s'évasait à partir des hanches et arrivait à mi-mollet. La peau laiteuse de ses épaules paraissait aussi soyeuse sous les lumières de la salle de bal que sous le soleil de Madrid. La tentation était grande d'y promener les doigts... Il se pencha vers elle afin qu'elle soit la seule à l'entendre. Une petite bouffée de parfum à la fois sensuel et délicat l'assaillit. Il résista à l'envie de le humer avec avidité.

— Je sais que Javier n'est pas là. Pardonnez-moi, mademoiselle Clements, mais j'ai des nouvelles qui sont destinées à vos seules oreilles.

Un pli se creusa sur le front de Freya. Il indiqua d'un signe de tête la porte à double battant de la salle de bal et lui tendit le bras.

— Vous permettez ?

Elle déglutit péniblement avant de hocher la tête et de lui prendre le bras. Il la guida à travers la foule des invités qui bavardaient avec animation en attendant l'arrivée de leurs hôtes, les frères Casillas, et le début du gala. Ils allaient attendre un certain temps... Si tout se déroulait selon le plan qu'il avait mis en œuvre, les deux frères arriveraient l'un et l'autre avec une heure de retard. Conscient des regards curieux que Freya et lui attiraient, Benjamin réprima un air satisfait. Quand Javier finirait par arriver, il découvrirait que sa fiancée avait disparu avec son nouvel ennemi juré. Il n'avait jamais eu l'intention d'en arriver là, mais Javier et Luis ne lui avaient pas laissé le choix. Il les avait pourtant prévenus. Après leur dernière rencontre houleuse, il leur avait donné un délai au-delà duquel le non-paiement de leur dette déclencherait des conséquences fâcheuses.

Dans le hall de l'hôtel, il s'immobilisa à côté d'une colonne de marbre pour déclarer :

— Je suis désolé mais Javier a eu un problème. Il ne veut pas alarmer les invités, mais il m'a demandé de vous emmener auprès de lui.

— Il est blessé ? demanda Freya d'une voix rauque en harmonie avec son physique sensuel.

— Non, ne vous inquiétez pas. Il va bien. Il m'a juste demandé de vous conduire à lui.

Devant l'hésitation de Freya il prit la main toujours posée sur son bras, et mêlant ses doigts aux siens il l'entraîna vers la sortie.

Elle le suivit sans protester, et il fut assailli par des remords qu'il réprima aussitôt. C'était la fiancée de Javier. La sœur de Benjamin, Chloé, travaillait comme couturière dans la compagnie de ballet, et elle connaissait Freya. Elle l'avait décrite comme sympathique bien que distante. Intelligente. Trop intelligente pour ne pas savoir exactement quel genre d'homme elle avait accepté d'épouser.

Comme convenu, son chauffeur les attendait devant l'hôtel. Benjamin attendit qu'elle soit installée sur la banquette arrière pour monter en voiture à son tour, après avoir fixé un instant la caméra de surveillance située au-dessus de la porte de l'hôtel.

— Vous ne savez vraiment pas ce qui se passe ? demanda-t-elle d'une voix égale tandis que le chauffeur démarrait.

— Mademoiselle Clements, je suis juste chargé de vous accompagner. Tout sera révélé quand nous arriverons à destination.

— Où est-il ?

— À Florence.

— Encore ?

— J'ai cru comprendre qu'il a été retardé.

Benjamin avait payé un agent de l'aviation civile pour qu'il effectue un contrôle impromptu du jet privé de Javier. Et lui avait promis une prime supplémentaire de dix mille euros s'il parvenait à le retenir pendant deux heures. Il avait également payé un contact qui travaillait chez un opérateur de téléphonie mobile pour qu'il bloque le portable de Freya. Lorsqu'ils arrivèrent sur le petit aérodrome moins de dix minutes plus tard, elle déclara :

— Je n'ai pas mon passeport sur moi.

— Vous n'en avez pas besoin.

Son propre jet privé était prêt à décoller dès qu'ils seraient à bord. Benjamin ignora une autre pointe de remords lorsqu'elle monta la passerelle devant lui, aussi confiante qu'un agneau. Moins d'une demi-heure après avoir quitté l'hôtel, ils s'élevaient dans les airs. Il recommença à respirer normalement. Son plan s'était déroulé sans accroc. Assis en face de Freya, il l'observa. Son visage était serein, et seuls ses doigts qui pianotaient légèrement sur sa cuisse trahissaient son inquiétude. Il l'éclairerait bien assez tôt sur la situation.

— Vous voulez boire quelque chose ?

— Vous avez du thé ?

— Je pensais à quelque chose de plus fort.

— Ai-je besoin de quelque chose de plus fort ?

— Non, mais un verre vous aidera à vous détendre, ma douce.

Elle déglutit péniblement, puis elle hocha la tête.

Benjamin appela un membre de l'équipage.

— Apportez à Mlle Clements ce qu'elle souhaite. Pour ma part je prendrai un verre de porto.

Quelques instants plus tard, Freya buvait une gorgée de gin tonic. Le front contre le hublot, elle fixait le ciel sans étoiles. Portant sa main à sa bouche elle étouffa un bâillement.

— Vous êtes fatiguée ? demanda-t-il poliment.

Secouant la tête, elle étouffa un autre bâillement.

— L'avion m'endort. La voiture aussi. Vous êtes certain que Javier va bien ?

— Absolument certain. Votre siège est inclinable et se transforme en lit. Vous pouvez dormir, si vous le souhaitez.

— Ça va aller, merci.

Un autre bâillement. Une autre gorgée de gin tonic. Il la vit lutter pour garder les yeux ouverts. Quelques minutes plus tard, ses paupières restèrent fermées, et sa respiration devint régulière. Il se pencha vers elle et prit son verre avant que ses doigts se desserrent complètement. Elle ouvrit les yeux et les plongea dans les siens. Il sentit son cœur faire un petit bond et esquissa un sourire contraint. Elle referma les yeux. Il inspira profondément. Il y avait chez cette femme quelque chose qui déclenchait en lui des réactions étranges… Pendant toutes les batailles juridiques qu'il avait menées au cours des deux derniers mois, au fur et à mesure que l'ampleur de la trahison des frères Casillas se dévoilait, le visage de Freya avait été présent dans son esprit. Il contempla longuement ce visage endormi dans la lumière tamisée de la cabine. Il n'avait pas prévu qu'elle dormirait mais ce n'était pas plus mal. Autant la laisser encore un moment dans l'ignorance.

2

Un mouvement dans la cabine réveilla Freya. Le regard de Benjamin était toujours fixé sur elle...

Il eut un sourire crispé.

— J'étais sur le point de vous réveiller. Nous allons bientôt atterrir.

— Désolée.

Elle réprima un bâillement et étira ses jambes.

— Voyager a toujours eu une action sédative sur moi.

C'était ainsi depuis que ses parents la promenaient à tour de rôle dans son landau pour l'endormir quand elle était bébé. Plus tard ils avaient continué avec une poussette en suivant toujours le même parcours, sur lequel se trouvait l'école de danse du quartier. Tous les jours elle se réveillait au moment où ils passaient devant. Son premier souvenir précis concernait les petites filles en tutu rose qu'elle montrait du doigt en criant « Freya danse aussi ! » Ces promenades étaient à l'origine de son amour de la danse et de sa propension à s'endormir dans n'importe quel moyen de transport. Avion, train, voiture, ils avaient tous le même effet sur elle. Quel que soit l'attrait du voyage, elle s'endormait au bout de dix minutes. S'il s'était écoulé presque une demi-heure avant qu'elle commence à bâiller dans ce jet, c'était à cause du trouble que provoquait en elle la présence de Benjamin Guillem. Elle avait été obligée de regarder par le hublot pour se retenir de le dévorer des yeux. Par ailleurs, elle avait encore des picotements dans la main qu'il avait tenue dans la sienne, et son cœur n'avait toujours pas retrouvé son rythme normal...

Elle lui jeta un coup d'œil. Il semblait moins détendu qu'au moment du décollage. Il donnait même des signes de nervosité. Soudain mal à l'aise, Freya regarda par le hublot. Ils étaient descendus au-dessous des nuages, et on apercevait des taches sombres qui évoquaient des montagnes et des forêts, ainsi que les lumières d'une ville. Rien de tout ça ne lui était familier. Plus ils se rapprochaient du sol, plus Freya écarquillait les yeux dans l'espoir d'apercevoir un point de repère connu malgré l'obscurité. L'avion atterrit en douceur mais elle avait l'estomac trop noué pour s'en réjouir. L'aérodrome non plus n'avait rien de familier... Elle murmura quelques mots de remerciement à l'adresse de l'équipage puis elle descendit la passerelle en inspirant une grande bouffée d'air. Elle était venue à Florence une semaine plus tôt dans le cadre de la tournée européenne de la compagnie de ballet. Jamais au cours de ce séjour elle n'avait senti une odeur de lavande...

Benjamin était descendu avant elle et l'attendait à côté d'une limousine noire.

— Où sommes-nous ?

— En Provence.

— En France ?

— Oui.

— Je croyais vous avoir entendu dire que Javier était toujours à Florence. Ai-je mal compris ?

Peut-être était-ce l'accent français de Benjamin qui l'avait induite en erreur...

— Non, vous avez bien entendu.

Malgré la panique qui la gagnait, elle se força à respirer profondément. Elle n'avait rencontré Benjamin qu'une seule fois mais elle savait que c'était le plus vieil ami de Javier et Luis. Leurs mères étaient amies. Ils avaient grandi ensemble comme des frères. Tout cela elle l'avait appris au cours d'un essayage de costume avant la dernière tournée de la compagnie, qui lui avait donné l'occasion de voir Florence. C'était une nouvelle couturière qui avait pris ses mesures. Une jeune femme très belle appelée Chloé Guillem. Quand elle lui avait demandé si elle était de la famille de Benjamin, celle-ci lui avait répondu qu'elle était sa sœur. Elle aurait dû se réjouir d'avoir l'occasion d'en apprendre un peu plus sur son fiancé auprès de quelqu'un qui le connaissait, mais à sa grande honte elle avait été obligée de se surveiller pour ne pas orienter toute la conversation sur Benjamin.

— Dans ce cas, où est-il ?

Benjamin consulta sa montre avant de plonger son regard dans le sien. La lueur inquiétante qui brillait dans ses yeux émeraude lui noua l'estomac.

— Il doit être arrivé à Madrid. Très bientôt il va apprendre que vous avez disparu en ma compagnie. Il le sait peut-être déjà.

— De quoi parlez-vous ? murmura-t-elle.

— J'ai le regret de vous informer, ma douce, que Javier ne m'a jamais demandé de vous conduire à lui.

Elle laissa échapper un rire nerveux.

— C'est une farce que vous avez montée tous les deux ?

Non. Javier n'était pas du genre à faire des farces. Jamais il n'avait donné le moindre signe d'avoir le sens de l'humour. Et à en juger par son visage fermé, Benjamin ne plaisantait pas… Elle sortit son téléphone de son sac. Il ne fonctionnait toujours pas. Quelque chose dans le regard de Benjamin l'incita à demander :

— Avez-vous quelque chose à voir avec le fait que mon téléphone est hors service ?

— La connexion sera rétablie demain.

Il s'avança vers elle.

— Montez en voiture, ma douce. Je vais tout vous expliquer.

Le cœur battant à tout rompre, elle recula d'un pas en promenant son regard autour d'elle. De grands arbres entouraient le terrain sur lequel ils avaient atterri. La ville dont elle avait aperçu les lumières depuis l'avion pouvait être tout près ou très loin. À la gauche de la piste il y avait un petit bâtiment dont les fenêtres étaient éclairées. Quand elle était descendue de l'avion elle avait vu deux agents de piste munis de gilets fluorescents s'éloigner de l'appareil en direction de ce bâtiment. Qui devait contenir au moins un téléphone en service.

— Je n'irai nulle part avec vous tant que vous ne m'aurez pas expliqué ce qui se passe.

Elle remit son téléphone dans son sac et en profita pour en sortir son spray de défense.

Benjamin leva les mains d'un geste apaisant.

— Je vous emmène chez moi. Vous avez ma parole qu'il ne vous sera fait aucun mal.

— Non. Je veux savoir ce qui se passe, maintenant. Assez de devinettes.

— Il y a beaucoup de choses dont nous devons discuter. Il vaut mieux que ce soit en privé et dans un endroit confortable.

— Je préfère discuter maintenant, avant de remonter dans l'avion et de dire au pilote de me ramener à Madrid.

Sauf que pour arriver jusqu'à l'avion, il fallait passer devant lui... Certes, après des années de danse classique elle était plus agile et plus forte que beaucoup de gens, mais il ne fallait pas se leurrer. Elle n'était pas de taille à lutter contre cet homme qui devait mesurer près d'un mètre quatre-vingt-cinq, soit vingt centimètres de plus qu'elle, et qui était bâti en athlète. Une lueur de pitié s'alluma dans les yeux verts fixés sur elle, et elle sentit un grand froid l'envahir. Elle resserra les doigts sur le spray. Elle n'était peut-être pas aussi forte que lui, mais elle était certainement plus rapide. Elle sortit le spray et le dirigea vers lui, tout en enlevant ses chaussures à talons pour pouvoir courir plus facilement.

— Je rentre à Madrid, et vous ne pourrez pas m'arrêter, dit-elle avant de s'élancer pieds nus sur la piste puis sur l'herbe, en direction du bâtiment.

Pas une seule fois elle ne regarda par-dessus son épaule, entièrement concentrée sur son objectif. La porte qui allait la conduire vers... Fermée. Elle tira, poussa, tira de nouveau. Rien.

— Ce terrain d'aviation m'appartient. Personne ici ne vous aidera.

Elle se retourna vers Benjamin qui avait crié pour couvrir le bruit du moteur de l'avion, toujours allumé. À sa grande surprise elle était plus furieuse qu'effrayée. N'était-ce pas anormal ? Il lui avait menti. Il l'avait amenée en France sous un prétexte fallacieux. Pour faire ça, il fallait avoir de mauvaises intentions. Elle devrait être terrifiée, non ? Il l'attendait à côté de la voiture, impassible. Il y avait un chauffeur au volant, constata-t-elle alors. Un changement dans le bruit du moteur attira son attention. L'avion roulait... Impuissante, elle le suivit des yeux tandis qu'il accélérait sur la piste. Un instant plus tard, il décollait. Le bruit du moteur décrut peu à peu, et bientôt il n'y eut plus qu'un point lumineux dans le ciel.

— Venez avec moi.

La voix de Benjamin résonna dans le silence.

— Il ne vous sera fait aucun mal. Vous avez ma parole.

— Pourquoi vous croirais-je ?

— Quand vous me connaîtrez mieux, vous verrez que je suis un homme de parole.

Elle frissonna. Ça sonnait plus comme une menace que comme une promesse. Elle promena de nouveau son regard autour d'elle. Ce terrain semblait perdu au milieu de nulle part. Si elle courait, elle avait une chance d'atteindre les arbres avant que la voiture la rattrape et de disparaître. Mais disparaître où ? Elle ignorait à combien de kilomètres se trouvait la ville la plus proche, elle n'avait pas un sou sur elle. Son téléphone ne marchait pas... et en plus elle était pieds nus. Ou bien elle tentait sa chance et s'échappait vers l'inconnu, ou bien elle suivait Benjamin vers un autre inconnu. Le problème était de savoir lequel de ces deux inconnus était le moins dangereux.

Benjamin vit Freya se frotter les bras, visiblement hésitante. Puis elle redressa les épaules et se mit à avancer vers lui à pas lents, en brandissant son spray de défense. Arrivée à deux mètres de lui, elle s'immobilisa.

— Si vous m'approchez à moins d'un mètre ou si vous faites un mouvement brusque, je vous asperge le visage.

Il la croyait volontiers. La peur qu'il avait lue sur son visage un peu plus tôt avait disparu. Mais s'il avait pensé qu'elle était le genre de femme à fondre en larmes au moindre problème, il n'aurait jamais envisagé de l'enlever. Tous les renseignements qu'il avait pu recueillir sur elle indiquaient que Freya avait du cran. Il était satisfait d'en avoir la preuve. Ça allait lui faciliter la tâche.

— Je vous ai donné ma parole qu'il ne vous serait fait aucun mal.

— Vous avez prouvé que vous êtes un menteur. Votre parole ne vaut rien.

Il ouvrit la portière de la voiture.

— Vous montez ou je vous laisse ici ?

Mentir lui avait coûté. Mais ce désagrément n'était rien en comparaison de l'amertume qu'il avait ressentie en découvrant l'ampleur de la trahison des frères Casillas… Freya le foudroya du regard, puis elle monta en voiture. Le temps qu'il s'installe à côté d'elle sur la banquette arrière, elle s'était plaquée contre l'autre portière, le spray toujours pointé vers lui.

— Ne vous approchez pas davantage, prévint-elle.

— Si j'avais voulu employer la force, je l'aurais déjà fait.

Elle resta le bras levé, prête à l'asperger.

— Vous portez toujours ce truc sur vous ? demanda-t-il après quelques minutes de silence tendu, tandis qu'ils roulaient sur les routes étroites qui conduisaient à son château.

— Oui.

— Pourquoi ?

Elle eut un sourire crispé.

— Au cas où un tordu tenterait de me kidnapper.

— Vous en êtes-vous déjà servi ?

— Non, mais il y a une première fois pour tout.

— Je vais faire de mon mieux pour ne pas vous inciter à vous en servir contre moi.

— Le moyen le plus sûr est de dire à votre chauffeur de me conduire à l'aéroport le plus proche.

— Comment comptez-vous quitter la France sur un vol commercial sans votre passeport ?

Pinçant les lèvres elle darda sur lui un regard haineux. Le chauffeur ralentit pour passer sur une grille anti-bétail, et la voiture se mit à vibrer. Une sensation dont Benjamin ne se lassait jamais. C'était le signe qu'il arrivait chez lui. Après avoir parcouru un kilomètre à travers sa forêt, la voiture passa sur une autre grille, puis elle s'immobilisa le temps que l'ouverture du portail se déclenche. Pour la première fois depuis qu'ils avaient quitté le terrain d'aviation, Freya détourna les yeux de son visage pour jeter un coup d'œil par la vitre. puis elle reporta son attention sur lui.

— Vous pouvez ranger votre spray, dit-il d'un ton désinvolte. Nous sommes arrivés.

Son majordome les attendait dans la cour. Il ouvrit la portière de Freya et lui tendit la main pour l'aider à descendre. Alors qu'il descendait de son côté, Benjamin entendit Freya demander poliment :

— S'il vous plaît, pouvez-vous m'aider ? J'ai été kidnappée. Pouvez-vous appeler la police ?

Pierre lui adressa un sourire contrit et répondit en français :

— Je ne parle pas anglais, mademoiselle.

— Kidnappée ! Enlevée !

Elle joignit les poignets pour mimer le fait d'être attachée. Devant l'air interdit de Pierre, elle soupira et porta une main à son oreille en ajoutant :

— Téléphone ? Police ?

— Pierre ne parle pas anglais, ma douce, intervint Benjamin.

Il avait hérité de Pierre quand il avait acheté le château et il n'avait pas eu le cœur de le mettre à la retraite parce qu'il ne parlait aucune langue étrangère, contrairement à la plupart des majordomes. Freya lui lança un regard noir.

— Je trouverai quelqu'un qui parle anglais.

— Je vous souhaite bonne chance.

Un seul de ses employés connaissait quelques mots d'anglais.

— Venez. Allons nous installer avant de discuter. Vous devez avoir faim.

— Je ne veux pas manger.

Lui tournant le dos, il monta les marches du perron et entra dans le château.

— Christabel !

Sa gouvernante apparut avant même qu'il ait fini de prononcer son nom.

— Bonsoir, monsieur. Avez-vous fait bon voyage ?

— Oui, merci. Ici tout se passe bien ?

— Absolument. Et nous avons préparé les appartements de votre invitée, comme nous en avions reçu l'instruction, répliqua Christabel en jetant un coup d'œil par-dessus son épaule.

Freya l'avait suivi comprit-il. Si aucun claquement de talons ne s'était fait entendre c'était parce qu'elle était pieds nus... L'image de ses escarpins à talons aiguilles abandonnés sur la piste s'imposa à lui.

— Merci, Christabel. Vous pouvez vous retirer pour la soirée.

Se tournant vers Pierre, qui l'avait suivi également, il déclara :

— Nous prendrons un dîner léger. Ce que la cuisinière voudra. Et apportez-moi un white russian, ainsi qu'un gin tonic light pour Mlle Clements.

Lorsque ses deux employés eurent disparu, il se tourna vers son invitée récalcitrante et demanda en anglais :

— Voulez-vous que nous discutions tout de suite, ou préférez-vous vous rafraîchir d'abord ?

— Je ne veux pas discuter, mais si vous insistez finissons-en maintenant parce que je veux rentrer chez moi, répliqua-t-elle sèchement.

— N'avez-vous pas encore compris que vous ne rentrerez pas chez vous ce soir, ma douce ?

3

Serrant les dents, Freya soutint le regard de Benjamin. Dire que quelques heures plus tôt elle évitait de plonger les yeux dans ces yeux émeraude à cause de l'étrange chaleur qu'ils faisaient naître en elle... À présent elle n'avait qu'une envie. Frapper cet homme avec son sac. Pourquoi avait-elle remis son spray de défense dedans ? Elle le viderait sur ce visage impassible avec une satisfaction intense.

— Quand rentrerai-je chez moi ?

— Ça sera décidé bientôt. Venez avec moi.

— Où donc ?

— Quelque part où nous pourrons nous installer confortablement pour discuter.

Benjamin s'éloigna avant qu'elle ait le temps de protester. Elle lança un regard furieux à son dos, mais quand il disparut derrière une énorme porte à double battant, elle se dirigea vers elle à son tour. Ce château... Elle n'en avait jamais vu de pareil ailleurs qu'à la télévision. Quittant le hall décoré de sculptures et de tableaux, elle pénétra dans une pièce au plafond d'une hauteur vertigineuse orné d'une fresque. Des meubles anciens et d'autres œuvres d'art complétaient le décor. Elle vit Benjamin franchir une porte située sur la gauche et s'empressa de le suivre. Il devait être très facile de se perdre dans ce lieu immense... Elle fut confortée dans son opinion lorsqu'elle entra dans une bibliothèque d'une taille démesurée, qui devait contenir des dizaines de milliers de livres anciens. Elle finit par rattraper Benjamin dans une troisième pièce ouvrant sur l'extérieur sur tout un côté. Entre les piliers de marbre qui remplaçaient le mur, on pouvait contempler une vue si spectaculaire qu'elle en oublia presque son angoisse et son irritation. Perché au sommet d'une colline, le château était entouré d'une épaisse forêt au-delà de laquelle des champs descendaient en pente douce vers la vallée. Au loin scintillaient les lumières qu'elle avait aperçues de l'avion. La ville. À des dizaines et des dizaines de kilomètres...

— Vous ne vous asseyez pas ?

Elle prit une longue inspiration avant de se tourner vers Benjamin. Il s'était installé sur un énorme canapé blanc en L, devant une table basse carrée en verre. Les yeux fixés sur elle, toujours impassible, il dénoua sa cravate et défit les deux premiers boutons de sa chemise. Le vieil homme qui les avait accueillis dans la cour surgit de nulle part avec deux verres. Il les posa sur la table basse et leva les yeux vers elle pour lui indiquer lequel était le sien. Puis il s'en alla aussi discrètement qu'il était arrivé.

— Que savez-vous de mes relations avec les frères Casillas ? demanda Benjamin.

Surprise par cette question, elle le regarda avec méfiance.

— Que vous êtes des amis d'enfance.

Il hocha la tête, la mâchoire crispée.

— Nos mères étaient très proches. Elles nous ont eus à trois mois d'intervalle. Nous avons joué ensemble dès le berceau, et c'est un lien que nous avons partagé pendant trente-cinq ans. J'ai été élevé comme si Javier et Luis étaient mes cousins et je les considérais comme tels. Toute ma vie j'ai pu compter sur eux et eux sur moi. Vous comprenez ?

— Je crois. Pourquoi me racontez-vous ça ?

— Parce que c'est la clé de l'histoire.

— Vous parlez par énigmes.

— Pas si vous faites l'effort d'écouter ce que j'ai à vous dire.

Elle perçut l'odeur du genièvre. Bien que buvant peu — très peu — elle aimait la fraîcheur du gin tonic. D'ordinaire elle se limitait à un seul. Mais jusque-là elle n'avait jamais été kidnappée. Par ailleurs, elle s'était endormie avant d'avoir terminé celui qu'on lui avait servi dans l'avion. Et elle avait vraiment besoin de quelque chose qui lui dénoue l'estomac... Cédant à son envie, elle prit son verre et s'assit le plus loin possible de Benjamin sur le canapé. Faisant appel à tous les préceptes qui lui avaient été inculqués dès l'âge de trois ans, elle resta imperturbable. Pour rien au monde elle ne trahirait le trouble intense que cet homme déclenchait en elle. Mais sous son calme apparent, elle avait le cœur qui battait à tout rompre. Si seulement elle pouvait mettre ça sur le compte de la peur… En réalité, le plus perturbant c'était de savoir que la seule chose dont elle avait peur en ce moment même ce n'était pas la situation dans laquelle l'avait mise cet homme, mais l'attirance insensée qu'elle éprouvait pour lui.

Elle but une gorgée de gin tonic, puis se força à le regarder.

— Donc, vous avez grandi ensemble comme des cousins.

Avant que Benjamin ait le temps répondre, le majordome réapparut avec un plateau qu'il posa sur la table. Dessus elle vit un assortiment de fromages dont la plupart lui étaient inconnus, des morceaux de baguette fraîche, une coupe de fruits frais et une coupe plus petite de fruits secs.

— Merci, Pierre.

Benjamin tendit une assiette à Freya, tandis que le majordome s'éclipsait.

— Non, merci, répliqua-t-elle sèchement.

Plutôt mourir que manger un seul morceau de la nourriture offerte par son ravisseur ! Haussant les épaules, il se servit un morceau de camembert.

— Vous devez avoir faim. Je vous ai emmenée du gala avant que les premiers plats soient servis.

En fait, il y avait de grandes chances qu'elle soit incapable d'avaler quoi que ce soit de solide tant qu'elle serait prisonnière. Elle regarda la forêt dense qui entourait le château et réprima un soupir. Il fallait se résigner à passer la nuit ici. Mais dès le lever du soleil elle trouverait quelque chose à se mettre aux pieds et elle s'en irait. Tôt ou tard, elle finirait par rejoindre la ville et trouver de l'aide. Sans la quitter des yeux, Benjamin mordit dans son pain et mâcha lentement.

— Si vous ne voulez pas manger, poursuivons. Je vous décrivais ma relation avec Javier et Luis.

Elle tenta d'oublier un instant ses projets pour se concentrer.

Après tout, peut-être qu'il l'avait amenée ici dans la seule intention de lui parler. Peut-être que demain matin son chauffeur la conduirait à l'aéroport. Et peut-être que les poules avaient des dents… Si Benjamin voulait seulement lui parler il aurait pu le faire à Madrid. De toute façon, elle avait tout intérêt à l'écouter attentivement.

— Vous étiez comme des cousins, résuma-t-elle.

— Exactement. Connaissez-vous la tour Mont Blanc à Paris ?

— J'en ai entendu parler.

— Vous savez que c'est Javier et Luis qui l'ont construite ?

— Oui.

— Et savez-vous que j'ai investi dedans ?

— Non.

— Ils sont venus me voir il y a sept ans, quand ils s'apprêtaient à acheter le terrain. Ils avaient des problèmes de trésorerie et ils m'ont demandé de participer au projet en tant que commanditaire. J'ai investi vingt pour cent du prix de départ. Quand j'ai effectué le premier investissement, on m'a assuré que le bénéfice net atteindrait environ un demi-milliard d'euros. En raison de la procédure administrative, quatre ans se sont écoulés avant le début des travaux, et ceux-ci ont duré trois ans. Y êtes-vous déjà allée ?

— Non.

— C'est un bâtiment superbe qui témoigne du sens des affaires des frères Casillas. Quatre-vingts pour cent des appartements se sont vendus sur plans, et onze multinationales avaient signé pour y installer leur siège avant que le toit soit posé.

— Je vois. C'est une affaire qui rapporte, commenta-t-elle avec indifférence. Je suppose que vous avez une raison précise de me raconter cette histoire assommante ?

Elle eut droit à un regard pénétrant qui la fit frissonner.

— Nous savions tous que les prévisions initiales concernant les bénéfices étaient modestes, mais aucun de nous ne soupçonnait à quel point. Actuellement le bénéfice net atteint presque un milliard et demi d'euros.

— Félicitations, dit-elle d'un ton ironique.

C'était une somme énorme — si énorme qu'elle restait abstraite — mais tout ça n'avait rien à voir avec elle. Pourquoi tenait-il à lui donner toutes ces précisions ? Pour se mettre en valeur et lui faire savoir que sa fortune égalait celle de Javier ? Comme si ce château n'était pas une preuve suffisante ! Espérait-il l'impressionner ? Il n'y avait aucune raison de se vanter d'avoir de l'argent. Ce n'était pas parce qu'on était immensément riche qu'on était meilleur que le commun des mortels et qu'on méritait son admiration. Freya avait été élevée par des parents qui avaient en permanence du mal à joindre les deux bouts. C'étaient les parents les plus aimants qu'un enfant pouvait souhaiter et, si elle pouvait revivre son enfance, elle ne changerait rien du tout. L'argent ne remplaçait pas l'amour. C'était seulement depuis que sa mère était gravement malade qu'elle regrettait qu'ils n'aient jamais pu en mettre de côté. S'ils n'étaient pas dans une situation aussi précaire, elle ne se sentirait pas obligée d'épouser Javier. Malheureusement, ils n'avaient jamais eu les moyens de faire des économies. Ils s'étaient usés au travail toute leur vie pour lui permettre de réaliser ses rêves.

Ignorant le sarcasme de Freya, Benjamin poursuivit.

— J'ai investi vingt pour cent du prix du terrain. J'ai ensuite investi vingt pour cent des coûts de construction. À votre avis quelle part de bénéfice me revient ?

— Comment le saurais-je ? Je ne suis pas comptable.

— Essayez de deviner.

— Vingt pour cent ?

— Oui. Vingt pour cent. Vingt pour cent de bénéfice pour vingt pour cent d'investissement. Vingt pour cent d'un milliard et demi ça fait trois cents millions, vous êtes d'accord ?

— Je ne suis pas comptable.

— Vous n'avez pas besoin d'être comptable pour reconnaître que trois cents millions d'euros sont une somme considérable, insista-t-il.

À son grand agacement, elle se contenta d'un haussement d'épaules dédaigneux.

— J'ai récupéré la totalité de mon investissement mais je n'ai touché que soixante-quinze millions de bénéfice. L'équivalent de cinq pour cent.

— Suis-je censée ressentir de la compassion pour vous ?

— Vous n'êtes pas censée ressentir quoi que ce soit.

De plus en plus exaspéré par l'indifférence de Freya, Benjamin s'exhorta au calme. Il n'attendait rien d'autre de la femme qui était fiancée à l'homme le plus insensible d'Europe.

— Je me contente de vous exposer la situation. Javier et Luis m'ont arnaqué. Ils me doivent deux cent vingt-cinq millions d'euros.

Une somme qu'il avait prévu de verser à une organisation caritative qui aidait les enfants ayant subi un grave traumatisme. Le plus ironique c'était la raison pour laquelle il avait choisi cette association. Pendant des années il avait été hanté par le souvenir du traumatisme qu'avaient subi Javier et Luis quand leur mère avait été tuée par leur père. Il y aurait de quoi rire si la situation n'était pas aussi grave...

En investissant dans le projet de la tour Mont Blanc, Benjamin avait frôlé la faillite. Il lui avait fallu sept ans de travail acharné pour renflouer sa société de restauration rapide gastronomique et la développer dans le monde entier afin d'éponger toutes ses dettes. Aujourd'hui il était propriétaire à cent pour cent de sa société et de ses filiales, comme de tous ses biens. Personne ne pouvait rien lui enlever. Il avait les moyens de mettre au service des autres une partie de l'immense fortune qu'il avait bâtie. Javier et Luis lui avaient volé sa première action de grande portée en même temps que son argent, sa confiance et tous les souvenirs qu'il chérissait.

— Demandez à vos avocats de s'en occuper, dit Freya.

— C'est ce que j'ai fait.

Benjamin crispa la mâchoire. Il n'oublierait jamais le visage défait d'André, dont il était le plus gros client, quand il lui avait confirmé que Javier et Luis avaient dit vrai. Il avait seulement droit à cinq pour cent du bénéfice. C'était écrit noir sur blanc dans le contrat qu'il avait signé sept ans plus tôt. Cette clause léonine lui avait échappé pour la bonne raison qu'il n'avait pas lu ce contrat et qu'il ne l'avait pas fait lire à son avocat. Une grave erreur, certes. C'était le seul contrat qu'il avait jamais signé sans l'avoir étudié à la loupe. Les deux frères avaient jusqu'à minuit pour réunir la totalité de la somme, faute de quoi le terrain aurait été vendu à un autre acquéreur potentiel et ils auraient perdu l'acompte substantiel qu'ils avaient versé. Ils étaient venus lui demander son aide le jour même où les médecins avaient annoncé à sa mère qu'ils ne pouvaient plus rien contre le cancer qui ravageait son corps. Sans être une surprise — tous les traitements avaient échoué — c'était le choc le plus violent qu'il avait reçu de sa vie. Il avait à peine jeté un coup d'œil au document avant de le signer et il avait effectué le transfert de fonds dans la foulée. Si ça avait été n'importe qui d'autre il n'aurait même pas envisagé d'investir, mais c'était Javier et Luis. Des hommes qu'il considérait comme sa famille. En qui il avait une confiance aveugle. Il était conscient que cet investissement lui vaudrait des problèmes de trésorerie et qu'il serait obligé de s'endetter lourdement pour acheter le château dans lequel il voulait installer sa mère pour ses derniers jours. C'était ce qui avait failli le conduire à la faillite.

— D'un point de vue légal, je n'ai aucun recours.

C'était très difficile à admettre, mais c'était ainsi. Refusant de s'en tenir à l'avis d'André, il avait saisi le tribunal. Le juge était arrivé à la même conclusion. Sa fureur avait atteint son comble lorsque Javier et Luis avaient obtenu une ordonnance pour empêcher la divulgation de l'affaire. Ils voulaient préserver leur réputation !

— Vous m'avez amenée ici dans l'espoir que je plaide votre cause auprès de Javier ?

Malgré son calme imperturbable, l'incrédulité perçait dans la voix de Freya. Il eut un petit rire sans joie et prit une orange qu'il commença à éplucher. Nul doute que Javier se moquait éperdument de l'opinion de Freya… Elle était sa belle danseuse étoile, pas sa conseillère. Il fallait juste espérer qu'en tant que femme trophée elle valait plus pour lui que deux cent vingt-cinq millions d'euros…

— Au stade où en est la situation, je crains que les mots n'aient aucun effet.

— Alors qu'attendez-vous de moi ? Pourquoi suis-je ici ?

— Toute action entraîne des conséquences. Javier et Luis m'ont escroqué, et je n'ai aucune chance d'obtenir réparation par les voies légales.

— En réalité, l'argent n'est pas important…

Freya émit une petite toux incrédule.

— Je suis un homme très riche, ma douce. S'il ne s'agissait que d'argent, je pourrais faire une croix dessus. Mais ce qui est en jeu est beaucoup plus important que l'argent. Bien plus important que vous ne pouvez l'imaginer. Je n'ai pas l'intention de les laisser s'en tirer à si bon compte. Vous représentez ma seule monnaie d'échange.

— Moi ?

Pour la première fois depuis son arrivée au château, Freya donna un signe imperceptible de nervosité.

— Mais je n'ai rien à voir avec tout ça. J'étais encore à l'école de danse quand vous avez signé ce contrat.

— En effet.

Il consulta sa montre et sourit.

— Dans trois minutes il sera minuit. Dans trois minutes Javier recevra un message lui donnant exactement vingt-quatre heures pour payer ce qu'il me doit.

— Sinon... ?

— Si les frères Casillas refusent de me rendre ce qu'ils m'ont pris, la justice voudra que je les dépouille à mon tour de quelques biens. À commencer par vous. Le message que Javier va recevoir d'un instant à l'autre l'informe que si dans vingt-quatre heures ils n'ont pas payé, ce n'est pas avec lui que vous allez vous marier, ma douce, mais avec moi.

4

Freya eut l'impression de recevoir un coup de poing dans l'estomac. Le souffle coupé, elle scruta le visage de Benjamin. De toute évidence il était sérieux. Son regard ne laissait aucun doute sur sa détermination. Il était prêt à tout pour se venger. Et elle était l'arme qu'il avait choisie. Elle était son otage. Se levant d'un bond, elle balaya d'un revers du bras la vaisselle et les verres posés sur la table, puis elle se précipita dehors. Un projecteur de sécurité avec détecteur de mouvement s'alluma, tandis qu'un juron retentissait derrière elle. Elle accéléra encore et s'enfonça sous les arbres. Avec un peu de chance ils la dissimuleraient jusqu'à ce qu'elle atteigne l'allée par laquelle ils étaient arrivés. Celle-ci la conduirait à la route. Mais quelle était l'étendue de la propriété ? Son sens de l'orientation lui disait qu'elle partait dans la bonne direction. Pourvu qu'elle ne se trompe pas… Elle eut l'impression de courir pendant une éternité avant de distinguer à travers le feuillage la cour dans laquelle le chauffeur les avait déposés. Il faisait nuit noire mais des petits spots d'extérieur offraient un éclairage suffisant pour qu'elle trouve son chemin jusqu'au portail et au mur qu'elle devrait escalader. Un mur au moins deux fois plus haut qu'elle… Le cœur battant, elle tendit le cou pour l'examiner de plus près sans sortir de l'ombre. C'était un mur ancien dont la surface inégale présentait de nombreux points d'appui. Si elle s'éloignait suffisamment du portail et des lumières extérieures avant de franchir les deux mètres de gravier qui le séparait des arbres, elle pourrait l'escalader sans être vue… Mais dans l'obscurité elle ne verrait pas ce qui se trouvait de l'autre côté. Tant pis c'était un risque à prendre. Pour s'échapper elle devait franchir ce mur coûte que coûte. Elle le longea sur plusieurs mètres en restant sous le couvert des arbres. Puis elle s'immobilisa et prit une profonde inspiration avant de s'élancer. À peine eut-elle posé le pied sur le gravier qu'elle fut prise dans un faisceau lumineux. Comme si des dizaines de projecteurs braqués sur elle venaient de s'allumer. Sans perdre une seconde elle se précipita vers le mur, trouva une première prise pour ses doigts et commença à grimper. Elle s'était élevée d'à peine un mètre quand elle entendit des cris et des pas qui approchaient. Elle accéléra le mouvement. Le haut du mur était presque à portée de main quand elle agrippa une pierre en saillie et s'aperçut, trop tard, qu'elle était descellée. Avec un cri de terreur elle bascula en arrière et tomba dans des bras aussi solides que ceux de n'importe lequel de ses partenaires de danse. Elle noua instinctivement les bras autour du cou de Benjamin, tandis qu'il changeait de position pour pouvoir la tenir plus fermement. Fermant les yeux, elle fit tout son possible pour aspirer de l'air. Impossible. La frayeur lui avait coupé le souffle. En revanche, son cœur battait à grands coups.

— Vous êtes suicidaire ?

La voix de Benjamin lui fit ouvrir les yeux, et elle rencontra son regard, étincelant de colère. Marmonnant des mots inintelligibles, il se mit en marche en direction du château.

— Vous pouvez me reposer par terre.

Il secoua la tête sans un mot. Elle se débattit.

— Je suis parfaitement capable de marcher.

Il resserra son étreinte.

— Pour vous enfuir et vous mettre de nouveau en danger ?

— Je ne...

— Qu'est-ce qui vous a pris ? Si je n'avais pas été là pour vous rattraper...

— Vous vous attendiez à quoi ?

Elle avait du mal à parler... Le contact de ce corps musclé déclenchait en elle des sensations tout à fait inopportunes. Pourquoi fallait-il que cet homme la trouble à ce point ? C'était insensé. Elle mourait d'envie de l'embrasser dans le cou... Elle devrait plutôt être tentée de le mordre !

— À ce que vous m'écoutiez. Pas à ce que vous preniez la fuite dans l'obscurité. La forêt qui entoure le château est très profonde. On peut y errer pendant des jours — des semaines — sans rencontrer personne.

— Je m'en moque. Vous ne pouvez pas me kidnapper pour m'échanger contre une rançon et espérer que je vais l'accepter sans broncher.

Elle ferma les yeux pour ne plus voir son cou à quelques centimètres de ses lèvres. Si seulement elle pouvait bloquer aussi facilement tous ses autres sens...

Pierre les attendait dans le hall. Benjamin déposa Freya dans le fauteuil le plus proche et demanda au majordome de lui apporter une cuvette d'eau chaude et une trousse de secours.

— Vous lui avez réclamé des menottes pour pouvoir m'enchaîner quelque part dans votre horrible bâtisse ? demanda Freya en anglais d'un ton sarcastique.

— Non, mais c'est une idée très tentante.

Pour des tas de raisons sur lesquelles il valait mieux ne pas s'attarder, songea-t-il en réprimant un nouveau soupir. Tenir Freya dans ses bras s'était révélé beaucoup trop agréable. L'attirance qu'il avait éprouvée pour elle dès le premier regard était devenue une obsession. Il ne fallait pas oublier qui elle était. La fiancée de Javier. Sa seule chance de récupérer son argent et de se venger de son ennemi. S'agenouillant devant elle, il saisit son pied gauche. Elle tenta de le dégager d'un mouvement brusque mais il le retint.

— Je ne vais pas vous faire de mal.

— Vous m'avez déjà dit ça.

— C'est vous-même qui vous êtes blessé les pieds. Tenez-vous tranquille. Je veux examiner les blessures.

Pinçant les lèvres, elle tourna la tête vers le mur. Ça pouvait passer pour un accord tacite, décida-t-il. Son pied était maculé de terre mais il n'y avait pas de blessure apparente. Il le reposa par terre avec plus de douceur qu'elle ne le méritait et saisit le droit. Des gouttes de sang s'échappaient d'une petite écorchure. Pierre revint avec ce qu'il lui avait demandé, plus des serviettes de toilette.

— Vous allez m'infliger la torture du simulacre de noyade ? demanda-t-elle en dardant sur lui un regard noir.

— Arrêtez de me donner des idées... Non, je vais nettoyer votre pied...

— Je peux le faire moi-même.

— Et vous assurer qu'il n'y a pas d'épines ou de graviers sous la peau ?

— Vous êtes médecin ?

— J'ai juste une sœur qui ne pensait jamais à mettre des chaussures quand elle était enfant.

Et même quand elle était adolescente. Chloé, beaucoup plus jeune que lui, avait quitté le château depuis quelques années, et sa joie de vivre lui manquait. Elle en voulait autant que lui aux frères Casillas et elle avait tenu à l'aider à mettre son plan en œuvre. Il l'avait chargée de retarder Luis pour l'empêcher d'arriver trop tôt au gala, et elle avait fait preuve d'un aplomb impressionnant. Elle se trouvait en ce moment à bord d'un vol à destination des Caraïbes, où elle serait à l'abri d'éventuelles représailles.

— Je suis danseuse. Mes pieds sont résistants.

— Assez pour risquer une infection ? Vous voulez mettre votre carrière en danger ?

— Être retenue en otage ne risque pas d'être favorable à ma carrière.

— Arrêtez votre cinéma. Vous n'êtes pas une otage.

Il prit une compresse, la trempa dans l'eau et l'essora avant de commencer à nettoyer le pied de Freya.

— Je suis retenue ici contre mon gré dans l'intention d'être échangée contre une rançon. Ça fait de moi une otage.

— Pas exactement. J'ai juste besoin de vingt-quatre heures de votre temps. Une journée. Pas plus. Vous avez ma parole.

Il désinfecta les minuscules plaies et reposa délicatement le pied de Freya par terre avant de saisir l'autre pour le poser sur ses genoux.

— Et si Javier refuse de payer ?

— Vous avez des doutes ? Vous craignez que son amour pour vous ne vaille pas aussi cher ?

Elle ne répondit pas.

— Vous êtes la danseuse la plus remarquable qui soit apparue sur les scènes européennes depuis la mort de sa mère. Vous avez le potentiel d'être la meilleure, et il n'est pas du genre à se contenter d'un pis-aller. Vous ne recherchez pas la publicité. Vous lui donnerez de beaux bébés. Vous avez toutes les qualités qu'il attend d'une épouse. Pourquoi renoncerait-il à vous ?

Tout en parlant il nettoyait son pied en recherchant des épines. Elle avait raison. Ses pieds étaient résistants, leurs plantes étaient protégées par de la corne. Et elle avait un hématome au gros orteil droit.

Il eut un étrange pincement au cœur. Ça devait être très éprouvant de danser tous les jours sur des pointes perpétuellement douloureuses. Ces pieds étaient maltraités par leur propriétaire dans une quête éternelle de perfection.

Enfant, Benjamin avait parcouru le monde avec sa mère, qui était à la fois la couturière personnelle et la meilleure amie de Clara Casillas. Sa maison d'enfance avait tout d'un temple de la danse classique mais pour sa part celle-ci ne l'intéressait pas le moins du monde. Longtemps il s'était cru fermé à la beauté de la danse. Jusqu'à la semaine dernière, lorsqu'il avait regardé sur Internet une vidéo de Freya dans *La Belle au bois dormant*. Il avait été si ému qu'il avait arrêté la vidéo au bout d'une minute. Depuis, ces images restaient gravées dans sa mémoire malgré tous ses efforts pour les oublier. Freya était la fiancée de son ennemi. Il ne devait pas fantasmer sur elle. Et pourtant... Il était incapable de s'en empêcher. Pire encore, depuis le premier instant il était assailli par une jalousie féroce quand il l'imaginait dans les bras de Javier.

— Javier sait que je suis un homme de parole.

Tandis qu'il parlait, son regard quitta ses pieds abîmés pour remonter vers ses chevilles et ses mollets au galbe parfait. Comme il était tentant de vérifier si sa peau était aussi douce qu'elle en avait l'air... S'efforçant de se ressaisir, il ajouta :

— Il sait que si je dis que je vous épouserai, je le ferai.

— Jusque-là vous avez mené à bien votre plan à force de mensonges et de manipulation, mais je ne vois pas comment vous pourriez m'épouser sans mon consentement, objecta-t-elle d'un ton glacial. Par ailleurs, vous venez de me dire que vous ne me retiendriez que pendant vingt-quatre heures. Comment pouvez-vous prétendre être un homme de parole puisque en même temps vous menacez de m'épouser ?

Il sourit.

— C'est très simple. Javier sait maintenant que nous avons quitté le gala ensemble. Des témoins pourront lui affirmer que nous sommes partis main dans la main. Et que par conséquent vous m'avez suivi de votre plein gré. Il doit donc se demander ce qu'il y a entre nous. S'il vous aime et s'il a confiance en vous, il comprendra que je vous ai manipulée et il paiera pour vous récupérer. S'il ne vous aime pas et s'il ne vous fait pas confiance, il refusera de payer et vous laissera vous débrouiller toute seule.

Quelle que soit sa décision, dès l'instant où il l'aura prise vous serez libre de partir d'ici. Si vous choisissez de plaider votre cause auprès de lui et de vous livrer à sa merci, je vous ferai ramener en avion à Madrid. Si en revanche vous choisissez la sécurité, je suis prêt à vous épouser dans les mêmes conditions. Je suppose qu'un contrat de mariage a été prévu. Je suis prêt à en signer un reprenant les mêmes clauses. Mais bien sûr, vous pourrez également choisir de nous oublier l'un et l'autre et de vivre votre vie. Je respecterai votre choix quel qu'il soit. Vous avez ma parole. »

Benjamin posa la serviette à côté de la cuvette et se leva.

— Quoi qu'il arrive, je ne peux pas perdre. D'une manière ou d'une autre Javier paiera pour ce qu'il a fait.

— Comment pouvez-vous être aussi cruel ?

— Il récolte ce qu'il a semé.

— Non, je veux dire comment pouvez-vous être aussi cruel avec moi ? Qu'est-ce que j'ai fait pour mériter ça ? Vous ne me connaissez même pas !

— Vous avez choisi de vous fiancer avec un homme qui n'a pas de conscience. Je note que vous n'avez pas mis en doute le fait qu'il m'avait escroqué. Vous savez quel genre d'homme il est, mais vous avez choisi de l'épouser. Quel genre de femme cela fait-il de vous ?

Le visage déjà rouge de colère de Freya devint écarlate, et toute la haine du monde parut se concentrer dans son regard.

— Vous ne savez rien de moi et vous ne saurez jamais rien, dit-elle en se levant. Vous êtes l'être humain le plus méprisable que j'aie jamais rencontré. J'espère que Javier va prévenir la police.

Benjamin effleura sa joue du bout du pouce. Il la toucha à peine, mais ce contact l'électrisa, et il sentit le frisson qui la parcourait.

— S'il informait la police, la nouvelle se répandrait, et son escroquerie ne serait plus un secret pour personne, murmura-t-il en réprimant l'envie de plonger les doigts dans ses cheveux pour défaire son chignon et voir sa chevelure soyeuse ruisseler sur ses épaules. De toute façon, même s'il la prévenait, la police ne ferait rien. Je n'ai enfreint aucune loi.

— Vous m'avez kidnappée.

— Vous êtes montée de votre plein gré dans ma voiture puis dans mon avion.

— Uniquement parce que vous m'avez menti.

— C'était regrettable mais nécessaire. Et si mentir était un crime, la charge de la preuve vous incomberait.

— Vous avez payé quelqu'un pour neutraliser la connexion de mon téléphone.

— Là encore, ce serait à vous de le prouver.

Elle déglutit péniblement puis elle murmura d'une voix à peine audible :

— Comment dormez-vous la nuit ?

— Très bien, merci. Parce que j'ai la conscience tranquille.

Il s'écarta d'elle avant que l'envie de goûter ses lèvres pulpeuses devienne insurmontable.

— Je vais demander à un membre de mon personnel de vous conduire à votre chambre. Dormez bien, ma douce. Quelque chose me dit que la journée de demain va être très longue pour vous comme pour moi.

Sur ces mots, il s'inclina légèrement et quitta la pièce.

5

Malgré ses pieds douloureux, Freya arpentait sa chambre comme un fauve en cage. La seule différence entre sa cage et celle d'un fauve c'était que la sienne n'était pas cadenassée… Mais c'était tout comme. Elle avait repéré le point rouge qui clignotait au-dessus de la porte de ses appartements. Une caméra de surveillance. Elle n'avait aucune chance de faire un pas dans le couloir sans être aussitôt repérée. Elle s'assit sur le lit en soupirant et appuya le menton sur ses mains. De toute façon elle avait trop mal aux pieds pour courir à travers la forêt. Par ailleurs la faim commençait à se faire sentir, accentuant sa fatigue. Le pyjama posé sur son oreiller était de plus en plus tentant… La jeune domestique qui l'avait conduite jusqu'à ses appartements ne parlait pas anglais, mais elle n'avait eu aucun mal à lui faire comprendre que le pyjama et les vêtements rangés dans le dressing lui étaient destinés. Elle avait même le choix entre trois paires de chaussures, toutes encore moins pratiques que des chaussons de danse pour fuir à travers la forêt… Cependant elles étaient à sa pointure. Et tous les vêtements étaient à sa taille, y compris les dessous. C'était sans doute sa sœur qui avait renseigné Benjamin. La minutie et le sang-froid avec lesquels il avait préparé puis exécuté son plan donnaient la chair de poule… Non seulement il était sans pitié, mais il ne laissait rien au hasard. À cause de cette fichue caméra, elle ne pouvait même pas partir à la recherche d'un téléphone fixe. Sans porter la main sur elle, il avait réussi à l'enlever puis à l'emprisonner aussi sûrement que si elle était ligotée.

Il l'avait touchée, malgré tout… Au souvenir de ses mains

chaudes sur ses pieds et de son pouce effleurant sa joue, elle fut parcourue de longs frissons. Elle n'avait jamais rencontré un individu aussi cruel et dénué de scrupules, défauts pourtant très répandus dans le milieu de la danse. Pourtant, il avait nettoyé et soigné ses pieds avec une douceur impressionnante. Elle s'attendait à ce qu'il ait un mouvement de recul en découvrant l'état dans lequel ils étaient — réflexe habituel de quiconque n'était pas danseur — mais elle avait au contraire détecté dans ses yeux une lueur de compassion. Avoir les pieds douloureux et abîmés était une des constantes de sa vie. Une danseuse digne de ce nom se devait de garder le sourire malgré la souffrance et d'utiliser celle-ci pour tendre à la perfection. Il fallait reconnaître au moins ça à Benjamin. De ce point de vue il s'était comporté en parfait gentleman. Si elle avait laissé n'importe lequel de ses collègues masculins lui nettoyer les pieds, elle aurait eu droit à des plaisanteries douteuses et à des gestes équivoques. La danse impliquait des contacts si étroits entre partenaires qu'elle provoquait une ivresse sensuelle que beaucoup ne cherchaient pas à réprimer. Elle-même n'y était pas insensible. Cependant, chez elle l'ivresse s'arrêtait en même temps que la musique. Elle n'avait jamais eu envie que les contacts se prolongent en dehors de la scène. Alors que, avec Benjamin, elle avait dû faire appel à toute sa volonté pour ne pas trahir son trouble. Elle qui s'entraînait depuis toujours à garder son sang-froid en toutes circonstances, elle avait bien failli le perdre... En plein désarroi, elle ferma les yeux. Pourquoi était-elle aussi attirée par cet homme qui menaçait de tout gâcher ? Elle était prise dans une querelle entre deux hommes — trois en comptant Luis — mais ce n'était pas elle qui risquait d'en souffrir le plus. C'était sa mère. Si elle avait accepté d'épouser Javier c'était uniquement pour sa mère.

« Vous savez quel genre d'homme c'est, mais vous avez choisi de l'épouser. Quel genre de femme cela fait-il de vous ? » Une femme prête à tout. La danse était toute sa vie. Elle avait déjà parcouru un long chemin mais il restait encore beaucoup de batailles à gagner. Pour elle-même et pour ses parents qui avaient fait de gros sacrifices pour lui permettre de réaliser son rêve. Imaginer leur fierté si un jour elle figurait en tête d'affiche à Covent Garden, au Bolchoï ou au Met suffisait à la stimuler les jours où ses pieds et ses mollets étaient si douloureux qu'elle en oubliait pourquoi elle aimait la danse. La demande en mariage de Javier lui avait donné de l'espoir. Il lui donnerait les moyens dont elle avait besoin pour devenir la meilleure. Et si sa carrière prenait vraiment l'essor dont elle rêvait, elle aurait également les moyens de faire voyager ses parents dans le monde entier pour venir la voir sur scène. Mais avant tout elle aurait les moyens de soulager les souffrances de sa mère. Oui c'était vrai, elle savait quel genre d'homme était Javier. C'était pour cette raison qu'elle avait peu d'espoir qu'il rembourse à Benjamin l'argent qu'il lui devait. Elle ne doutait pas un instant de l'existence de cette dette. Même s'il était difficile d'imaginer qu'ils avaient réussi à duper le milliardaire français. Comment s'y étaient-ils pris ? Son mariage avec Javier ne serait qu'un mariage de convenance. Il n'éprouvait pas plus de sentiments pour elle qu'elle n'en éprouvait pour lui. Mais s'il ne payait pas Benjamin, ce mariage tomberait à l'eau. Et il n'y aurait plus d'argent pour payer les drogues miracle à sa mère. S'il ne payait pas elle n'aurait pas d'autre solution que de faire confiance à l'homme qui l'avait kidnappée et espérer qu'il était sincère quand il lui avait dit qu'il l'épouserait aux mêmes conditions. Parce que si Javier ne payait pas, elle serait obligée d'épouser Benjamin. Sinon sa mère serait morte d'ici à Noël.

Benjamin buvait sa deuxième tasse de café quand une ombre apparut dans l'encadrement de la porte du salon. Freya entra dans la pièce le dos droit et le menton relevé, vêtue d'un jean trois-quarts blanc et d'une chemise vieux rose, coiffée d'un nouveau chignon serré. La simplicité de ses vêtements, tous choisis par sa sœur, n'atténuait en rien l'élégance de son port de tête et de ses mouvements. Christabel entra dans la pièce juste après elle et demanda dans un anglais hésitant :

— Vous voulez du café ?

— Juste du jus d'orange, s'il vous plaît.

Ce fut seulement lorsqu'ils furent seuls qu'elle le regarda.

— Vous avez dormi ? demanda-t-il en souriant.

Pour toute réponse elle se contenta d'un regard crispé.

— Vous avez l'air fatiguée.

Elle haussa les épaules et prit son verre de jus de fruit.

— Prenez du café. Ça vous aidera à vous réveiller.

— J'en bois rarement.

— Dans ce cas je me ressers.

Il se versa une autre tasse tandis que la jeune domestique arrivait avec un plateau qu'elle déposa devant Freya. Celle-ci regarda les bols posés dessus d'un air surpris, puis elle sourit à la jeune fille. C'était un sourire chaleureux qui faisait briller ses yeux, et il se surprit à regretter de ne pas en être le destinataire.

— Remerciez la cuisinière pour moi, s'il vous plaît. C'est parfait. Elle a dû se donner beaucoup de peine.

La jeune fille ne parlant presque pas anglais, il traduisit. Lorsqu'ils furent de nouveau seuls, Freya demanda :

— Javier a-t-il répondu ?

— Pas encore.

Pour ne pas être dérangé, il avait paramétré son téléphone de manière à ce que seuls Javier, Luis et Chloé puissent le joindre.

Freya ferma les yeux et inspira profondément. Il l'observa avec fascination. Elle avait une façon incroyable de se concentrer et de se fermer à toute émotion. S'il n'avait pas été témoin de ses accès de colère quand elle s'était enfuie sur le terrain d'aviation, puis quand elle avait fait valser son dîner avant de disparaître dans la forêt, il aurait pu croire que cette femme ne perdait jamais son sang-froid. Pourtant, malgré son impassibilité, il y avait quelque chose chez elle qui la rendait plus vivante que n'importe laquelle des femmes qu'il avait rencontrées. Un rayonnement extraordinaire qui attirait le regard et le retenait prisonnier. Comment était-elle au lit ? Faisait-elle brûler les draps ou bien gardait-elle son sang-froid ? Sa personnalité fascinante avait-elle touché le cœur de Javier en même temps qu'elle avait excité son désir ? S'était-il perdu en elle… ? Benjamin fut assailli par une bouffée de jalousie qui lui coupa le souffle. Que lui arrivait-il ? C'était ridicule. Il devrait espérer au contraire que Javier avait connu la passion dans ses bras et qu'il ne pouvait plus se passer d'elle. Ça l'inciterait à payer pour la récupérer. D'autres questions s'imposèrent à Benjamin, décuplant sa jalousie. Et elle ? Avait-elle connu la passion dans les bras de Javier ? Éprouvait-elle des sentiments pour lui ? Si oui, pourquoi voyait-il une lueur révélatrice s'allumer dans ses yeux noirs à chaque fois qu'elle le regardait ? Il prit une profonde inspiration. Ce n'était pas le moment de laisser son esprit vagabonder sur ce genre de chemins. Il fallait rester concentré dans l'attente de la réaction de Javier. Ensuite seulement il aviserait. Pour s'occuper l'esprit, il observa les différents bols que sa cuisinière avait préparés pour Freya. Un peu plus tôt, il avait demandé à Christabel d'aller la voir pour lui demander ce qu'elle voulait manger au petit déjeuner, au cas où elle aurait l'intention d'en prendre un. Celle-ci s'était fait comprendre et c'était avec soulagement qu'il avait appris que sa grève de la faim était terminée.

— Que mangez-vous ? demanda-t-il. On dirait de la nourriture pour animaux.

— Du granola. Préparé par votre cuisinière.

— Du granola ?

— Des flocons d'avoine.

— De la nourriture pour animaux.

Elle lui fit une grimace, puis elle mit une cuillerée de myrtilles sur sa nourriture pour animaux, suivie d'une cuillerée d'amandes. Ensuite elle ajouta du yaourt et mélangea le tout. Au moment de porter la cuillère à sa bouche, elle s'immobilisa.

— Vous êtes obligé de regarder ?

— Ça vous gêne ? demanda-t-il, intrigué par le rouge qui colorait ses joues.

— Que vous n'arrêtiez pas de me fixer ? Oui.

— Pourquoi ?

— Parce que...

Réprimant un soupir, Freya reposa la cuillère dans le bol. Pourquoi était-elle aussi embarrassée ? Tous les jours chacun de ses mouvements était minutieusement étudié par des chorégraphes, des danseurs ou des spectateurs et elle avait appris depuis longtemps à faire abstraction de leur regard. Pourtant, assise sous celui des yeux verts de Benjamin, elle était plus consciente de son corps qu'elle ne l'avait jamais été. Des sensations nouvelles l'envahissaient, de plus en plus intenses au fil des minutes.

— Parce que c'est comme ça, reprit-elle sèchement. Si vous me laissiez tranquille ?

Le téléphone de Benjamin émit un signal sonore. Il le prit et le consulta.

— Un mail de Javier.

Elle sentit son estomac se nouer.

— Déjà ?

— Il vous a envoyé une copie.

— Que dit-il ?

Benjamin étudia l'écran pendant un long moment avant de faire glisser son portable vers elle. Le mail ne comportait pas de texte. Juste deux photos en pièces jointes. La vue brouillée, elle dut attendre quelques secondes avant de les voir distinctement. Elles avaient été prises par un des photographes présents au gala. La première les représentait au moment où ils avaient fait une pause dans le hall, le temps que Benjamin lui donne de brèves explications. Sur l'autre ils sortaient de l'hôtel main dans la main. Mais c'était de la première qu'elle ne parvenait pas à détacher les yeux. Le visage de Benjamin était partiellement dans l'ombre, et c'était le sien qui retenait tout de suite l'attention. Il était impossible de ne pas remarquer le regard intense qu'elle fixait sur lui et l'inclination de son corps vers le sien. Ils avaient tout de deux amants surpris en pleine conversation intime. Elle sentit son visage s'enflammer. Avait-elle vraiment regardé Benjamin comme ça ? Pétrifiée, elle fut incapable d'émettre le moindre son quand Benjamin lui reprit l'appareil. Jamais elle ne s'était sentie aussi humiliée... Le téléphone de Benjamin sonna. Appel téléphonique. Benjamin activa le haut-parleur et garda le regard fixé sur elle tandis que la voix râpeuse de Javier résonnait dans la pièce.

— Tu n'auras pas un sou, pauvre minable. Garde-la. Je te la laisse.

Fin de la communication. Dans le silence qui suivit Freya eut l'impression que les battements de son cœur étaient assourdissants. La pièce commença à tournoyer autour d'elle. Le plafond s'abaissait, les murs se rapprochaient... Elle allait avoir un malaise. Elle se serait sans doute évanouie si un bruit — le bruit le plus incongru qu'elle aurait pu imaginer — ne l'avait pas fait tressaillir.

La pièce cessa de tournoyer et reprit ses dimensions normales. Benjamin, les yeux toujours fixés sur elle, riait.

— Comment pouvez-vous trouver ça drôle ? s'exclama-t-elle d'une voix étranglée. Vous avez perdu.

Elle aussi bien sûr. Javier lui avait envoyé les photos. Le message était clair. Leurs fiançailles étaient rompues.

— Perdu ? Pas du tout, ma douce. Je vous l'ai dit hier, je ne peux pas perdre.

— Il ne va pas payer, objecta-t-elle.

Son cœur tambourinait toujours dans sa poitrine, et elle avait du mal à respirer.

— Il n'y avait que cinquante pour cent de chances qu'il paie. Cette issue n'est pas celle que j'aurais souhaitée mais j'ai quand même une raison d'être satisfait. À cause de ces photos il essuie une humiliation cuisante. Je suis donc loin d'avoir perdu.

— Vous peut-être, mais moi ? Il ne voudra plus jamais de moi. Vous en êtes conscient, non ? Ces photos donnent l'impression que je vous encourageais… Que j'étais complice.

Oh ! mon Dieu, comment avait-elle pu le regarder comme ça ?

— Vous n'avez rien perdu non plus, ma douce. Votre carrière n'est pas en danger. Vous êtes une des danseuses les plus remarquables du monde. Si Javier est assez stupide pour vous renvoyer, je peux vous garantir qu'une autre compagnie vous engagera aussitôt.

— Vous croyez que je ne pense qu'à ma carrière ?

Il eut un rire moqueur.

— Ma sœur dit que vous êtes la danseuse la plus déterminée qu'elle a jamais rencontrée. Mais si c'est la perte de votre fiancé qui vous attriste, je vous suggère de réfléchir un peu. S'il éprouvait des sentiments pour vous il se serait battu pour vous garder. Vous devriez me remercier. Je vous évite une vie entière de souffrance.

— Absolument pas. Je vous ai déjà dit hier soir que vous ne savez rien de moi.

— Si vous tenez tant que ça à lui, c'est le moment où jamais d'aller le voir pour plaider votre cause, répliqua-t-il d'un ton sarcastique. Il a fait son choix, vous êtes donc libre. Vous n'avez qu'un mot à dire, et j'organise votre retour à Madrid en avion. Vous pouvez y être avant le déjeuner.

Freya se leva et le foudroya du regard. Elle ne se savait pas capable de haïr quelqu'un à ce point. Son cœur battait si fort qu'elle eut du mal à parler.

— Croyez-moi, rien ne me ferait plus plaisir que de quitter cette bâtisse et de ne plus jamais être obligée de vous revoir. Très franchement, si j'étais coincée sur une île déserte avec la possibilité de choisir entre vous et un rat pour me tenir compagnie, c'est le rongeur qui aurait ma préférence.

Un sourire moqueur étira les lèvres de Benjamin.

— La façon dont vous me regardez sur cette photo prouve que vous venez de dire un gros mensonge.

6

— Je ne vois pas de quoi vous parlez, affirma Freya, furieuse de sentir ses joues s'enflammer.

Comment être crédible si elle devenait écarlate ? Benjamin se leva et fit lentement le tour de la table. Elle pivota sur elle-même, les jambes tremblantes, et il fut bientôt devant elle. Si près qu'elle sentait des effluves de son parfum épicé.

— Je suis sûr que vous voyez très bien au contraire, ma douce, murmura-t-il en se penchant vers elle et en refermant une main sur sa nuque. L'objectif ne ment jamais. Javier a vu le désir que vous ressentez pour moi. Je l'ai vu moi aussi. Et je l'ai senti quand je vous ai portée jusqu'ici après vous avoir rattrapée quand vous êtes tombée du mur. Vous dites que vous me haïssez mais vous avez envie que je vous embrasse.

Elle resta figée. Elle n'osait pas bouger. Elle osait à peine respirer. Elle avait trop peur que ses lèvres se posent d'elles-mêmes sur ce cou si proche d'elles. Trop peur que son corps se presse de lui-même contre celui de Benjamin.

Garde ton sang-froid, Freya. Les prochaines minutes vont être déterminantes pour ton avenir et celui de ta mère.

Il se pencha encore, et son souffle chaud effleura son oreille, faisant courir des frissons délicieux le long de son épine dorsale.

— Il y a une force qui nous attire l'un vers l'autre depuis le premier regard que nous avons échangé dans le parc de Javier.

Il lâcha sa nuque pour poser un doigt sur ses lèvres et plongea son regard dans le sien.

— À présent que vous n'êtes plus liée à lui, nous sommes libres d'agir en conséquence.

Benjamin fit glisser son doigt des lèvres de Freya jusqu'à sa joue. Elle avait la peau la plus veloutée qu'il avait jamais touchée… Conscient depuis le début qu'il n'y avait que cinquante pour cent de chances que Javier paie, il s'était arrangé pour être gagnant quelle que soit l'issue de son plan. Cependant, il ne s'attendait pas à ce que la rupture entre Javier et Freya lui semble une victoire aussi douce que si Javier l'avait remboursé. Plus jamais il ne serait hanté par des images de Freya dans le lit de son ennemi. Elle avait raison. Javier ne voudrait plus jamais d'elle. Elle pourrait toujours essayer de le supplier, mais elle n'avait aucune chance. Il connaissait trop bien Javier. Déjà cruellement blessé dans son orgueil, il ne ruinerait pas davantage sa réputation en épousant la femme qui, aux yeux de tous, l'avait trahi. Benjamin réprima un sourire mauvais. Il n'avait peut-être pas récupéré son argent, mais il s'était bien vengé malgré tout. Et bientôt le tour de Luis viendrait…

Les méthodes qu'il avait choisi d'employer étaient aussi douteuses que celles de ses ennemis. Il en était conscient. Mais il s'en moquait éperdument. Pourquoi aurait-il des scrupules ? Personne n'en avait jamais eu avec lui.

Sa mère l'avait aimé, bien sûr, mais quand il avait découvert la trahison des frères Casillas tout le passé était remonté à la surface. Il avait dû se rendre à l'évidence. L'amour de sa mère pour lui avait toujours été lié à son amour pour eux. Louise Guillem avait aimé Javier et Luis comme s'ils étaient ses propres enfants, parce que Clara Casillas était l'amour de sa vie. Un amour platonique, certes, mais aussi intense que la liaison amoureuse la plus passionnée. Et le fils de Louise Guillem n'avait pas été un enfant désiré pour lui-même mais un enfant à élever en compagnie de ceux de Clara. Un accessoire plutôt qu'un fils.

Son père avait quitté le domicile conjugal quand sa mère était tombée enceinte par accident dix ans après sa naissance. Déjà lassé de jouer les seconds rôles à côté de la plus grande danseuse du monde, son père avait refusé de rester pour élever un second accessoire. Il ne lui avait jamais manqué. Pour regretter quelqu'un il fallait le connaître, or il n'avait jamais réellement connu son père. Mais, quand le passé était remonté à la surface, il avait pris conscience que son père n'avait pas seulement quitté sa mère. Il avait également quitté son fils, auquel il ne tenait pas assez pour avoir envie de nouer des liens plus étroits. La trahison de Javier et de Luis avait été d'autant plus dévastatrice qu'elle l'avait obligé à considérer ses relations passées sous un nouvel angle et à regarder la réalité en face. Aujourd'hui il n'y avait plus dans sa vie qu'un seul être dont il était proche. Sa sœur. Mais Chloé avait ses propres blessures. C'était un superbe violon aux cordes cassées. Toutes les autres personnes qu'il avait aimées et en qui il avait eu confiance l'avaient utilisé ou trahi. Plus jamais il n'accorderait sa confiance à personne. Cette femme splendide avec des yeux dans lesquels un homme pourrait se noyer était loin d'être innocente. Il regrettait d'avoir dû se servir d'elle mais c'était un mal nécessaire. En revanche il ne regrettait pas d'avoir détruit sa relation avec Javier. Si elle avait éprouvé le moindre sentiment pour son ennemi elle ne serait pas en train de le regarder comme si elle avait envie de le dévorer. Oui, un homme pourrait vraiment se noyer dans ces yeux noirs… Mais il y avait autre chose que du désir dans ces yeux. Un éclat qui trahissait une détermination farouche… Benjamin retira sa main de la joue de Freya et recula d'un pas pour mieux l'observer. Aussitôt elle croisa les bras et déclara d'un ton aussi déterminé que son regard :

— La seule chose en fonction de laquelle nous allons agir c'est votre parole.

— Vous voulez que je vous ramène à Madrid ?

Cette fois, ce fut elle qui rit. D'un rire bref et amer.

— Oui. Mais pas encore. Pas avant de m'avoir épousée.

L'espace d'un instant il eut l'impression d'avoir mis le pied dans des sables mouvants.

— Vous voulez m'épouser ?

— Je préférerais nettement épouser le rat de l'île déserte. Mais vous m'avez dit que lorsque Javier aurait pris sa décision, j'aurais trois possibilités. Il n'acceptera pas que je revienne, même si je le supplie à genoux. Or j'ai besoin de la somme fixée dans notre contrat de mariage. Si bien que rentrer à Madrid pour y reprendre ma vie de célibataire n'est pas une option non plus. Ce qui ne me laisse qu'une solution. Vous épouser. Après avoir signé un contrat de mariage équivalent à celui que Javier et moi avons signé le jour de nos fiançailles. Vous m'avez donné votre parole que si c'était mon choix vous le respecteriez.

Un frisson inattendu parcourut Benjamin. Se marier avec Freya ? Il avait menacé Javier de le faire mais il n'avait jamais imaginé un seul instant qu'elle accepterait. Et encore moins qu'elle l'exige... Il tenta d'imaginer la réaction de Javier quand il apprendrait la nouvelle mais il en fut empêché par des images de Freya nue dans son lit. Tous les fantasmes qu'il refoulait depuis deux mois rejaillirent soudain, prenant toute la place dans son esprit. Le mariage n'avait jamais fait partie de ses projets immédiats. Il avait consacré les sept dernières années de sa vie au renflouement puis à l'essor de sa société, sans avoir le temps de penser à quoi que ce soit d'autre. Aujourd'hui, l'idée du mariage lui nouait l'estomac. Le mariage impliquait l'amour et la confiance. Deux choses auxquelles il ne croyait plus.

La voix de Freya rompit le silence.

— Mentiez-vous quand vous m'avez donné votre parole ?

— Je réserve mes mensonges à votre ex-fiancé. C'est un expert en la matière. Et vous devez être très douée aussi puisque vous lui avez fait croire que vous éprouviez des sentiments pour lui.

— Je n'ai menti à personne. Javier et moi savions exactement à quoi nous nous engagions.

— Vous admettez que vous aviez choisi de l'épouser pour son argent ?

— Oui. J'ai besoin de cet argent.

— Et de son côté, que devait lui apporter ce mariage à part une danseuse étoile à exhiber à son bras ?

Les joues de Freya s'enflammèrent mais elle ne cilla pas.

— C'est stipulé dans le contrat. Si comme vous l'affirmez vous êtes un homme de parole, vous en signerez un qui reprendra les mêmes clauses.

— Vous êtes sérieuse ?

— On ne peut plus sérieuse. Toutes les activités de la compagnie sont suspendues pendant deux semaines. J'étais censée épouser

Javier samedi prochain. Je suppose qu'avec toutes vos relations vous pouvez vous arranger pour que nous nous mariions ce jour-là. Ou alors vous pouvez me donner maintenant tout l'argent que j'aurais reçu de Javier pendant... Disons les dix premières années de mariage.

Le visage de Freya s'éclaira à cette idée qui venait visiblement de surgir dans son esprit.

— On pourrait considérer ça comme une compensation pour avoir été victime de vos dissensions. La somme se monte à...

Plissant le front, elle fit un rapide calcul.

— ... Environ vingt millions. Je suis prête à me contenter de la moitié. Dix millions et je reprends ma vie sans que nous ayons plus jamais besoin de nous revoir.

— Vous voulez que je vous indemnise ? demanda-t-il, à la fois étonné et admiratif.

— Ce serait la meilleure solution pour chacun de nous, vous ne trouvez pas ?

Il secoua la tête. Elle avait un cran remarquable. Et elle n'en était que plus désirable...

— Non, ma douce. Le choix était le mariage ou rien. Si je vous paie, je ne reçois rien en échange.

— Votre conscience vous remerciera.

— Comme je vous l'ai déjà dit, ma conscience ne m'empêche pas de dormir. Mais avec vous dans mon lit toutes les nuits, je dormirai encore mieux.

Le désir de Benjamin s'accrut. Nuit après nuit, cette splendide chevelure répandue sur l'oreiller... Ces yeux noirs étincelants non plus de colère mais de passion...

— Vous devriez lire le contrat avant d'en arriver à la conclusion que je serai dans votre lit toutes les nuits. Vous préférerez peut-être renoncer au mariage et me payer.

— C'est peu probable. Savoir que Javier enragera toute sa vie à l'idée que c'est à moi que vous êtes mariée et pas à lui, atténuera toute déception éventuelle.

— Vous êtes vraiment un monstre de cynisme.

— Vous vous permettez de m'insulter et de me parler de ma conscience, alors que de votre côté vous ne pensez qu'à l'argent.

Il se rapprocha d'elle en souriant et posa la main sur sa hanche. Même s'il était capable d'amour et de confiance, il ne courait aucun risque d'aimer cette femme ni de lui faire confiance.

— Nous n'avons pas besoin d'éprouver de la sympathie l'un pour l'autre pour former un couple qui fonctionne... Et je pense que notre couple peut fonctionner à merveille. Épousez-moi et vous aurez tout ce que vous auriez eu si vous aviez épousé Javier.

— Et vous, vous aurez la satisfaction d'une vengeance perpétuelle, commenta-t-elle d'un ton méprisant.

— Exactement. Nous sommes tous les deux gagnants.

Freya sentait l'odeur de la peau de Benjamin sous le parfum de son eau de toilette. Cet homme n'était pas le genre de mari qu'elle voulait. Il la troublait comme Javier ne l'avait jamais fait. Elle n'échangerait pas un homme riche contre un autre, elle échangerait la glace contre le feu, la sécurité contre le danger. Tout ce qu'elle fuyait.

— Il ne nous reste plus qu'à sceller notre accord, murmura-t-il en se rapprochant encore.

Sans lui laisser le temps de deviner ce qu'il voulait dire, il glissa un bras autour de sa taille et s'empara de sa bouche. Électrisée, elle lutta de toutes ses forces pour rester de marbre. Pas question de succomber. Ce roi de la manipulation était déjà beaucoup trop heureux d'avoir gagné la partie qu'il avait jouée contre Javier. Elle n'allait pas lui donner en plus la satisfaction de vérifier le pouvoir qu'il avait sur elle... La langue de Benjamin se glissa entre ses lèvres. Pour la première fois de sa vie, elle sentit son corps prendre le contrôle de son esprit. Grisée par les sensations inouïes qui la submergeaient, elle répondit au baiser de Benjamin avec fougue. Nouant les bras sur sa nuque, elle se pressa encore plus étroitement contre lui tandis qu'il refermait les bras sur elle et dévorait sa bouche avec une ardeur redoublée. Lorsqu'une main glissa sur une de ses fesses pour plaquer son bassin contre le sien, elle laissa échapper un gémissement étranglé. Ses seins écrasés contre son torse étaient sensibles et frémissants pour la première fois de sa vie. Pourquoi avait-elle mis un soutien-gorge alors que la plupart du temps elle s'en passait ? Cette pensée la ramena brusquement sur terre. Tous les vêtements qu'elle portait, ses dessous, ses chaussures, tout ce qui était censé être à elle sous ce toit avaient été achetés à son insu. Elle n'était qu'un pion dans le jeu de vengeance joué par Benjamin. Il n'était pas question d'accepter ses baisers avec autre chose que du mépris.

Lorsque Freya s'arracha brusquement à ses bras et recula d'un bond, Benjamin mit quelques secondes à reprendre ses esprits. Que venait-il de se passer ? Haletant, il la regarda avec perplexité. Comment un simple baiser pouvait-il être aussi explosif ? Il savait que leur attirance mutuelle était forte, mais à ce point… ? Il n'avait pas été aussi transporté par un baiser depuis… depuis toujours. Aucun baiser ne lui avait fait un effet aussi incroyable, même quand il était adolescent. Il avait tellement envie d'elle qu'il avait du mal à garder les idées claires… Avait-elle réagi aux baisers de Javier avec la même passion ? Cette pensée eut sur Benjamin l'effet d'une douche froide. Son excitation retomba aussitôt. Il avait besoin d'air…

— Votre contrat de mariage. Où est-il ? demanda-t-il d'un ton brusque.

Elle le regarda d'un air interdit pendant une fraction de seconde, puis elle redressa les épaules.

— Dans le coffre de Javier, mais j'ai une copie en pièce jointe d'un mail.

— Bien. Je vais faire rétablir la connexion de votre téléphone. Quand il fonctionnera de nouveau, envoyez-moi cette pièce jointe. Je ferai établir un nouveau contrat sur le même modèle avec nos deux noms. Il sera prêt à être signé d'ici la fin de la journée.

7

Benjamin frappa vigoureusement à la porte de Freya avec le sentiment que son cœur faisait autant de bruit que sa main sur le bois. Dire qu'elle allait vivre là de façon permanente... Il avait encore du mal à y croire. Quand il avait acheté le château sept ans plus tôt, l'image d'une future Mme Guillem y vivant avec lui lui avait traversé l'esprit, mais très furtivement. Ce château, il l'avait acheté pour sa mère. À l'époque, s'occuper d'elle pendant ses derniers mois était sa seule préoccupation. Peu de temps après les funérailles il s'était trouvé dans l'impossibilité de rembourser l'emprunt et il avait dû se rendre à l'évidence. Pendant tout le temps où il était resté au chevet de sa mère il avait négligé ses affaires. Les factures s'étaient accumulées. Les fournisseurs menaçaient de l'attaquer en justice. Il avait failli tout perdre. L'image d'une future Mme Guillem s'était évanouie. Il avait eu des maîtresses mais toutes éphémères. À l'époque il était trop accaparé par son travail pour envisager de construire une relation durable. Plus tard, quand ses affaires étaient redevenues prospères et qu'il avait commencé à avoir le temps de penser à son avenir personnel, les circonstances l'avaient amené à la conclusion qu'il ne pourrait jamais plus faire confiance à personne. Par conséquent, le mariage était exclu. La perspective de ne pas avoir d'enfants n'était pas réjouissante, mais s'il ne pouvait plus faire confiance aux gens qu'il avait aimés toute sa vie, comment pourrait-il faire confiance à une étrangère ? Avec Freya, le problème ne se posait pas. Savoir dès le départ qu'il ne pouvait pas lui accorder sa confiance facilitait les choses. Il avait lu avec incrédulité le contrat qu'elle avait signé avec Javier. Que son ancien ami ait signé un contrat aussi glaçant ne l'étonnait pas. Mais que cette femme ardente avec qui il avait échangé un baiser explosif en ait fait autant… C'était incompréhensible. Il ne l'avait pas revue depuis ce baiser. Il avait passé la journée dans son bureau à organiser la suite. Il frappa de nouveau à la porte. Après avoir attendu encore trente secondes il entra. Les appartements de Freya étaient vastes et confortables. Une petite entrée donnant sur une chambre avec salle de bains et dressing attenants, et sur la droite un grand salon à travers la porte duquel provenait de la musique jouée en sourdine. Il ouvrit la porte et s'immobilisa sur le seuil. Tous les meubles avaient été poussés contre le mur du fond pour dégager un vaste espace. La musique provenait du téléphone de Freya, de nouveau en service. Quant à Freya, elle se trouvait au milieu de la pièce, dans la position la plus étrange qu'il avait jamais vue. Les jambes et les genoux appuyés sur le sol, elle était renversée en arrière, le bassin et le buste formant un pont, les coudes appuyés sur le sol, le visage contre la plante des pieds et les mains serrées sur les talons. Ça paraissait la position la plus inconfortable que pouvait adopter un être humain, mais elle semblait très à l'aise. Sereine, même. Son buste et son ventre se soulevaient et se baissaient tour à tour au rythme de sa respiration profonde.

Il se surprit à bloquer sa propre respiration, attentif à ne pas faire le moindre bruit de peur qu'elle se blesse si elle était dérangée. Au bout d'un moment qui lui parut interminable, elle se déroula en appuyant les mains par terre pour se redresser. Une fois à genoux elle finit par le regarder, visiblement ni surprise ni perturbée par sa présence. Il avait été tellement fasciné par sa position étrange qu'il n'avait même pas remarqué qu'elle ne portait rien d'autre qu'une culotte et un débardeur noirs. De toute évidence elle n'était pas gênée qu'il la voie dans cette tenue. Mais il était vrai que pendant toutes les années où il avait accompagné sa mère dans les tournées de Clara Casillas, il n'avait jamais rencontré une seule danseuse pudique. Au cours des dix premières années de sa vie, il avait vu davantage de femmes nues que s'il avait grandi dans une maison close. Tous les jours le corps de Freya était examiné à la loupe et touché par différentes personnes pour différentes raisons. Pour être soulevé, placé, costumé... Il parierait qu'elle restait pleine de grâce jusque dans son sommeil. Une flèche de désir le transperça à l'idée qu'il le découvrirait bientôt. Alors que son esprit était envahi par des images de Freya nue dans son lit le regard étincelant de passion, il se passa la chose la plus inattendue. Elle rougit. Puis elle bondit sur ses pieds, passant de la position agenouillée à la station verticale avec une souplesse et une rapidité stupéfiantes.

— Si vous voulez bien m'excuser, je vais m'habiller, dit-elle d'un ton crispé.

Il s'écarta pour la laisser sortir. Puis il prit une profonde inspiration et s'assit dans le fauteuil en s'efforçant de se ressaisir. Ils avaient des affaires à régler. Lorsqu'elle revint il avait retrouvé son sang-froid.

— Que faisiez-vous ? demanda-t-il.

Elle avait mis son jean trois-quarts blanc et un haut sans bretelles marine. Ses pieds étaient nus. Elle s'assit sur le canapé en cuir à côté de son fauteuil.

— Du yoga. Cette posture était le *Kapotasana*.

— Le nom paraît aussi compliqué que la chose.

Elle esquissa un sourire.

— C'est tonique et, vu les circonstances, nécessaire.

— Pourquoi ?

— Il faut que je me maintienne en forme. J'ai l'habitude de danser et de faire des exercices au minimum sept heures par jour. Il faut que je continue à m'exercer régulièrement, sinon je vais me rouiller. Le yoga est tout ce que j'ai à ma disposition. À moins que vous cachiez quelque part un studio de danse avec une barre ?

— Je crains que non, mais vous pouvez utiliser ma salle de sport, mes piscines et mon sauna. Il y a également des courts de tennis.

Elle fit la grimace.

— Il faut que je sois prudente avec la gymnastique et la natation. C'est mauvais pour mes muscles. Ça les développe aux mauvais endroits. Quant au tennis je n'y ai jamais joué et je ne prendrai pas le risque d'essayer sans savoir si c'est contre-indiqué. Mais je suppose que vous n'êtes pas ici pour discuter de mon entraînement.

Elle indiqua d'un signe du menton la chemise qu'il avait dans la main.

— C'est le contrat ?

Il sortit les documents de la chemise.

— J'ai programmé notre mariage pour mardi.

Il y eut un bref silence.

— Mardi ?

— Oui.

— J'étais censée épouser Javier samedi.

— Trop court. Il n'y a plus aucune disponibilité samedi.

— Vous n'avez pas pu soudoyer quelqu'un ?

— J'ai déjà fait jouer mes relations pour éluder le délai de publication des bans. Si vous tenez vraiment à vous marier un samedi, nous pouvons toujours attendre quelques semaines, ajouta-t-il en plongeant son regard dans le sien.

Étant donné les termes du contrat, il n'était pas étonnant qu'elle tienne à se marier le plus tôt possible. Le jour du mariage il devait virer deux cent mille euros sur son compte, le premier des paiements mensuels prévus. Conformément au contrat, Javier lui avait déjà versé deux fois la somme forfaitaire de cent mille euros.

— Non. Mardi ça ira.

Il eut un sourire narquois.

— Je m'en doutais. Demain je vous emmènerai à l'hôtel de ville pour rencontrer le maire et remplir quelques papiers, mais toutes les dispositions sont déjà prises. Votre passeport se trouve chez vous ?

— Oui. J'ai téléphoné à ma colocataire. Elle l'a mis de côté.

— Je vais envoyer un coursier le récupérer.

— Je préfère aller le chercher moi-même et en profiter pour récupérer mes affaires.

Il serra les dents. La laisser aller dans la ville où se trouvait Javier ? Non.

— Impossible. Il y a trop de formalités à régler ici.

— J'ai besoin de mes vêtements.

— J'ai des rendez-vous à Paris demain après notre rencontre avec le maire. Vous pouvez venir avec moi et acheter tout ce dont vous avez besoin là-bas.

— Avec quoi ? Je ne peux pas me payer une garde-robe entière avec cent cinquante euros, or c'est tout ce que j'ai sur mon compte.

— Vous avez dépensé tout l'argent que Javier vous a versé ?

— Oui. Je...

— Ce que vous faites avec votre argent ne m'intéresse pas, la coupa-t-il. Je vais vous donner une carte de crédit. Achetez ce que vous voulez avec. Considérez ça comme un cadeau de mariage avant l'heure. Et vous pourrez en profiter pour acheter une robe de mariée.

— Noire pour qu'elle soit assortie à votre cœur ? ironisa-t-elle d'un ton amer.

— Vous êtes mal placée pour faire ce genre de remarque, vu le contrat que vous avez accepté de signer avec Javier.

Elle cilla imperceptiblement.

— Il nous convenait à tous les deux.

— À moi il ne me convient pas.

— Vous avez donné votre parole de le respecter.

— Et je le ferai. Je n'y ai apporté qu'une seule modification.

— Je n'accepterai pas d'autre modification que le remplacement du nom de Javier par le vôtre.

— Si vous voulez l'argent vous signerez.

— Qu'avez-vous modifié ?

— Regardez vous-même.

Il lui tendit le contrat.

— La modification est surlignée en rouge.

Elle saisit les feuilles en le foudroyant du regard.

— C'est ça que vous avez modifié ? s'exclama-t-elle les joues en feu après avoir lu la clause.

— Je n'ai pas l'intention de renoncer à une partie de ma fortune et à ma liberté pour passer seulement une nuit par semaine au lit avec ma femme.

Il avait lu cette clause avec incrédulité. Des rapports sexuels programmés par contrat ? Comment une femme aussi sensuelle pouvait-elle accepter un mariage de ce genre ? Puis il avait lu la section suivante, et son incrédulité s'était encore accrue. Cette femme était un vrai mystère, une contradiction vivante. Brûlante à l'extérieur et apparemment glaciale à l'intérieur. Qui était la véritable Freya ? La passionnée ou la calculatrice ?

— Je respecterai à la lettre toutes les autres clauses mais quand nous serons sous le même toit, nous dormirons dans le même lit. Si c'est une chose que vous ne pouvez pas envisager, je vous suggère de le dire maintenant afin que je puisse prendre les dispositions nécessaires pour votre départ.

Freya enfonça ses doigts de pied endoloris dans le tapis. Il n'y avait pas de doute. Le mariage avec Benjamin s'annonçait beaucoup plus perturbant que le mariage avec Javier… Oh ! comme elle aimerait pouvoir danser ! Une heure de yoga n'avait pas suffi à lui faire retrouver sa sérénité. Ce baiser… Il l'avait bouleversée, consumée… Comment avait-elle pu réagir ainsi ? Toute la journée elle avait cherché un moyen d'éradiquer les angoisses et les émotions qui la rongeaient. Ici, impossible d'avoir recours à la danse, son remède miracle habituel. Elle avait longuement marché dans le parc et la forêt, puis elle avait exploré le château à la recherche d'une pièce où elle pourrait pratiquer la danse. Elle n'avait rien trouvé. Ce n'était pas la taille des pièces qui posait un problème, bien sûr. C'était le sol. Ou trop glissant ou recouvert de moquette. La méditation et le yoga l'aidaient à apaiser son esprit à et assouplir son corps, mais cela ne lui suffisait pas. Surtout ici et maintenant, alors qu'elle était terrifiée par l'avenir et par les réactions que cet homme déclenchait en elle. Mieux valait ne pas imaginer ce qu'il avait pensé en lisant la section concernant les rapports sexuels. C'était Javier qui avait insisté pour inclure ces clauses dans le contrat, y compris celle stipulant que c'était elle qui choisirait le moment d'avoir un enfant. Il voulait éviter toute contestation ultérieure. Le contrat devait leur servir de guide pour un mariage harmonieux sans le moindre risque de querelles ou de malentendus. C'était un document froid, dénué de tout sentiment, parfaitement adapté à un mariage qui ne reposait pas sur l'amour mais sur l'intérêt et la sécurité. Javier était froid mais sans danger. En se mariant avec lui elle n'aurait couru aucun risque d'être déstabilisée. Physiquement il ne lui avait jamais fait aucun effet. Elle termina la lecture du contrat. Il n'avait en effet subi que deux modifications. Le changement de nom de l'époux et la clause stipulant que les deux époux partageraient le même lit.

Elle fut assaillie par une bouffée de panique. La perspective de coucher avec Javier ne l'avait jamais vraiment perturbée. Elle considérait ça comme la condition nécessaire pour avoir accès au traitement qui pourrait peut-être soulager sa mère pendant les mois et, avec un peu de chance, les années à venir. La perspective de coucher avec Benjamin était beaucoup plus effrayante. Dès le premier regard, elle avait été envahie par une chaleur inconnue. Et, avec ce baiser, c'était un incendie ravageur qui l'avait embrasée tout entière. La méditation et le yoga s'étaient révélés inefficaces contre le trouble qui ne la quittait pas depuis. Ils lui avaient juste permis de contrôler sa respiration et les battements de son cœur quand Benjamin avait fait irruption chez elle. Mais ensuite il l'avait regardée comme s'il mourait d'envie de lui arracher le peu de vêtements qu'elle portait... Elle avait l'habitude de se montrer dans ce genre de tenue à toutes sortes de gens, et cela ne l'avait jamais embarrassée. Mais sous ce regard brûlant, elle avait eu l'impression d'être nue pour la première fois de sa vie. Et elle devait s'engager à partager le lit de cet homme qui l'effrayait cent fois plus que son fiancé glacial ?

Son fiancé c'était lui, à présent. Benjamin. Elle inspira profondément. Elle survivrait. Il lui était déjà arrivé d'affronter des situations déstabilisantes. Comme quand elle avait quitté ses parents à onze ans pour devenir pensionnaire à l'école de danse. En découvrant à quel point elle était différente de toutes les autres filles elle avait failli supplier qu'on la renvoie chez elle. Ayant obtenu une bourse comprenant les frais de pension, elle était la seule élève issue d'un milieu modeste. En comparaison, toutes les autres étaient nées avec une cuillère en argent dans la bouche. Elles avaient un langage recherché, des vêtements qui n'avaient pas été achetés d'occasion et des résidences secondaires, alors que ses parents n'étaient même pas propriétaires de l'appartement dans lequel ils vivaient.

Elle avait réussi à supporter la nostalgie du cocon familial et les railleries incessantes qui n'étaient pas encore considérées comme du harcèlement en se donnant corps et âme à la danse.

Par ailleurs, elle avait appris à dissimuler ses émotions pour ne les exprimer qu'à travers la danse. Si elle avait réussi à survivre à la pension, elle était capable d'affronter la vie commune avec Benjamin et à contenir les émotions dévastatrices qu'il faisait naître en elle. Oui, elle y arriverait. Il le fallait. Elle était prête à tout pour soulager la souffrance de sa mère. À tout. Le premier message qui s'était affiché sur son téléphone quand il avait été reconnecté, c'était le compte rendu quotidien de son père. Sa mère avait passé une nuit « relativement confortable ». En clair, cela signifiait que la douleur ne l'avait réveillée que deux ou trois fois...

— Si vous avez le droit d'apporter une modification au contrat, je dois avoir la possibilité d'en apporter une également, déclara-t-elle en s'efforçant de soutenir sans ciller le regard émeraude braqué sur elle.

— Laquelle ?

— Je devais emménager chez Javier. Ma colocataire a déjà trouvé quelqu'un pour me remplacer si bien que je n'aurai pas d'endroit où vivre quand je vais reprendre le travail. Je veux que vous m'achetiez un appartement à Madrid. Les activités de la compagnie sont suspendues pendant deux semaines. Pour un homme comme vous, c'est largement suffisant pour trouver quelque chose et l'acheter.

La mâchoire de Benjamin se crispa imperceptiblement.

— Je n'accepterai pas que mon épouse travaille pour mon rival.

— Le contrat stipule que je suis libre de poursuivre ma carrière aussi longtemps que je le souhaite et de décider comment j'entends la mener. Vous n'avez pas votre mot à dire dans ce domaine.

— Je peux modifier le contrat.

— Vous aviez dit une seule modification. Avez-vous oublié que vous êtes un homme de parole ?

Benjamin réprima un soupir. Non, il n'avait pas oublié. Il n'avait tout simplement pas imaginé que Freya voudrait retourner à Madrid. Elle pouvait travailler n'importe où. Pourquoi voulait-elle rester là-bas ?

— Il va vous pourrir la vie.

— Javier n'a rien à voir avec le fonctionnement quotidien de la compagnie. Il est rarement là.

Mais il vivait à Madrid. Et imaginer Freya vivant dans la même ville que lui le mettait en rage… Benjamin s'efforça de prendre un ton posé.

— Il y a des tas de compagnies de danse réputées en France qui seraient ravies de vous accueillir. Je ne me mêlerai pas de votre carrière, mais sur ce point je me vois obligé d'insister.

— D'insister pour que je quitte la Compañía de Danza Casillas ?

— Oui.

Freya le foudroya du regard.

— Vous voulez nous punir, moi et toute la compagnie de danse, pour les crimes de ses propriétaires, c'est ça ?

— Non. Je ne souhaite pas que mon épouse travaille pour son ex-amant. Il me semble que c'est une requête raisonnable.

Une lueur étrange qu'il ne reconnut pas s'alluma furtivement dans les yeux noirs.

— À présent c'est une requête ? C'est bizarre parce que le verbe insister faisait plutôt ressembler ça à une exigence.

— Ce sera ma seule ingérence dans votre vie professionnelle.

— Si je comprends bien, je peux partir travailler au Japon sans que vous y voyiez à redire ?

— Vous pouvez travailler où bon vous semble.

Du moment que c'était loin de l'Espagnol qui l'avait capturée bien avant qu'il ait lui-même posé les yeux sur elle.

— Mais pas pour Javier.

— Pas pour Javier.

Elle hocha la tête en soupirant.

— Je vais donner ma démission. Mais j'effectuerai mon préavis. Vous pouvez ajouter ça au contrat et réaffirmer que vous n'interviendrez pas dans ma carrière.

— Quelle est la durée de votre préavis ?

— Deux mois. Ça me permettra de faire l'ouverture du nouveau théâtre. Mon nom figure sur toutes les affiches de la promotion. Je ne peux pas laisser tomber. Et c'est le plus grand spectacle de ma vie jusqu'à présent. J'ai travaillé trop dur pour y renoncer.

— D'accord.

Il pouvait supporter qu'elle travaille pour Javier pendant

deux mois. Après tout, jusqu'à ce matin il était persuadé qu'elle choisirait de rentrer à Madrid...

— Vous partagez mon lit quand nous sommes sous le même toit et vous démissionnez de la Compañía de Danza Casillas. Je vous achète un appartement où vivre pendant votre préavis et je garantis que je n'interviendrai plus jamais dans votre carrière. Je crois que c'est tout. À moins qu'il y ait autre chose dont vous vouliez discuter ?

Les joues de Freya s'enflammèrent, et elle pinça les lèvres avant de répondre.

— Juste une chose qu'il me semble préférable de préciser. Ce n'est pas parce que j'accepte de partager votre lit que vous devenez propriétaire de mon corps. Il n'appartient qu'à moi.

— Je pense que le baiser que nous avons échangé prouve le contraire, ma douce, répliqua-t-il d'une voix suave.

— Pensez ce que vous voulez. Je ne serai pas votre propriété.

— Je ne suis pas Javier. Je n'attends pas de vous que vous le deveniez. Cependant, je compte sur une nuit de noces. Après ça, vous pourrez vous absenter aussi souvent que vous voudrez. Je n'oublie pas la clause permettant à Javier de prendre une maîtresse sans avoir de comptes à rendre. Étant donné que vous n'avez pas réclamé sa suppression, elle reste valable pour moi. Comme vous le savez, j'aime disposer de toutes les options.

Freya pinça les lèvres et releva le menton. Il commençait à connaître ce signe. Elle luttait pour garder son sang-froid.

Qu'elle lutte pour le garder. Quand viendrait leur nuit de noces il le lui ferait perdre.

8

— Vous avez acheté tout ce dont vous avez besoin ? demanda Benjamin alors que son hélicoptère décollait pour les ramener en Provence après une journée qui s'était révélée très longue. On dirait que vous n'avez pas grand-chose.

À la première heure ils avaient accompli les formalités relatives au mariage, puis ils étaient partis pour Paris. Il avait demandé à son assistante qui parlait anglais d'emmener Freya faire du shopping pendant qu'il travaillait.

Au cours des derniers mois il avait été tellement perturbé par la trahison des frères Casillas qu'il avait négligé ses affaires. Il n'était pas venu au siège de Guillem Gastronomie depuis des semaines. Or l'expérience lui avait appris combien il était dangereux de relâcher sa vigilance. À présent que la première phase de sa vengeance avait abouti, il fallait qu'il se concentre sur sa société avant d'entamer la seconde. Luis attendrait.

Pourtant, malgré la nécessité de rattraper le retard accumulé il avait eu un mal fou à se concentrer. Toute la journée son esprit avait vagabondé en direction de la femme qui deviendrait son épouse dans trois jours. Qu'avait-elle de spécial pour prendre autant de place dans ses pensées ? La fascination qu'elle avait exercée sur lui dès le premier regard ne s'était jamais démentie. Et celle-ci tournait à l'obsession maintenant qu'elle vivait sous son toit. Ça irait mieux une fois qu'il aurait couché avec elle. L'attrait de l'inconnu disparaîtrait, et elle deviendrait une femme comme les autres.

Il l'observa du coin de l'œil. Elle était vraiment l'épouse idéale pour lui. Lorsque le désir qui le rongeait finirait par s'émousser, elle s'en moquerait. Et son désir pour lui ne durerait pas non plus. Son cœur était trop sec pour que puisse y naître le moindre sentiment. Le fait qu'elle avait signé successivement le même contrat de mariage avec deux hommes différents en était la preuve. Freya était une aventurière de la plus pure espèce. Une aventurière qui un jour lui donnerait un enfant... Une image s'imposa soudain à Benjamin. Freya en train de danser avec à ses pieds une Freya miniature qui copiait ses mouvements. L'enfant qu'ils auraient ensemble. L'enfant qui transformerait en vrai foyer le château qu'il avait acheté pour que sa mère y finisse sa vie. C'était la première fois de sa vie qu'une image de ce genre lui venait à l'esprit. Une image si nette qu'il sentit le sang battre frénétiquement à ses tempes et de la sueur perler à son front. Il était si impressionné qu'il lui fallut quelques secondes pour prendre conscience que Freya était en train de répondre à sa question.

— Sophie est en train d'emballer mes affaires pour moi. J'ai demandé que le coursier les prenne en même temps que mon passeport.

— Vous n'en aurez pas besoin pour votre nouvel appartement à Madrid ?

Il avait vraiment beaucoup de mal à accepter l'idée qu'elle allait retourner là-bas, mais un marché était un marché. Le contrat avait été signé au petit déjeuner. Il avait déjà chargé un de ses employés de chercher un appartement à Madrid pour elle. Le premier critère étant qu'il soit situé aussi loin que possible du quartier où habitait Javier.

— Je déciderai quoi emporter quand j'y retournerai. Pour l'essentiel mes affaires de danse.

— Ne serait-il pas plus pratique d'avoir une garde-robe dans chaque lieu ? suggéra-t-il.

Il passait la plus grande partie de l'année dans son château, mais il avait des appartements à Paris et à Londres, ainsi que des maisons en Australie, en Argentine et au Chili. Dans chacune de ces résidences une garde-robe complète l'attendait, ce qui lui permettait de voyager léger et de partir à tout moment, dès qu'il en avait envie ou besoin.

Freya haussa les épaules.

— Ce serait du gaspillage.

Il la regarda avec incrédulité.

— Votre compte va être crédité de deux cent mille euros chaque mois jusqu'à la fin de vos jours, en plus de ce que vous gagnerez vous-même, et vous regardez à la dépense ?

Elle plongea ses yeux noirs dans les siens, et il sentit les battements de son cœur s'accélérer, comme à chaque fois que leurs regards se croisaient.

— J'ai appris à ne pas gaspiller quand j'étais enfant.

— Vos parents étaient stricts ?

— Non, pauvres, répliqua-t-elle d'une voix égale, où perçaient malgré tout le défi et la fierté.

— À quel point ?

Les récits d'enfances malheureuses étaient fréquents, et certains étaient même véridiques. Malgré le mépris que lui inspiraient les frères Casillas, il ne pouvait pas nier qu'ils avaient eu une enfance traumatisante. En comparaison, la sienne ressemblait à un conte de fées.

— Si pauvres que lorsque j'ai obtenu une bourse pour l'école de danse avec les frais de pension inclus, ils ont été obligés de me laisser en pension parce qu'ils n'avaient pas les moyens de payer le transport.

— Celui-ci n'était pas inclus dans la bourse ?

— Pour moi oui, mais pas pour eux. Par ailleurs, pour m'emmener et me ramener tous les jours, un des deux aurait été obligé d'arrêter de travailler. Ils estimaient qu'il n'était pas prudent de me laisser traverser Londres seule.

— À quel âge êtes-vous partie en pension ?

— Onze ans.

Benjamin eut un pincement au cœur. C'était terriblement jeune pour partir de chez soi.

— Appartenaient-ils à cette catégorie de parents ambitieux dont on entend souvent parler aujourd'hui, qui imposent une vie infernale à leurs enfants pour assouvir leurs propres rêves de gloire ?

Des étincelles de colère jaillirent des yeux noirs.

— Pas du tout. Ils étaient merveilleux. Ils cumulaient deux emplois chacun mais ils s'arrangeaient toujours pour que l'un d'eux soit à la maison avec moi. Ils se sont saignés aux quatre veines pour payer mes cours de danse quand j'étais petite, puis pour assumer tous les frais qui n'étaient pas couverts par la bourse. Ils l'ont fait parce qu'ils m'aimaient et qu'ils voulaient que je sois heureuse.

— La danse vous rend heureuse ?

Ça pouvait passer pour une question stupide, mais il gardait des tournées de Clara Casillas le souvenir du visage triste de certaines danseuses qui n'étaient visiblement pas heureuses.

— Plus que tout. C'est ma vie.

— Voulez-vous inviter vos parents au mariage ? demanda-t-il après l'avoir étudiée un instant en silence.

Leur mariage était si surréaliste que cette question ne lui était pas venue à l'esprit plus tôt.

— Ils ne voyagent pas.

— Ils ne devaient pas venir à votre mariage avec Javier ?

Elle secoua la tête.

— Vous leur en avez parlé ?

— Vous voulez savoir si je leur ai expliqué que j'avais changé de fiancé comme un enfant qui échange des billes à la récréation ? Oui, j'en ai parlé à mon père ce matin. Je lui ai dit que vous m'aviez kidnappé.

Une ébauche de sourire étira les lèvres de Freya.

— Au moins, ce n'était pas un mensonge. Il l'a interprété comme il a voulu.

— Comment l'a-t-il pris ?

— Comme je vous l'ai dit, mes parents m'aiment et tout ce qu'ils veulent c'est que je sois heureuse. Et vous, vous allez inviter des gens ?

— La seule personne dont je souhaiterais la présence est ma sœur, mais elle est en voyage.

Chloé se trouvait toujours dans les Caraïbes pour des vacances bien méritées, à l'abri des répercussions éventuelles de son plan.

Dans la matinée, les représentants de Javier avaient émis un bref communiqué annonçant la rupture de ses fiançailles avec

Freya Clements. Aucune précision n'avait été donnée, si bien que la presse se perdait en conjectures, la question revenant le plus souvent étant de savoir si c'était lié au départ de Freya du gala en compagnie de Benjamin.

— Pas d'autre famille ? demanda-t-elle.

— Vous vous intéressez à moi ?

— Pas le moins du monde. Simple curiosité concernant la famille dans laquelle je m'apprête à entrer.

— Ma mère est morte il y a sept ans. Mon père et moi n'avons jamais été proches.

Même quand ils vivaient sous le même toit... Sa mère l'avait élevé comme si elle était célibataire, et son père l'avait laissée faire. Sans jamais suggérer qu'elle pourrait laisser leur fils avec lui au lieu de l'emmener en tournée à travers le monde. Une seconde grossesse imprévue avait précipité la fin de leur mariage. Quand son père était parti il avait à peine remarqué son absence.

— Vous êtes sûre que vous ne voulez inviter personne ? insista-t-il. Il n'y a pas beaucoup de temps pour le faire.

— J'aurais invité Sophie mais elle m'a dit qu'elle allait profiter de la suspension des activités pour partir quelque part. Je suppose que ça lui évite de se mettre dans une situation compromettante.

— Parce qu'elle travaille pour la Compañía de Danza Casillas ?

— Comme dans toutes les compagnies de danse, les bruits y courent vite.

Il sauta aussitôt sur l'occasion.

— Dans ce cas n'y retournez pas.

— Vous croyez vraiment que je me préoccupe de ce que mes collègues pensent de moi ? demanda-t-elle froidement. Sophie est la seule qui compte pour moi. Nous sommes amies depuis l'école de danse.

— Une vieille amitié, alors.

Peu d'amitiés survivaient à l'enfance, songea-t-il. Il avait toujours pensé que celles qui se prolongeaient au-delà étaient les plus solides. Il avait appris à ses dépens qu'il se trompait lourdement.

— La seule fois où nous avons été séparées depuis nos onze ans c'est quand je me suis installée à Madrid.

— Elle vous y a suivie ?

Freya haussa les épaules et tourna la tête vers la vitre.

— Ils recherchaient des danseuses. Je l'ai recommandée. C'est la seule danseuse dont je suis proche. Les autres peuvent dire ce qu'elles veulent de moi, ça m'est complètement égal. Mais je ne veux pas que Sophie ait des problèmes.

— Je comprends pourquoi Javier vous considérait comme l'épouse idéale. Vous gardez tous les deux vos distances avec les autres. Cependant vous semblez loyale, ce qu'il n'est pas. Et vous avez un tempérament de feu, ma douce. Vous êtes passionnée. J'ai pu le constater. Ce que je me demande c'est s'il a eu lui aussi l'occasion de le constater ou bien si vous le lui avez caché.

— Très poétique...

Il réprima un sourire. Un imperceptible tremblement dans sa voix indiquait que sa désinvolture était feinte.

— Peu importe. Dans trois nuits je pourrai prendre la mesure de votre passion.

Freya était en train de s'assoupir quand les vibrations de la voiture sur la grille anti-bétail la réveillèrent. Elle regarda par la vitre. Ils étaient au cœur de la forêt, et dans le clair de lune les arbres projetaient des ombres inquiétantes. Elle réprima un frisson. C'était une forêt de conte de fées où la nuit était propice aux cauchemars.

Un frisson différent lui signala que Benjamin, assis à côté d'elle sur la banquette arrière, la regardait. Il n'arrêtait pas de la regarder. Et il fallait bien reconnaître que de son côté elle avait beaucoup de mal à ne pas en faire autant. Demain ce serait le mariage. Les jours précédents avaient été relativement sereins, étant donné qu'il les avait passés à Paris ou dans son bureau à travailler. Elle s'était occupée du mieux qu'elle avait pu en faisant de longues promenades dans la forêt qui l'effrayait la nuit mais qui le jour était splendide. Malheureusement, il n'y avait aucun endroit où danser. Pas une seule pièce adaptée à l'activité qui depuis toujours la revigorait et l'apaisait à la fois.

Le plus dur c'étaient les soirées. Ils dînaient ensemble mais ne mangeaient pas la même chose. Benjamin appréciait particulièrement les steaks saignants et la purée bien crémeuse, tandis qu'elle se contentait de salades et de poulet grillé en s'efforçant d'ignorer les délicieux arômes qui lui chatouillaient les narines. Ils échangeaient des propos anodins mais à chaque fois que leurs regards se croisaient l'air devenait électrique, et elle avait l'impression que son sang pétillait dans ses veines. Dès qu'elle avait fini son repas elle s'échappait dans ses appartements où, à son grand soulagement, il n'était pas revenu.

Ce soir il l'avait emmenée au théâtre voir une pièce qu'elle avait regardée dans une sorte de brouillard et qui ne lui laissait aucun souvenir. Pendant toute la représentation, elle avait été distraite par la présence de l'homme assis à côté d'elle dans l'intimité de la loge.

— Nous sommes arrivés chez nous, dit-il alors que le château apparaissait devant eux, tout illuminé.

— Ce n'est pas chez moi, objecta-t-elle instinctivement.

— Ce château sera notre résidence principale. Je veux que vous vous y sentiez chez vous. Apportez-y tous les changements que vous jugerez nécessaires.

Elle tourna la tête vers lui d'un mouvement vif, prête à rétorquer avec irritation qu'elle ne pourrait jamais se sentir chez elle dans le lieu où il l'avait retenue prisonnière. Ce qu'elle lut dans son regard la rendit muette. Elle avait déjà vu du désir dans ses yeux. Il y brillait en permanence. Elle y avait vu du mépris. Elle avait même décelé de la pitié dans ces yeux émeraude. Mais ça…

C'était un regard possessif. Mais pas le regard d'un acheteur satisfait du bien qu'il venait d'acquérir. Non, c'était le regard possessif d'un amant… Et la nuit prochaine il serait vraiment son amant. Freya sentit une vive chaleur se répandre dans tout son corps, et son cœur s'affola. Quand il lui disait qu'il voulait qu'elle se sente chez elle dans son château, il était sincère. Ça se voyait dans ses yeux.

Impossible d'imaginer Javier lui disant une chose pareille. Leurs fiançailles n'avaient été qu'une occasion de l'exhiber devant ses connaissances — Javier n'avait pas d'amis — et d'officialiser leur relation. Elle ne s'était jamais sentie à l'aise chez lui, et il n'avait jamais rien dit ou fait pour que ce soit le cas. À vrai dire, la perspective d'emménager dans cette villa et de vivre entre ces murs sans âme l'avait toujours angoissée. Mais malgré toutes ses craintes, elle n'avait jamais eu le sentiment que se marier avec lui pouvait la mettre en danger. Javier aurait eu le droit de la toucher mais il n'aurait jamais eu le pouvoir de la faire souffrir.

Benjamin, en revanche...

— Vous voulez boire quelque chose ? demanda-t-il alors qu'elle franchissait précipitamment le seuil du château. Un dernier verre pour célébrer notre dernière soirée de liberté ?

Elle secoua vigoureusement la tête.

— Non, merci. Je monte. Je vais faire un peu de yoga avant de dormir.

— Du yoga, en pleine nuit ?

— C'est l'activité qui me fait le plus de bien après la danse.

Et elle en avait terriblement besoin. Dans quatorze heures elle épousait cet homme...

— Dans ce cas, bonne nuit.

Elle monta l'escalier sans se retourner. Cramponnée à la rampe elle sentit son regard la suivre marche après marche. Il ne fallait pas oublier que Benjamin l'avait kidnappée. Il l'avait kidnappée. C'était un tort qu'aucune parole ni aucun acte ne pouvait réparer.

La cérémonie fut très simple et, plus appréciable encore, très brève. Deux heures après être devenus mari et femme, ils déjeunaient en tête à tête au restaurant. Freya gardait peu de souvenirs de la cérémonie. Le tremblement de ses mains et de sa voix au moment de l'échange des consentements. Et la certitude que le maire et les témoins choisis par Benjamin entendaient le martèlement de son cœur. Elle ne se souvenait ni des paroles qu'elle avait prononcées ni du visage des témoins. Et encore moins de celui du photographe qui avait pris le cliché officiel sur les marches de la mairie. En revanche, elle se rappelait parfaitement les papillons qui s'étaient déchaînés dans son estomac alors qu'elle attendait le baiser destiné à prouver au monde qu'elle était la femme de Benjamin, et à infliger une nouvelle humiliation à l'homme qu'elle aurait dû épouser.

Elle avait retenu son souffle, à la fois anxieuse et impatiente. Benjamin avait plongé son regard dans le sien, mais au lieu de s'emparer de sa bouche il l'avait prise dans ses bras et serrée contre lui. Elle se souvenait de son parfum épicé et de la chaleur de son corps à travers son costume. Mais le souvenir le plus vif qu'elle gardait de cet instant c'était la déception qui lui avait serré le cœur quand le baiser tant attendu n'était pas arrivé.

À partir d'aujourd'hui, elle devenait pour le monde entier Freya Guillem. Ce serait son nom de scène, comme Casillas aurait dû l'être selon les termes du premier contrat qu'elle avait signé. Comme tout ça paraissait loin... Elle ne parvenait pas à se remémorer le visage de Javier. Mais sans doute ne l'avait-elle jamais vraiment regardé.

Alors qu'elle connaissait celui de Benjamin dans ses moindres détails. Ses traits s'étaient imprimés dans sa mémoire dès le premier regard. Ce long regard qu'ils avaient échangé le jour où elle s'était fiancée avec un autre. Depuis qu'elle vivait sous le même toit que lui, elle avait si souvent dévoré des yeux ce visage qu'elle en connaissait toutes les particularités. La position exacte de la cicatrice au-dessus de sa lèvre, les multiples nuances de vert de ses yeux en fonction de la lumière et de son humeur, l'arc de ses sourcils noirs quand il les fronçait, la fossette qui creusait imperceptiblement sa joue gauche les rares fois où il souriait. Oui, il souriait rarement.

Mais quand il souriait...

Faisant de son mieux pour masquer le tremblement de ses mains, Freya termina sa flûte de champagne et ne protesta pas quand le maître d'hôtel la resservit.

— Ce plat n'est pas à votre goût, madame ? demanda-t-il avec un regard inquiet sur son assiette.

— Il est délicieux, répliqua-t-elle avec sincérité. C'est juste que je n'ai pas très faim.

Elle avait dû se faire violence pour avaler quelques bouchées de canard de Challans aux poires.

Le village dans lequel ils s'étaient mariés était pittoresque avec ses rues étroites en pente, ses balcons fleuris et ses petites places ombragées. C'était un village traditionnel de l'arrière-pays provençal mais des boutiques chics et des restaurants gastronomiques fréquentés par une clientèle aisée lui donnaient une touche de modernité. Benjamin avait choisi le restaurant le plus prestigieux de tous, dirigé par un chef étoilé si réputé que même elle en avait entendu parler. Et il avait réservé la salle entière afin qu'ils soient seuls.

— Est-ce l'attente qui te coupe l'appétit ? demanda-t-il, les yeux brillants.

Il n'avait pas le même problème, constata-t-elle avec ressentiment en jetant un coup d'œil à son assiette. Il avait mangé avec l'appétit dont il faisait preuve à tous les repas. Sauf le petit déjeuner... Il détestait le petit déjeuner.

— L'attente de quoi ? rétorqua-t-elle en relevant le menton. Si tu penses que l'idée de partager ton lit me rend nerveuse, je suis désolée de te décevoir, mais tu te trompes.

Elle n'était pas nerveuse. Elle était terrifiée.

L'éclat des yeux émeraude s'intensifia.

— Je ne crois pas que tu puisses me décevoir, ma douce.

C'est pourtant ce qui va t'arriver quand tu découvriras que je n'ai aucune expérience.

Il faudrait le prévenir, bien sûr. Elle se le répétait depuis plusieurs jours, mais à chaque fois qu'elle cherchait les mots pour le dire, son esprit se vidait. Benjamin croyait avoir épousé une femme expérimentée. Pas une vierge.

Allait-il se moquer d'elle ? Ou simplement refuser de la croire ? S'il la croyait, peut-être allait-il refuser de coucher avec elle... Quelle idée ridicule ! Il n'était pas du genre à avoir des scrupules. Au lieu d'essayer d'imaginer sa réaction, elle ferait mieux de chercher les mots pour le mettre au courant. Le temps pressait. Elle croisa de nouveau le regard émeraude, et un long frisson la parcourut. Il fallait reconnaître qu'il n'avait pas tort. Mêlée à sa peur il y avait de l'anticipation. Du désir, en clair. Un désir qui s'intensifiait au fil des minutes... Il fallait à tout prix qu'elle se ressaisisse. Qu'elle garde son sang-froid.

Benjamin lui prit la main et caressa la face interne de son poignet du bout du pouce. Allons bon, il devait sentir son pouls affolé...

Il murmura d'une voix caressante :

— Si tu n'as pas faim de nourriture...

Il porta son poignet à ses lèvres et déposa un baiser sur les veines qui battaient frénétiquement.

— Il est temps de partir, ma douce. Allons voir si nous pouvons satisfaire une autre sorte de faim.

9

Le retour jusqu'au château par les petites routes de l'arrière-pays provençal ne dura que vingt minutes mais il parut interminable à Benjamin.

Jamais il n'avait été en proie à une excitation aussi intense. C'était comme si son sang pétillait dans ses veines… À côté de lui Freya regardait par la vitre, parfaitement immobile. Seule sa poitrine qui se soulevait au rythme de sa respiration irrégulière trahissait que son calme n'était qu'une façade. Aujourd'hui elle était encore plus belle que d'habitude. Pour cette journée elle avait choisi une robe de soie blanche à bretelles très simple, qui tombait en plis souples sur ses chevilles. Chaussée de sandales plates blanches, elle avait renoncé à son éternel chignon pour laisser ses cheveux bruns aux reflets cuivrés flotter librement sur ses épaules.

Dès qu'il l'avait vue il avait regretté de ne pas avoir organisé la cérémonie au château, sous une tonnelle de chèvrefeuille. Quand il avait plongé son regard dans le sien au moment de la photo, son cœur avait fait un petit bond dans sa poitrine. Comme la première fois qu'il l'avait vue dans le parc, chez Javier… Le baiser qu'il avait prévu pour satisfaire les médias et attiser l'humiliation de son ennemi lui avait soudain paru déplacé. C'était leur mariage. Et malgré les circonstances ça restait un engagement solennel. L'embrasser pour de mauvaises raisons était hors de question. Il s'était contenté de la serrer contre lui et il l'avait sentie trembler dans ses bras. À cet instant il avait pris conscience que son désir pour elle était devenu plus fort que sa soif de vengeance.

— La première fois que nous avons roulé sur cette route, tu braquais un spray de défense sur mon visage, commenta-t-il d'un ton léger en contradiction avec les battements redoublés de son cœur.

Ils étaient presque arrivés…

— J'aurais dû m'en servir, répliqua-t-elle sans le regarder.

— Tu crois que ça aurait changé quelque chose ?

Elle haussa les épaules.

— Si je n'avais pas quitté le gala avec toi, si j'avais tenté le tout pour le tout au terrain d'aviation, si j'avais réussi à escalader ton mur… Avec des si on peut changer le cours des choses.

Il tendit la main pour caler une mèche de cheveux derrière son oreille.

— Tu regrettes de ne pas avoir réussi à le faire ? Tu aurais préféré dire oui à Javier plutôt qu'à moi, aujourd'hui ?

— C'est toi que j'ai épousé. Souhaiter une autre réalité ne sert à rien.

Il eut l'impression de recevoir un coup dans l'estomac. Elle n'avait pas nié… Elle n'avait jamais laissé entendre qu'elle éprouvait quelque chose pour Javier, mais elle n'avait jamais dit le contraire non plus. En ce qui le concernait, il avait eu plusieurs fois la preuve qu'elle le désirait, mais cela ne signifiait pas qu'elle ne désirait pas Javier également. Avait-elle passé la journée à regretter de ne pas l'avoir épousé ? Voyait-elle approcher leur nuit de noces en rêvant de partager le lit de Javier au lieu du sien ?

Benjamin traça du bout du doigt le contour de l'oreille de Freya. Elle avait des oreilles si jolies, si délicates… C'était la première fois qu'il remarquait les oreilles d'une femme. Comme il avait hâte de découvrir tout ce qu'il n'avait pas encore vu… Ce moment était presque arrivé et, si elle y pensait en rêvant à Javier, il allait éradiquer ce dernier de son esprit. Demain matin au réveil sa première pensée serait pour lui et lui seul. Plus jamais elle ne penserait à Javier.

— Un verre ?

Freya hocha brièvement la tête. Ses jambes tremblaient tellement qu'elle tenait tout juste debout, et elle n'avait pas réussi à émettre un son depuis qu'ils avaient pénétré dans le hall décoré d'une profusion de fleurs et de ballons. Le personnel semblait s'être volatilisé, et un silence absolu régnait dans le château.

Dans la chambre de Benjamin ce silence était encore plus oppressant. Elle n'avait qu'une envie. Fuir le plus loin possible.

— Assieds-toi.

Benjamin indiqua le fauteuil situé dans le coin de sa chambre et se dirigea vers un bar en bois sombre. Elle s'assit et posa les mains sur ses genoux. Malgré son angoisse, elle était parcourue de frissons qui n'avaient rien à voir avec la peur. S'efforçant de les ignorer, elle promena son regard autour d'elle. La chambre de Benjamin était semblable à la sienne, mais décorée dans des tons plus foncés.

Son lit... Elle n'avait jamais vu un lit aussi grand. Ni aussi beau. Du même bois sombre que le bar — un bois qu'elle ne parvenait pas à identifier — il avait dû être fabriqué sur commande. Véritable œuvre d'art, il était recouvert d'une couette habillée d'une housse gris ardoise, sans doute faite sur mesure à ses dimensions.

Détournant le regard, Freya inspira profondément.

— Votre verre, madame Guillem.

Elle prit le verre et réprima une furieuse envie de le boire d'un trait. Ce n'était pas la première fois qu'elle était appelée par son nom de femme mariée depuis la cérémonie, mais c'était la première fois que Benjamin le faisait... Elle but une gorgée de gin tonic et faillit s'étrangler. Heureusement qu'elle avait résisté à la tentation de vider son verre d'un seul coup ! Il avait visiblement forcé sur le gin... Ce qui après tout, n'était pas une mauvaise idée. Elle se sentait déjà un peu moins nerveuse. Mais il y avait peu de chances pour que ça dure...

Benjamin s'affairait de nouveau du côté du bar. La lumière devint plus douce, et de la musique jouée en sourdine rompit le silence de plomb. Elle ne connaissait pas cette chanson, mais la voix profonde du chanteur avait quelque chose d'apaisant qui renforçait l'effet de l'alcool. Même si elle avait toujours un mal fou à respirer... Elle but une autre gorgée.

Un verre à la main — de whisky à en juger par la couleur — Benjamin l'enveloppa d'un regard qui l'électrisa. Sans la quitter des yeux, il vida son verre d'un trait et le posa sur le bar. Puis il se dirigea vers elle, la main tendue. Celle-ci était beaucoup plus grande que la sienne, masculine et très belle avec ses longs doigts fins. Elle la contempla un instant avant de la prendre et de se laisser hisser sur ses pieds. Depuis leur arrivée au château, Benjamin avait enlevé sa veste de smoking et sa cravate puis défait les deux premiers boutons de sa chemise blanche. Le noir étant sa couleur favorite, c'était la première fois qu'elle le voyait porter du blanc. Sa chemise mettait en valeur le hâle de sa peau mate et il était plus sublime que jamais... Le regard de Freya fut irrésistiblement attiré par celui de Benjamin. Ses yeux émeraude, un peu plus foncés qu'à l'ordinaire, brillaient d'un éclat saisissant. Il resserra les doigts sur sa main et elle s'approcha de lui sans l'avoir décidé. Leurs visages n'étaient plus qu'à quelques centimètres l'un de l'autre, et elle sentit son souffle chaud sur ses lèvres. Soudain elle fut submergée par la même émotion indicible que deux mois plus tôt, quand elle l'avait vu pour la première fois dans le parc, chez Javier.

Cet homme sublime c'était l'homme qui hantait ses rêves depuis deux mois. L'homme qu'elle avait été incapable de chasser un seul instant de ses pensées depuis qu'elle l'avait rencontré. Le dernier homme au monde qu'elle aurait choisi d'épouser. Parce qu'il était le seul au monde à faire naître en elle cette émotion indicible d'un simple regard. Le seul à lui donner l'impression que son cœur devenait léger comme un oiseau, prêt à s'envoler pour rejoindre le sien dans sa cage thoracique.

La main de Benjamin quitta la sienne pour remonter lentement le long de son bras jusqu'à son épaule, faisant jaillir des petites étincelles sur son passage. Elle ferma les yeux, savourant la chaleur délicieuse qui courait dans ses veines. Son cœur battait si fort qu'elle n'entendait plus la musique. La main de Benjamin glissa sur sa nuque et s'enfonça dans ses cheveux, tandis que son autre main se posait au creux de ses reins. Les lèvres frémissantes, elle sentit son souffle chaud se rapprocher encore. Le contact de sa bouche contre la sienne déclencha une explosion de désir si puissante qu'elle lutta de toutes ses forces pour la réprimer, crispant les poings comme si ça pouvait l'aider à résister à la force qui l'entraînait vers un endroit inconnu. Un endroit dont elle craignait — la plus grande de toutes ses peurs — de ne jamais revenir. Depuis qu'elle avait accepté d'épouser Benjamin, elle se représentait dans le rôle de la vierge offerte en sacrifice, le laissant prendre tout ce qu'il voulait sans rien lui donner en retour. Bien sûr, depuis le baiser qu'ils avaient échangé elle était consciente que rester passive lui demanderait l'effort le plus démesuré de sa vie. Mais lorsqu'elle sentit sa langue s'insinuer entre ses lèvres, tout espoir d'y parvenir l'abandonna. Comment résister à la tentation ? Elle avait trop envie de lui... Avec un soupir proche du gémissement, elle noua les bras sur sa nuque et lui répondit avec ferveur. Il approfondit son baiser tout en couvrant son dos de caresses fébriles. Enivrée par les sensations délicieuses qui l'assaillaient de toutes parts, elle ne prit conscience qu'il avait baissé sa fermeture Éclair qu'en sentant sa main se glisser dans l'ouverture et se refermer sur une de ses fesses. Son angoisse resurgit. Il fallait qu'elle le prévienne. Maintenant. Si elle ne disait rien... Elle s'arracha à ses lèvres.

— Benjamin...

Il avait déjà fait glisser ses bretelles sur ses épaules. Au moment où elle finissait de prononcer son nom sa robe tomba en flaque à ses pieds, la laissant nue à l'exception de sa culotte de coton blanc. Elle croisa aussitôt les bras pour cacher ses seins, gagnée par la panique. Comme toutes les danseuses elle avait l'habitude que son corps soit exposé au regard des autres et elle n'était pas d'une pudeur excessive. Cependant, elle ne s'était jamais retrouvée presque nue devant un homme qui ne la regardait pas comme une danseuse mais comme une femme. Sa femme...

Si seulement elle n'avait pas des seins aussi minuscules ! À sa grande humiliation, Benjamin qui s'était écarté d'elle pour la contempler fronça les sourcils. Il n'aimait pas son corps... Pas assez féminin pour lui, bien sûr... Il referma les mains sur ses bras et les écarta doucement, puis il recula de nouveau. Elle eut l'impression que son regard transperçait sa peau. C'était comme s'il accédait à la part la plus intime de son être, cette part secrète qui n'appartenait qu'à elle et qu'elle s'était juré de ne jamais partager avec personne. Au bout d'un moment qui lui parut interminable, il se pencha vers elle et lui murmura à l'oreille en français :

— Tu es belle, ma douce.

Sans comprendre les paroles, elle fut bouleversée par la tendresse de sa voix. Il lui prit le visage à deux mains et plongea son regard dans le sien. Cette fois il parla en anglais.

— Tu es belle, Freya.

Ses lèvres effleurèrent les siennes, puis elles tracèrent le contour de sa mâchoire et descendirent le long de son cou. Il s'agenouilla et contempla ses seins avant de refermer les mains dessus.

— Ils sont parfaits. Tu es parfaite.

Transportée par son regard ébloui, elle avait de plus en plus de mal à respirer. Il fit glisser ses mains sur ses hanches, puis il se pencha sur un sein. Au premier coup de langue sur la pointe hérissée, elle s'agrippa à ses épaules avec un gémissement étranglé. Tandis qu'il aspirait le bourgeon hérissé entre ses lèvres et le suçait avec une délectation manifeste, elle oublia toutes ses craintes. La tête renversée en arrière, elle savoura les sensations divines qui se répandaient dans tout son corps et lui arrachaient des gémissements modulés.

Benjamin sentait les ongles de Freya s'enfoncer dans ses épaules à travers le tissu de sa chemise. Jamais il n'avait ressenti une douleur aussi agréable. Pendant deux longs mois il avait rêvé de ce moment. Freya nue, gémissant de plaisir sous ses caresses. La réalité dépassait de loin tout ce qu'il avait imaginé, et ils venaient à peine de commencer... Elle avait les seins les plus petits qu'il avait jamais vus, mais aussi les plus beaux. Il n'avait pas menti quand il avait dit qu'ils étaient parfaits. Ronds, hauts, fermes... Exquis. Il quitta ses seins pour parsemer son ventre de baisers, savourant la douceur de sa peau et les frissons qui la parcouraient. Cramponnée à ses épaules elle avait la respiration haletante, et c'était à cause de lui... Elle n'était pas la seule à avoir du mal à respirer. Le désir qu'elle lui inspirait était si intense qu'il en devenait douloureux. Mais peu importait. Ce qu'il voulait avant tout c'était séduire cette femme sublime — sa femme — la subjuguer, la combler, la rendre folle de plaisir... Il penserait à lui plus tard.

Il glissa les doigts sous l'élastique de la culotte de coton blanc et baissa délicatement celle-ci. Se penchant sur le triangle soyeux, il effleura ses boucles du bout du nez tout en humant avec délice l'odeur du désir de Freya. Alors qu'il s'apprêtait à prolonger son exploration, il prit conscience qu'il ne sentait plus ses ongles s'enfoncer dans ses épaules. Ses mains s'étaient immobilisées... Il leva les yeux vers son visage et vit la frayeur dans son regard.

— Tu n'as jamais fait ça ? demanda-t-il après un silence.

Elle secoua la tête avec un embarras manifeste. Stupéfait, il déposa un baiser sur ses boucles soyeuses puis il remit sa culotte en place. Elle avait visiblement moins d'expérience qu'il ne le pensait... Il se releva, l'embrassa avec douceur, puis la souleva de terre. Elle noua les bras sur sa nuque et plongea son regard dans le sien tandis qu'il la portait vers le lit. Il l'allongea dessus, l'embrassa longuement, puis se redressa.

— J'ai trop de vêtements sur moi...

Dans les yeux noirs fixés sur lui il crut distinguer une foule d'émotions contradictoires. Elle leva une main comme pour le toucher, puis elle déglutit péniblement et la laissa retomber sur le lit. Il la prit et la porta à ses lèvres.

— Tu es belle.

Si belle... Ensorcelante... À sa grande joie elle esquissa un sourire. Sans la quitter des yeux il enleva sa chemise, son pantalon et enfin son slip, libérant sa virilité douloureuse. Le cœur battant à tout rompre, il se rassit sur le lit et s'efforça de prendre un ton léger.

— Maintenant c'est toi qui as trop de vêtements...

Il posa un doigt à la base de son cou et le fit descendre lentement entre ses seins puis sur son ventre plat jusqu'à l'élastique de sa culotte. De nouveau elle déglutit péniblement. Puis elle crispa les poings. Il lui saisit les poignets et lui fit lever les bras de chaque côté de la tête avant de s'étendre au-dessus d'elle en appui sur les coudes, les mains refermées sur ses poignets. Il picora ses lèvres avant de s'emparer de sa bouche dans un long baiser langoureux. Elle se détendit peu à peu et retrouva son ardeur. Lorsqu'il lâcha ses poignets elle noua les bras sur son dos pour l'attirer tout contre elle. Il laissa échapper un grognement au contact de ses seins écrasés contre son torse et il dut faire appel à toute sa volonté pour résister à la tentation de se perdre en elle sans attendre. Il approfondit son baiser, puis il quitta sa bouche pour explorer chaque parcelle de son corps du bout des lèvres, de la langue et des doigts. Il découvrit ses points sensibles, déclenchant soupirs ou gémissements selon les cas. Sa plus grande joie étant de sentir ses ongles s'enfoncer dans sa peau. Lorsqu'il finit par déposer un baiser sur le triangle de sa féminité à travers le coton blanc, elle était si détendue qu'elle poussa un petit soupir d'aise. Encouragé, il lui enleva sa culotte puis il traça un sillon de baisers le long d'une jambe, depuis la cheville jusqu'en haut de la cuisse. Elle se raidit.

Il s'immobilisa et attendit.

Au bout d'un moment il sentit ses doigts s'enfoncer timidement dans ses cheveux. Il effleura son sexe du bout de la langue, lui arrachant un gémissement étouffé. Poursuivant son exploration, il découvrit le bourgeon gorgé de désir. Elle laissa échapper un gémissement sonore, et ses reins se creusèrent tandis que ses doigts se crispaient sur son crâne. Il approfondit ses caresses, aiguillonné par ses réactions de plus en plus enflammées. Lorsqu'il sentit qu'elle était prête à le recevoir, il parsema son ventre de baisers légers comme des papillons, s'attarda un instant sur ses seins, remonta le long de son cou et captura sa bouche. Puis il prit place entre ses cuisses et plongea son regard dans le sien avant de s'enfoncer en elle d'un seul mouvement puissant.

Freya sentit une douleur vive mais brève, bientôt noyée sous un flot de sensations exquises, amplifiées par l'éclat des yeux verts plongés dans les siens. Elle posa la main sur la joue de Benjamin et tendit le cou pour l'embrasser. Comme elle aimait ses baisers… Ses caresses… Ses…

Ohhh !

Sa tête retomba sur l'oreiller. Benjamin allait et venait entre ses reins avec nonchalance, se retirant presque entièrement pour replonger lentement en elle. Encore et encore. Plus rien n'existait que cet instant magique. Ici, maintenant, elle et lui… Les coups de reins de Benjamin s'accélérèrent peu à peu, et elle fut emportée dans un tourbillon irrésistible. Des sensations inconnues montaient du plus profond d'elle, comme une boule de feu qui grossissait peu à peu… Soudain, elle fut secouée par une explosion de plaisir qui lui coupa le souffle et la projeta dans une autre dimension.

Étourdie par les étincelles qui fusaient en gerbe dans tout son corps, elle eut vaguement conscience que Benjamin s'affaissait sur elle avec un gémissement rauque, le visage enfoui dans ses cheveux. Elle referma les bras sur lui et le serra contre elle, pantelante et comblée.

10

Étourdie de plaisir, savourant le poids de Benjamin sur elle, Freya perdit la notion du temps. Depuis quand étaient-ils enlacés sur ce lit ? Quelques minutes ou plusieurs heures ?

Elle ouvrit les yeux. Elle se sentait si différente de celle qu'elle était au moment où elle était entrée dans cette chambre qu'elle s'attendait presque à ce que celle-ci soit différente également. La lumière tamisée était toujours allumée, et il y avait encore de la musique.

— Ça va ?

Benjamin avait posé sa question dans un murmure mais sa voix sembla résonner dans la pièce comme s'il avait crié.

— Ça va, répliqua-t-elle, la gorge soudain nouée.

Il roula sur le côté.

— Tu es sûre ?

Elle chercha une réponse spirituelle qui masquerait l'intensité de l'émotion qui l'étreignait. Aucune ne lui vint à l'esprit. Impossible de feindre la désinvolture. Cet homme — qui restait pour l'essentiel un étranger même s'il était son mari — avait décelé sa peur et son inexpérience. Il avait fait preuve d'une immense délicatesse en lui donnant le sentiment d'être belle puis en lui faisant l'amour comme si elle lui était chère. Il n'était pas question de déprécier ce cadeau inestimable. Elle tourna la tête vers Benjamin et hocha la tête en soutenant son regard pénétrant. Il l'étudia pendant un long moment avant de déposer un baiser sur son front.

— Je vais éteindre la musique. Tu veux boire quelque chose ?

— Non, merci.

Il l'embrassa encore et se leva. Elle le suivit des yeux tandis qu'il traversait la chambre, visiblement très à l'aise dans sa nudité. Mais comment pourrait-il en être autrement ? Jusque-là elle ne l'avait pas bien regardé. Son attention avait été distraite par la peur et le désir mêlés. Bien sûr elle avait remarqué depuis longtemps qu'il était bâti en athlète et qu'il avait la souplesse et la majesté d'un grand félin. Mais le voir nu… C'était un spectacle à couper le souffle.

— Ce que tu vois te plaît ?

Elle tressaillit, et ses joues s'enflammèrent. Elle ne s'était même pas rendu compte qu'il la regardait. Et elle avait oublié qu'elle aussi était nue ! Les dernières vapeurs du plaisir s'étaient dissipées et avec elles son absence passagère de pudeur… Il l'avait envoûtée. C'était la seule explication. Elle ne s'était pas seulement montrée nue, elle s'était abandonnée corps et âme. Elle avait complètement perdu le contrôle d'elle-même. Il lui avait fait tout oublier. Ce qu'il avait fait. Qui elle était. Et toutes les raisons pour lesquelles il fallait qu'elle se protège. L'amour avec lui était fantastique. Comme elle le craignait…

— Moi, ce que je vois me plaît, murmura-t-il sans paraître déstabilisé par son silence.

Détournant les yeux, elle saisit la couette roulée en boule au pied du lit et la remonta sur elle.

Benjamin pouffa.

— Je t'ai embarrassée.

Couchée en chien de fusil au bord du lit, le regard fixé sur le mur, elle l'entendit revenir. Si seulement elle pouvait prendre la fuite et se réfugier dans sa chambre… Elle sentit qu'il soulevait la couette dans son dos. Puis plus rien. Plus un bruit, plus un mouvement. Au bout d'un moment qui lui parut interminable, elle sentit enfin le matelas s'affaisser sous son poids. Elle retint son souffle en priant pour qu'il éteigne la lumière. Peut-être que si elle continuait à lui tourner le dos il la laisserait tranquille…

Ne me touche pas, s'il te plaît. C'est trop bon. Ne me fais pas perdre davantage la tête…

Lorsque sa voix rompit le silence, elle regretta qu'il ne l'ait pas touchée au lieu de parler.

— Tu étais vierge ?

Comment expliquer autrement la petite tache rouge sur le drap du dessous ? se demanda Benjamin avec effarement. Il l'avait vue en soulevant le duvet et il avait été envahi par un grand froid. Freya n'était pas seulement inexpérimentée. Elle était vierge... Il sentit son cœur se serrer. Pourquoi ne lui avait-elle rien dit ? Elle se retourna lentement vers lui et plongea son regard dans le sien. Il déglutit péniblement. Pendant un long moment ils restèrent silencieux tous les deux.

— Tu étais vierge, répéta-t-il mais plus sous forme de question.

Elle eut un petit hochement de tête.

— Pourquoi ne m'as-tu rien dit ?

Elle cilla.

— Je n'ai pas pu.

— Pourquoi ?

La mâchoire crispée, elle haussa les épaules.

— Si j'avais eu le moindre doute à ce sujet, je n'aurais jamais...

— Jamais quoi ? le coupa-t-elle d'un ton vif.

Ses yeux noirs lancèrent des éclairs.

— Tu ne m'aurais jamais kidnappée ? Jamais fait chanter ? Tu n'aurais pas semé le chaos dans ma vie ? Tu ne m'aurais pas obligée à démissionner d'une compagnie que j'aime ? Est-ce que ma virginité fait de moi quelqu'un de plus estimable ? Est-ce que mon innocence me rend plus digne ?

La tendresse qu'il avait ressentie pour elle fut balayée par une colère noire. Il était furieux contre elle. Furieux contre lui-même. Il avait fait pression sur une femme vierge pour qu'elle l'épouse ! Et de son côté, elle avait fait passer l'argent avant ses principes moraux ou quoi que ce soit d'autre qui l'avait conduite à rester vierge jusqu'à vingt-trois ans !

— Ton innocence ? Tu as signé un contrat selon lequel tu acceptais de vendre ton corps !

— Non ! J'ai signé un contrat de mariage. Tu as lu ce contrat sans en connaître le contexte et tu en as tiré les conclusions qui t'arrangeaient. Pas une seule fois tu ne m'as demandé pourquoi je l'avais signé ! Tu n'avais qu'une seule chose en tête. Te venger de Javier sans te soucier des dégâts que tu pourrais causer.

— Tu voulais absolument l'argent. Tu as été très claire là-dessus.

Il se pencha vers elle et ajouta d'un ton cinglant :

— Dépeins-toi comme une martyre si ça te chante, mais personne ne t'a obligée à signer ces contrats. Personne ne t'a obligée à m'épouser. Personne ne t'a obligée à partager mon lit, et personne, personne, ne t'a obligée à aimer ça.

Elle devint écarlate mais elle continua de lui tenir tête.

— Qui a dit que j'ai aimé ça ?

Il referma la main sur sa nuque et la tint avec fermeté, ignorant son mouvement brusque pour tenter de se dégager. Puis il posa sa joue contre la sienne et lui murmura à l'oreille :

— Tu t'es désagrégée dans mes bras, ma douce. C'est pour ça que tu es aussi furieuse. Ton désir pour moi te rend folle de rage. Ce que nous venons de partager prouve que le contrôle de toi-même dont tu es si fière est bâti sur du sable. Si je t'embrassais maintenant, tu te désagrégerais de nouveau aussitôt.

— Lâche-moi, lui intima-t-elle d'un ton si venimeux qu'il en tressaillit. N'oublie pas que mon corps m'appartient. Je ne suis pas ta propriété.

Rejetant le duvet, il se leva et se dirigea vers la salle de bains.

— Je vais prendre une douche, lança-t-il par-dessus son épaule. N'hésite pas à en profiter pour retourner dans tes appartements.

Il sentit son regard noir sur lui juste avant de refermer la porte. Une fois seul, il s'appuya des deux mains contre les carreaux de faïence et prit une profonde inspiration. Puis une autre. Et encore une autre, en réprimant l'envie de marteler le mur à coups de poing jusqu'à en saigner. En quelques secondes, le monde avait basculé sens dessus dessous.

Il entra dans la cabine de douche, régla la température de l'eau pour qu'elle soit bouillante et se frotta vigoureusement pendant de longues minutes comme si sa peau était recouverte d'une épaisse couche de crasse. Quand il finit par regagner la chambre, Freya n'y était plus.

— C'est ici que tu te caches.

Assise sur le banc situé sous le cerisier, Freya leva la tête et mit sa main en visière pour protéger ses yeux du soleil. Benjamin s'approcha d'elle, une bouteille d'eau à la main et un sourire hésitant aux lèvres.

— Je te cherchais, expliqua-t-il avec un haussement d'épaules désinvolte.

Feignant la nonchalance malgré les battements affolés de son cœur, elle étendit lentement les jambes. Malgré la chaleur écrasante, Benjamin était vêtu d'un jean noir et d'une chemise marine. Apparemment il ne transpirait pas du tout, alors que de son côté elle sentait des gouttes perler sur sa peau sous sa robe d'été.

— Je suis allée me promener, dit-elle en fixant le regard sur le paysage.

Elle s'était réveillée avant l'aube. Tout ce qui s'était passé entre eux s'était rejoué en accéléré dans son esprit avant même qu'elle soit pleinement consciente. Elle s'était levée d'un bond et avait couru sous la douche. Il était si tôt qu'en arrivant dans la cuisine elle avait constaté qu'aucun membre du personnel n'était levé. Malgré la boule logée dans sa gorge elle s'était forcée à avaler une banane et un avocat, puis elle était partie à travers la forêt et les champs de la propriété, mue par une nécessité impérieuse. Bouger. Jamais elle n'avait eu autant besoin de danser pour retrouver sa sérénité. Jamais elle ne s'était sentie aussi vulnérable.

Benjamin s'assit à côté d'elle et lui tendit la bouteille.

— Merci.

Elle la prit en évitant soigneusement de frôler ses doigts. Pour son malheur, dès que Benjamin était à proximité tous ses sens étaient en alerte. Son nez lui intimait de se pencher vers lui pour mieux sentir son odeur enivrante. Ses doigts menaçaient de se poser sur la cuisse musclée qui touchait presque la sienne… Elle ne voulait rien de tout ça. Quand il lui avait demandé si elle aurait préféré épouser Javier, elle avait eu envie de crier « oui ! », et c'était avant de faire l'amour avec lui… Si elle avait épousé Javier elle ne serait pas tourmentée par une foule d'émotions contradictoires. Elle ne ressentirait que de l'indifférence. Pas de haine. Pas de passion… Les mains tremblantes elle but une longue gorgée d'eau, puis elle essuya le goulot et rendit la bouteille à Benjamin. Ce fut lui qui finit par rompre le long silence qui suivit.

— C'était l'endroit favori de ma mère.

Freya avait découvert ce petit coin de paradis par hasard quelques jours plus tôt. Le banc et le cerisier étaient situés dans une petite clairière perchée au sommet d'une colline, à laquelle on accédait par un sentier qui sinuait à travers la forêt. La vue sur la forêt et les champs multicolores qui s'étendaient sur des kilomètres en bordure de celle-ci était magique. C'était juste un banc sous un cerisier, mais l'endroit avait quelque chose de délicieusement apaisant.

— C'est ta maison de famille ? demanda-t-elle d'une voix hésitante.

— Notre maison était près de Paris, dans la banlieue. Ma mère disait toujours qu'elle se retirerait en Provence quand ses enfants seraient grands et que Clara aurait pris sa retraite.

— Clara Casillas ?

— Oui. Ma mère était sa couturière particulière. Elle travaillait pour la compagnie de danse parisienne où Clara est devenue célèbre. Clara refusait que quelqu'un d'autre confectionne ses costumes. Elles l'ont toujours nié, mais je suis sûr qu'elles sont délibérément tombées enceintes à la même époque pour pouvoir élever leurs enfants de concert. Nous avons tous parcouru le monde ensemble.

— Tu as de la chance. J'aurais aimé la voir danser sur scène.

— La danse m'ennuyait à mourir. Ce que je voulais c'était jouer au football, pas rester enfermé dans un théâtre. Mais j'avais Javier et Luis. Nous nous esquivions pour taper dans des canettes vides sur les parkings des théâtres à défaut de ballon. Ou bien nous nous cachions dans les coulisses pour voir les danseuses se changer. Nous y avions accès pendant les représentations et nous en profitions le plus possible.

Elle faillit pouffer.

— Je n'arrive pas à imaginer Javier faisant ça.

Benjamin lui lança un regard amusé.

— Il venait avec nous à contrecœur. Il a toujours été le sérieux du groupe. Luis et moi nous étions toujours partants pour les bêtises.

— Est-ce que Chloé suivait ?

— Quand elle est née nous avions dix ans. Le temps qu'elle soit assez grande pour faire ce genre de bêtises, c'était terminé.

Il était inutile de préciser pourquoi. Le meurtre de Clara Casillas, tuée par son mari, était une histoire reprise régulièrement dans certains magazines et émissions de télévision morbides. L'amitié entre Benjamin et les frères Casillas avait perduré… jusqu'à tout récemment.

— Ta mère a acheté le château après la mort de Clara ?

— À cette époque elle était seule. Mes parents ont divorcé quand elle est tombée enceinte de Chloé. J'ai acheté le château pour elle quand nous avons appris que le traitement contre son cancer n'avait pas eu les résultats espérés. Quand elle est devenue trop faible pour marcher, je la portais jusqu'ici.

Benjamin leva la tête vers les branches du cerisier.

— Nous avons planté cet arbre quand elle est morte il y a sept ans. Ses cendres sont enterrées à son pied.

Freya se leva d'un bond.

— Je suis désolée. J'ignorais que…

— Rassieds-toi, ma douce. Ce n'est pas un lieu saint. S'il y a une vie après la mort, je suis sûr que ma mère est ravie qu'une danseuse qu'elle aurait aimée soit assise à sa place et apprécie la vue qui lui apportait de l'apaisement.

Elle se rassit en réfléchissant à ce qu'il venait de lui dire. Il y avait sept ans que sa mère était morte. N'y avait-il pas sept ans également que Javier et Luis lui avaient demandé son aide pour l'achat du terrain de la tour Mont Blanc ? C'était deux choses dont il lui avait déjà parlé, mais jusque-là elle n'avait pas fait le rapprochement. Javier et Luis lui avaient-ils réclamé de l'argent alors que sa mère était mourante ? Avaient-ils profité de sa détresse ? Elle était bien placée pour savoir à quel point il était douloureux de voir souffrir sa mère…

— Javier et Luis étaient avec moi quand nous avons planté l'arbre, dit-il comme s'il lisait dans ses pensées. Elle les aimait. Je croyais qu'ils l'aimaient en retour. La nuit où Clara a été tuée, c'est ma mère qui s'est occupée d'eux…

— Tu étais présent, cette nuit-là ?

Benjamin hocha la tête, la mâchoire crispée.

— C'était après la représentation. Nous étions dans un hôtel en face du théâtre, en train de garder Chloé. Si bien que nous n'avons rien vu ni rien entendu. Ma mère nous a réveillés pour nous annoncer la nouvelle. Elle a gardé Javier et Luis dans ses bras toute la nuit. Quand leurs grands-parents les ont emmenés en Espagne, elle s'est arrangée pour que les liens ne soient pas rompus. Ils séjournaient souvent chez nous.

Il déglutit péniblement, s'efforçant de chasser l'amertume qui lui nouait la gorge.

— Après la mort de Clara, les voir était la seule chose qui lui rendait le sourire. Elle est devenue comme une seconde mère pour eux. Quand elle était malade ils allaient la voir. Luis lui rendait si souvent visite que le personnel de l'hôpital le prenait pour son fils. Elle ne les a jamais détrompés. Ça lui faisait plaisir qu'ils pensent ça.

Pourquoi racontait-il tout ça à Freya ? se demanda-t-il avec perplexité. Il n'en parlait jamais. Mais il était vrai que depuis quelques mois le passé et le présent étaient étroitement mêlés... Ce récit il le devait à Freya. Elle avait le droit de savoir. Dire que la nuit dernière elle était vierge... Il avait toujours du mal à le croire. Comment était-il possible d'être encore vierge à vingt-trois ans ? Surtout dans le milieu de la danse. Mais il n'y avait aucun doute possible. Plus il y pensait plus il s'en voulait... En fait, il en était malade.

— Quand t'ont-ils demandé l'argent pour la tour Mont Blanc ?

— Le jour où elle a appris qu'elle était incurable. Ils savaient que je disposais de l'argent.

Une lueur de compassion brillait dans les yeux noirs de Freya, constata-t-il avec un pincement au cœur.

— J'avais compris que ma mère était condamnée avant même d'en avoir eu la confirmation. J'avais déjà décidé d'acheter le château pour elle.

Comme il l'avait prévu, la beauté du lieu lui avait apporté un peu de réconfort. Elle y avait passé les trois derniers mois de sa vie et elle était partie en paix. Il ne lui avait jamais rien dit des répercussions de l'achat du château sur sa situation financière, bien sûr. Il s'éclaircit la voix avant de poursuivre.

— J'avais la somme nécessaire pour l'acheter comptant. C'était une très grosse somme. Il avait été entièrement rénové, et le prix avait été fixé en conséquence.

— Ils le savaient ?

— Bien sûr, répondit-il sans masquer son amertume. Ils étaient au courant de tout. Ils savaient que si j'investissais cet argent dans la tour Mont Blanc, je serais obligé de contracter un emprunt pour acheter le château. Ils savaient que si j'acceptais de les aider c'était parce que je leur faisais confiance comme s'ils étaient de ma famille. Je ne leur ai jamais reproché de m'avoir conduit au bord de la faillite. Je leur ai donné cet argent en toute confiance pour apprendre des années plus tard qu'ils m'avaient dupé. Les conditions stipulées au contrat n'étaient pas les mêmes que celles dont nous étions convenus verbalement.

— Alors c'est vrai que ta vengeance n'avait rien à voir avec l'argent, commenta Freya d'une voix douce qu'il ne lui connaissait pas. Ils t'ont blessé.

— Ils ne m'ont pas blessé, nia-t-il aussitôt. C'est une question de principe. Ils m'ont trahi et ils ont fait durer le mensonge pendant sept ans. L'argent j'avais prévu d'en faire don à une association caritative qui aide les enfants ayant subi un grave traumatisme. Javier et Luis ont subi le traumatisme le plus grave qui puisse être infligé à un enfant, mais le soutien de leurs grands-parents et de ma mère les a aidés à surmonter cette épreuve. D'autres enfants ont beaucoup moins de chance. Ce n'est pas seulement moi que les frères Casillas ont volé, ce sont également ces enfants.

» Il se trouve que mes affaires ont été particulièrement prospères ces dernières années, si bien que j'ai quand même les moyens de faire ce don. Mais ça ne change rien au problème. Javier et Luis sont des voleurs. Ils m'ont dépouillé de mon argent et de mes souvenirs d'enfance. Tout est sali. Quand je pense à eux en train de porter le cercueil de ma mère avec moi dans l'église, j'ai envie de leur arracher la tête. »

Benjamin ferma les yeux et prit une profonde inspiration. Freya resta silencieuse mais il sentit quelque chose de nouveau émaner d'elle. Quelque chose qu'il n'avait jamais ressenti, qui n'était ni de la haine ni du désir et qui lui faisait l'effet d'un baume.

— Te sens-tu mieux maintenant que tu m'as prise à Javier ? finit-elle par demander. Te sens-tu vengé ?

Il n'y avait aucune agressivité dans sa voix, juste de la curiosité teintée de bienveillance.

— Disons que j'éprouve une certaine satisfaction. Mais pour me sentir vengé il faut aussi que je m'occupe de Luis.

— Que comptes-tu lui faire ?

— J'y réfléchis encore.

Ou du moins il essayait… Depuis que Freya vivait sous son toit il avait beaucoup de mal à se concentrer.

— Je suppose qu'il ne sert à rien de te dire que parfois il vaut mieux renoncer si on veut rester en paix avec soi-même. En revanche, je vais te dire ceci. Pour rester en paix avec toi-même, n'implique plus de tiers dans ce conflit. C'est entre toi et les frères Casillas. Ne fais plus souffrir personne d'autre.

— Je ne veux pas que tu souffres.

Benjamin inspira de nouveau profondément, puis il se leva.

— Viens au château. J'ai quelque chose à te montrer. Ça devrait t'aider à t'y sentir davantage chez toi. Du moins je l'espère.

— Qu'est-ce que c'est ?

— La raison pour laquelle je t'ai cherchée pendant une heure. Mon cadeau de mariage.

11

Freya suivit Benjamin dans l'escalier du château, bouleversée par tout ce qu'elle venait d'apprendre. Elle n'aurait jamais imaginé qu'un jour elle éprouverait de la compassion pour lui, et pourtant c'était le cas. Comment Javier avait-il pu traiter ainsi son plus vieil ami ? Son frère et lui ne s'étaient pas contentés d'escroquer Benjamin. Ils l'avaient trahi avec un cynisme terrifiant. Dire qu'elle avait failli épouser Javier... Ils arrivèrent au deuxième étage, et Benjamin l'entraîna dans un couloir. Elle avait exploré cet étage à son arrivée à la recherche d'un espace où danser, mais le sol de toutes les pièces était recouvert d'une épaisse moquette. Il s'arrêta devant une porte et se tourna vers elle.

— Ouvre.

Elle entrouvrit la porte et fut frappée par une odeur de peinture fraîche. Puis elle écarquilla les yeux. Un studio de danse ? Elle devait être victime d'une hallucination. Elle ouvrit complètement la porte et resta bouche bée. Non, ce n'était pas une hallucination.

L'estomac noué, Benjamin croisa les bras. Depuis qu'elle avait ouvert la porte, Freya n'avait pas bougé un seul muscle...

— Qu'en penses-tu ? finit-il par demander d'un ton plus brusque qu'il ne l'aurait voulu.

Elle secoua lentement la tête et se tourna vers lui, les yeux brillants.

— Tu as fait ça pour moi ?

— Tu es une danseuse professionnelle. Tu as besoin de t'exercer.

— Je ne sais pas quoi dire...

— Tu peux dire si ça te convient ou pas, répliqua-t-il d'un ton pince-sans-rire.

Elle pouffa.

— Je n'arrive pas à y croire…

— Est-ce que c'est adapté à tes besoins ?

— C'est parfait. Lumineux et haut de plafond. C'est splendide.

Elle entra dans l'immense salle et promena autour d'elle un regard émerveillé. Tout à coup son front se plissa.

— Comment as-tu fait ça ? Quand as-tu organisé ça ?

— Cette semaine. Quand nous avons décidé de nous marier.

— Mais comment ?

— En appelant le directeur d'une compagnie de danse parisienne pour lui demander conseil, et en engageant une équipe d'ouvriers ultra-performants.

— Mais comment ? répéta-t-elle en tournoyant au centre de la pièce, les bras en l'air.

— En multipliant par dix leur tarif habituel pour qu'ils interrompent leur chantier en cours. J'espérais que les travaux seraient terminés pour notre mariage, mais il y a eu du retard pour le sol.

— De la conception à la fin des travaux en… combien de temps ? Cinq jours ? Comment est-ce possible ? Combien de pièces ont été réunies ?

— Seulement trois.

— Seulement ? Tu as fait abattre les cloisons de trois pièces, et je ne me suis rendu compte de rien ? Je n'ai rien entendu, rien vu. Je n'ai même pas aperçu un seul ouvrier !

— Ils utilisaient l'entrée de service. Les cloisons ont été abattues pendant tes promenades.

— Mais…

— Plus de questions. C'est fait et c'est pour toi. Je sais que tu ne passeras pas beaucoup de temps ici une fois que tu reprendras le travail, mais cette maison est désormais la tienne, et quand tu y es je veux que tu t'y sentes chez toi.

Une émotion qu'il ne reconnut pas altéra furtivement les traits de Freya. Elle se mordit la lèvre et darda sur lui un regard d'une intensité qui lui coupa le souffle. Le cœur battant à tout rompre, il recula vers la sortie.

— J'ai du travail. Je te laisse étrenner ton studio de danse. S'il y a quoi que ce soit qui ne te convient pas, dis-le moi, et nous apporterons les modifications nécessaires.

Il quitta le studio à grands pas. Il était sur le point de descendre l'escalier quand elle l'appela.

— Benjamin ?

Il déglutit péniblement. C'était la première fois qu'elle l'appelait par son prénom...

— Oui ?

— Merci.

— De rien. Danse bien. Je te verrai au dîner.

Freya s'assit au centre du somptueux studio de danse. Son cœur cognait si fort dans sa poitrine qu'elle s'attendait à entendre craquer ses côtes. Dire que Benjamin avait créé ça juste pour elle... C'était le studio dont rêvaient toutes les danseuses. Un miroir recouvrait entièrement le mur du fond, et une barre courait tout le long du mur opposé. Une énorme fenêtre ronde laissait entrer la lumière à flots. À proximité de la porte un placard montait jusqu'au plafond. Un fauteuil et une belle table haute complétaient le décor. Quant au sol, il était ni trop dur ni trop souple, lisse sans être glissant, et parfaitement homogène. Idéal pour danser sans risquer d'abîmer ses articulations ou de se blesser lors d'une chute.

Freya finit par sortir de sa stupeur. Elle se leva et ouvrit le placard. Il contenait plusieurs paires de pointes et de demi-pointes, ainsi qu'un assortiment de justaucorps. Le tout à sa taille. Elle prit une paire de pointes, qui provenait visiblement du fournisseur de la Compañía de Danza Casillas, et entreprit de les assouplir. Lorsqu'elle eut terminé, elle se déshabilla, elle enfila une paire de collants et un justaucorps, puis elle mit les pointes. Sur la table était posée une chaîne compacte. Une clé insérée dans le port USB contenait toutes les musiques de ballet existantes. Elle sélectionna *Roméo et Juliette* de Prokofiev, qui restait son œuvre favorite. La musique s'éleva, occupant tout l'espace comme dans un théâtre. Surprise, elle promena son regard autour d'elle puis elle leva les yeux vers le plafond. Celui-ci était parsemé de petits haut-parleurs encastrés, disposés à intervalles stratégiques. Elle sentit sa gorge se nouer. Benjamin avait fait tout ça pour elle...

Elle se dirigea vers la barre pour s'échauffer. Tandis qu'elle enchaînait des exercices familiers qu'elle avait effectués des milliers de fois, son esprit se mit à vagabonder comme à chaque fois qu'elle travaillait seule à la barre. Elle s'imagina en train de danser le pas de deux de la scène du balcon avec un partenaire sans visage, comme elle en avait l'habitude. Mais pour la première fois son partenaire imaginaire ne resta pas longtemps sans visage. Il prit celui de Benjamin. Ses bras musclés la soulevaient de terre, tandis que son regard émeraude étincelant de désir plongeait dans le sien... Le souffle court, elle se précipita vers la chaîne pour interrompre la scène du balcon et la remplacer par la Danse des chevaliers.

Au même instant, on frappa à la porte. Son cœur fit un bond dans sa poitrine. Pourvu que ce ne soit pas lui ! Elle serait capable de se jeter dans ses bras en le suppliant de lui faire l'amour... Il l'avait kidnappée, se rappela-t-elle avec fermeté. Oui, mais il avait aussi réuni trois pièces de son château pour créer en un temps record un studio de rêve rien que pour elle. Rien ne l'y avait obligé. Et c'était un homme qui avait risqué la faillite pour que sa mère puisse finir ses jours dans un lieu apaisant, entourée de beauté.

Redressant les épaules, elle ouvrit la porte. Christabel lui sourit, un plateau dans les mains et récita par cœur :

— M. Guillem a pensé que vous deviez avoir faim. La cuisinière vous a préparé une tortilla de blé complet avec de l'avocat, du poulet, de la tomate et de la salade. Mais elle peut vous faire autre chose si...

— C'est parfait, la coupa Freya avec un sourire reconnaissant.

La cuisinière de Benjamin était une perle, toujours prête à lui confectionner des repas adaptés à son régime de danseuse et aussi appétissants que possible. Elle n'avait jamais aussi bien mangé de sa vie. Après le départ de Christabel, Freya se versa un verre d'eau, puis elle s'installa avec sa tortilla sur le rebord de l'énorme fenêtre ronde. Celle-ci donnait sur le parc à l'arrière du château, et la vue était superbe. Peu à peu elle commençait à apprécier la beauté de ce château sans le considérer comme une prison. Et maintenant, avec ce studio de rêve elle y avait un endroit bien à elle. Peut-être qu'un jour elle s'y sentirait vraiment bien…

Son cœur fit un bond dans sa poitrine à la vue de Benjamin qui marchait dehors en discutant avec animation au téléphone. Incapable de résister à la tentation elle le dévora des yeux, de ses longues jambes musclées moulées dans son jean jusqu'à ses cheveux ébouriffés, en passant par son torse puissant et sa barbe naissante. Elle n'avait jamais vu un homme aussi attirant… Il tourna la tête et elle s'écarta de la vitre de peur qu'il la surprenne en train de le regarder.

— Tu es contente de ton studio ? lui demanda Benjamin au dîner.

Il avait décidé de manger la même chose que Freya et il était agréablement surpris par les filets de porc aux lentilles. Freya leva les yeux de son assiette et poussa un petit soupir d'aise.

— Il est… parfait. Pour être honnête, j'ai été tellement surprise et impressionnée que je ne m'en suis pas encore remise.

— Du moment que tu es satisfaite, c'est l'essentiel.

— Je le suis.

— Bien. J'espère que tu seras aussi satisfaite des logements que t'a trouvés mon employé. Je lui ai demandé de chercher un appartement à Madrid et une maison à Londres, comme prévu dans le contrat. Il en a sélectionné cinq de chaque. Je te ferai suivre son mail avec tous les détails tout à l'heure.

— Merci.

— Je suppose que tu voudras visiter tes préférés ?

— Seulement ceux de Londres. L'appartement de Madrid c'est juste pour y dormir provisoirement.

— J'ai des rendez-vous en Grèce vendredi, mais nous pouvons faire un saut à Londres samedi. Tu m'indiqueras les maisons qui t'intéressent, et je demanderai à Gilles de programmer des visites.

Elle resta silencieuse.

— Quelque chose ne va pas ? demanda-t-il.

Les joues en feu, elle inspira profondément à plusieurs reprises.

— Freya ?

— Je peux avoir du vin, s'il te plaît ? J'ai quelque chose à te dire.

Inquiet, il lui servit du vin. Elle but une longue gorgée, puis elle redressa les épaules.

— Ma mère est malade. La maison de Londres ce n'est pas pour moi. C'est pour elle. Et mon père.

— De quoi souffre-t-elle ?

— D'une affection neurologique dégénérative grave qui attaque les muscles, répondit-elle d'une voix tremblante. Il n'y a pas de traitement.

Envahi par un grand froid, il réprima un juron.

— Je veux qu'elle finisse ses jours dans une maison où il y a de l'espace et un jardin où elle puisse s'asseoir pour écouter les oiseaux et sentir l'air sur son visage, ajouta-t-elle.

— Je comprends ça.

Elle eut un sourire triste.

— Je sais.

— Il n'y a vraiment rien à faire ? demanda-t-il en proie à un désarroi qu'il n'avait plus ressenti depuis sept ans.

— Un traitement a été mis sur le marché aux États-Unis récemment. Dans certains cas il ralentit l'évolution de la maladie, et dans d'autres encore plus rares il l'interrompt. Mais de façon temporaire. Personne n'a encore trouvé le moyen d'arrêter définitivement sa progression.

Tout devenait clair... Benjamin repoussa son assiette et se frotta les tempes.

— C'est pour ça que tu m'as épousé. Pour pouvoir payer ce traitement.

— Oui. Son utilisation n'est pas autorisée au Royaume-Uni parce que son efficacité est incertaine et qu'il est hors de prix. L'argent prévu dans le contrat de mariage est destiné à payer la venue d'un médecin américain en Angleterre chaque mois pour lui administrer le traitement dans une clinique privée. Ça ne la guérira pas, mais ça pourra peut-être lui faire gagner un an ou deux. La somme que m'a versée Javier après la signature de notre contrat a permis de payer deux cycles de traitement. L'évolution de la maladie a été stoppée. Pour l'instant...

— Il arrive que des miracles se produisent, commenta-t-il sans conviction.

Il avait cessé de croire aux miracles pendant la bataille que sa mère avait menée contre le cancer...

Freya secoua la tête.

— Par pour ma mère. Avec l'évolution de la recherche, le traitement sera peut-être plus efficace dans quelques années, mais ce sera trop tard pour elle. Nous pouvons juste nous réjouir qu'il lui apporte un certain soulagement. Elle fait partie des rares patients qui ont cette chance.

Freya déglutit péniblement avant de poursuivre.

— À présent je peux leur offrir une maison. Je ne leur en ai jamais parlé. J'avais trop peur que ça me porte la poisse. Ça fait des années qu'ils ont envie de déménager. Ils vivent dans un deux pièces au troisième étage d'un immeuble au pied duquel il y a un parc municipal dans lequel les drogués du quartier viennent se piquer. Ils sont pour ainsi dire prisonniers chez eux.

— Nous irons à Londres demain pour visiter les maisons.

— Mais... Tu n'as pas des rendez-vous ?

— Certaines choses sont plus importantes. Nous partirons après le petit déjeuner.

— C'est très généreux de ta part. Merci.

— Si j'avais su pourquoi tu voulais une maison à Londres, je m'en serais occupé en priorité.

— Je ne pensais pas que tu compatirais.

Benjamin eut un pincement au cœur.

— Je peux difficilement t'en vouloir.

— Ce n'est pas seulement ça. Je ne suis pas très douée pour me confier. Surtout sur des sujets aussi personnels.

— C'est par la danse que tu t'exprimes.

Freya le regarda un instant en silence, les yeux brillants, puis elle hocha la tête.

— C'est le seul moyen que j'ai. J'ai vraiment du mal à me confier. Et je ne voulais pas parler d'un problème aussi personnel avec quelqu'un que je haïssais.

Après une hésitation, il demanda :

— Est-ce que ça signifie que tu ne me hais plus ?

— Je ne sais pas. Tu n'es pas aussi monstrueux que je le croyais.

Et tu avais des raisons d'agir comme tu l'as fait. Disons que je te comprends mieux.

Ils se regardèrent un instant en silence, puis Benjamin se leva.

— Nous partirons tôt, demain matin. Va dormir. Rendez-vous au petit déjeuner.

Il vit la perplexité se peindre brièvement sur le visage de Freya, puis elle hocha la tête.

— Rendez-vous au petit déjeuner.

12

Les vibrations familières de la grille anti-bétail réveillèrent Freya. Étouffant un bâillement, elle jeta un coup d'œil à Benjamin. Assis à côté d'elle, il travaillait sur son ordinateur.

Comme promis ils avaient passé la journée à Londres, où il avait tout organisé. Gilles, son assistant qui les attendait à l'aéroport au volant d'une Mercedes, les avait conduits à toutes les maisons sélectionnées. Elle avait eu le coup de foudre pour la deuxième qui répondait à tous les critères souhaités et qui était inoccupée. Benjamin avait aussitôt fait une offre d'achat au comptant et lancé les formalités pour la plus rapide de toutes les ventes rapides. Ses parents pouvaient emménager le week-end suivant et il se chargeait de tout. Il l'avait emmenée chez eux mais il avait refusé de monter avec elle.

— C'est une maison que tu leur offres, avait-il expliqué en fuyant son regard. Il vaut mieux que tu le leur annonces toi-même. Ma présence ne servirait qu'à distraire leur attention.

— Mais ils vont vouloir faire ta connaissance, avait-elle protesté, se surprenant elle-même. Ils vont vouloir te remercier.

— Nous aurons tout le temps de faire connaissance plus tard. J'ai des détails à régler. Prends tout ton temps.

Elle avait passé deux heures merveilleuses avec ses parents, heureuse de pouvoir enfin leur annoncer qu'ils allaient pouvoir quitter leur appartement prison pour une maison à eux et que son mari était en train d'organiser leur déménagement. Javier s'était lui aussi engagé à leur acheter une maison. Quand il avait signé le contrat il connaissait leur situation depuis deux mois. Benjamin, lui, était au courant depuis moins de vingt-quatre heures et il avait déjà agi bien au-delà de ses obligations contractuelles. Pourtant il y avait entre eux une distance inhabituelle. Il avait fui son regard pratiquement toute la journée. Et celle-ci avait été très longue. Ils avaient dîné dans l'avion pendant le vol de retour.

— Il est tard, dit-il quand la voiture s'arrêta dans la cour du château. Je vais me retirer.

— Tu vas te coucher ? demanda-t-elle, surprise d'être aussi déçue.

— J'ai quelques coups de téléphone à donner et ensuite je vais dormir. À demain matin. Bonne nuit.

Sur ces mots, il disparut. L'homme qui avait insisté pour rajouter au contrat une clause les obligeant à dormir ensemble toutes les nuits lorsqu'ils étaient sous le même toit, l'homme qui l'avait habituée à des regards brûlants, allait faire chambre à part pour la deuxième nuit consécutive… Elle monta l'escalier d'un pas lourd. Il était tard, c'était vrai. Elle ferait peut-être bien de dormir elle aussi. Après avoir pris une douche et s'être lavé les dents elle dut se rendre à l'évidence. Elle n'arriverait pas à trouver le sommeil avant longtemps.

Une pensée l'obsédait. Benjamin s'était lassé d'elle après une seule nuit. À moins qu'il ait été rebuté par le milieu modeste dont elle était issue ? La voyait-il d'un autre œil à présent qu'il savait où elle avait grandi ? Mais pourquoi cette idée lui serrait-elle à ce point le cœur ? Elle devrait plutôt se réjouir qu'il ne la désire plus. N'était-ce pas la sécurité dont elle rêvait ? Pas de passion ni d'émotions en dehors de la danse ? De plus en plus oppressée, elle arpenta sa chambre comme un fauve en cage, puis n'y tenant plus elle sortit dans le couloir et monta au deuxième étage. Dans le studio elle laissa tomber son peignoir par terre et prit dans le placard une tunique ample à mi-cuisses, plus rapide à enfiler qu'un collant et un justaucorps. Après avoir mis ses pointes, elle alluma la chaîne et activa la lecture de la clé USB en mode aléatoire. Puis elle commença à travailler à la barre, déterminée à se vider l'esprit. Au bout d'un moment le premier morceau se termina, et quelques secondes plus tard les premiers accords de la célèbre habanera de *Carmen* retentirent. Freya s'immobilisa un instant, puis elle quitta la barre. C'était une danse très sensuelle qu'elle avait souvent dansée mais sans jamais imaginer qu'un homme de chair et de sang la regardait comme don José regardait Carmen. Le visage de Benjamin s'imposa à elle tandis que les pas lui revenaient en mémoire. Si seulement il était là en ce moment... Si elle dansait devant lui elle verrait peut-être le désir se rallumer dans ses yeux...

Benjamin entendait la musique. Il avait d'abord cru que son imagination lui jouait des tours, mais non. C'était bien de la musique qui filtrait à travers les murs épais du château, d'ordinaire plongé dans un profond silence au cœur de la nuit. Il regarda le plafond. Le studio de Freya se trouvait juste au-dessus de ses appartements... Il ferma les yeux. Il avait mal dormi la nuit précédente, et ce soir il avait bu trois whiskys. En principe il aurait dû sombrer dans le sommeil à peine couché. Mais impossible de fermer l'œil... Il posa la main sur son cœur comme si ça pouvait calmer ses battements frénétiques. Il n'avait qu'une envie. La rejoindre, la prendre dans ses bras et lui faire l'amour. Encore et encore.

Il avait évité son regard toute la journée. Ses yeux noirs agissaient sur lui comme des aimants, or il fallait à tout prix qu'il garde ses distances avec elle. Les pensées les plus contradictoires se bousculaient dans son esprit, mais il y en avait une qui dominait toutes les autres. Il n'aurait jamais dû l'épouser. Si elle avait signé ce contrat avec Javier, ce n'était pas par cupidité comme il l'avait cru. Bien au contraire. Dire qu'en ce moment même elle dansait juste au-dessus de lui... Bon sang, comme il avait envie de la voir ! De la prendre dans ses bras, de l'embrasser, de la caresser... Avant même d'avoir conscience qu'il s'était levé, Benjamin avait remis son pantalon et atteint la porte de sa chambre. Il monta les marches quatre à quatre et ouvrit la porte du studio.

Elle était à l'autre bout de la salle, près de la fenêtre. Une lueur surprise s'alluma furtivement dans son regard lorsqu'elle croisa le sien dans le miroir, mais il n'y eut pas la moindre pause ni hésitation dans ses mouvements. Elle continua de danser avec une grâce et une souplesse infinies sans effort apparent. Ses cheveux n'étaient pas attachés et ils flottaient autour de son visage, se déployant en un cercle parfait quand elle effectuait des pirouettes sur pointes.

Jamais de toute sa vie il n'avait vu un spectacle aussi fascinant. Freya ne dansait pas, elle était la danse. Elle donnait vie à l'émotion contenue dans la musique. Elle était incroyable… Chaque pas, chaque tour, chaque pirouette la rapprochait de lui. Elle s'envola dans un dernier saut de biche qui la fit atterrir à moins d'un mètre de lui et termina par une révérence. Puis elle se redressa lentement et plongea son regard dans le sien.

Ils restèrent un long moment les yeux dans les yeux, immobiles et silencieux.

Puis elle se jeta dans ses bras. Ou plutôt elle se jeta sur lui, nouant simultanément les bras autour de son cou et les jambes autour de sa taille avec une légèreté et une souplesse surnaturelles. Il contempla encore un instant son visage rayonnant et se laissa submerger par le désir et les émotions qu'il réprimait depuis trop longtemps. Refermant les bras sur elle, il captura sa bouche dans un baiser vorace auquel elle répondit avec la même avidité. Ils se dévorèrent mutuellement tout en se couvrant de caresses fébriles. Benjamin plaqua Freya contre le mur le plus proche et glissa les mains sous sa tunique. Découvrant qu'elle était nue en dessous, il laissa échapper un grognement étranglé et effleura le cœur de sa féminité. Elle gémit contre sa bouche et plongea la main dans son pantalon. Il prit alors conscience qu'il n'avait pas fermé sa braguette, et que comme elle il était nu sous le seul vêtement qu'il portait. Elle le caressa tout en continuant de l'embrasser goulûment. Fou de désir, il tira sur son pantalon pour le faire tomber à ses pieds. Elle interrompit ses caresses et il plongea aussitôt dans sa chaleur moite.

Ils n'étaient ni l'un ni l'autre en état de savourer l'instant. La main de Freya se referma sur une de ses fesses tandis qu'elle répondait à ses coups de reins en marmonnant des mots incompréhensibles. Aspirés dans un tourbillon de feu, ils accélérèrent le rythme. La main de Freya restée sur sa nuque agrippa soudain ses cheveux, et elle poussa un long cri modulé. Le raz-de-marée qui la balayait semblait sans fin. Bientôt il fut submergé à son tour par une vague de plaisir d'une puissance inouïe.

Freya étendit la jambe et rencontra un obstacle tout chaud et très très humain. La jambe de Benjamin. Tout ce qui s'était passé entre eux la veille lui revint en mémoire, et un sourire béat étira ses lèvres. Son rêve était devenu réalité. Elle avait dansé devant son amant. Pour son amant. Comment le désigner autrement après la fièvre qui s'était emparée d'eux et le plaisir animal qu'ils avaient partagé ?

Après leurs retrouvailles volcaniques dans le studio de danse, il l'avait portée jusqu'à sa chambre et il lui avait fait l'amour encore une fois. Puis elle lui avait fait l'amour. Les oiseaux chantaient déjà dans l'aube naissante quand ils avaient fini par s'endormir. Il n'y avait pas de quoi s'angoisser, se dit-elle en se blottissant contre lui. Un bras puissant se referma sur elle, et elle poussa un petit soupir d'aise. Ça ne signifiait rien, se dit-elle. Il se trouvait juste qu'ils étaient mariés et qu'ils avaient la chance d'être compatibles. Ça ne changeait rien à leur contrat. Il n'y avait aucune raison pour que les choses aillent plus loin. Heureusement. Ce serait beaucoup trop risqué.

— Non, non, non, *jeté à gauche*, Freya ! Concentre-toi !

— Désolée.

Freya s'immobilisa, mit les mains sur les hanches, se pencha en avant et inspira profondément. Elle était épuisée. La répétition avait mal commencé, et ça ne faisait qu'empirer. Par sa faute. Son partenaire dardait sur elle un regard noir, et les quatre autres membres du corps de ballet ne masquaient pas leur embarras.

Le chorégraphe soupira.

— Un quart d'heure de pause. Essayez de revenir avec la tête sur les épaules.

Freya alla directement dans sa loge, but de l'eau et mangea une banane. Puis elle regagna le studio, déterminée à donner le meilleur d'elle-même. Le reste de la répétition fut encore plus catastrophique. Elle ne parvenait même plus à exécuter les pas de base qu'elle connaissait par cœur depuis l'enfance. C'était comme si ses pieds n'étaient plus connectés à son cerveau. Elle rentra chez elle la boule au ventre. Encore une répétition de ce genre et c'était sa doublure qui obtiendrait le rôle de Vicky. Un rôle dont elle rêvait depuis si longtemps. Tous les danseurs avaient leurs mauvais jours. Mais là c'était une mauvaise semaine. Qui faisait suite à une semaine tout juste moyenne... Elle dansait de plus en plus mal et elle n'arrivait pas à comprendre pourquoi. Encore une journée, et ensuite elle aurait un jour de repos qui lui permettrait de se requinquer. Elle fit couler un bain et consulta son téléphone. Un message de son père. Son compte rendu quotidien. Elle le lut et pour la première fois de la semaine un sourire étira ses lèvres. Sa mère avait remué tous les doigts de la main gauche et elle avait fredonné un air qui passait à la radio.

Son téléphone sonna, et le nom de Benjamin s'afficha.

— Bonsoir, ma douce.

Sa voix profonde fit courir des frissons le long de son épine dorsale.

— Bonsoir.

— Tout se passe bien ?

— Oui. Très bien.

Pas question d'avouer qu'elle ne savait plus danser... En ce qui concernait Benjamin tout allait très bien. La savoir à Madrid lui était très pénible. Tout simplement parce qu'il ne supportait pas que sa femme travaille pour son ennemi. Elle avait beaucoup de mal à supporter cette situation elle aussi. Par chance, elle n'avait vu ni Javier ni Luis depuis qu'elle avait repris le travail. Par chance également, la compagnie avait déménagé dans un nouvel immeuble proche du futur théâtre. Si bien que les autres danseurs étaient trop occupés à explorer les nouveaux locaux et à les comparer aux anciens pour s'intéresser à elle. Son mariage avec Benjamin après sa rupture avec Javier était déjà de l'histoire ancienne. Elle avait eu droit à quelques piques, bien sûr, mais il y avait longtemps qu'elle avait appris à ignorer les sarcasmes.

Le départ inattendu de Sophie, qui avait quitté la compagnie pour rentrer en Angleterre, l'affectait beaucoup plus. Mais ce qui la perturbait le plus c'était que Benjamin occupait toutes ses pensées. Elle savait qu'étouffer ses sentiments pour lui serait difficile. Mais elle n'avait pas mesuré à quel point. Il l'appelait tous les soirs et le son de sa voix l'emplissait d'une nostalgie insurmontable. Il ne lui manquait pas, se répétait-elle en boucle. Mais elle avait beau lutter de toutes ses forces pour garder les pieds sur terre, elle avait de plus en plus de mal chaque jour. Les jours qui avaient précédé son départ pour Madrid avaient été les plus beaux de sa vie. Ils avaient passé l'essentiel de leur temps au lit, oui, mais ils avaient aussi partagé des moments délicieux en dehors. Il avait pris l'habitude de la rejoindre au studio pour travailler pendant qu'elle s'exerçait. Ils avaient pris tous leurs repas ensemble et il avait souvent choisi le même menu qu'elle. Ils avaient beaucoup parlé de leurs enfances respectives. Et puis ils étaient retournés en Angleterre pour rendre visite à ses parents dans leur nouvelle maison. Il avait été reçu à bras ouverts et tout de suite adopté.

Mais ensuite elle avait repris sa vie et découvert que tout avait changé. Elle avait changé.

— Bien. Je voulais juste m'assurer que demain tu n'as pas une répétition qui risque de déborder sur la soirée.

— Pas que je sache.

— Parfait. Mon chauffeur passera te prendre à 18 h 30.

Quelques minutes plus tard, Freya entra dans son bain. Elle se laissa glisser la tête sous l'eau et elle retint sa respiration aussi longtemps qu'elle le put.

13

Freya finit de se brosser les cheveux et posa la brosse sur sa coiffeuse. Elle se sentait beaucoup mieux. Les répétitions de la veille s'étaient bien passées. Aujourd'hui, après une nuit torride avec Benjamin, elle était montée au studio pour répéter la variation qu'elle devait danser en solo et elle était très satisfaite. Pas la moindre anicroche. À présent elle pouvait sortir dîner avec son mari l'esprit léger.

Elle mit une robe chemisier rouge qui s'arrêtait au-dessus du genou, sur laquelle elle boucla une large ceinture en cuir tressé noir. Elle chaussa des sandales à talons aiguilles argent puis elle appliqua quelques gouttes de parfum derrière ses oreilles et au creux de ses poignets. Enfin, elle étala une fine couche de gloss sur ses lèvres.

Elle trouva Benjamin en train de téléphoner dans le salon ouvert depuis lequel elle avait pris la fuite le premier soir. Il se leva à son arrivée et mit fin à la communication.

— Madame Guillem, vous êtes belle à croquer.

Vous aussi, monsieur Guillem. Vêtu d'un pantalon anthracite, d'une chemise à peine plus claire ouverte au col, et d'une veste bleu de Prusse, il était d'une élégance désinvolte particulièrement séduisante.

— Où allons-nous ? demanda-t-elle.

— J'ai réservé une table au Cheval d'or.

— Où est-ce ?

— Près de Nice. À environ une demi-heure de voiture.

Dans la cour, elle découvrit avec surprise une décapotable jaune vif. Elle effleura la carrosserie et sourit.

— Quelle belle voiture…

— C'est une Buick Roadmaster Riviera de 1949. Je l'ai achetée dans une vente aux enchères il y a quatre mois.

— Où est ton chauffeur ?

— Ce soir, ma douce, c'est moi ton chauffeur, répliqua Benjamin avec un large sourire.

Elle lui rendit son sourire et monta en voiture. Quelques minutes plus tard, sur la route, le vent faisait voler ses cheveux.

— C'est fantastique ! s'exclama-t-elle en éclatant de rire.

Benjamin prit alors conscience d'une chose incroyable. C'était la première fois qu'il entendait son rire… Un rire qui faisait chaud au cœur et qui était contagieux.

— N'est-ce pas ? lança-t-il en riant à son tour.

Il avait conscience d'être avare du temps qu'ils passaient ensemble depuis qu'elle était retournée à Madrid. Il voulait qu'elle soit heureuse, mais passer sept heures dans son studio pendant sa seule journée libre ? Il en avait beaucoup voulu à la danse d'accaparer toute l'attention de sa mère, et voilà qu'il était marié avec une femme dont la passion pour cet art avait tout de l'addiction sévère… La semaine suivante elle avait deux jours de liberté consécutifs. Il s'était déjà organisé pour être libre. Et ce soir, s'il avait choisi de réserver une table au restaurant au lieu de dîner au château comme à leur habitude, c'était pour être sûr d'avoir toute son attention.

Dix minutes avant d'arriver au restaurant, la Méditerranée apparut au détour de la route. Il jeta un coup d'œil à Freya et pouffa en voyant sa tête tomber sur son épaule.

— Tu es en train de t'endormir ? s'exclama-t-il d'un ton faussement incrédule.

Elle se redressa et étouffa un bâillement qui se termina dans un nouveau rire.

— Désolée. Waouh ! Quelle vue incroyable !

Mais bien moins belle que l'homme assis à côté d'elle au volant d'une voiture qui ne détonnerait pas dans un film avec Cary Grant. Elle poussa un petit soupir d'aise. Le vent dans ses cheveux et le soleil sur son visage l'avaient débarrassée des dernières bribes de l'angoisse qui l'avait oppressée toute la semaine. Quel plaisir de s'amuser un peu ! Quand s'était-elle amusée pour la dernière fois ? Peut-être au parc d'attractions où Sophie et elle étaient allées l'année dernière pendant leur tournée en Europe ? Cette année elles n'y étaient pas retournées. Sophie avait renoncé à cause de crampes d'estomac, et elle n'avait pas eu envie d'y aller sans elle. Quel était le problème de Sophie ? Elle aimerait tellement pouvoir aider sa plus proche amie... Mais celle-ci ne donnait pas de nouvelles.

Ils arrivèrent dans un village médiéval aux rues étroites, et Benjamin s'arrêta devant une maison en pierre au toit de tuiles rouges. Un voiturier se précipita pour ouvrir la portière de Freya et l'aider à descendre. Puis il fit le tour de la voiture pour rejoindre Benjamin qui lui tendit les clés.

Le plafond voûté de la salle de restaurant était en pierre comme les murs et le sol. Ils furent conduits à une table située près d'une fenêtre, et un maître d'hôtel au visage grave leur tendit les menus avec la même solennité que s'il s'agissait d'éditions rares de chefs-d'œuvre de la littérature. Il déplia ensuite leurs serviettes avec des gestes étudiés, comme s'il réalisait une performance d'art contemporain. À la vue de la lueur malicieuse qui dansait dans les yeux de Benjamin, Freya baissa la tête sur son menu en se mordant les lèvres. Dès que le maître d'hôtel s'éloigna, ils se couvrirent la bouche pour éclater de rire en chœur sans se faire trop remarquer.

— Étions-nous censés applaudir ? plaisanta-t-elle en se tamponnant les yeux avec le coin de sa serviette.

— À mon avis il attendait une *standing ovation*.

À leur grand soulagement, leur commande fut prise par un simple serveur. Très détendue, Freya but du champagne et savoura son artichaut au caviar servi avec un bouillon de citron vert, prête à jurer qu'elle n'avait jamais rien mangé d'aussi bon. Jusqu'à ce qu'elle goûte son poulet en coque d'argile cuit à la braise, accompagné d'asperges, de roquette et d'autres légumes qu'elle ne reconnut pas mais qui étaient délicieux.

— Je ne t'ai jamais vue manger d'aussi bon appétit, commenta

Benjamin en décortiquant sa langouste. Il faut que je demande à ma cuisinière de faire ces recettes.

— Ta cuisinière est fantastique. C'est juste que j'ai particulièrement faim ce soir.

— Moi aussi, rétorqua Benjamin avec un sourire entendu.

Sous son regard étincelant elle sentit une vive chaleur se répandre dans tout son corps. Ce désir finirait-il par s'estomper un jour ? Il la dévora des yeux encore un instant avant d'ajouter :

— C'est inhabituel de te voir manger sans t'interroger sur chaque ingrédient.

Elle pouffa.

— Je m'autorise quelques folies. Je n'ai fait qu'un seul écart depuis que tu m'as kidnappée. Le jour de notre mariage.

— Ce jour-là tu as à peine touché ton assiette, et je ne t'ai pas kidnappée. Je t'ai escamotée à l'aide d'un tour de passe-passe.

— Tu m'as kidnappée.

— Pose-toi une question. Si tu devais choisir, avec qui préférerais-tu dîner ici ce soir ? Moi ou Javier ?

— Tu veux vraiment que je réponde à ça ?

Benjamin eut un sourire qui n'atteignit pas ses yeux.

— Seulement si c'est moi.

C'est toi, bien sûr. Sans la moindre hésitation. Elle resta silencieuse. Il n'était pas question de lui mentir mais elle ne pouvait pas non plus lui dire la vérité. Cela risquerait de l'entraîner beaucoup trop loin...

— Javier et toi vous êtes très différents, éluda-t-elle. Quand j'ai accepté de l'épouser je savais que c'était un homme froid, mais j'ignorais à quel point il était ignoble. Cependant, même si je l'avais su je n'aurais pas changé d'avis. Sa proposition était trop intéressante en ce qui concernait ma mère.

— Et en ce qui te concernait, toi ?

— J'ai supporté des gens plus cruels que Javier Casillas aurait jamais pu l'être avec moi. Si tu veux savoir ce que c'est que la vraie cruauté, cache une caméra dans une pension de filles.

— Tu as beaucoup souffert ?

— Les autres filles m'ont détestée d'emblée. Elles prenaient un grand plaisir à m'humilier. Injures, vols, croche-pieds à la cantine quand j'avais mon plateau dans les mains...

— Elles te détestaient parce que tu étais la meilleure danseuse ?

Freya plissa le front, interloquée.

— Tu avais obtenu une bourse. Cette école n'en accorde que très rarement. Uniquement aux élèves qui ont un talent exceptionnel.

— Si c'était leur raisonnement, elles avaient visé juste. Au premier trimestre j'ai perdu tous mes moyens et je suis devenue une danseuse exécrable. Elles avaient réussi à me déstabiliser. J'étais devenue une boule de nerfs.

— Comment t'en es-tu sortie ? demanda Benjamin même s'il avait une idée très précise de la réponse.

Son sang-froid hors du commun n'avait pas surgi de nulle part...

— À la fin du premier trimestre, une des professeurs de danse m'a prise à part et m'a prévenue que je risquais de perdre ma bourse. Elle m'a dit qu'elle savait que j'avais des problèmes avec les autres élèves. Elle a ajouté que si je ne voulais pas voir mon rêve m'échapper, je devais trouver un moyen de les ignorer. De devenir sourde à leurs sarcasmes. Sinon elles gagneraient.

Benjamin crispa la mâchoire, écœuré. Elle devait avoir onze ans, à l'époque. Comment les enfants pouvaient-ils être aussi cruels et les adultes chargés de les éduquer aussi inefficaces ?

— J'ai suivi ce conseil à la lettre, poursuivit Freya. J'ai appris à ne plus me laisser déstabiliser par les attaques et à me concentrer uniquement sur la danse. Je n'ai plus cherché l'approbation des autres et j'ai fini par ne plus en avoir besoin. En apprenant à maîtriser mes émotions et en me forgeant une volonté de fer, j'ai réussi à survivre.

Un sourire éclaira brièvement le visage de Freya.

— Et je me suis même fait une amie. Sophie. Je me sentais moins seule, mais cette époque reste la plus dure de ma vie. J'ai acquis la conviction que si j'avais réussi à m'en sortir, ça prouvait que j'étais armée pour affronter n'importe quelle situation. S'il avait fallu épouser Attila pour soulager la souffrance de ma mère, je n'aurais pas hésité. Et j'aurais survécu.

Benjamin sentit son cœur se serrer. Ils avaient des histoires très différentes mais ils étaient l'un et l'autre prêts à tout pour les gens qu'ils aimaient. Il la comprenait encore mieux depuis qu'il avait rencontré ses parents. Il avait été frappé par la chaleur de leur accueil, et leur gratitude pour la maison l'avait embarrassé. Il avait eu envie de leur dire « Ce n'est pas moi qu'il faut remercier. C'est votre fille. » Il s'attendait à voir la mère de Freya très diminuée mais c'était encore pire que ce qu'il avait imaginé. Cependant, il avait vu dans ses yeux la même pugnacité que dans ceux de sa mère. Et une immense fierté à chaque fois qu'elle avait regardé sa fille. Quant au père de Freya, c'était un homme humble au cœur énorme. Il était parti de chez ses beaux-parents le cœur lourd et il ne s'en était pas encore vraiment remis.

— Comment supportes-tu de travailler pour Javier ? demanda-t-il.

Il connaissait l'état de sa mère et pendant deux mois il n'avait rien fait pour elle, à part signer un papier qui ne l'engageait qu'à partir du moment où Freya serait devenue sa femme. Certes, il avait payé deux cycles de traitement, mais il aurait pu sortir ses parents de cet appartement décrépi pour les installer dans un endroit décent…

— Je ne travaille pas pour lui mais pour sa compagnie, objecta Freya. Et plus pour très longtemps.

— As-tu commencé à en chercher une nouvelle ?

— J'ai reçu des propositions.

— Tu ne me l'as pas dit.

— Ma carrière ne te regarde pas, lui rappela-t-elle d'un ton crispé qui le hérissa.

— Il y a quelques jours j'ai discuté avec le directeur de l'Orchestre National de Paris. La salle dont il est le résident principal vient d'être rénovée, et son propriétaire est en train de monter une nouvelle compagnie de danse.

— Je sais.

— Ils veulent que tu deviennes leur danseuse étoile.

— Pardon ?

— L'Orchestre National de Paris veut que tu deviennes l'étoile de sa nouvelle compagnie de danse. J'attendais d'en avoir la confirmation écrite pour te l'annoncer, mais ce soir me paraît le moment approprié. Le salaire est négociable, et ils sont prêts à inclure dans ton contrat une clause te permettant de t'absenter pour danser pour d'autres compagnies en tant qu'étoile invitée.

Il y eut un long silence.

— Qui a contacté qui ? finit par demander Freya, le visage impénétrable.

— Est-ce que c'est important ?

— Oui.

— Le directeur est un vieil ami que j'ai rencontré par l'intermédiaire des frères Casillas. Que l'Orchestre National de Paris a le projet de créer sa propre compagnie de danse n'est pas un secret.

— Qui a contacté qui ? répéta-t-elle d'une voix tendue.

— C'est moi qui l'ai appelé.

— Dans l'intention de me servir de souteneur ?

La colère qui montait en lui depuis quelques instants faillit submerger Benjamin. Il la réprima. Tout juste.

— Je ne vois pas en quoi discuter avec un ami afin d'obtenir pour ma femme un contrat plus intéressant avec une meilleure compagnie fait de moi un souteneur.

Elle se pencha en avant, le regard étincelant.

— Et qui es-tu pour juger quel contrat est plus intéressant pour moi ? Ou quelle compagnie est la meilleure ?

— Tu es une danseuse en pleine ascension. Ce contrat te permettrait d'atteindre le sommet beaucoup plus rapidement.

— Et de quoi j'aurai l'air quand les gens découvriront que si j'ai décroché le contrat c'est parce que mon mari fait partie du même réseau d'anciens élèves que le directeur ?

— Je ne fais partie d'aucun réseau de ce genre, et personne ne pensera ça, pour la bonne raison que ce n'est pas vrai.

— As-tu écouté un seul mot de ce que je t'ai dit ce soir ? Tout ce que j'ai accompli je le dois à mes aptitudes et à mon travail. J'ai réduit mes orteils en bouillie pour arriver là où je suis. Sans l'aide de personne. Qu'est-ce qui te fait croire qu'aujourd'hui j'ai besoin d'aide ? Et pour qui te prends-tu ? De quel droit te mêles-tu de ce qui ne te regarde pas ?

— De ce qui ne me regarde pas ? répéta-t-il, décontenancé par l'agressivité de ces propos. Je suis ton mari. C'est mon rôle de m'occuper de toi.

— Non. Ma carrière est complètement indépendante de notre mariage, et tu as franchi la ligne rouge.

Comment faisait-il pour garder son calme ? se demanda-t-il confusément avant de répliquer.

— Je suis navré que tu aies le sentiment que j'ai franchi ta ligne invisible, mais j'en ai assez de vivre séparé de ma femme. Je suis ton mari. Tu m'as épousé et tu as pris mon nom. J'ai un appartement à Paris. Signe ce contrat et nous pourrons y vivre. Comme un couple marié ordinaire.

Voilà. Cartes sur table.

— Ce n'est pas une ligne invisible, objecta-t-elle d'une voix légèrement tremblante. C'est le contrat que nous avons signé tous les deux. Tu ne dois pas te mêler de ma carrière.

— Puisque tu insistes pour que nous nous en tenions au contrat, réponds à cette question. Si je profitais de la clause qui m'autorise à prendre une maîtresse, qu'éprouverais-tu ?

Elle pâlit, déglutit péniblement, puis elle murmura :

— Je n'essaierais pas de t'en empêcher.

— Je ne t'ai pas demandé si tu essaierais de m'en empêcher. Je t'ai demandé ce que tu éprouverais.

— Je l'accepterais.

— Tu l'accepterais ? répéta-t-il d'un ton sarcastique.

— J'ai signé pour un mariage qui nous permet à tous les deux de garder notre indépendance et je ne veux rien changer. Si je déménage à Paris un jour ce sera parce que c'est bon pour ma carrière.

Elle but une longue gorgée de champagne.

— J'apprécie que tu penses à moi. Je rencontrerai le directeur de l'Orchestre National de Paris mais je ne promets rien. Ma carrière passe avant le reste. Tu le sais.

Benjamin hocha la tête. Pourquoi avait-il cru que cette discussion pourrait se conclure autrement ? Ses propres parents l'avaient fait passer en second. Pourquoi avait-il cru qu'avec sa femme ce serait différent ?

Le retour fut beaucoup plus silencieux que l'aller. Vingt minutes après leur départ du restaurant, Freya s'était endormie.

Très vite, sa tête était tombée sur l'épaule de Benjamin. Il avait fermé la capote, et son parfum se répandait dans toute la cabine. Un parfum sensuel et familier qui apaisait peu à peu sa colère. Lorsqu'il arrêta la Buick dans la cour du château, elle ouvrit les yeux et ne sembla pas surprise de se réveiller la tête sur son épaule.

— Je me suis encore endormie, murmura-t-elle.

Puis elle tendit le cou pour effleurer ses lèvres.

Beaucoup plus tard, nu et comblé dans ses bras, Benjamin déposa un baiser sur sa tempe. Si tout ce que ce mariage lui apportait c'était de la passion brûlante, il pouvait déjà s'estimer beaucoup plus chanceux que la plupart des gens. Et si Freya voulait s'en tenir aux termes de ce fichu contrat, tant pis. Il en ferait autant.

14

Freya avait envie de crier pour évacuer la peur qui la tenaillait. Elle se contenta de se rouler en boule dans un coin du salon. Elle avait bien cru qu'elle avait perdu le rôle de Vicky.

Cet après-midi, quand elle était arrivée dans la salle d'exercice elle avait entendu Mikael crier au chorégraphe qu'il ne danserait pas avec « quelqu'un qui se moquait à ce point de la danse ».

— Nous ne pouvons pas la remplacer, avait répliqué le chorégraphe du ton excédé de quelqu'un qui a déjà eu cette discussion. Son visage est partout. S'il ne reste pas une seule place pour la première c'est grâce à elle.

— Elle danse horriblement mal.

— D'habitude c'est la meilleure.

À cet instant ils l'avaient vue figée sur le seuil, effarée.

— Freya..., avait commencé le chorégraphe.

Mais Mikael l'avait interrompu.

— Ou tu danses correctement ou tu cherches un autre partenaire ! avait-il lancé assez fort pour que tout le monde entende. Je ne veux pas être associé à ce désastre.

Puis il avait quitté la salle comme un ouragan en la bousculant presque. Comment lui en vouloir. Elle ressentirait la même chose si elle avait un partenaire qui avait des troubles de la coordination et qui oubliait tous les enchaînements. Dans son studio au château elle dansait à la perfection. Elle connaissait la chorégraphie. Mais dès qu'elle se retrouvait ici ses pieds ne répondaient plus à son cerveau. Elle était tellement angoissée qu'elle avait consulté un spécialiste hors de prix pour lui demander de pratiquer un test en urgence pour vérifier si elle n'était pas atteinte de la même maladie que sa mère dans sa phase initiale. Le résultat était négatif. Quel que soit son problème, il n'était pas physiologique mais psychologique...

Obéissant à une impulsion elle bondit et se précipita sur son téléphone. Elle allait appeler Benjamin. Depuis qu'elle avait gâché leur dîner au restaurant en lui rappelant les termes de leur contrat, il ne l'appelait pratiquement plus. Dire qu'il l'avait menacée de prendre une maîtresse... Non, il ne fallait pas penser à ça. Il l'avait quand même appelée un matin pour vérifier si elle serait disponible pour l'accompagner à un dîner d'affaires lors de ses prochains jours de repos. Le seul fait d'entendre sa voix profonde l'avait apaisée, et c'était le jour de la semaine où elle avait le mieux dansé.

— Il y a un problème ? demanda-t-il sans préambule.

— Non, répondit-elle machinalement. Pourquoi cette question ?

— C'est la première fois que tu m'appelles.

— Oh. Je voulais juste...

Entendre ta voix.

— ... Savoir quel genre de tenue je devais porter pour ton dîner d'affaires.

— Je n'aurai jamais la prétention de te dire comment tu dois t'habiller, ma douce. Viens en fée Carabosse, si ça te chante.

Elle sentit un grand froid l'envahir. Carabosse était la méchante fée dans *La Belle au bois dormant*.

La musique filtrait à travers le plafond du bureau de Benjamin. Il sentit son cœur se serrer. Sa femme était sous son toit mais pas avec lui... Les nuits où elle partageait son lit elle lui faisait l'amour avec passion, mais quand ils étaient séparés, elle le traitait avec indifférence. Jamais un coup de téléphone ni un message. La seule fois où elle l'avait appelé c'était pour lui demander son avis sur sa tenue. Comme s'il connaissait quelque chose à la mode féminine... Ce jour-là il avait été un peu brusque mais quand il avait vu son nom s'afficher sur son téléphone pour la première fois en presque sept semaines de mariage, il avait cru qu'il lui était arrivé quelque chose. Pourquoi l'appellerait-elle si ce n'était pas parce qu'elle avait un problème ? Sa femme avait besoin de lui pour deux choses. L'argent pour sa famille et le sexe pour elle. Or plus le temps passait plus il avait du mal à le supporter...

On frappa à la porte.

— Entrez.

À sa grande surprise il vit apparaître sa femme.

— Tu as une minute ? demanda-t-elle d'un ton calme.

Elle portait la même tunique ample que le jour où ils avaient fait l'amour dans le studio pour la première fois. Benjamin fut transpercé par une flèche de désir. Serrant les dents il reporta son attention sur l'écran de son ordinateur.

— Un instant.

Il prit le temps de retrouver son sang-froid. C'était la première fois qu'elle honorait son bureau de sa présence...

— Que puis-je faire pour toi ? demanda-t-il après l'avoir fait attendre un peu plus longtemps que nécessaire.

Elle s'était perchée sur son canapé en cuir, les coudes sur les cuisses et les mains jointes.

— Je voudrais que tu me rendes un service.

— Je t'écoute.

— Je sais que c'est beaucoup te demander, mais est-ce que tu pourrais venir à la première samedi ?

— Plutôt nager avec les requins que mettre les pieds dans un théâtre appartenant à ces deux escrocs.

— Je sais. Je suis consciente de l'effort que ça représente pour toi mais j'aurai bien besoin de ton soutien.

Il s'appliqua à prendre un ton aimable.

— Montre-moi la clause du contrat qui stipule que je dois t'apporter un soutien autre que financier et je la respecterai.

— Rien ne m'obligeait à t'accompagner à ton dîner d'affaires la semaine dernière.

— Ce n'est pas la même chose.

— S'il te plaît, Benjamin. C'est la soirée la plus importante de ma vie.

— Si tu as besoin de soutien, Javier sera là. Je suis sûr qu'il t'apportera volontiers le sien.

— Plutôt nager avec les requins qu'accepter son soutien, rétorqua-t-elle avec un petit rire tremblant visiblement destiné à alléger l'atmosphère.

Elle allait être déçue...

— Comment le saurais-je ? demanda-t-il d'une voix suave.

— Quoi donc ?

Il pianota sur le bureau.

— Que tu ne souhaites pas son soutien. Je ne sais rien de ta vie en dehors de ce château. Je ne sais rien de ce que tu fais à Madrid. Tu ne me racontes rien.

— Il n'y a rien à raconter. Je fais l'aller-retour entre chez moi et le studio de danse. Voilà ma vie à Madrid.

— Je n'ai que ta parole.

Freya plissa le front.

— Qu'est-ce que tu insinues ?

— Tu es une femme intelligente. Je suis sûr que si tu réfléchis un peu tu comprendras.

Freya plissa encore le front, puis elle écarquilla les yeux.

— Tu es ridicule. Est-ce que je t'interroge sur la vie que tu mènes quand nous sommes séparés ?

— Pendant des semaines j'ai espéré que tu le ferais, et à présent ça m'est égal que tu ne le fasses pas. Tu es contente de prendre mon argent et de partager mon lit, mais si j'ai envie de passer du temps avec toi en dehors des périodes prévues au contrat, ou de m'écarter un tant soit peu de la norme qu'il établit tu m'opposes un refus catégorique. Je n'attendais pas grand-chose de notre mariage, et la réalité me donne raison. Tu es égoïste et intransigeante.

— Tu as l'audace de me traiter d'égoïste alors que tu m'as volée à un autre homme pour te venger ? s'exclama-t-elle d'un air indigné.

— Cet homme et son frère m'ont volé plus de deux cents millions d'euros.

Incapable de contenir plus longtemps sa colère, Benjamin se leva, posa les mains sur son bureau et foudroya Freya du regard.

— Tu sais ce qu'ils m'ont fait et tu me demandes de passer une soirée sous le même toit qu'eux ?

— Non, je te demande de me soutenir. De mettre de côté ton égoïsme et ta rancune le temps d'une soirée et d'être là pour moi.

— Pourquoi veux-tu mon soutien ? Tu ne veux même pas ma compagnie. Quand tu es ici pendant tes jours de repos tu te caches dans ce fichu studio pendant des heures.

— J'y passe des heures parce que en ce moment c'est le seul endroit où j'arrive à danser et à me rappeler ce que je suis censée faire ! s'écria-t-elle d'une voix qui montait dans les aigus. Je ne sais plus danser. Mon partenaire me déteste, le chorégraphe est au bord de la dépression, et pour une raison que je ne m'explique pas ce château est le seul endroit où mon corps consent à m'obéir. Si je me réfugie là-haut ce n'est pas pour te fuir. C'est pour tenter de me ressaisir et de surmonter mon angoisse. J'ai très peur de me retrouver sur scène samedi avec des pieds en plomb. Je me bats pour ma carrière, et tu me traites d'égoïste. Alors que tout ce que je te demande c'est d'oublier ta vengeance pendant une soirée et d'être là pour moi. Tu me dois bien ça, Benjamin.

— Je ne te dois rien du tout. Depuis combien de temps as-tu du mal à danser ?

— Depuis que je suis retournée à Madrid.

Il la contempla froidement.

— Ça fait plus de six semaines. Tu n'as pas pris la peine de te confier à moi. Pourquoi devrais-je m'intéresser à tes problèmes aujourd'hui ?

À bout, Freya bondit.

— Parce que tout ça c'est ta faute ! cria-t-elle. C'est à cause de toi que j'ai tous ces problèmes. De toi !

— Comment pourrais-je être responsable de ton incapacité à danser ?

— Je te dis que tu l'es ! Tu voulais savoir pourquoi j'étais vierge ? À cause de ça ! J'ai vu autour de moi les répercussions du sexe et de la passion. La jalousie, l'amertume. Des danseuses qui ruinent leur carrière parce qu'elles sont aveuglées. J'ai travaillé trop dur, et ma famille a fait trop de sacrifices pour prendre le risque de tout gâcher. J'avais peur que mes émotions me détournent de la danse mais je n'imaginais pas que ça pouvait atteindre ces proportions. Tu es entré dans ma tête, et je n'arrive pas à t'en faire sortir. Je n'arrive à danser correctement qu'ici, parce que tu es là. Si je veux avoir une chance de m'en sortir sur scène samedi, j'ai besoin...

— Demande à quelqu'un d'autre, la coupa-t-il froidement.

— Il n'y a personne d'autre !

Des larmes jaillirent des yeux de Freya.

— J'ai peur, Benjamin. Je sais que tu me trouves intransigeante mais c'est ce qui m'a permis de survivre. Je ne suis pas douée pour demander de l'aide mais je te demande la tienne parce que...

Freya prit une profonde inspiration.

— J'ai besoin de toi, Benjamin. Même si maman, papa et Sophie pouvaient tous être présents j'aurais quand même besoin de toi. Alors s'il te plaît, je t'en supplie, le temps d'une soirée, oublie ta vengeance et sois là pour moi.

Elle plongea son regard dans celui de Benjamin et n'y trouva que de l'hostilité.

— Non.

— Non ?

— Non. Je ne veux pas être utilisé comme béquille émotionnelle. Si tu as besoin de soutien technique, adresse-toi à ton chorégraphe. Si tu as besoin de soutien émotionnel, tu auras celui de tout le public. Mais je ne serai pas là.

Elle déglutit péniblement. À l'entendre on pourrait croire qu'il parlait d'une voiture à réparer... Il fallait regarder la réalité en face. Pour lui elle n'avait jamais rien été d'autre qu'un instrument de sa vengeance. Elle ne comptait pas le moins du monde à ses yeux. Une rage folle se mêla soudain à la détresse de Freya. Elle éprouva un besoin irrésistible de faire souffrir Benjamin à son tour.

— Combien de fois m'as-tu demandé si j'aurais préféré épouser Javier ? Eh bien, la réponse est oui. Au moins, j'ai su dès le début qu'il avait un cœur de glace.

Il resta impassible. Pas la moindre lueur de souffrance dans ses yeux. Il se rassit et croisa les bras.

— Va-t'en.

Elle se dirigea vers la porte.

— Avec plaisir.

— Non, je veux dire pour de bon. Fais tes valises et va-t'en.

— Tu es sérieux ?

— Oui, ma douce. Plus sérieux que tu ne peux le comprendre. Tu n'es plus la bienvenue chez moi. J'aurais dû te laisser épouser

Javier. Ça aurait été la vengeance la plus parfaite. Le laisser passer sa vie avec Carabosse.

Ils se fixèrent pendant un long moment, vibrants de la même haine qu'au début de leur relation.

— Tu ferais mieux de laisser tomber, finit-elle par dire d'une voix aussi dure qu'elle le put. Ce ne sont pas les frères Casillas que cette vengeance détruira, c'est toi. Elle a déjà détruit ton âme.

Puis elle quitta le bureau en claquant la porte derrière elle. Elle ouvrait celle de ses appartements quelques instants plus tard quand elle entendit un grand fracas provenant de ceux de Benjamin. Elle ne chercha pas à deviner ce que ça pouvait être. Une fois ses valises terminées, elle trouva dans la cour une voiture avec chauffeur qui l'attendait.

Elle quitta la propriété sans un regard en arrière.

Seule sa volonté de fer permit à Freya d'arriver au bout de la générale sans incident. Son interprétation fut loin d'être parfaite cependant Mikael ne s'emporta qu'une seule fois, ce qui était un net progrès. Mais elle ne sentait pas la musique. Celle-ci ne la touchait plus comme elle l'avait toujours fait. Avait-elle perdu son âme ? Cette question l'obsédait. Elle avait accusé Benjamin d'avoir perdu la sienne. Le pacte qu'elle avait signé avec le diable la lui avait-il fait perdre également ?

Et s'il était réellement le diable, pourquoi avait-il viré dix millions d'euros sur son compte vingt-quatre heures après l'avoir chassée de son château ? Elle avait été tentée de renvoyer aussitôt l'argent, mais elle avait renoncé. Cet argent n'était pas pour elle mais pour sa mère. Benjamin ne laisserait jamais tomber sa mère, quoi qu'il arrive. Parce que fondamentalement c'était un homme bien. Un homme bien qui avait été trahi par ses plus proches amis. Et elle lui avait demandé de venir dans le théâtre de ces hommes...

Freya s'allongea sur l'immense lit qu'il n'avait jamais vu et posa la main sur son cœur qui battait à grands coups. Demain elle interpréterait pour la première fois en public le rôle de Vicky Page dans *Les Chaussons rouges*. Une ballerine obligée de choisir entre l'amour et sa carrière. Elle choisissait l'amour. Elle faisait le mauvais choix.

Pour sa part elle avait choisi sa carrière... et elle craignait d'avoir fait le mauvais choix. Dès le début elle avait lutté contre son attirance pour Benjamin. Elle avait senti le danger dès le premier regard. Mais elle avait lutté en vain. Cette attirance était devenue trop forte. Il avait pris trop de place dans sa vie. Avoir conscience du danger ne l'avait pas aidée à s'en protéger. Pourquoi se voiler la face plus longtemps ? Elle était tombée amoureuse de Benjamin. Elle n'avait pas seulement besoin de lui. Elle l'aimait. Voilà pourquoi la musique n'atteignait plus son âme, comprit-elle soudain. Elle avait donné son cœur et son âme à Benjamin.

Quand elle était séparée de lui, la magie de la musique n'opérait plus sur elle.

15

Benjamin soupira. Il avait lu l'article tellement de fois qu'il pourrait le réciter par cœur...

Il saisit le journal ouvert devant lui, le roula en boule et le jeta par terre. Il allait dire à Pierre qu'il n'était plus nécessaire d'envoyer quelqu'un acheter le journal au village. De toute façon, qui lisait encore la presse papier à l'ère d'Internet ? Il se leva et donna un grand coup de pied dans la boule de papier. Si le journal n'entrait plus au château, il ne risquerait plus de tomber sur des articles annonçant la première des *Chaussons rouges* au nouveau théâtre de la Compañía de Danza Casillas. Ni sur des photos de sa femme. Le visage de la compagnie de danse des deux hommes qu'il haïssait. Un visage qu'il ne parvenait pas à chasser de son esprit malgré tous ses efforts pour l'oublier.

« J'ai besoin de toi. » Bien sûr. Comme sa mère et ses deux amis d'enfance avaient eu besoin de lui. Tous ne s'intéressant à lui que pour ce qu'il pouvait leur apporter. Jamais pour lui-même.

Et lui dire qu'elle aurait préféré épouser Javier... Si elle avait cherché à le blesser, elle avait réussi. Benjamin vacilla soudain sur ses jambes et fut obligé de se rasseoir. Oui, bien sûr, elle avait dit ça pour le blesser. Parce qu'il l'avait blessée. Il déglutit péniblement. Elle était venue lui demander de l'aide. Elle l'avait supplié ! Et il était tellement furieux qu'il l'avait rejetée sans vraiment l'écouter. Jamais auparavant elle ne lui avait demandé quoi que ce soit. Mais cette fois elle était terrifiée à la perspective de danser dans le spectacle le plus important de sa carrière à ce jour.

Sa femme farouchement indépendante était terrifiée... Mais

comment pouvait-elle avoir besoin de lui ? Après tout ce qu'il lui avait fait... Il l'avait traitée d'égoïste alors que l'égoïste c'était lui. Il avait eu tort d'essayer de se mêler de sa carrière pour satisfaire son envie de la voir plus souvent. Et il avait eu tort de faire passer sa vengeance avant tout le reste. Les coudes appuyés sur la table, Benjamin se massa les tempes.

Le soir de la première les journalistes seraient là en nombre, et Freya, l'héritière du trône de Clara Casillas, serait au centre de l'attention. D'autant plus que Javier serait là également et que tout le monde guetterait comment il se comportait avec la danseuse qui l'avait plaqué pour son plus vieil ami.

Personne ne savait que leur mariage était terminé.

Terminé... Il l'avait jetée dehors. La migraine qui vrillait les tempes de Benjamin redoubla d'intensité. L'étau qui lui comprimait la poitrine se resserra encore, lui coupant la respiration. Qu'avait-il fait ? Freya allait devoir affronter la presse et Javier, alors qu'elle était rongée par la peur de ne pas être à la hauteur sur scène. Comment pouvait-il la laisser seule dans un moment pareil. Elle avait vraiment besoin de lui. Il se devait de réparer tous les dégâts que son égoïsme et sa jalousie avaient provoqués.

Freya s'assit à sa coiffeuse et appliqua du fard sur ses joues blanchies. Elle aimait se maquiller elle-même avant une représentation et elle appréciait avoir une loge privée où elle pouvait se concentrer sur sa respiration. Elle s'était échauffée, elle avait mis son costume et dans deux minutes elle rejoindrait les autres danseurs dans les coulisses. À en juger par l'angoisse qu'elle avait pu lire dans tous les regards, ils avaient très peur eux aussi qu'elle ne soit pas à la hauteur.

Mais curieusement reconnaître ses sentiments pour Benjamin avait été bénéfique. Elle avait l'impression de s'être débarrassée des poids qui avaient entravé ses mouvements ces dernières semaines. Elle avait l'estomac noué, mais ses bras et ses jambes étaient bien plus légers. Pourvu que cette sensation se prolonge sur scène...

La gorge nouée, elle s'efforça de chasser Benjamin de son esprit.

Pas de larmes ce soir, Freya. On frappa à la porte, et un machiniste annonça :

— Encore des fleurs pour vous.

Sa loge était déjà encombrée de bouquets, et celui-ci était de loin le plus gros de tous. Elle s'apprêtait à le poser sur la coiffeuse quand elle sentit des effluves de lavande. Fermant les yeux elle huma le bouquet, assaillie par des souvenirs de la Provence et de Benjamin. Les mains tremblantes, elle rouvrit les yeux et regarda le bouquet. La lavande dominait dans la profusion de fleurs de variétés et de couleurs différentes qui le composaient. Elle le posa sur ses genoux pour ouvrir l'enveloppe qui y était jointe.

Tu es une étoile scintillante, ma douce. Tous les cœurs t'appartiendront ce soir mais c'est le mien qui battra le plus fort.

Le cœur battant à tout rompre, elle promena son regard sur la loge comme s'il allait surgir d'un instant à l'autre. Était-il venu ?

— Qui vous l'a donné ? demanda-t-elle au machiniste qui était toujours sur le seuil de la porte.

— Un homme en smoking.

— Ah, je vois qui c'est, plaisanta-t-elle avec un petit rire étranglé. Pouvez-vous être plus précis ?

— Grand, brun… Sourcils épais, l'air pas commode.

C'était lui ! Benjamin était là ! Incroyable ! Il était là pour la soutenir. Sous le même toit que ses deux ennemis jurés. Pour elle !

Le machiniste consulta sa montre.

— Ils vous attendent.

Elle tressaillit et courut rejoindre les autres. L'orchestre joua les premières notes, et ce fut le moment d'entrer en scène.

Depuis la loge qu'il avait rachetée à un prix exorbitant à un couple dans le foyer, Benjamin, un verre de whisky à la main, regardait Freya danser, le cœur gonflé de fierté. Elle volait comme si elle avait des ailes. Quand on la voyait si légère et aérienne, il était impossible de soupçonner les tortures qu'elle infligeait à son corps. Le spectacle qu'elle offrait était si magique qu'il comprit pour la première fois pourquoi elle endurait toutes ces souffrances. Elle était fascinante. Et, à en juger par les visages qu'il apercevait dans la pénombre au-dessous de lui, il n'était pas le seul à être subjugué.

Au moment de la tragédie finale, il termina son whisky pour noyer la boule qui s'était formée dans sa gorge. Nul doute que pas un seul spectateur n'avait les yeux secs... Si un jour il arrivait malheur à Freya dans la réalité... Il n'y survivrait pas. Elle ne lui donnerait pas une seconde chance. Il le savait. Il ne le méritait pas et il ne le lui demanderait pas. Mais tant qu'il aurait la certitude qu'elle vivait la vie dont elle rêvait et pour laquelle elle travaillait avec acharnement, il pourrait vivre lui-même dans une certaine sérénité.

En quittant la loge il aperçut Javier et Luis et il prit conscience qu'il n'avait pas pensé à eux une seule fois. Toute son attention avait été concentrée sur Freya. Et s'il profitait de l'occasion pour leur assener à chacun un bon coup de poing en pleine figure ? Devant les photographes ? Pivotant sur lui-même il prit la direction opposée.

Freya reçut avec joie les accolades chaleureuses de ses collègues en leur répondant à chacun que non, elle n'assisterait pas à la fête organisée après le spectacle mais que oui, bien sûr, elle garderait le contact avec eux. Les félicitations les plus réconfortantes furent celles de Mikael, qui la lança en l'air avant de planter un baiser sonore sur ses lèvres.

— Je savais que tu en étais capable ! lança-t-il avec son accent slave. Tu as été splendide !

Puis elle regagna sa loge. C'était la dernière fois qu'elle parcourait ces couloirs... Mais elle tournait cette page sans tristesse ni nostalgie. Elle n'avait pas encore de projets précis, s'étant consacrée exclusivement à la préparation de ce spectacle au cours des mois précédents. Et elle avait réussi ! Elle se sentait euphorique. Et déprimée. Sa vie personnelle était encore plus incertaine que sa vie professionnelle... Même si Benjamin éprouvait des sentiments pour elle — et son intuition lui disait que c'était le cas — ils avaient des désirs et des besoins trop différents pour que leur couple ait la moindre chance de survivre. Malgré tout, elle avait envie de le voir. Où était-il ? Allait-il chercher à la voir ?

En trouvant sa loge vide, à l'exception des bouquets qui seraient livrés chez elle le lendemain, elle fut submergée par une immense déception. Le cœur lourd, elle se déshabilla, se démaquilla, puis enfila un jean et un chemisier noir. Elle quitta sa loge au comble de la détresse. Il n'était pas venu la voir. Elle s'esquiva par l'entrée des artistes et héla un taxi. Le court trajet jusqu'à son appartement lui sembla interminable. Avait-elle imaginé le mot de Benjamin ? Si elle n'avait pas rêvé, où était-il ? Pourquoi n'était-il pas venu lui parler ? Elle était si absorbée dans ses pensées quand elle sortit de l'ascenseur qu'elle n'eut pas tout de suite conscience de la silhouette assise à côté de sa porte. Lorsqu'elle la vit, ses clés faillirent lui échapper des mains.

Benjamin se leva.

— Excuse-moi d'avoir quitté le théâtre sans venir te saluer. Javier et Luis étaient là. J'ai préféré m'éclipser avant de déclencher un scandale. Je peux entrer ?

Freya hocha la tête et ouvrit la porte.

— Tu veux boire quelque chose ? demanda-t-elle poliment.

Reconnaissant qu'elle ne l'ait pas encore envoyé au diable, il répondit sur le même ton.

— Si ça ne te dérange pas trop.

— Du vin ?

— Tu as de l'alcool ?

— J'ai bu un verre hier soir, expliqua-t-elle en esquissant un sourire. Il reste les trois quarts de la bouteille.

— Tu prendras un verre avec moi ?

— Tu crois que j'en ai besoin ?

— Sans doute. Moi oui, en tout cas.

Elle l'entraîna dans la cuisine. Elle sortit une bouteille de vin blanc du réfrigérateur et servit deux verres.

— Tu as été fabuleuse, ce soir, dit-il. Je n'ai pas pu détacher mes yeux de toi un seul instant.

— Merci, répliqua-t-elle avec un sourire hésitant. Savoir que tu étais là m'a vraiment aidée. Je sais que ça a dû beaucoup te coûter.

— Non, ne me remercie pas.

Il ne voulait pas de sa gratitude. Il vida son verre et le posa sur le comptoir.

— Avant tout, je te présente mes plus plates excuses pour t'avoir parlé comme je l'ai fait et pour t'avoir mise à la porte de chez moi.

— Tu ne m'as pas réellement mise à la porte. Tu m'as fait conduire à l'aéroport par ton chauffeur.

— Ne me cherche pas d'excuses. Je ne les mérite pas et je ne les accepterai pas. Et je ne continuerai pas à m'en chercher non plus. J'ai été odieux avec toi depuis le début. Je t'ai volée à Javier, c'est vrai. J'ai été d'une jalousie ridicule. Je ne suis plus le même depuis que je t'ai vue la première fois chez lui.

— Que veux-tu dire ?

— Il s'est passé quelque chose en moi la première fois que je t'ai vue. Je suis devenu obsédé. Je te voulais pour moi parce que je suis avide et égoïste. Si je t'ai choisie comme instrument de vengeance contre Javier ce n'est pas parce que je considérais ça comme le meilleur moyen de récupérer mon argent. C'est parce que je voulais provoquer la rupture de vos fiançailles.

Il avait beaucoup réfléchi depuis qu'il avait pris la décision d'assister à la représentation pour la soutenir. Et il n'était pas particulièrement fier des conclusions auxquelles il était arrivé.

— Je ne supportais pas de t'imaginer dans son lit. Je me suis arrangé avec ma conscience en me disant que je te rendrais service parce que tu serais mieux sans lui, mais en réalité je ne pensais qu'à moi et à mon propre objectif. C'était toi mon objectif. Si ça n'avait pas été le cas, je t'aurais donné de l'argent et rendu ta liberté quand tu me l'as suggéré. J'aurais fait n'importe quoi pour que tu sois à moi. Et aujourd'hui je ferais n'importe quoi pour me racheter. Je ne mérite pas ton pardon et je ne te le demande pas. J'ai gâché ta vie. Il aurait mieux valu pour toi que tu épouses Javier. Et je ne dis pas ça à la légère. Il n'aurait jamais essayé de te contrôler ni d'influencer ta carrière.

— Parce qu'il n'aurait pas du tout tenu à moi.

— Mais c'est ce dont tu as besoin, non ? La liberté de vivre comme tu l'entends et de faire les meilleurs choix pour ta carrière. Sans quelqu'un qui exige que tu lui accordes du temps, parce que entre la danse et tes parents ta vie était déjà bien remplie. J'ai essayé de te priver de cette liberté. Et quand tu m'as demandé mon aide je te l'ai refusée parce que je ne pouvais pas croire qu'une femme indépendante comme toi puisse avoir besoin de moi. Et puis j'étais jaloux. Je ne supportais pas que tu vives dans la même ville que Javier et que tu aies une passion qui n'a rien à voir avec moi.

— Tu étais jaloux de la danse ?

— Oui. La danse c'est toi. Ça fait partie de toi, ma douce. C'est une des raisons pour lesquelles je suis tombé amoureux de toi.

Freya ouvrit de grands yeux mais il poursuivit, déterminé à dire tout ce qu'il avait sur le cœur pendant qu'il en avait l'occasion.

— Quand tu t'engages dans quelque chose, tu ne le fais pas à moitié. Tu ne peux pas savoir à quel point je t'admire pour la volonté et le travail qu'il t'a fallu pour devenir la femme que tu es aujourd'hui. Ni à quel point je t'envie pour l'enfance que tu as eue.

— Mon enfance ? Nous étions très pauvres !

— Mais riche d'amour. Mon père est parti quand il en a eu assez de passer après Clara Casillas. Penser que je suis comme lui me rend malade. Et ma mère... Elle m'aimait comme on aime un animal familier. J'étais un accessoire, conçu pour devenir le petit camarade des enfants de Clara. Quand celle-ci est morte ma mère a reporté son amour pour elle sur ses fils. Je n'arrivais jamais à la faire sourire comme eux le faisaient.

» Tes parents t'aiment. Ils étaient prêts à tout pour te soutenir et t'encourager. Ils n'auraient pas agi différemment si tu avais choisi une autre carrière que la danse. Ils t'aiment d'un amour inconditionnel. Et tu es comme eux. Quand tu aimes quelqu'un c'est sans réserve. Je ne me pardonnerai jamais de m'être servi de toi pour me venger. »

Benjamin reprit sa respiration. Freya le regardait d'un air ébahi, sans un mot.

— Tu as dû voir le virement que je t'ai fait. C'est la somme que j'aurais dû te payer au départ au lieu de t'imposer un mariage dont tu ne voulais pas. Si tu as besoin de quoi que ce soit, pour toi ou pour tes parents, envoie-moi un message. Je ne te demande pas de m'appeler. Je sais bien que l'argent ne suffit pas à arranger les choses, mais promets-moi de ne jamais hésiter à faire appel à moi. J'ai besoin de pouvoir dormir la conscience tranquille et renoncer à me venger de Luis ne suffira pas à l'apaiser.

— Tu ne vas rien faire contre Luis ?

— J'ai causé assez de dégâts pour gagner une place en enfer pour l'éternité. Je préfère laisser sa propre conscience le punir.

Le menton de Freya se mit à trembler.

— J'en suis heureuse. Et je suis fière de toi.

— Je ne le mérite pas.

— Ce soir tu aurais pu causer un scandale mais tu as préféré t'en aller. Quoi que tu en penses, ton âme n'est pas perdue.

— Si je suis parti c'est uniquement à cause de toi. Rien ne compte plus que toi pour moi. Tu es plus importante que ma haine pour les Casillas. J'ai failli m'en apercevoir trop tard pour ta représentation et je ne peux que m'en excuser encore et encore.

— Mais ce n'était pas trop tard. Tu étais là. C'est l'essentiel.

Benjamin se força à sourire.

— Tu as un cœur merveilleux, ma douce. J'espère qu'un jour tu trouveras un homme digne de lui. Et maintenant je vais te laisser te reposer.

Il posa les mains sur les épaules de Freya et déposa un baiser sur son front.

— Au revoir, mon amour.

Faisant appel à toute sa volonté pour ne pas craquer, il se dirigea vers la porte. Il s'effondrerait une fois seul chez lui... La voix de Freya l'arrêta.

— C'est tout ? Tu viens ici m'ouvrir ton cœur et me dire que tu m'aimes et ensuite tu t'en vas ? Et tout ce que j'ai à te dire ?

Il ferma les yeux.

— Quoi que tu aies à me dire, je t'écouterai.

— Tu peux commencer par te retourner et me regarder.

Il se retourna lentement, se préparant à essuyer tous les reproches qu'il méritait. Son cœur fit un petit bond dans sa poitrine. Au lieu d'être hostile, le regard de Freya était d'une douceur infinie, et un sourire étirait ses lèvres. Elle le rejoignit et posa la main sur sa joue.

— Dès que j'ai posé les yeux sur toi dans le parc de Javier, je suis tombée amoureuse. Et ensuite tu n'as pas cessé de m'obséder. Quand tu m'as enlevée, j'ai fait tout mon possible pour te haïr. Par moments j'y suis arrivée, mais même dans ces moments-là mon cœur et mon âme t'appartenaient sans que j'en aie conscience. C'est pour ça que je suis devenue incapable de danser loin de toi. J'avais besoin d'être près de toi et j'en ai toujours besoin aujourd'hui. Je suis de nouveau capable de danser correctement, mais sans toi dans ma vie il n'y a plus de passion. J'ai besoin de toi, Benjamin. Comme un poisson a besoin d'eau. Sans toi je n'arrive pas à respirer normalement.

Elle déposa un baiser sur ses lèvres.

— Je t'aime. Quand je danse c'est ton visage que je vois devant moi, et il m'aide à voler plus haut. Mais tu me donnes envie d'une vie qui n'est pas consacrée uniquement à la danse.

— Mais... Arriveras-tu à me pardonner ? Arriveras-tu un jour à me faire confiance ?

— J'ai confiance en toi, Benjamin. Et je te promets de te pardonner si tu me promets de te pardonner à toi-même.

— Je ne sais pas comment faire.

— En tirant un trait sur le passé. Ce qui est fait est fait, et on ne peut rien y changer. Tout ce que nous pouvons faire, c'est regarder vers l'avenir. Et l'avenir je ne peux l'envisager qu'avec toi.

— Moi aussi. Sans toi je ne suis rien. Je suis prêt à te suivre n'importe où. Où tu choisiras d'aller, j'irai avec toi.

Elle noua les bras sur sa nuque et captura sa bouche dans un baiser fervent qu'il lui rendit en remerciant tous les dieux du ciel de lui avoir accordé cette seconde chance.

Épilogue

Benjamin fut étreint par un trac insurmontable. Sa femme attendait dans les coulisses, prête à entrer en scène dans le rôle de la Fée Dragée et à éblouir les familles venues assister à cette représentation exceptionnelle de *Casse-noisette* au théâtre de l'Orchestre National de Paris à l'occasion de Noël.

Épargné par le trac, leur fils d'un an, Christopher, dormait sur les genoux de son père sans savoir que sa mère remontait sur scène pour la première fois depuis sa naissance. Ce serait également le premier spectacle de Freya depuis que sa mère s'était éteinte paisiblement dans son sommeil au cours de l'été, après avoir bénéficié de deux années de sursis. Des périodes de répit dans l'évolution de sa maladie avaient permis à sa mère d'aller à New York et en Russie pour voir sa fille danser en tant qu'étoile invitée de compagnies de danse prestigieuses. Elle avait également eu la joie de connaître son petit-fils.

Dans la salle, des exclamations étouffées saluèrent l'entrée de la danseuse en tutu rose. Benjamin retint son souffle. La musique familière s'éleva, et sa femme devint la Fée Dragée. Avec une grâce infinie elle glissa sur la scène, donnant l'illusion de voler.

— Elle est merveilleuse, murmura son beau-père, assis à côté de lui dans la loge.

Benjamin hocha la tête, trop ému pour parler. Dès que la musique s'arrêta, une tempête d'applaudissements réveilla Christopher.

Tout excité, il se redressa sur les genoux de son père et tendit sa petite main vers la scène.

— Maman !

— Oui, c'est ta maman, approuva Benjamin. Et ton grand-père a raison. Elle est merveilleuse.

MICHELLE SMART

Chantage aux Bahamas

Traduction française de
ÉLISABETH MARZIN

HARLEQUIN

Titre original :
MARRIAGE MADE IN BLACKMAIL

Ce roman a déjà été publié en 2019

1

Luis Casillas saisit son téléphone qui sonnait sur la table.

— *¿ Sí ?*

— Luis ?

— *Sí.*

— C'est Chloé.

— Chloé… Chloé Guillem ?

La femme qui le traitait depuis deux mois comme s'il avait une maladie contagieuse ?

— Oui. J'ai besoin de ton aide. Ma voiture est tombée en panne sur une route de la sierra de Guadarrama.

— Que fais-tu là-bas ?

— Je roule. Enfin… Je *roulais*.

— Tu as appelé le service d'assistance ?

— La dépanneuse ne sera pas là avant deux heures. Je n'ai presque plus de batterie. Tu peux venir me chercher ? S'il te plaît ? Je ne suis pas rassurée.

Luis consulta sa montre et jura à voix basse. Il était attendu dans une demi-heure au gala que son frère jumeau, Javier, et lui avaient organisé.

— Il n'y a personne d'autre que tu puisses appeler ?

Chloé travaillait pour sa compagnie de danse à Madrid. Très sociable, elle s'était fait plein d'amis en un an.

— Tu es la personne la plus proche. S'il te plaît, Luis, viens me chercher. J'ai peur, ajouta Chloé dans un murmure.

Il prit une profonde inspiration et fit un rapide calcul. Ce gala était d'une importance primordiale.

Dix ans auparavant, Luis et son frère avaient acheté la petite compagnie de danse provinciale au sein de laquelle leur défunte mère, célèbre danseuse étoile, avait fait son apprentissage. Leur objectif étant de lui faire acquérir une renommée mondiale, ils avaient commencé par la rebaptiser Compañía de Danza Casillas en hommage à leur mère, puis ils avaient recruté des danseurs et des chorégraphes de haut niveau. Sept ans plus tard, ils avaient formé le projet de faire déménager la compagnie du vieux théâtre qui l'hébergeait depuis des décennies pour l'installer dans un lieu ultramoderne comprenant un théâtre et une école de danse, créé spécialement pour l'accueillir. L'installation des derniers équipements était presque terminée et l'inauguration approchait.

Ce soir avait lieu un gala destiné à obtenir le soutien de mécènes prestigieux. Des représentants de toute la presse européenne étaient déjà sur place, et les premiers invités commençaient à arriver à l'hôtel. Luis se devait d'être là.

— Où es-tu, exactement ? demanda-t-il.

— Tu vas venir ?

Ce fut l'espoir dans la voix de Chloé qui eut raison de son indécision. Elle avait la voix la plus mélodieuse qu'il avait jamais entendue. Une voix chantante absolument irrésistible… Il ne pouvait pas la laisser seule, perdue dans la montagne.

— *Sí*. Mais j'ai besoin de savoir où tu es.

— Je t'envoie les coordonnées GPS. Mais ensuite je vais être obligée d'éteindre mon téléphone pour économiser le peu de batterie qui me reste.

— Laisse-le allumé. Tu as sous la main quelque chose qui peut te servir d'arme si nécessaire ?

— Je ne sais pas…

— Trouve quelque chose de lourd ou de coupant. Sois vigilante. Envoie-moi les coordonnées tout de suite. J'arrive.

— Merci, Luis. Merci beaucoup.

— J'arrive le plus vite possible.

Il descendit au sous-sol, choisit sa voiture la plus rapide, entra les coordonnées de Chloé dans son GPS et démarra. Il accéléra dès la sortie du garage et passa en trombe devant la Mercedes garée dans l'allée, où l'attendait déjà son chauffeur. D'après son GPS il y avait une heure de route entre sa propriété située au nord de Madrid et l'endroit où se trouvait Chloé. À condition de ne pas descendre au-dessous de la vitesse maximale autorisée... Pour un samedi soir il n'y avait pas trop de circulation. Il devrait pouvoir arriver là-bas en quarante minutes ou même une demi-heure. En ville il respectait toujours la limitation de vitesse. La tentation de foncer était grande mais il attendait toujours d'être sur la route. Ce soir-là, avec en tête l'image de Chloé en plan dans la montagne, il fit du slalom entre les voitures en ignorant les coups de klaxon indignés.

Chloé Guillem. Une gamine adorable et drôle cherchant toujours à attirer l'attention, qui était devenue une femme belle et spirituelle aimant s'amuser. Une femme très belle.

Il avait mis longtemps à s'en rendre compte.

C'était une vieille amie de la famille, et il ne l'avait pas vue depuis quatre ou cinq ans quand elle l'avait appelé un beau jour.

— Bonjour, Luis, avait-elle dit d'une voix chantante qui lui avait aussitôt paru familière. C'est Chloé Guillem, la petite sœur de ton plus vieil ami, qui t'appelle pour te demander de faire passer l'amitié avant les affaires et de lui donner du travail.

Il avait éclaté de rire. Elle lui avait expliqué que, après avoir fait son apprentissage auprès de la costumière d'une compagnie de danse anglaise, elle avait travaillé pendant deux ans comme couturière pour une compagnie de danse parisienne et qu'elle souhaitait enrichir son expérience. Il lui avait donné le numéro de sa chef costumière en lui expliquant qu'il ne s'occupait pas du recrutement.

— Mais la compagnie est à toi, avait-elle objecté.

— Et à mon frère. Mais notre domaine, c'est le bâtiment. Nous ne connaissons rien à la danse classique et encore moins aux costumes.

— J'ai d'excellentes références, avait-elle insisté d'un ton enjôleur.

— Tant mieux parce que nous n'engageons que les meilleurs professionnels.

— Tu pourras glisser un mot en ma faveur ?

— Non, mais si tu mentionnes que ta mère était la couturière personnelle de Clara Casillas, je suis sûr que ce sera un bon point pour toi. Du moment que tu es aussi bonne que tes références l'indiquent.

— Bien sûr que je le suis !

— Dans ce cas tu n'auras aucun mal à convaincre Maria de t'engager, avait-il répondu en riant.

Luis n'avait plus repensé à cette conversation jusqu'au jour où, environ six mois plus tard, il avait assisté dans l'ancien théâtre à une réunion de préparation au déménagement. Une gazelle avait surgi de nulle part avec un sourire éclatant et lui avait sauté au cou.

C'était Chloé, rayonnante et joyeuse, qui, lui avait-elle dit avec enthousiasme, adorait sa vie à Madrid. Il avait été heureux de revoir ce visage du passé mais il avait été trop occupé pour prêter davantage attention à la petite sœur de son vieil ami.

Quand Luis et Javier avaient utilisé leur maigre héritage pour créer la société Casillas dix ans plus tôt, ils avaient décidé que chaque projet serait supervisé par un seul d'entre eux, afin de simplifier les relations avec les entrepreneurs et les fournisseurs. C'était à Luis qu'avait incombé la supervision de la construction du nouveau théâtre et de l'école de danse associée. Un projet dans lequel il s'était particulièrement investi parce qu'il leur tenait à cœur. Avec ce nouveau théâtre ils espéraient que le nom Casillas ne serait plus automatiquement associé dans l'esprit des gens à la fin tragique de Clara Casillas, tuée par son mari. Plus la fin des travaux et le déménagement approchaient, plus il y avait de problèmes de dernières minutes à régler. Malgré tout, à chaque fois que Luis se rendait dans l'ancien théâtre, il s'arrangeait pour voir Chloé.

Si elle était en plein travail elle se contentait de lui adresser un petit signe, sinon ils échangeaient quelques mots. À chaque fois son visage s'éclairait, ce qu'il trouvait séduisant sans pour autant s'y attarder. Jusqu'au jour où en passant devant une cafétéria il avait aperçu une jeune femme splendide qui bavardait avec animation avec des amies. Le printemps était arrivé et elle portait une robe légère qui dévoilait la peau laiteuse de ses bras et de ses épaules, sur lesquelles ruisselait une épaisse chevelure noire comme jais.

Il se serait arrêté pour la regarder même s'il ne l'avait pas reconnue. Comment ne s'en était-il pas rendu compte plus tôt ?

s'était-il demandé avec incrédulité. Chloé Guillem était rayonnante. Elle respirait la joie de vivre et la sensualité.

Elle avait dû sentir son regard sur elle parce qu'elle avait levé les yeux. Lorsqu'elle l'avait vu derrière la vitre, elle lui avait adressé un sourire éblouissant. Et cette fois il avait été transpercé par une flèche de désir qui lui avait coupé le souffle. Jamais il n'avait éprouvé une attirance aussi irrésistible pour une femme.

Il l'avait invitée à dîner le soir même. Et il avait passé la soirée la plus agréable et la plus stimulante de sa vie. Chloé était drôle et elle pratiquait l'autodérision avec beaucoup d'esprit. Elle avait un rire rauque aussi fréquent que communicatif. Et elle était sexy. *Dios*, ce qu'elle était sexy ! Fasciné, il l'avait dévorée des yeux pendant tout le repas. En se demandant comment il avait pu être aveugle au point de ne pas remarquer plus tôt qu'elle était aussi séduisante. Et le désir était mutuel. Il savait déchiffrer le langage corporel des femmes, et celui de Chloé ne laissait aucun doute. Mais à la sortie du restaurant elle avait décliné son invitation à boire un dernier verre en hélant un taxi.

C'était la première fois qu'il essuyait un refus et il avait été plus intrigué que découragé.

— Alors un baiser pour nous souhaiter une bonne nuit ? avait-il demandé avant qu'elle monte dans le taxi.

Il avait pris son visage entre ses mains et il avait frotté son nez contre le sien. Son parfum fruité l'avait grisé. Mais la lueur charmeuse qui avait brillé toute la soirée dans ses yeux bleu lavande avait soudain disparu et son front s'était plissé.

— La prochaine fois, *bonita*, avait-il murmuré en humant de nouveau son parfum.

Son air confus avait laissé place à un sourire qui l'avait atteint en plein cœur. Elle s'était écartée de lui en hochant la tête.

— Oui. La prochaine fois.

— Tu me laisseras t'embrasser ?

Son sourire s'était élargi et ses yeux lavande avaient brillé d'un éclat plein de promesses.

— Oui, je te laisserai m'embrasser.

Mais il n'y avait eu ni prochaine fois ni baiser. Deux jours plus tard la guerre avait éclaté avec son frère. Chloé avait annulé leur rendez-vous et refusé tous ses appels. Lorsqu'il allait voir la compagnie de danse, elle gardait les yeux baissés et feignait de ne pas le voir.

Ils n'avaient pas échangé un seul mot depuis presque deux mois.

Pourquoi était-il en train de foncer pied au plancher pour voler au secours d'une femme qui l'avait laissé tomber comme une vieille chaussette ? Et ce soir, en plus ! Il serait bien incapable de l'expliquer.

Un juron échappa à Luis quand, trente-quatre minutes après être parti de chez lui, il arriva à l'endroit dont Chloé lui avait donné les coordonnées. C'était une aire de repos en bordure de la route en lacets, avec une plate-forme gazonnée permettant de pique-niquer en admirant la vue. Il n'y avait personne. Et pas de voiture en panne.

Il s'arrêta et saisit son téléphone sur le siège passager. Dans sa hâte il avait oublié de monter le volume de la sonnerie et il constata qu'il avait trois appels manqués de son frère. Il appela Chloé et tomba directement sur la messagerie.

Tout en descendant de voiture pour partir à sa recherche il rappela Javier.

— Où es-tu ? demanda ce dernier d'un ton vif après la première sonnerie.

— Va savoir. J'arrive dès que possible.

— Je suis coincé à Florence.

— Quoi ?

Javier était censé être au gala. À Madrid…

— Mon jet est immobilisé pour contrôle technique. Pourtant tous les tests de sécurité ont été effectués ce matin. Sans le moindre problème à signaler. Il y a quelque chose qui cloche.

Luis raccrocha avec un mauvais pressentiment. Son frère était immobilisé à Florence et il soupçonnait un sabotage. Et lui-même avait été attiré au milieu de nulle part par une demoiselle en détresse, mais celle-ci avait disparu. Il vérifia de nouveau les coordonnées sur son GPS. Il était bien au bon endroit… Où était-elle passée ? Et pourquoi avait-il lui aussi le sentiment très net que quelque chose clochait ?

Chloé Guillem s'assit dans le salon des premières classes de l'aéroport Adolfo Suárez Madrid-Barajas et sortit son téléphone de son sac. Six appels manqués et sept textos provenant du même numéro... Elle supprima les textos sans les lire et en envoya un à son frère.

Mission accomplie. Suis en salle d'embarquement. Bises.

La flûte de champagne qu'elle avait commandée arriva et elle but une longue gorgée. Au même instant, son téléphone sonna. Pestant à mi-voix, elle activa le mode silencieux et le posa sur la table. Deux minutes plus tard, il se mit à vibrer. Un nouveau message vocal... *Ne l'écoute pas ! Supprime-le tout de suite !* s'intima-t-elle.

Elle se connecta à sa messagerie.

La voix profonde et moqueuse de Luis Casillas résonna à son oreille.

« Bonsoir, Chloé. Où que tu sois, j'espère que tout va bien et que tu n'as pas été kidnappée par une bande de voyous. Remarque, tu risques de le regretter parce que je te retrouverai. Et ce jour-là... »

Il y eut un petit rire menaçant.

« ... tu te repentiras amèrement de m'avoir embobiné. Dors bien, *bonita*. »

Plutôt que la menace implicite, ce fut l'accent mis sur ce dernier mot qui lui donna la chair de poule. « *Bonita* ». La première fois qu'il l'avait appelée ainsi elle avait cru qu'elle ne pourrait plus jamais s'arrêter de sourire. Aujourd'hui elle avait envie de pleurer.

Mais il ne méritait pas ses larmes, ce minable hypocrite et perfide. Heureusement qu'elle avait eu la sagesse de refuser son invitation à boire un dernier verre !

Chloé vida sa flûte et grimaça. Si elle avait refusé sa proposition et son baiser, ce n'était pas par sagesse. C'était par peur.

Pendant cette soirée en compagnie de Luis, elle avait retrouvé une joie qu'elle n'avait plus ressentie depuis son enfance, quand elle passait ses journées à grimper aux arbres et à jouer avec d'autres enfants, entourée d'amour et persuadée que la vie ne pouvait être que merveilleuse. Luis était associé à ces souvenirs.

Autrefois elle était folle de lui.

Elle avait voulu s'assurer qu'il ne la considérait pas seulement comme une conquête potentielle. Qu'il la respectait et qu'elle pouvait lui faire confiance.

À la fin de la soirée, quand il avait frotté son nez contre le sien, l'envie de l'embrasser avait été si forte qu'elle avait failli y céder en oubliant toute sagesse. Pendant tout le dîner elle l'avait imaginé nu. Après avoir fait la nuit précédente un rêve érotique dans lequel il tenait la vedette... Cet homme qui s'était faufilé dans son cœur d'adolescente mettait maintenant tout son corps en émoi.

Mais que s'était-elle imaginée ?

Luis n'avait aucun respect. Pour rien ni pour personne.

Il avait bafoué la confiance de Benjamin, son frère, et par ricochet il les avait bafouées elle et sa défunte mère. Il était aussi nul, non, *encore plus nul* que son père.

Elle savait que son frère Javier était aussi coupable que lui de l'escroquerie dont avait été victime Benjamin, mais ce n'était pas Javier qu'il l'avait serrée dans ses bras aux funérailles de sa mère en lui assurant qu'un jour la peine s'atténuerait. C'était Luis. Le spirituel et sexy Luis, le seul homme à avoir jamais attiré son attention. Le seul homme dont elle avait jamais rêvé en vingt-cinq ans d'existence.

Elle ignorait ce que Benjamin avait prévu pour se venger de lui, mais elle avait hâte qu'il paie.

Le tableau des départs affiché au mur indiqua que l'embarquement commençait pour son vol. Elle se leva et se dirigea vers la porte correspondante. À présent qu'elle savait de quoi était capable Luis Casillas, elle ne pouvait pas prendre sa menace à la légère.

Ce fut seulement lorsqu'elle vit Madrid s'éloigner par le hublot du siège de première classe offert par son frère qu'elle commença à respirer plus librement.

Luis croyait qu'il allait la retrouver ? Eh bien, bonne chance à lui. Elle serait l'aiguille dans sa botte de foin.

Lucaya, à la périphérie de Freeport sur l'île de Grand Bahama, était un véritable paradis, se répétait Chloé avec émerveillement. Son frère lui avait loué une villa dans un luxueux complexe touristique où elle disposait de tout ce dont elle pouvait avoir besoin ou envie. La seule chose dont elle devait s'occuper elle-même était de se mettre régulièrement de la crème solaire. Elle avait passé les six premiers jours à ne rien faire d'autre que se prélasser au bord de la piscine, et mettre à jour ses comptes sur les réseaux sociaux. Cet endroit était le refuge idéal. Non seulement l'accès au complexe était surveillé mais la présence des autres vacanciers était un gage de sécurité si par hasard Luis mettait sa menace à exécution.

Mais il y avait peu de chances qu'il ait le temps de penser à elle. Les répercussions du plan de Benjamin ne s'étaient pas fait attendre, que ce soit à Madrid ou dans le reste de l'Europe. Lire les nouvelles était à la fois réjouissant et déchirant...

Les choses n'auraient jamais dû en arriver là. Luis et Javier auraient dû payer à son frère l'argent qui lui revenait. Deux cent vingt-cinq millions d'euros...

Sept ans plus tôt, le jour où Chloé et son frère avaient appris que les médecins ne pouvaient plus rien contre le cancer qui rongeait leur mère, Luis avait appelé Benjamin à l'aide en lui présentant le prêt qu'il lui réclamait comme un investissement très rentable.

Les frères Casillas avaient versé un acompte substantiel pour l'achat d'un terrain à Paris sur lequel ils prévoyaient de construire un immeuble de prestige. Le propriétaire du terrain avait exigé le paiement du solde plus tôt que prévu et ne leur avait donné que quelques heures pour réunir la somme. Faute de quoi le terrain aurait été vendu à un autre acquéreur et ils auraient perdu leur acompte. Ils n'étaient pas en possession de la somme nécessaire. Benjamin, si.

Ils lui avaient demandé de participer au projet en tant que commanditaire et il avait investi vingt pour cent du prix du terrain. Une somme énorme, mais qui lui donnait droit à vingt pour cent du bénéfice net.

Par la suite il avait effectué un deuxième investissement, à hauteur de vingt pour cent des coûts de construction. Les travaux avaient duré sept ans mais le bénéfice net de l'opération avait atteint un milliard et demi d'euros, dépassant de loin toutes les prévisions. Deux mois plus tôt, Benjamin avait touché soixante-quinze millions de bénéfice. Soit cinq pour cent. C'était à ce moment-là qu'il avait découvert la trahison des frères Casillas.

Les conditions stipulées dans le contrat avaient été modifiées par rapport à celles dont ils avaient convenu verbalement. Un contrat qu'il avait signé sans le lire parce qu'il était sous le choc de l'annonce des médecins et parce qu'il faisait confiance à Luis et à Javier comme s'ils étaient ses frères.

Ses amis les plus anciens et les plus proches l'avaient escroqué. Ils avaient profité de sa détresse pour abuser de sa confiance. Au lieu des vingt pour cent convenus, il n'avait droit qu'à cinq pour cent du bénéfice.

Quand ils avaient refusé de reconnaître leur trahison, Benjamin avait saisi le tribunal. Non seulement il avait perdu, mais les deux frères avaient obtenu une ordonnance interdisant la divulgation de l'affaire.

Chloé avait encore du mal à y croire. Elle n'aurait jamais imaginé Luis capable d'une telle cruauté. Javier, si. C'était un homme froid, dépourvu de toute sensibilité. Mais Luis... Lui qui avait toujours été si affectueux...

Pour l'instant, la presse en était réduite aux conjectures. Le départ de la fiancée de Javier — danseuse étoile de la Compañía de Danza Casillas — au bras de Benjamin au début du gala organisé par les deux frères, suivi par un mariage éclair quelques jours plus tard, avait déclenché un tourbillon de rumeurs. Et depuis qu'un journaliste américain avait découvert l'existence de l'ordonnance de non-divulgation, les hypothèses défavorables aux frères Casillas allaient bon train.

Qu'ils se débrouillent, songea Chloé en mettant son sac de plage sur son épaule et en enfilant ses tongs scintillantes. Elle était en sécurité aux Bahamas et son frère, à l'abri dans son château avec Freya. Quittant le complexe pour la troisième fois seulement depuis son arrivée une semaine plus tôt, elle prit la direction de Port Lucaya à un quart d'heure de marche. Elle apprécia la promenade sous le soleil matinal, ravie à la perspective de passer la journée à naviguer d'île en île à bord du yacht de la propriétaire du complexe. L'invitation lui avait été transmise la veille au soir par le directeur, qui lui avait expliqué que la propriétaire offrait cette excursion à certains clients privilégiés à chacune de ses visites. Un invité étant tombé malade, elle pouvait prendre sa place si elle le souhaitait.

Rassurée par le fait que l'invitation émanait d'une femme — elle avait lu trop d'histoires horribles à propos de jeunes femmes attirées sur leurs yachts par des hommes riches pour ne pas être méfiante — elle avait accepté avec joie. Elle ne pouvait pas passer quinze jours aux Bahamas à se cacher. Chloé était une jeune femme active qui aimait la compagnie. La solitude lui laissait trop de temps pour ressasser le passé. Elle préférait de loin déborder d'activité et de projets. Arrivée à Port Lucaya, son attention fut attirée par le marché, qui faisait face à la marina et d'où s'échappaient des parfums exotiques. C'était un marché bahamien traditionnel où les touristes pouvaient trouver une multitude d'objets d'artisanat local ou d'articles griffés. Elle en avait beaucoup entendu parler et s'était promis d'y aller. À la vue des huttes aux couleurs vives et des allées bordées de bougainvilliers qui grouillaient de monde, elle eut un large sourire. Elle irait dès demain.

Reportant son attention sur les yachts alignés le long des quais, elle chercha celui qui s'appelait *Marietta*. Son excitation s'accrut lorsqu'elle découvrit que c'était le plus grand et le plus luxueux. Doté de quatre ponts, il semblait assez grand pour accueillir des dizaines de passagers.

Mais où était tout le monde ? La passerelle métallique était baissée mais on ne voyait personne et on n'entendait aucun bruit. Alors qu'elle hésitait sur le quai, un homme en uniforme apparut sur le pont.

— Bonjour, dit-il avec un large sourire. Mademoiselle Guillem ?

Elle hocha la tête.

— Je suis le capitaine Andrew Brand. Bienvenue à bord. Je vais vous faire visiter le bateau et vous donner les consignes de sécurité de rigueur.

Chloé le rejoignit sur le pont et le suivit avec un sourire de plus en plus ébloui au fur et à mesure qu'il lui montrait le bar, la piscine et le jacuzzi avant de l'entraîner à l'intérieur. Après le sauna finlandais avec vue sur la mer, il l'emmena sur le pont supérieur, appelé avec pertinence « salon plein ciel », et la laissa en compagnie d'une jeune femme aux cheveux frisés qui lui confectionna un cocktail à la noix de coco, à la mangue et au rhum, servi dans la coque de la noix de coco avec une paille. Chloé le dégusta avec un sourire de plus en plus large et elle l'apprécia tellement qu'elle en accepta un second. Puis elle s'installa sur un des sièges en cuir couleur capuccino disposés tout autour du salon et regarda par la baie vitrée. La nuit la vue sur le ciel étoilé devait être spectaculaire. Aurait-elle l'occasion de l'admirer ? La durée exacte de l'excursion n'avait pas été précisée.

Mais à propos d'excursion... Apparemment elle était toujours la seule invitée à être arrivée. Et où était passée la barmaid ? Assaillie par une vague inquiétude, elle ouvrit son sac de plage à la recherche de son téléphone. Au moment où elle saisissait ce dernier, une silhouette imposante entra dans le salon. Elle ne l'aperçut que du coin de l'œil mais ce fut suffisant. Son sang se glaça dans ses veines. Elle avait l'impression d'être une adolescente devant un film d'horreur... Sauf que fermer les yeux ne suffirait pas à effacer le danger. L'estomac noué, elle tourna lentement la tête.

Un sourire sinistre aux lèvres, il semblait remplir tout l'espace du salon.

Luis.

— Salut, *bonita*. Enchanté de te revoir.

2

À sa grande satisfaction, Luis lut l'horreur dans les yeux de Chloé.

— Rien à dire ? railla-t-il. J'ai parcouru un long chemin pour te voir, *bonita*. J'aurais cru que ça méritait un accueil enthousiaste.

Les lèvres pulpeuses qu'il avait rêvé d'embrasser s'entrouvrirent puis se refermèrent aussitôt. De toute évidence, le choc la rendait muette.

— Tu n'es pas aussi timide d'habitude. Est-ce la joie de me voir qui t'a privée de ta voix ?

Elle déglutit péniblement, les joues en feu.

— Qu'est-ce que… ? Comment… ?

— C'est tout ce que tu trouves à dire ?

Il secoua la tête en prenant un air incrédule.

— J'ai été piégée.

— Je vois que le soleil n'a pas altéré ton sens de l'observation.

Elle plongea son regard bleu lavande dans le sien.

— Espèce de fumier.

— Si nous en venons directement aux injures j'en ai plusieurs sur mesure pour toi. Par laquelle je commence ?

Elle mit son sac en bandoulière et se leva.

— Va droit au but. Dis ce que tu as à dire. Je suis en vacances et je n'ai pas de temps à perdre.

Il promena son regard sur ses jambes interminables et ses cuisses en partie dévoilées par un short en jean. *Dios*, elle avait un corps de rêve. Une poitrine généreuse moulée par un T-shirt rouge, une taille fine, des fesses rebondies… Il mettait au défi n'importe quel hétérosexuel de ne pas avoir envie de coucher avec elle.

— Toutes mes excuses, répliqua-t-il d'un ton sarcastique. Je n'avais pas compris que tu étais en vacances. Je croyais que tu étais en fuite.

— Non, je suis en vacances. Mer, soleil et aventures amoureuses, précisa-t-elle avec un sourire narquois. M'éloigner de toi était une motivation supplémentaire mais pas l'objectif principal.

— Ton frère t'aurait-il offert des vacances aux Bahamas si tu n'avais pas accepté de l'aider dans son sale boulot ?

Le vol et la location de la villa avaient été payés par Benjamin.

— Ce n'est pas tout à fait ça, objecta-t-elle dans sa langue maternelle, le français.

Entre eux ils parlaient indifféremment en français, espagnol ou anglais.

— Je n'ai pas accepté de l'aider, j'ai insisté pour le faire.

Elle eut un nouveau sourire.

— Ta galanterie est tout à ton honneur. Te savoir en train de me chercher sur cette route de montagne est un souvenir que je chérirai toute ma vie.

La rage qui s'était emparée de Luis lorsque Javier et lui avaient rassemblé toutes les pièces du puzzle se réveilla. Il ne s'attendait certes pas à des remords de la part de Chloé, mais cette satisfaction triomphante était insupportable. Elle l'avait envoyé au milieu de nulle part sous un prétexte pour qu'il arrive en retard au gala. Pendant ce temps, son frère s'était arrangé pour immobiliser le jet de Javier dans le même but. Une fois débarrassé des frères Casillas, Benjamin avait quitté le gala en compagnie de la fiancée de Javier sous les yeux des journalistes de la presse internationale. Une fois Freya et lui à l'abri dans son château en Provence, il avait entrepris de les faire chanter. La fiancée de Javier en échange de l'argent qu'ils lui devaient prétendument. S'il ne recevait pas l'argent, il épousait lui-même la fiancée.

Luis ne se souvenait pas quand il avait vu son frère aussi furieux pour la dernière fois. Javier avait refusé de payer. Pour lui c'était une question de principe. Ils n'avaient rien fait d'illégal et leur innocence avait été reconnue par le tribunal. Il ne devait pas un seul centime à Benjamin.

Pour Luis, ce qu'avait fait Benjamin équivalait à une déclaration de guerre. Ses remords et son intention d'arranger les choses entre eux s'étaient évanouis instantanément. Les photos publiées dans la presse montrant Freya quittant le gala main dans la main avec Benjamin avaient dévoilé un certain *quelque chose* entre les deux qui lui avait fait mal au cœur pour son frère. Que la fiancée de Javier soit un instrument de vengeance involontaire ou qu'elle ait participé au plan de son plein gré, peu importait. Sur ces photos elle regardait son ennemi d'un air ébloui. Javier aurait préféré mourir plutôt que de la reprendre. Il avait eu raison de ne pas payer. Leur ennemi avait épousé Freya deux jours plus tôt, seulement cinq jours après l'avoir emmenée. À présent les rumeurs les plus fâcheuses commençaient à courir au sujet de Javier et de lui-même.

Chloé avait participé volontairement à ce complot. Elle allait maintenant faire en sorte d'en limiter les dégâts. Volontairement ou non, il s'en moquait éperdument.

— Chéris ce souvenir, *bonita*, approuva-t-il en lui rendant son sourire pour masquer sa colère. Tu l'as mérité. Tu as prouvé que tu étais une comédienne hors pair.

Elle battit des cils.

— Tu étais inquiet pour moi ? Comme c'est touchant.

Au souvenir de la panique qui l'avait submergé quand il avait constaté l'absence de la voiture de Chloé à l'endroit indiqué, Luis réprima une moue de dérision. « Inquiet » n'était pas le mot approprié. Mais s'il avait eu cette réaction c'était parce qu'il la connaissait depuis qu'elle était dans le ventre de sa mère, se dit-il. Pendant les trois premières années de la vie de Chloé, Javier, Benjamin et lui, tous trois âgés de dix ans, avaient été ses principaux baby-sitters. Une responsabilité qui ne les avait jamais enthousiasmés, surtout à partir du moment où elle avait commencé à marcher et s'était transformée en petite diablesse. Il était d'autant plus impardonnable de s'être laissé éblouir au point de ne pas voir la diablesse adulte que cachait sa beauté éclatante.

— Je ne serais pas humain si je ne m'étais pas inquiété, répliqua-t-il.

— Que ton frère et toi soyez humains me paraît une affirmation discutable.

Il écarta les bras avec un clin d'œil malicieux.

— Oh ! je suis *très* humain, *bonita*. Je vais d'ailleurs te laisser avec grand plaisir le découvrir par toi-même.

Les pommettes de Chloé se colorèrent. Elle lui lança un regard noir et serra son sac contre elle.

— Ça y est, c'est terminé ? Tu t'es bien amusé ?

— Terminé ? *Bonita*, je commence tout juste à m'amuser avec toi.

En fait, la situation était encore plus réjouissante qu'il ne l'avait prévu. L'appréhension qui transparaissait sous l'agressivité de Chloé agissait sur lui comme un baume...

— Eh bien, pour moi c'est terminé. Je m'en vais.

— Où ça ? demanda-t-il alors qu'elle se dirigeait vers la porte du salon après avoir fait un grand détour pour l'éviter.

— Dans ma villa.

— Comment ?

Une note sarcastique dans la voix de Luis noua l'estomac de Chloé. Elle s'immobilisa, le cœur battant à tout rompre. Ce n'était pas grave qu'il l'ait retrouvée, se répéta-t-elle pour la énième fois. Il était inévitable que leurs chemins se croisent un jour ou l'autre. Au moins c'était fait et elle n'avait plus à le redouter.

— La joie de me revoir t'aurait-elle empêché de remarquer que nous avions quitté le port ? ajouta-t-il sur le même ton.

Elle tourna la tête pour regarder par la baie vitrée. À gauche. À droite. Jurant intérieurement elle pivota sur elle-même pour regarder vers l'avant. Le *Marietta* avait appareillé et elle ne s'était rendu compte de rien !

— Donne l'ordre de faire demi-tour immédiatement !

Luis se frotta le menton d'un air faussement hésitant.

— Non, je ne crois pas que je vais le faire.

— Je vais demander directement au capitaine.

Elle fit trois pas vers la porte et pressa le bouton vert qui se trouvait à côté.

— Ça ne fonctionne pas, commenta Luis d'un ton désinvolte. L'équipage a reçu l'instruction de ne pas nous déranger jusqu'à nouvel ordre.

— Ramène-moi au port ou j'appelle la police.

Il se dirigea vers le bar avec un petit rire moqueur.

— Pourquoi gâcher ces retrouvailles en parlant de la police ?

Elle dut se retenir pour ne pas taper du pied.

— Parce que tu me retiens à bord contre mon gré.

— Tu veux boire quelque chose ?

— *Quoi ?*

— J'ai besoin d'un verre. Tu en veux un ?

— Je veux que tu me ramènes au port. Ce petit jeu a trop duré.

— Ce n'est pas un jeu, *bonita*.

— Arrête de m'appeler comme ça !

Il lui adressa un clin d'œil.

— Je me souviens que ça te faisait rougir.

— C'était avant que je découvre quel genre d'homme tu es, espèce d'escroc. Et arrête de me faire de l'œil. Si ce n'est pas un jeu arrête de te comporter comme si c'en était un.

— Si je me comporte comme si c'était un jeu, petite intrigante, c'est pour me retenir de te saisir par les épaules pour te secouer jusqu'à ce que tu perdes toutes tes dents.

Il eut un sourire étincelant.

— Ou de prendre le baiser que tu me dois.

Elle déglutit péniblement. La menace de Luis ne lui faisait pas peur. Elle savait d'instinct qu'il ne lèverait jamais la main sur elle, même sous le coup de la colère. Mais cette allusion au baiser qu'elle lui devait...

Chloé passait ses journées au milieu de danseurs. Les hommes avaient des corps parfaits, à la fois sveltes et musclés, dont ils prenaient le plus grand soin. Pour elle ils étaient beaux comme des statues mais pas sexy le moins du monde. Luis était un colosse à la forte carrure, à qui il ne viendrait jamais à l'idée de s'épiler le torse. Ses épais cheveux bruns, qu'il portait un peu trop longs étaient toujours ébouriffés, comme s'il ne faisait jamais rien d'autre qu'y passer la main quand il y pensait. Mâchoire carrée, yeux noisette bordés de pattes d'oie, nez droit, pommettes hautes, lèvres charnues mais fermes, barbe drue toujours visible sous la peau, c'était l'antithèse du métrosexuel. On l'imaginait aussi bien fendant du bois à la hache que présidant un conseil d'administration. Et elle le trouvait *très* sexy...

À dix-sept ans, elle rêvait de l'embrasser. Des rêves qui s'étaient estompés au fil des ans pour se raviver quand elle avait commencé à travailler pour la Compañía de Danza Casillas. Quelques mois après son arrivée, Luis avait fait une apparition. Ravie de le revoir elle s'était jetée à son cou. Et elle avait été prise au dépourvu par le flot de chaleur qui l'avait envahie une fois pressée contre son corps musclé.

Ce trouble intense ne l'avait plus quittée depuis. Il suffisait qu'elle l'aperçoive pour que son cœur s'affole. À chaque fois elle s'efforçait d'arborer un sourire désinvolte, tout en ayant douloureusement conscience d'être écarlate. Et voilà qu'aujourd'hui elle était de nouveau envahie par cette chaleur qui la faisait vibrer tout entière. Même ce qu'il avait fait à son frère ne suffisait pas à la refroidir. Comment était-ce possible ? Elle s'en voulait terriblement...

Il leva les yeux de la bouteille de vodka qu'il était en train d'examiner et eut un regard mauvais.

— Les insultes blessent, n'est-ce pas ?

— Tu mérites largement d'être insulté pour ce que tu as fait à mon frère.

Et à moi. Lorsque Benjamin et elle avaient découvert l'ampleur de la trahison des frères Casillas, elle avait été dévastée. Ses souvenirs les plus anciens et les plus chers avaient soudain été souillés. Luis et Javier avaient-ils toujours méprisé sa famille ? Ou bien était-ce le traumatisme subi après le meurtre de leur mère par leur père qui les avait changés ? Leurs mères respectives étaient plus proches que des sœurs. Aussi loin que remontaient les souvenirs de Chloé, Luis et Javier avaient fait partie de sa vie. Pendant les vacances scolaires ils passaient des semaines entières chez sa mère avec elle et Benjamin. Et même plus tard, quand ils avaient eu dix-huit ans et qu'ils avaient décidé de ne pas faire d'études pour suivre leur propre voie, ils venaient encore les voir à chaque fois qu'ils se trouvaient à Paris.

Sa mère était toujours très heureuse de leurs visites. Quand son cancer du poumon avait été diagnostiqué, ils avaient été très présents. Luis allait la voir si souvent à l'hôpital que le personnel l'avait pris pour un de ses fils. Les sentiments qu'il avait manifesté à l'égard de sa famille n'avaient-ils tous été que des mensonges ? Dans le cas contraire, comment avait-il pu profiter du désarroi de son frère pour lui faire signer le contrat le jour même où les médecins leur avaient annoncé qu'elle était en phase terminale ?

Luis changea la bouteille de vodka pour une de rhum qu'il déboucha et huma.

— Quoi que nous ayons fait à ton frère, il nous l'a rendu au centuple. Il était allé trop loin et toi aussi. À cause de vous, Javier et moi nous sommes traînés dans la boue.

— Tant mieux. Vous le méritez.

Sa voix tremblait, constata Chloé, furieuse contre elle-même. Elle ne devrait pas être aussi troublée par la présence de Luis ! Elle déglutit péniblement avant d'ajouter :

— Tu as profité de sa détresse au moment où notre mère était en train de mourir. J'espère que le journaliste qui enquête sur l'ordonnance de non-divulgation dévoilera votre escroquerie et que le monde entier saura quels ignobles menteurs et tricheurs sont les frères Casillas.

Il plongea dans le sien un regard glacial qui lui noua l'estomac.

— Nous n'avons pas escroqué ton frère.

— Si. Peu importe la conclusion du tribunal. Vous l'avez dépouillé et vous le savez parfaitement.

La mâchoire crispée, il prit un shaker.

— Je vais t'avouer une chose, *bonita*. Je comprenais le point de vue de Benjamin.

— Bien sûr.

— Le taux de bénéfice lui revenant a été réduit de vingt à cinq pour cent sur les conseils de notre avocat. La participation de ton frère au projet était purement financière, tandis que Javier et moi nous devions nous charger de tout le travail.

Luis se rappelait parfaitement cette conversation. C'était d'ailleurs un des rares souvenirs précis qu'il gardait d'une journée qui avait filé à une vitesse vertigineuse tandis que Javier et lui se démenaient pour sauver l'affaire dans laquelle ils avaient investi une grande partie de leur argent et de leur temps.

— Vous aviez convenu d'un taux de vingt pour cent. C'était un accord verbal.

Il ajouta de la glace pilée au mélange qu'il avait versé dans le shaker.

— Une copie du contrat a été envoyée à Benjamin cinq heures avant la signature. Il ne l'a pas lue.

C'était Javier qui supervisait le projet de la Tour Mont Blanc et c'était lui qui avait envoyé le contrat à Benjamin par mail. Luis ignorait que son frère n'avait pas mentionné dans ce mail le changement de pourcentage des bénéfices. Lorsqu'ils s'étaient retrouvés pour la signature, l'annonce des médecins concernant la mère de Benjamin avait éclipsé tout le reste.

Luis n'avait découvert que trois mois plus tard, à l'occasion des funérailles de Louise Guillem, que Benjamin croyait toujours que vingt pour cent des bénéfices lui reviendraient. Pendant la veillée, un verre de whisky à la main devant la fenêtre, dans son château, Benjamin avait dit qu'il ne savait pas pendant combien de temps il parviendrait à garder ce dernier. Il avait ajouté avec une moue contrite que si la Tour Mont Blanc pouvait être achevée plus tôt que prévu et s'il pouvait toucher ses vingt pour cent, tous ses problèmes financiers seraient réglés. Luis s'était souvent querellé avec son frère au fil des années, mais cette fois-là ils avaient failli en venir aux mains. Javier était resté inflexible. Benjamin aurait dû lire le contrat.

En affaires, Javier était intraitable et Luis également. Ils ne dirigeaient pas une œuvre de bienfaisance. Leur objectif était de gagner de l'argent, et à l'époque leur société était dangereusement proche du déficit. Mais Benjamin était leur plus vieil ami, et Luis savait que le jour de la signature il était trop bouleversé pour avoir les idées claires. Cependant, étant donné l'intransigeance de Javier, il s'était dit qu'avouer la vérité à Benjamin ne servirait qu'à envenimer les choses. Mieux valait attendre la fin de la construction de la Tour Mont Blanc, qui durerait des années, et l'encaissement du retour sur investissement avant de parler à Benjamin, avait-il décidé. À ce moment-là il serait toujours temps d'élaborer un arrangement à l'amiable.

— Il ne l'a pas lu parce qu'il était anéanti par l'annonce des médecins. Il avait confiance en vous. Il ne se doutait pas que les termes du contrat avaient été modifiés.

Chloé dardait sur lui un regard plein de haine.

— Il vous a donné tout l'argent dont il disposait. À cause de cet investissement il n’avait plus les moyens de payer comptant le château dans lequel il voulait installer notre mère pour qu’elle y finisse sa vie paisiblement. Il a été obligé de contracter un emprunt. Quelque temps plus tard, parce qu’il avait négligé ses affaires pour rester au chevet de notre mère, il s’est trouvé dans l’impossibilité de le rembourser et il a failli tout perdre. Vous avez pris son argent et ensuite vous l’avez regardé se démener pour éviter de couler, sans lever le petit doigt.

— Nous n’étions pas en mesure de l’aider. Ça ne me réjouit pas du tout de le reconnaître mais nous étions dans une situation aussi précaire que la sienne. Nous avions développé nos activités trop rapidement. La seule différence entre nous et Benjamin, c’était qu’il n’avait pas honte de reconnaître ses difficultés. Nous si. Et je te l’avoue uniquement pour que tu comprennes que je ne suis pas l’escroc perfide pour lequel tu me prends. À cette époque nous étions tous au bord de la faillite. J’avais prévu de discuter avec Benjamin une fois la Tour Mont Blanc terminée pour parvenir à un arrangement à l’amiable et lui verser l’argent qu’il considérait comme son dû...

— Mais tu ne l’as pas fait. C’est quand il a reçu les comptes qu’il s’est rendu compte qu’il avait été grugé.

— J’étais au Brésil pour superviser un projet. Javier a envoyé les comptes à Benjamin avant que j’aie le temps de lui parler. Je suis rentré à Madrid pour les fiançailles de Javier. Ton frère était là, hors de lui, et il nous a accablés d’accusations mensongères. On peut trouver cette réaction humaine ou bien excessive mais quand on me menace j’ai le réflexe de me défendre. Je reconnais que des injures ont été échangées ce jour-là. Nous étions tous les trois à cran. Y compris ton frère. Il refusait de discuter raisonnablement...

— Pourquoi l’aurait-il fait ?

Les bras croisés, le regard étincelant, Chloé était plus superbe et plus sexy que jamais.

Comment avait-il pu être aveugle à sa beauté pendant des mois ? se demanda Luis. Mais la vraie question n’était-ce pas plutôt de savoir comment il pouvait encore désirer à ce point la femme qui avait conspiré contre son frère et lui ? C’était insensé mais il serait incapable de dire de quoi il avait le plus envie. Se venger d'elle ou bien la renverser sur une banquette pour lui faire l'amour.

Il inspira profondément. Bientôt il ferait les deux.

— Ça aurait été préférable pour tout le monde. Mais il nous a menacés, nous lui avons tenu tête, et ensuite il nous a attaqués en justice. Nous n'avons pas eu d'autre choix que de nous défendre. Mais je comprenais toujours sa position. Sincèrement, c'est un poids que j'avais sur la conscience depuis des années. J'espérais pouvoir lui parler seul à seul et parvenir à un accord une fois le procès terminé et les esprits apaisés. Du point de vue juridique je n'avais rien à prouver. Javier et moi n'avions commis aucun délit et ça a été confirmé au tribunal.

— Si tu croyais vraiment ça, pourquoi avoir demandé une ordonnance de non-divulgation ?

— Parce qu'il y a eu assez de scandales concernant ma famille au cours des vingt dernières années. As-tu la moindre idée de ce que ça représente d'être les fils de Yuri Abramova et de Clara Casillas ?

Luis avala son cocktail d'un trait et grimaça. Il était aussi amer que son humeur… Il vida dans l'évier le verre qu'il avait préparé pour Chloé et prit un autre shaker.

— Nous sommes les fils d'un célèbre meurtrier qui a tué sa femme, poursuivit-il en préparant un nouveau cocktail. C'est l'un des crimes les plus médiatisés du siècle dernier. Il a fait l'objet d'une multitude de documentaires, de livres et d'articles. Hollywood voulait même faire un film. Tu te rends compte ? Ils voulaient divertir le public avec le meurtre de ma mère par mon père.

Chloé s'efforça en vain de réprimer la compassion qu'elle éprouvait pour Luis. L'évocation de cette tragédie ne manquait jamais de lui serrer le cœur et elle eut du mal à refouler ses larmes. Imaginer ce qu'avait dû ressentir Luis, alors âgé de treize ans, était déchirant. Lorsque Clara Casillas avait été tuée, elle n'avait que trois ans et ne gardait aucun souvenir du drame. Mais elle était présente.

Ce soir-là, Clara incarnait Juliette dans *Roméo et Juliette* à Londres. Yuri, un danseur qui avait fui l'URSS dans les années 1970 et dont la carrière était en chute libre, avait assisté à la représentation, persuadé que sa femme avait réellement une liaison avec Roméo.

À la fin du spectacle, il s'était enfermé avec elle dans sa loge, si bien que personne n'avait pu entrer quand les premiers cris avaient retenti. Le temps que les autres danseurs et le personnel du théâtre parviennent à enfoncer la porte, Clara était morte, les mains de Yuri encore autour de son cou. Luis et Javier se trouvaient dans l'hôtel situé en face du théâtre, où ils gardaient Chloé en compagnie de Benjamin. C'était la mère de Chloé et de Benjamin, Louise, qui aimait les jumeaux comme ses propres enfants, qui leur avait annoncé la terrible nouvelle.

Luis versa le nouveau cocktail dans deux verres propres.

— Imagine ce que ça a été pour nous de grandir marqués par cette histoire. Aujourd'hui nous avons réussi et nous sommes riches au-delà de nos espérances les plus folles, mais quand les gens nous voient, la première chose à laquelle ils pensent c'est toujours nos parents. Dans leurs yeux on lit la peur et la curiosité.

Il fit glisser un verre sur le bar pour elle et goûta le sien.

— Pas mauvais. Meilleur que le précédent, en tout cas.

Il but une deuxième gorgée.

— Mes parents, donc. Un héritage dont nous avons essayé de nous libérer tout en honorant la mémoire de notre mère.

— C'est pour ça que vous avez pris son nom ?

La question échappa à Chloé avant qu'elle ait le temps de la retenir. Il y avait des années qu'elle se la posait.

— L'idée de vivre avec celui de notre père nous était insupportable à tous les deux. Nous avons travaillé dur pour nous dissocier de cet homme et faire en sorte que le nom de notre mère évoque la beauté de son art plutôt que l'horreur de sa mort. Mais aujourd'hui le passé resurgit et tu en es en partie responsable. Nos vies sont de nouveau scrutées par les médias, et tout le monde se demande dans quelle mesure nous avons hérité des pulsions criminelles de notre père.

Luis inspira profondément.

— Nous savions que Benjamin était très remonté et nous avons demandé l'ordonnance pour tenter de limiter les dégâts. Nous sommes sur le point de signer un contrat pour la construction d'un complexe commercial au Canada. Notre associé dans ce projet ne répond plus à nos appels depuis quelques jours.

— Ça prouve qu'il est intelligent et qu'il a compris qu'il risquait de se faire escroquer.

L'éclair de colère qui jaillit des yeux de Luis fit frémir Chloé.

— Nous n'avons pas escroqué Benjamin et si quelqu'un prétend le contraire nous l'attaquerons en justice.

— Vous avez escroqué mon frère. N'hésite pas à m'attaquer en justice. Je serais ravie de pouvoir m'exprimer devant un tribunal.

— J'ai une bien meilleure idée en ce qui te concerne, *bonita*. Quant à ton frère, je ne le répéterai plus, nous ne l'avons pas escroqué. J'avais prévu de l'appeler après le gala, mais il a kidnappé Freya et il a essayé de nous faire chanter. Depuis, je n'ai plus aucune compassion pour lui. Les conjectures que ses actions ont fait naître dans la presse sont intolérables. Mon assistante a trouvé sur le site d'un journal en ligne des questions de lecteurs se demandant si Freya s'était enfuie avec Benjamin parce qu'elle craignait de finir comme ma mère.

Chloé tressaillit. Elle avait de nombreux griefs contre Luis et Javier mais ils n'étaient pas plus responsables de leurs parents qu'elle ne l'était des siens.

— C'est ignoble.

— Je suis heureux que tu penses ça parce que tu vas m'aider à arranger les choses. Si tu ne m'avais pas appelé à l'aide, je serais arrivé au gala avant Benjamin. Et rien de tout ça ne serait arrivé.

— Il considère que vous lui devez deux cent vingt-cinq millions d'euros, rétorqua-t-elle, de nouveau assaillie par la colère. Tu espérais qu'il allait accepter ça ? Et moi aussi ? J'étais avec lui à l'hôpital quand tu l'as appelé pour le supplier d'investir dans le projet !

Elle était assise sur un banc dans le parc de l'hôpital avec son frère. Ils étaient tous les deux anéantis. Incapables d'admettre que leur mère qu'ils aimaient tant allait mourir. C'était à ce moment-là que Benjamin avait reçu le coup de téléphone de Luis, qui lui demandait son aide financière.

— Si tu estimais que Javier a été trahi, tu resterais assis sans rien faire ?

— Sans doute pas. Mais aurais-je conspiré pour kidnapper une femme et la retenir en otage… ? Non. Je n'irais pas aussi loin.

— Je n'ai pas conspiré pour kidnapper Freya ! J'ai contribué à lui éviter un mariage infernal et...

— C'est comme ça que tu te justifies ? Il faudra que je songe à travestir les faits de la même façon quand je t'annoncerai que tu ne retourneras pas au port avant de m'avoir épousé.

3

Le souffle coupé, Chloé regarda Luis avec effarement.

— De quoi parles-tu ?

— Je ne t'ai pas kidnappée, je t'ai « empruntée ». N'est-ce pas comme ça que je peux me justifier ?

— Non, qu'est-ce que c'est que ce délire sur le mariage ?

— Ça ? C'est la prochaine étape. Si tu veux rentrer chez toi il faut d'abord que tu m'épouses. Mais n'appelons pas ça du chantage. Si je suis ta logique c'est… une compensation ? Que penses-tu de ça ?

— Je pense que ton cocktail t'est monté à la tête.

— Et tu n'as pas encore touché le tien. Goûte-le. Tu pourrais te surprendre et aimer ça.

— Pas s'il me rend aussi ivre que tu l'es.

— Désolé, mais je ne suis pas ivre. Je suis très sérieux.

Elle fut envahie par un grand froid et resserra les bras autour de son sac.

— D'accord, on arrête de jouer. Je suis désolée pour ma participation à cette histoire. C'est ça que tu veux entendre ? Alors écoute ça. J'ai eu tort et je te présente mes excuses. Je suis désolée… *I'm sorry… Lo siento… Mi dispiace…*

Une lueur amusée s'alluma dans les yeux noisette.

— Tu peux t'excuser aussi en chinois ?

— Si c'est ce que tu veux j'apprendrai et je le ferai, mais laisse-moi m'en aller.

Elle avait l'impression que les baies vitrées se rapprochaient, que le salon rétrécissait. Tout à coup, quitter ce yacht devenait impératif. Elle avait besoin d'espace, besoin de sentir la terre ferme sous ses pieds… Pour pouvoir courir aussi vite et aussi loin que possible. Le plaidoyer de Luis, son regard, son magnétisme… Tout ça, c'était trop.

Elle avait toujours été très sensible à la présence de cet homme. À chaque fois qu'il était venu au théâtre, elle avait senti qu'il était là bien avant de le voir. Comme si elle était équipée d'une antenne interne. Qui en ce moment même vibrait avec la frénésie d'un capteur de sismographe pendant un tremblement de terre.

La lueur amusée avait disparu des yeux de Luis.

— Je t'avais prévenue dans mon message que je te retrouverais et que tu regretterais de m'avoir embobiné. Tu me connais depuis assez longtemps pour savoir que je ne suis pas du genre à lancer des menaces en l'air.

— Crois-moi, je le regrette.

— Tu regrettes seulement que je t'aie retrouvée. Pas ce que tu as fait.

Elle ouvrit la bouche pour mentir et le nier. Quand de son côté il avait nié avoir escroqué Benjamin et affirmé qu'il avait eu l'intention d'arranger les choses, il avait paru si sincère que pendant quelques instants elle s'était demandé s'il ne disait pas la vérité. Mais elle avait très vite retrouvé sa lucidité. Elle ne l'avait pas cru. Et maintenant il menaçait de l'épouser ? Jamais ! Qu'il aille au diable ! Et qu'il emmène son frère !

— Je vois la vérité dans tes yeux, *bonita*, dit-il avant qu'elle ait le temps de parler. Tu ne me crois pas et tu ne regrettes pas ce que tu as fait. D'un certain côté, j'approuve ta loyauté envers ton frère.

C'était une loyauté qu'il comprenait.

Luis et Javier avaient toujours été loyaux l'un envers l'autre. Ils avaient beau être très différents de physique et de caractère, ils étaient jumeaux, et le lien indestructible qui les unissait s'était encore renforcé après la tragédie qui marquerait leur vie à tout jamais.

— Que la sœur de Benjamin m'épouse fera taire les rumeurs, et les gens cesseront de nous prendre pour des criminels, Javier et moi. C'est la seule façon de redorer notre image.

— Plutôt regagner la terre à la nage que t'épouser ! lança-t-elle, préférant oublier qu'elle ne savait pas nager.

— Tu n'auras en effet pas d'autre solution si tu refuses ce mariage. Mais ne t'inquiète pas, *bonita*. Je suis prêt à attendre aussi longtemps qu'il le faudra que tu fasses le bon choix.

— Alors tu attendras jusqu'à la fin de tes jours parce que je ne t'épouserai jamais. Et tu ne peux rien faire pour m'y obliger.

Elle eut un sourire tremblant.

— Tu ne peux pas me menacer de me renvoyer. J'ai déjà démissionné.

Luis ne quittait pas Chloé des yeux. L'air de rien elle se rapprochait peu à peu de la porte. À tout instant elle allait bondir. Qu'elle essaye de s'enfuir… Elle comprendrait très vite que c'était impossible. Il lui rendit son sourire.

— Tu n'as pas effectué ton préavis. Je peux te poursuivre en justice pour ça et pour faute grave.

— Quelle faute grave ?

— Tu as transmis à ton frère des informations confidentielles sur une de nos danseuses.

— Encore faut-il le prouver. Regarde leur photo de mariage. Il est évident qu'ils sont amoureux.

Le sourire de Chloé s'élargit mais son regard trahissait son désarroi croissant.

— Tu vois ? Mon instinct ne me trompait pas. Benjamin l'a emmenée pour punir Javier mais elle lui plaisait déjà. Et il lui plaisait. Tu peux me poursuivre en justice si ça te chante mais ça ne servira à rien. Benjamin paiera l'amende quel qu'en soit le montant.

— Je pourrais faire en sorte que tu ne trouves plus jamais de travail dans une compagnie de danse.

— Je suis sûre que tu en as les moyens mais je m'en moque. J'ai déjà survécu avec un salaire d'apprentie. Je m'en sortirai. Je suis prête à faire n'importe quel travail. Serveuse ou femme de ménage.

— Tu renoncerais à ta carrière ?

Elle releva le menton.

— Il y a des choses plus importantes. J'étais consciente des risques que je prenais quand je t'ai téléphoné.

— Intéressant… Sache que je n'ai pas envie de te nuire. Ton frère c'est différent. Je l'anéantirais avec grand plaisir. Mais la querelle peut prendre fin ici et maintenant. Il suffit que tu m'épouses et tous les contentieux seront oubliés.

— Tu ne peux pas lui causer plus de tort que tu ne l'as déjà fait, objecta-t-elle d'un air dédaigneux.

— Si je lui ai causé du tort ce n'était pas intentionnel.

— C'est normal que tu dises ça. Tu veux me culpabiliser pour que j'accepte ta proposition. Eh bien, ça ne marche pas. Je ne crois pas un seul instant que tu avais l'intention de lui rendre l'argent que vous lui avez dérobé et je ne regrette rien. Je ne t'épouserai jamais.

Luis perdit le peu de patience qui lui restait. S'il avait été prêt à donner à Benjamin la somme que celui-ci considérait comme son dû, c'était uniquement parce qu'il était son plus vieil ami. À vrai dire, en dépit d'un carnet d'adresses bien rempli, Benjamin était son seul véritable ami. Mais il était allé trop loin. À cause de ce qu'il avait fait, Javier et lui-même risquaient de tout perdre. Quand il avait parlé des problèmes financiers auxquels ils avaient été confrontés sept ans plus tôt, il n'avait pas exagéré. Pendant dix-huit mois ils avaient eu du mal à trouver l'argent nécessaire pour mettre de l'essence dans leurs voitures. Et puis trois projets avaient été achevés à quelques mois d'intervalle et l'argent avait commencé à couler à flots. Au bout d'une dizaine d'années de travail acharné, ils étaient devenus plus riches que dans leurs rêves les plus fous. Et depuis leur fortune n'avait pas cessé de s'accroître.

Il ne manquerait plus jamais d'argent. Et il ne laisserait plus jamais personne compromettre leur réputation à Javier et à lui. Chloé pouvait tout arranger avec un seul mot : « Oui ».

— Je t'ai décrit très précisément la situation, déclara-t-il d'un ton crispé. Si tu choisis de ne pas me croire, Benjamin peut s'attendre à des représailles. Trop de dégâts ont été causés. Épouse-moi et plus personne ne sera lésé.

— Sauf moi.

— Comment un mariage pourrait-il te léser ? Tu vis seule et...

— Il y a deux mois que nous avons dîné ensemble, coupa-t-elle d'un ton vif. Tu ignores qui j'ai pu rencontrer depuis.

Il esquissa un sourire.

— Tout à l'heure tu m'as dit que tu profitais de tes vacances pour avoir des aventures. Alors soit tu es toujours seule, soit tu trompes celui que tu as rencontré depuis notre dîner... Quelle est la bonne réponse ?

Les joues de Chloé étaient écarlates, constata-t-il avec satisfaction.

— La façon dont je mène ma vie ne regarde que moi.

Il haussa les épaules.

— Amant ou pas, tu es célibataire. Ta carrière est ruinée... À quoi renoncerais-tu si tu m'épousais pour réparer les dégâts que tu as contribué à causer ? Ça serait juste un mariage temporaire, le temps de faire taire les loups et de rétablir notre réputation, à Javier et à moi. En échange, je te donnerais tout ce que ton cœur désire.

— Il y a une chose que mon cœur ne désire pas, c'est toi.

— Mais ton corps, si.

Devant l'air indigné de Chloé il eut un large sourire.

— Je n'oublie pas le baiser que tu me dois ni l'éclat de tes yeux.

Les joues de Chloé devinrent encore plus rouges, mais elle releva le menton d'un air de défi.

— C'était à cause du vin.

Il pouffa. Même encore aujourd'hui, malgré leur discorde, leur désir mutuel persistait, assez intense pour être palpable.

— Tu veux me le prouver ?

— Je n'ai pas besoin de prouver quoi que ce soit. Je ne veux pas me marier, même temporairement, et dans le cas contraire tu serais le dernier homme sur la liste. C'est non. Quelles que soient tes promesses ou tes menaces, je ne t'épouserai pas. Point final.

Elle saisit la poignée de la porte.

— Nous ne sommes plus au Moyen Âge. Les femmes ne sont pas des biens qu'on peut acheter ou vendre. Cette conversation était très divertissante, mais je m'en vais.

Tournant le dos à Luis, Chloé sortit sur le pont. Après l'air climatisé du salon la chaleur lui coupa le souffle. Le soleil était au zénith et ses rayons lui brûlaient la peau. Elle allait trouver un moyen de quitter ce bateau même si elle devait rejoindre la terre à la rame. Il faudrait juste mettre un gilet de sauvetage. Jusqu'à l'horizon on ne voyait que l'océan Atlantique, qui miroitait sous le soleil. Quelles créatures inquiétantes se cachaient sous la surface ? Réprimant un frisson, elle descendit l'escalier conduisant au pont inférieur.

— Où comptes-tu aller ?

Le cœur battant, elle s'immobilisa et leva la tête. Luis était accoudé au garde-corps en haut des marches, un sourire narquois aux lèvres mais le regard dur.

— Je vais voir le capitaine pour lui dire de nous ramener au port.

— J'ai acheté le *Marietta* il y a trois jours à celle qui lui a donné son nom. C'est à mes ordres qu'obéit le capitaine.

— Mais le directeur du complexe m'a dit qu'il appartenait à la propriétaire…

— Je l'ai soudoyé, coupa-t-il sans manifester le moindre remords. Marietta n'est pas propriétaire du complexe.

Elle ouvrit de grands yeux.

— Tu as acheté un yacht pour pouvoir me piéger ?

— J'avais envie d'un yacht depuis un certain temps et maintenant j'en ai un.

— Juste comme ça ?

— J'avais deux cents millions qui dormaient sur un compte. J'avais réservé cet argent à ton frère… Mais il m'a permis de faire à Marietta une offre qu'elle ne pouvait pas refuser.

Elle déglutit péniblement. Si sa réputation était fondée, il y avait des chances pour que les négociations avec Marietta se soient déroulées dans un lit plutôt qu'autour d'une table. Mais peu importait. Dire qu'il avait acheté ce yacht avant tout pour la piéger… C'était incroyable. Sept ans plus tôt elle aurait été transportée. À partir de dix-sept ans elle avait commencé à rêver que Luis attendait qu'elle devienne une femme adulte pour lui déclarer son amour et l'épouser dans la foulée.

Ce souvenir, oublié depuis des années, lui serra le cœur. Quelle ironie… Autrefois elle avait rêvé de se marier avec lui. Comme elle était romanesque à l'époque ! Et comme elle avait soif d'affection… Elle avait commencé à caresser ce rêve alors qu'elle vivait chez son père pour la première fois de sa vie. Elle pleurait sa mère qu'elle adorait et elle s'efforçait de supporter l'indifférence du seul parent qui lui restait. Lorsqu'elle était partie de cette maison sans amour, ses fantasmes concernant Luis s'étaient évaporés. Une carrière l'attendait et elle était déterminée à laisser le passé derrière elle. Elle n'avait qu'une idée en tête. Vivre pleinement sa vie. Le choc avait été d'autant plus grand quand elle s'était retrouvée de nouveau dans l'orbite de Luis et qu'elle avait découvert que son attirance pour lui n'avait pas disparu.

Mieux valait ne pas imaginer les fêtes libertines qu'il allait organiser sur ce yacht...

Il commença à descendre les marches.

— N'as-tu pas encore compris que je suis quelqu'un qui prévoit tout jusqu'au moindre détail ?

L'estomac noué, elle descendit la dernière marche et recula d'un pas sur le pont.

À chaque marche qu'il descendait, le sourire de Luis s'élargissait.

— Ton frère a le sens du détail, lui aussi. J'ai réfléchi aux moyens qu'il a utilisés pour emmener Freya et la garder prisonnière. Isolement et employés dévoués. Voilà le secret de sa réussite. Il a même réussi à la convaincre de l'épouser. Je me suis dit que, si ça avait marché pour lui, ça pouvait très bien marcher pour moi. Il suffisait que je soigne les détails. Le yacht m'appartient et l'équipage est à mes ordres. Je les paie assez bien pour être assuré de leur loyauté.

Elle recula encore d'un pas.

— Il n'est pas possible d'acheter la loyauté de tout le monde. Ne t'approche pas davantage.

La lueur amusée qui dansait dans les yeux de Luis s'éteignit tandis qu'il s'immobilisait à moins d'un mètre d'elle.

Pendant un long moment ils restèrent silencieux. Hypnotisée par le regard étincelant de Luis, Chloé avait le cœur qui tambourinait dans sa poitrine. Luis finit par déclarer :

— Va ou tu veux. Parle à qui tu veux. Quand tu auras compris que tu n'as aucune chance de t'échapper, reviens me voir.

Puis il remonta l'escalier d'un pas nonchalant, tandis qu'elle crispait les poings, les ongles enfoncés dans les paumes de ses mains. Elle allait trouver un moyen de quitter ce yacht. Et ensuite, elle porterait plainte contre Luis.

Luis raccrocha après avoir discuté avec son frère, puis il enfonça les doigts dans ses cheveux et se massa le crâne pour tenter de stopper la migraine qui menaçait. Il avait enfin réussi à joindre George, leur associé canadien dans le projet de construction du plus grand complexe commercial de l'hémisphère Nord. George était l'un des hommes les plus riches et les plus puissants d'Amérique du Nord. Il avait fini par se laisser amadouer et par accepter une visioconférence. Cependant il avait insisté pour qu'elle se tienne le matin. Comme ils le soupçonnaient, George envisageait sérieusement de se retirer du projet. Or, sans sa participation, ils n'obtiendraient jamais les permis nécessaires. Malheureusement, il avait insisté pour que Javier participe à la visioconférence.

Luis jura. Son frère était d'une humeur massacrante. Même s'il parvenait à le convaincre de refréner sa hargne, ça ne suffirait pas. Leur associé canadien était un homme d'affaires de la vieille école pour qui la parole donnée était sacrée. C'était l'ordonnance de non-divulgation que Javier et lui avaient réclamée qu'il aurait le plus de mal à admettre.

Cette fichue ordonnance ! À l'époque Benjamin était si remonté qu'elle avait semblé indispensable. Aujourd'hui elle ne servait qu'à les faire paraître coupables alors qu'ils n'avaient enfreint aucune loi. Si George se détournait du projet, les conséquences seraient désastreuses. Ce n'était pas un problème d'argent mais d'image. S'il se retirait, tout le monde en conclurait que les frères Casillas n'étaient pas dignes de confiance. Ce serait le coup de grâce pour leur réputation déjà bien compromise. Si Chloé devenait sa femme, tous les doutes de George se dissiperaient et leur image cesserait de se détériorer. Mais tant qu'ils ne seraient pas fiancés officiellement, il allait être obligé de gagner du temps.

Dès qu'il avait vu les photos de Freya et de Benjamin quittant le gala ensemble main dans la main, il avait su que les médias les dépeindraient comme des criminels, Javier et lui. Et qu'ils rappelleraient l'histoire de leurs parents pour étayer leur argumentation. L'idée d'épouser Chloé lui était venue presque aussitôt à l'esprit, accompagnée d'une pointe d'excitation. Son désir pour Chloé était devenu obsessionnel et tout à coup il s'était retrouvé avec une excuse parfaite pour l'assouvir. Il la connaissait assez bien pour savoir qu'elle n'accepterait pas de l'épouser sans protester. Chloé avait toujours été une tête de... La porte s'ouvrit brusquement et elle fit irruption dans le salon, les cheveux volant dans toutes les directions. En un clin d'œil il fut débarrassé de sa migraine naissante. Il se cala dans son siège et enveloppa Chloé d'un regard appréciateur.

Les yeux étincelants de rage, elle s'écria :

— Je te hais !

4

Deux heures. Elle avait perdu deux heures à visiter le yacht dans ses moindres recoins et à discuter avec chaque membre de l'équipage, de plus en plus paniquée après chaque conversation. Elle qui pensait que ses appels au secours finiraient par émouvoir quelqu'un… En fait, elle avait eu la très nette impression que personne ne comprenait de quoi elle se plaignait. Ou alors, ils avaient l'habitude des caprices. Ils la prenaient peut-être pour une enfant gâtée qui faisait une scène après s'être querellée avec son petit ami.

Le pire c'était qu'elle s'était toujours targuée de ne jamais faire de scènes. Cela ne lui était arrivé qu'une seule fois. Et ça c'était terminé par son départ de chez son père. Elle avait déménagé pour s'installer chez son frère et elle n'avait plus reparlé à son père depuis cette horrible dispute.

Luis était assis dans un fauteuil, nonchalamment renversé contre le dossier, et la lueur amusée qui dansait dans ses yeux était horripilante.

— Quand je me serai échappée je n'aurai plus qu'un seul but dans la vie. Te détruire.

— Je suis terrifié, rétorqua-t-il d'un ton léger. Je suppose que tu n'as trouvé aucun moyen de t'enfuir ?

Oh ! comme elle le haïssait ! Il était si arrogant, si sûr de lui ! Et comme elle se haïssait elle-même… Comment le seul fait de le regarder pouvait-il encore faire battre son cœur ? Pourquoi éprouvait-elle toujours quelque chose pour cet homme après tout ce qu'il avait fait ? Elle pouvait pardonner à la gamine de dix-sept ans qui fermait allègrement les yeux sur sa réputation de séducteur invétéré quand elle fantasmait sur lui. Mais aujourd'hui elle était adulte, bon sang !

— Combien paies-tu les membres de l'équipage pour fermer les yeux ? Une fortune, je suppose. Aucun d'eux n'est prêt à m'aider.

— J'espère qu'ils ont refusé poliment.

— Ils sont d'une politesse irréprochable.

— Bien, commenta Luis avec un sourire satisfait. Marietta m'a assuré que c'était l'équipage le plus loyal au monde.

Elle serra les dents. Pourquoi entendre le nom de Marietta la hérissait-il ? Parce qu'elle n'avait pas envie de penser aux négociations qui avaient permis à Luis de devenir propriétaire de cette prison flottante en un temps record ?

— Maintenant que tu es revenue, nous allons pouvoir déjeuner.

Inspirant profondément, elle s'exhorta au calme. Pas question de céder à l'envie de se jeter sur lui pour le bourrer de coups de poing. Elle savait qu'en dupant Luis elle prenait des risques. Mais elle n'avait jamais imaginé qu'il irait jusqu'à la kidnapper et la séquestrer en pleine mer !

— Je n'ai pas faim.

— Bien sûr que si. Comment peux-tu espérer t'échapper si tu défailles de faim ?

— Comment oses-tu plaisanter ? Tu m'as *kidnappée* !

— Empruntée, rectifia-t-il alors que son téléphone sonnait.

Cette réplique désinvolte fit perdre à Chloé le peu de sang-froid qui lui restait. Elle bondit en avant, lui arracha le téléphone avant qu'il ait le temps de répondre et le jeta par terre aussi fort qu'elle le put. Seuls deux bras qui se refermèrent autour de sa taille et la tirèrent en arrière l'empêchèrent de le piétiner.

— Lâche-moi ! hurla-t-elle en se débattant.

Mais elle fut soulevée de terre et posée sans ménagement sur une banquette. Elle eut à peine le temps de reprendre son souffle avant que Luis lui fasse lever les bras en l'air et les immobilise en saisissant ses poignets d'une seule main. Puis il se mit sur elle, utilisant sa main libre et ses jambes pour l'empêcher de se cabrer et de lui donner des coups de pied. Elle ouvrit la bouche pour exiger de nouveau qu'il la lâche mais aucun son n'en sortit. Loin d'être outrée, elle sentit sa colère se transformer en une émotion très différente mais tout aussi violente. Elle tenta d'ignorer les frissons qui la parcouraient mais elle en fut incapable. Les yeux de Luis n'étaient plus qu'à quelques centimètres des siens et leur éclat ne faisait qu'accroître son trouble.

— Vas-tu te tenir tranquille maintenant, *bonita* ? demanda-t-il d'une voix rauque qu'elle ne lui connaissait pas.

Une chaleur délicieuse l'envahit.

— Essaie de m'y obliger.

Elle ne reconnut pas sa propre voix non plus. Pendant un instant elle resta fascinée par les yeux noisette plongés dans les siens, puis son regard descendit de lui-même vers la bouche sensuelle qu'elle avait si souvent rêvé d'embrasser.

Soudain, cette bouche captura la sienne dans un baiser impérieux qui la priva de ses dernières bribes de volonté. Son esprit se vida instantanément de toute pensée cohérente. Plus rien d'autre n'existait que cet instant magique. Un nouveau flot de chaleur se répandait dans tout son corps, s'insinuant dans ses moindres interstices. Avec une avidité dont elle ne se savait pas capable, elle répondit au baiser de Luis, nouant les bras sur sa nuque et enfonçant les doigts dans ses cheveux.

Elle avait rêvé de l'embrasser pendant presque huit ans. Souvent, dans la froideur de la nuit elle l'avait imaginé allongé contre elle et lui tenant chaud avec son corps musclé. Jamais son imagination n'avait été à la hauteur de la réalité. Chaud ? Elle était brûlante. La fougue de son baiser, le goût chocolaté de sa bouche, la fébrilité de ses mains qui couraient sur elle… C'était grisant ! En comparaison, ses fantasmes paraissaient bien ternes. Elle effleura la nuque de Luis du bout des ongles et glissa les doigts sous le col de son T-shirt quand une porte du salon s'ouvrit.

En un éclair, la réalité reprit ses droits. S'arrachant à la bouche de Luis elle tourna la tête et aperçut une paire de jambes qui faisaient demi-tour. Mortifiée, elle retira les mains du T-shirt de Luis et tenta de le repousser.

— Laisse-moi !

Il se redressa avec un petit sourire narquois. Elle voulut se redresser à son tour, mais elle glissa de la banquette et tomba assise par terre. Si seulement elle pouvait disparaître comme par enchantement et rester cachée pour toujours…

Ce n'était pas son premier baiser. Elle avait beau être encore vierge elle n'était pas complètement inexpérimentée. Mais rien de ce qu'elle avait pu faire jusqu'à présent — pas grand-chose à vrai dire — n'était comparable avec ce qui venait de se passer. Ce baiser était tombé tout droit du paradis. Sauf que c'était le diable en personne qui le lui avait donné. Il ne fallait pas l'oublier.

— Tu l'as fait exprès, dit-elle d'une voix hachée.

Luis semblait avoir autant de mal qu'elle à respirer mais ce n'était pas une consolation.

— De t'embrasser ? demanda-t-il en arquant les sourcils.

— Tu savais que quelqu'un allait venir.

Elle était prête à dire n'importe quoi pour ne pas reconnaître ce qu'elle venait de ressentir.

— Tu voulais que nous soyons surpris dans cette situation pour me discréditer.

Quelle folie s'était emparée d'elle ? Nul doute que dans quelques minutes tout l'équipage serait au courant de la position dans laquelle ils avaient été surpris, y compris le capitaine, qui s'était enfermé dans la timonerie quand elle demandait de l'aide à tout le monde. Plus personne ne la prendrait jamais au sérieux.

— J'ai beaucoup de talents, mais la précognition n'en fait pas partie. Je t'ai embrassée parce que tu me l'as demandé.

— Quoi ? Je ne te l'ai pas demandé !

Elle se releva tant bien que mal et lissa son T-shirt sur son ventre afin de remettre de l'ordre dans sa tenue à défaut de pouvoir maîtriser le bouillonnement de pensées et de sensations qui lui donnait le vertige.

— Quand tu m'as dit « Essaie de m'y obliger », ce n'était pas une façon de me défier de t'embrasser ?

Il se cala sur la banquette en étendant les bras sur le dossier avec une nonchalance qui la hérissa. De nouveau elle dut se retenir pour ne pas le frapper.

— Pas du tout, lâcha-t-elle, douloureusement consciente que ses joues étaient en feu.

Elle avait eu tellement envie qu'il l'embrasse qu'elle en avait eu des picotements dans les lèvres. Et elle en avait encore...

— *Bonita*, tes yeux me suppliaient de t'embrasser. Tu m'as rendu mon baiser. Tu as enfoncé les doigts dans mes cheveux. Jouer les vierges outragées ne change rien à tout ça.

— Tais-toi.

— Tu rougis aussi comme une vierge.

— J'ai dit *tais-toi* !

Chloé se dirigea à grands pas vers le bar, saisit la première bouteille qui lui tomba sous la main et versa une maxi-dose généreuse dans un verre. À son grand dam, elle sentait les yeux de Luis sur elle. Il suivait chacun de ses mouvements.

— *Dios*, ne me dis pas que tu l'es !

— Quoi ?

Elle but une longue gorgée. C'était fort. Avec un peu de chance ça aurait un effet anesthésiant sur ses sens...

— Vierge.

Elle s'étrangla et recracha l'alcool avant d'avoir eu le temps de l'avaler.

— Tu l'es !

La fascination qui perçait dans la voix de Luis lui donna envie de lui jeter à la figure le reste de son verre. Au lieu de ça elle l'avala d'un trait. Pouah ! Ça brûlait ! Elle toussa, horripilée par la lueur amusée qui brillait dans le regard de Luis.

— Il n'y a aucune raison d'avoir honte d'être vierge, dit-il quand sa toux se fut calmée. Et si j'étais toi j'éviterais d'abuser de ça. C'est du rhum cubain. C'est très fort.

Lui jetant un regard insolent, elle se resservit. Une fois la brûlure calmée, l'arrière-goût était assez agréable...

— Je ne suis pas vierge. J'ai couché avec des tas d'hommes. Même si je suis encore loin d'avoir atteint le même nombre de conquêtes que toi.

Luis ignora cette pique. Elle mentait. Ça se voyait à son visage écarlate et à ses mains tremblantes. Il eut un pincement au cœur. Il ne lui avait pas effleuré l'esprit que Chloé était vierge. Mais comment aurait-il pu s'en douter ? Elle avait vingt-cinq ans. Un âge où la plupart des gens avaient déjà eu plusieurs amants. On était au XXIe siècle. Les femmes pouvaient vivre comme les hommes. Il n'avait jamais rencontré une seule femme qui ne profitait pas de cette liberté.

Jusqu'à aujourd'hui.

Voilà pourquoi elle devenait toujours écarlate quand il venait au théâtre, pourquoi elle avait eu ce regard étrange quand il avait frotté son nez contre le sien...

— Ça explique beaucoup de choses, dit-il pensivement.

Leur baiser... Ça avait été une explosion inattendue. Il était en train de la retenir pour l'empêcher de se débattre, et tout à coup leurs bouches s'étaient entre-dévorées. Un même tourbillon de désir irrépressible les avait emportés tous les deux.

— Comme le fait que j'ai refusé de prendre un dernier verre ?

Elle vida son verre avec une grimace.

— Ça s'appelle avoir de la dignité.

— Si tu as déjà eu des tas d'amants, pourquoi refuser de coucher avec moi ?

— Peut-être que tu ne me plaisais pas assez ? Peut-être que je n'avais pas envie d'être une conquête de plus dans une liste interminable ?

— Ça ne peut pas être la première hypothèse. Ton corps s'exprime très clairement, *bonita*.

Dios, elle était délicieuse quand elle rougissait. Elle était délicieuse. Point.

— Si c'est la seconde, pourquoi refuser d'être une conquête parmi d'autres, si tu en as toi-même plusieurs à ton actif ?

Elle se resservit encore.

— Je n'ai pas à m'expliquer.

— Je suis juste curieux de savoir pourquoi une femme aussi sensuelle se refuserait le plaisir qui fait tourner le monde ?

— Le plaisir... Le sexe... n'est pas essentiel. Il y a des choses bien plus importantes. Comme la loyauté.

— Nous sommes d'accord sur l'importance de la loyauté, mais une femme qui a couché avec des *tas* d'hommes ne peut pas nier que le sexe occupe une place essentielle dans la vie.

À la grande joie de Luis, les joues de Chloé s'enflammèrent encore davantage. Oui, elle était vraiment délicieuse. Sa seule présence le stimulait. Dès qu'il avait mis le pied dans le salon il s'était senti soudain tout joyeux. Plus tard, la migraine rampante qui l'avait tourmenté pendant tout le temps où elle était partie chercher de l'aide s'était évaporée comme par miracle dès qu'elle était réapparue, les cheveux en bataille et les yeux étincelants de rage.

Et depuis leur baiser il était en pleine euphorie.

Lorsqu'ils avaient dîné ensemble il avait également baigné dans l'euphorie pendant toute la soirée, débarrassé du poids lui pesait en permanence sur les épaules.

— Si après avoir couché avec autant d'hommes que tu le prétends tu peux affirmer que le sexe n'est pas important, ça laisse supposer que tu t'y es mal prise ou que tu n'as pas choisi les bons partenaires.

— Et bien sûr, tu vas me dire qu'en couchant avec toi je vais découvrir tout ce que j'ai raté jusqu'à présent ?

Elle roula les yeux et il pouffa. Chloé avait un visage d'ange, un corps de sirène et une voix mélodieuse particulièrement sexy. S'il lui avait fallu autant de temps pour s'en rendre compte, c'était parce que pendant des années il avait continué à la voir comme une enfant. Il y avait peu de chances qu'il existe un seul homme qui l'ait rencontrée sans être attiré par elle. Avait-elle vraiment repoussé tous les hommes qui s'étaient intéressés à elle ? Ça paraissait de plus en plus probable...

Mais pourquoi ?

— Ferme les yeux, *bonita*, et laisse-toi guider par tes sens. Quelles sont ces ondes qui font vibrer l'air ? C'est le fluide qui circule entre nous.

Lui jetant un regard noir, elle se resservit du rhum d'une main tremblante.

— Tout ce que je sens c'est la chaleur des flammes qui s'échappent de ta bouche à chaque fois que tu l'ouvres.

Il éclata d'un rire sonore. Pas étonnant qu'elle le stimule ! Elle était vive et piquante. Elle l'avait toujours été.

Il avait eu un aperçu de la femme qu'elle allait devenir lors de la célébration de son dix-septième anniversaire au château quelques semaines avant la mort de sa mère. C'était encore une adolescente dégingandée dont la beauté commençait à peine à s'épanouir. Elle avait dix ans de moins qu'eux tous mais l'entrain inébranlable dont elle avait fait preuve pendant toute cette période où sa mère mourait à petit feu sous leurs yeux avait été stimulant.

C'était elle qui avait remonté le moral de tout le monde. Elle était restée souriante jusque dans les moments les plus durs, sans jamais dévoiler son chagrin devant sa mère. En fin de journée elle allait directement de l'école à l'hôpital, puis ensuite au château que son frère venait d'acheter pour que leur mère puisse y finir ses jours le plus paisiblement possible. Armée de toute une collection de produits de beauté, elle coiffait sa mère, lui massait les pieds, lui peignait les ongles, sans jamais se départir de la bonne humeur qui les enveloppait tous dans un cocon de joie et d'amour.

Sa peine n'avait éclaté que le jour des funérailles.

Le souvenir de sa chemise trempée par les larmes de Chloé effondrée dans ses bras ce jour-là enleva à Luis toute envie de rire. Même s'il avait commis des erreurs dans sa vie, il avait toujours été loyal envers Chloé et sa famille. Il avait aimé sa mère et son frère. Qu'elle le croie capable d'avoir profité de la détresse de Benjamin pour l'escroquer était extrêmement blessant. Bien sûr, avec le recul il avait des regrets mais le passé était le passé. Désormais c'était à l'avenir qu'il fallait penser. Et cet avenir incluait son mariage avec Chloé.

Ça n'avait rien à voir avec les sentiments.

Elle porta le verre à ses lèvres.

— La possibilité que je sois vierge ne te fait pas réfléchir ? Tu n'as pas le sentiment que ton chantage au mariage est encore plus odieux ?

— Tu nous imagines déjà partageant le même lit ? demanda-t-il, transpercé par une flèche de désir.

— Jamais ! Je te déteste.

Elle vida son verre d'un trait.

— Non, *bonita*. Ce que tu détestes c'est le fait que tu me désires.

— Ne me dis pas ce que je ressens.

Il la regarda se resservir. Elle devait en être à plus d'un tiers de la bouteille... Elle vida son verre en le foudroyant du regard.

— Je ne coucherai *jamais* avec toi, ajouta-t-elle avant d'avoir un hoquet.

Puis un autre. Elle saisit de nouveau la bouteille.

— Tu es sûre que c'est raisonnable ?

— Arrête de me dire ce que je...

Un autre hoquet.

— ... dois faire.

Elle mit la main devant sa bouche. Quand elle releva la tête elle avait perdu ses couleurs. Il se pencha en avant, prêt à se lever.

— Tu as le tournis ?

— Non.

Comme pour le prouver elle fit deux pas vers lui. Puis elle s'immobilisa et se cramponna au bar.

— Je t'avais conseillé de manger quelque chose. Tout ce rhum l'estomac vide...

Elle inspira profondément à plusieurs reprises, puis elle se dirigea d'un pas hésitant vers le fauteuil le plus proche. Une fois assise, elle agrippa les deux bras du fauteuil et lui adressa une grimace.

— Tu vois ? Je vais très bien.

Il arqua un sourcil narquois, partagé entre le remords de l'avoir incitée à boire, l'admiration devant sa détermination à lui tenir tête et l'envie de pouffer à l'idée de la gueule de bois qui l'attendait.

— Prête à avaler quelque chose, maintenant ? Un petit pain ou des toasts pour éponger l'alcool ?

Elle ouvrit la bouche, visiblement prête à refuser sèchement. Mais elle la referma aussitôt et sembla se ratatiner sur son siège. Dans ses yeux il aperçut une lueur de détresse qui lui serra le cœur. Elle eut un hochement de tête hésitant.

— Juste quelque chose de léger, s'il te plaît. Je crois que j'ai le mal de mer.

Dios, elle était impressionnante... Malgré son ivresse manifeste, elle avait la présence d'esprit de tourner la situation à son avantage.

— Tu es sujette au mal de mer ? demanda-t-il en feignant la compassion.

Nouveau hochement de tête.

— Tu devrais me ramener à terre... À moins que tu aies envie que je vomisse partout sur ton nouveau jouet ?

— C'est vrai que ça donne à réfléchir.

— Je réfléchirais rapidement si j'étais toi, sinon je ne… hic… réponds pas des conséquences…

— Si ça ne s'arrange pas je demanderai au médecin de bord de te donner quelque chose. Il a tout ce qu'il faut contre le mal de mer. En attendant, je suis sûr que manger un peu te fera du bien.

Sur ces mots il quitta le salon en sifflotant, conscient du regard furieux de Chloé dans son dos.

5

— Tu te sens mieux ?

— Moyen...

— Toujours le mal de mer ?

— Oui, de plus en plus.

Le rire cynique de Luis qui éclata juste derrière elle résonna comme un coup de marteau dans la tête de Chloé. S'agrippant au bastingage, elle garda les yeux fixés sur la mer. Il y avait presque une heure qu'elle se tenait à la proue du yacht, respirant à plein poumons pour essayer de chasser sa migraine. Elle savait bien qu'il n'était pas dupe. Mais elle avait préféré feindre d'avoir le mal de mer plutôt que d'avouer qu'elle était un peu — enfin, plus qu'un peu — ivre. La dernière fois qu'elle avait bu autant d'alcool, c'était à l'époque où elle vivait à Londres, mais ça s'était étalé sur plusieurs heures. Jamais elle n'avait bu autant en si peu de temps. Et elle n'avait jamais bu non plus autant de café que depuis tout à l'heure. Si elle se coupait, ce serait certainement de la caféine qui sortirait de ses veines...

Elle avait eu besoin de noyer dans l'alcool les émotions qui l'avaient submergée. Le baiser de Luis avait fait jaillir en elle un désir d'une intensité effrayante. Et ensuite, comme si elle n'était déjà pas assez embarrassée de lui avoir répondu avec fougue, il avait compris qu'elle était vierge. Quelle humiliation ! Comment avait-il fait ? Était-il devin ? Ou bien avait-il connu tellement de femmes qu'un seul baiser lui suffisait pour reconnaître celles qui étaient vierges ?

Si elle l'était encore à vingt-cinq ans, ce n'était pas par choix.

C'était juste une question de circonstances, et jusque-là elle n'en avait jamais eu honte. Quand elle s'était installée à Londres quelques mois avant ses dix-neuf ans pour commencer son apprentissage dans une compagnie de danse, elle s'était retrouvée soudain libre comme l'air. Non qu'elle ait été privée de liberté auparavant. Après la mort de sa mère, elle avait vécu pendant un an avec son père et sa belle-mère, qui ne s'étaient jamais souciés de ce qu'elle faisait. Ensuite elle avait passé un an chez son frère, qui au contraire s'était beaucoup occupé d'elle mais sans pour autant l'étouffer.

Cependant, à son arrivée à Londres sa liberté avait pris une autre dimension. Être seule responsable de ses choix sans avoir de comptes à rendre à personne était grisant. Elle avait adoré sa vie à Londres. Elle partageait une maison avec trois autres jeunes femmes, d'où de nombreuses occasions de faire la fête et de rencontrer des gens. Les nuits étaient aussi longues que les journées, mais elle était assez jeune pour brûler la chandelle par les deux bouts sans ressentir la fatigue… Oui, elle avait adoré sa vie à Londres. Pourtant, elle n'en avait pas profité autant que ses colocataires.

Le matin au petit déjeuner il lui était rarement arrivé de ne pas trouver un homme ou deux dans la cuisine, et jamais les mêmes. Mais pour sa part, les aventures sans lendemain ne l'avaient jamais tentée. Bien sûr il lui était arrivé de sortir avec des garçons et même de flirter avec certains, mais rien de plus. Elle s'était révélée incapable de coucher à droite et à gauche avec autant d'insouciance que ses amies.

— Tu es trop difficile, lui avait dit sa meilleure amie, Tanya, un soir où elle avait un peu trop bu.

Tanya avait raison. Elle avait beaucoup de copains et certains lui plaisaient, mais elle ne leur faisait pas confiance. Il n'y avait que deux hommes en qui elle avait confiance. Son frère et Luis.

Elle n'avait pas cherché délibérément à retrouver Luis. Quand elle avait vu que sa compagnie de danse cherchait une costumière, elle était prête à débuter une nouvelle étape de sa carrière. En constatant que ses sentiments d'adolescente n'étaient qu'endormis et qu'elle ne lui était pas indifférente, elle avait été à la fois transportée et terrifiée. Puis elle avait appris ce qu'il avait fait à Benjamin, et son univers s'était effondré. Au cours des deux derniers mois elle avait tenté de se consoler en se répétant qu'au moins elle n'avait pas accepté de boire ce dernier verre avec lui. Et aujourd'hui elle avait perdu sa seule consolation. Au lieu de lui résister elle lui avait rendu son baiser avec passion…

— Tu peux te réjouir. D'ici une heure nous allons aborder, déclara-t-il d'un ton désinvolte en refermant les mains sur le bastingage.

Elle sentit son cœur faire un petit bond dans sa poitrine. Parce qu'il était soudain tout près d'elle ou à cause de ce qu'il venait de lui annoncer ? À vrai dire, elle ne savait pas trop. Elle s'écarta légèrement de lui.

— Tu vas me laisser partir ?

— Non, *bonita*. Je t'emmène sur mon île.

— *Ton* île ?

— *Sí*. Je l'ai achetée avec le yacht. C'était un lot. J'avais l'intention de rester en mer quelques jours de plus, le temps que les meubles de Marietta soient déménagés, mais finalement je ne peux pas. J'ai une visioconférence demain matin. Ce yacht est somptueux mais il a été conçu exclusivement pour la plaisance. Il n'est pas encore équipé des outils indispensables à mon travail.

— C'est aussi à Marietta que tu as acheté l'île ? demanda-t-elle, consternée.

— Je l'avais rencontrée une ou deux fois. J'avais même assisté à une fête sur ce yacht. Quand j'ai appris que tu te cachais pas loin de son île, je l'ai appelée pour lui faire une offre. Ce jour-là, les astres m'étaient favorables, *bonita*.

— Et à moi ils m'ont joué un mauvais tour…

— Que peut-il y avoir de déplaisant à séjourner dans un coin de paradis ?

— Le fait que ce soit contre mon gré, par exemple ?

— Au moins, tu n'auras plus le mal de mer.

Le sourire malicieux de Luis la hérissa. Elle prit une profonde inspiration.

— Et tu comptes rester longtemps sur cette île ?

— Jusqu'à ce que tu acceptes de m'épouser. C'est très simple. Épouse-moi et nous retournerons aussitôt dans le monde réel.

— Le monde réel où je serai ta femme ?

— C'est l'idée, en effet, *bonita*. Nous nous marions, nous nous montrons deux ou trois fois en public pour faire taire les rumeurs odieuses qui courent sur moi et mon frère, et ensuite tu retrouveras ta liberté. Tu pourras reprendre ta vie, et ton frère ne sera pas obligé de passer la sienne à craindre ma vengeance. Tu as le pouvoir de mettre un terme définitif à toute cette histoire. Notre avenir à tous les quatre est entre tes mains.

Elle déglutit péniblement. Que faire ? Elle ne pouvait pas épouser Luis ! Le seul fait de le sentir à côté d'elle suffisait à la mettre dans un état redoutable. Ces mains... Malgré tous ses efforts pour détourner les yeux, son regard était irrésistiblement attiré par les mains de Luis sur le bastingage. Elle ne put s'empêcher de les imaginer sur elle, et une vive chaleur l'envahit. Non ! Plus jamais ça. Il ne poserait plus jamais un seul doigt sur elle. Qu'elle se marie avec lui ou pas.

Et s'il était sérieux ? Et s'il avait vraiment l'intention de renoncer à exercer des représailles contre Benjamin ? Elle faillit rire de sa propre naïveté. Comme si elle pouvait croire un seul mot de ce que disait Luis après tout ce qu'il avait fait ! Assaillie par la colère, elle se tourna vers lui pour le foudroyer du regard. Et le regretta aussitôt. Électrisée par l'éclat de ses yeux, elle fut prise d'une envie irrésistible de le toucher. Une des mains qui la fascinaient tant quitta le bastingage pour caler une mèche de cheveux derrière son oreille. À son grand dam, elle fut parcourue de longs frissons.

— Épouse-moi, *bonita*, murmura-t-il.

Puis il se pencha vers elle et effleura ses lèvres.

Elle était toujours clouée sur place quand il s'écarta d'elle et regagna le salon. Ce fut seulement quand la porte se referma derrière lui que l'étrange envoûtement dont elle avait été victime se dissipa. Elle serra les dents, furieuse. Contre lui et surtout contre elle-même. Dire qu'elle s'était juré de ne plus jamais le laisser la toucher... Elle avait tenu à peine une minute ! D'un geste rageur, elle s'essuya les lèvres du dos de la main.

Chloé s'immobilisa sur le sable doré. Devant elle, scintillant sous les rayons du soleil couchant comme le palais d'un maharadjah, se dressait une immense maison blanchie à la chaux, avec un toit en terre ocre.

Ils avaient été accueillis à la descente du yacht par un garçon maigrelet d'une dizaine d'années qui sautillait à côté d'elle, visiblement très excité. Avec volubilité, il lui expliquait en anglais qu'il était le fils des gardiens et qu'il vivait sur l'île depuis toujours. Son entrain était bienvenu après la journée mouvementée qu'elle venait de vivre mais il ne suffisait pas à la délivrer de son anxiété. Luis marchait quelques mètres derrière eux, en grande conversation avec le capitaine du yacht. Déterminée à faire abstraction de lui, elle se concentra sur les paroles du petit garçon tout en promenant son regard autour d'elle.

Ce qu'elle avait pris pour une maison unique était un ensemble de pavillons éparpillés autour d'une villa plus grande. Le tout était niché parmi les palmiers et bordé par une longue piscine, qui sinuait entre les pavillons. En traversant le pont qui enjambait celle-ci, elle aperçut des poissons. La piscine était en réalité un bassin alimenté en eau directement par la mer, comprit-elle. Un autre bassin entourait la villa, tel une douve. Il était enjambé par des ponts qui conduisaient aux pavillons. Chloé laissa échapper un petit soupir d'aise et se fustigea aussitôt. Il ne fallait pas oublier que cette île était sa prison ! Mais après tout, mieux valait être prisonnière dans un paradis que dans une cellule. Cet endroit était encore plus enchanteur que la luxueuse résidence de Grand Bahama...

— Qui d'autre habite sur l'île ? demanda-t-elle au jeune garçon lorsqu'elle parvint à placer un mot.

Avant qu'il ait le temps de répondre, Luis arriva à côté d'elle.

— Personne, annonça-t-il d'un ton enjoué avec un regard indiquant clairement qu'elle n'avait pas plus de chances de trouver de l'aide sur cette île que sur le yacht. Je ferai bientôt venir de nouveaux employés.

— Jalen ! cria une voix impérieuse. Viens ici !

Le petit garçon se figea un instant avant de partir en courant pour rejoindre un homme au teint hâlé et à la mine renfrognée qui venait d'apparaître à côté de la villa.

— Qui est-ce ? demanda Chloé en suivant Jalen des yeux.

— Rodrigo. Son père, répondit Luis en suivant lui aussi le petit garçon du regard.

— Le gardien ?

Luis hocha la tête sans quitter le petit garçon des yeux.

— Il s'occupe de l'île avec sa femme, Sara.

— Jalen m'a dit qu'ils vivaient ici depuis longtemps.

— Sara a toujours vécu ici. Elle a pris la relève de ses parents, eux-mêmes gardiens.

Pourquoi y avait-il une note désabusée dans la voix de Luis ? se demanda-t-elle en reportant son attention sur Jalen.

Le petit garçon avait rejoint son père. Tête baissée, il recevait visiblement une réprimande.

— Qu'a-t-il fait de mal, à ton avis ?

— Aucune idée. J'ai fait la connaissance de la famille il y a trois jours quand j'ai pris possession de l'île. Je ne sais rien d'eux.

Luis secoua la tête et détourna les yeux du petit garçon pour regarder Chloé. Les petits garçons avaient tendance à faire des bêtises. C'était le rôle des parents de leur inculquer une certaine discipline. Ce n'était pas parce que son propre père utilisait des méthodes extrêmes que Rodrigo en faisait autant. Cependant, à en juger par le regard inquiet de Chloé, il n'était pas le seul à se poser des questions...

— Où habitent-ils ? demanda-t-elle.

— Dans un des pavillons du personnel, derrière la villa.

Assez pensé à Jalen et Rodrigo, décida-t-il. Il aurait tout le temps de les observer. Et sans doute constaterait-il que leur relation père-fils ressemblait à celle dont il avait toujours rêvé lui-même. Son histoire n'avait rien à voir avec celle des autres. Il en avait toujours été conscient... Luis en était arrivé depuis longtemps à la conclusion qu'il y avait quelque chose en lui qui avait déclenché la violence de son père à son égard. Si ça n'avait pas été lié à sa personnalité, Javier aurait subi le même traitement, pensait-il. Javier affirmait que, s'il s'en était toujours sorti avec des punitions légères, c'était parce que lorsque leur père le regardait il se voyait lui-même. Cependant, Luis n'avait jamais cru à cette théorie. Il était indéniable que Javier était le portrait de leur père, tandis que Luis ressemblait à leur mère. Il était vrai également que seul Luis avait été battu par Yuri, jusqu'au jour où ce dernier s'en était pris à leur mère, poussé par l'alcool et la jalousie. Yuri avait passé dix ans en prison, puis un an après sa libération conditionnelle il était mort d'un cancer du pancréas. Pourvu qu'il ait beaucoup souffert... C'était cette pensée qui s'était imposée à Luis quand il avait appris la mort de son père. Il crispa la mâchoire. *Dios*, devrait-il subir ça toute sa vie ? Serait-il assailli jusqu'à la fin de ses jours par des souvenirs de son enfance à chaque fois qu'il verrait un père réprimander son fils ? Ne serait-il jamais libéré du passé ? Il conduisit Chloé jusqu'à la porte d'un pavillon.

— Voici où tu habiteras pendant notre séjour ici...

— J'ai mon propre pavillon ? s'exclama-t-elle, visiblement stupéfaite.

— Tu voulais en partager un avec moi ? demanda-t-il d'un ton moqueur, heureux d'être de retour dans le présent, en compagnie de Chloé.

— Non !

Il ouvrit la porte avec un clin d'œil malicieux. Voilà qui était mieux. Flirt et taquineries. Très réconfortant après ce flash-back détestable.

— Si tu changes d'avis, je serai dans le pavillon voisin.

— Tu peux toujours attendre !

Les joues de Chloé étaient écarlates, constata-t-il avec un sourire ravi.

— On verra ça...

Elle le foudroya du regard avant de demander :

— Tu ne vas pas habiter dans la villa ?

— Pas tant que les affaires de Marietta sont encore là. Je te la ferai visiter demain, mais pour l'instant j'ai une visioconférence à préparer et il faut que je m'assure que tout fonctionne. Ce soir, *bonita*, tu devras t'occuper toute seule. Sara va venir te voir dans quelques instants et elle te donnera toutes les informations nécessaires. Elle connaît l'île mieux que moi et elle a préparé le pavillon pour ton arrivée. S'il te manque quoi que ce soit, vois ça avec elle.

— Tu n'as pas peur que j'essaie de m'enfuir ?

Il pouffa.

— Il n'y a aucun moyen de s'échapper. Ni aucun espoir de voir arriver des secours. Cette île est un point sans nom sur la carte.

— Et le bateau qui doit venir chercher les affaires de Marietta ?

Les prunelles de Chloé s'assombrissaient quand elle prononçait le nom de Marietta, constata-t-il. Ce n'était pas la première fois qu'il le remarquait…

— Elle n'est pas pressée de les récupérer.

— Je pourrais détourner le yacht.

— Désolé de te décevoir, mais le capitaine Brand est retourné au port. Il reviendra dans une semaine et il nous mariera.

— Le capitaine ?

— C'est un officiant agréé.

— Mais je n'ai pas accepté de t'épouser !

— Tu y viendras. Plus tôt tu diras oui, plus tôt nous nous marierons et plus tôt ce cauchemar se terminera pour tous les deux.

Luis réprima un soupir. Il pouvait se permettre de s'absenter pendant une semaine mais pas plus. Si à l'avenir il voulait séjourner régulièrement sur cette île, il devrait acheter un hélicoptère et peut-être faire construire une piste d'atterrissage pour un avion plus petit que son jet. Mais Chloé accepterait de l'épouser avant la fin du délai de sept jours qu'il avait imposé. Il en était certain. Il sentait sa résolution faiblir. Elle savait qu'elle n'avait aucun moyen de s'échapper. Si elle voulait quitter les Caraïbes elle n'avait pas le choix. Il fallait qu'elle l'épouse. Après tout, elle n'avait que ce qu'elle méritait. C'était à cause d'elle qu'il était obligé d'organiser une visioconférence demain matin, pour sauver un contrat compromis par les rumeurs qui couraient sur son frère et lui…

Sara, une femme mince au visage las, arriva à cet instant. Après avoir fait les présentations, Luis ajouta :

— Je vous laisse. Chloé, je te verrai demain après ma visioconférence.

Chloé le regarda s'éloigner avec un étrange pincement au cœur. Pourquoi avait-elle envie de le rappeler ? Elle adressa un pâle sourire à la mère de Jalen et fut soulagée que celle-ci le lui rende malgré sa fatigue manifeste. Bien que la décoration fût un peu désuète, le pavillon que lui fit visiter Sara était très agréable et doté de tout le confort, y compris une cuisine. Quant au jardin sur lequel ouvrait le salon, il donnait directement sur une boucle de la piscine.

— J'ai entendu dire que vous avez toujours vécu sur l'île, dit Chloé alors que Sara s'apprêtait à partir.

Elle n'aimait déjà pas la solitude en temps ordinaire, mais après la journée qu'elle venait de passer et les émotions contradictoires qui se bousculaient en elle, la perspective de se retrouver seule la terrifiait. La main sur la poignée de la porte, Sara hocha la tête.

— Je suis née ici.

— Quel genre de femme est Marietta ?

Cette question échappa à Chloé avant qu'elle ait le temps de la retenir. C'était plus fort qu'elle. Elle mourait d'envie de savoir à quoi ressemblait cette femme mystérieuse. C'était devenu une obsession... Luis l'avait « rencontrée une ou deux fois » et il avait assisté à une fête sur son yacht. Or elle avait une idée très précise de la façon dont se comportait Luis dans les fêtes. Un magazine people avait publié des photos volées lors de celle que les jumeaux avaient organisée pour leur trentième anniversaire. Sur plusieurs d'entre elles, Luis dansait, une bière à la main, entouré d'un essaim de femmes à moitié nues qui le dévoraient des yeux. À la question de savoir avec laquelle Luis avait fini la nuit, une source anonyme citée par le magazine avait répondu : « Connaissant Luis, il n'est pas exclu qu'il ait décidé de ne pas choisir et de toutes les garder avec lui. » Chloé déglutit péniblement. Le souvenir de cette photo la rendait malade. Marietta était-elle présente à cette fête ? Faisait-elle partie de ses groupies ?

Le visage de Sara s'éclaira d'un large sourire.

— Oh ! c'est une femme fantastique !

Plus tard, après un dîner léger pris en solitaire, Chloé regardait le ciel étoilé assise sur sa terrasse, un verre d'eau à la main. À part le chant des criquets, le silence était absolu. Aucun signe de vie ne provenait du pavillon voisin. Luis était-il encore en train de préparer sa visioconférence ? Elle devrait se réjouir d'être débarrassée de lui, au lieu de se remémorer leur baiser pour la cinquantième fois ! Mais impossible de penser à autre chose. Sa bouche vorace, son corps musclé, ses mains sur elle… Se frottant les yeux, elle prit une profonde inspiration. Pourquoi avait-il fallu que ça arrive ? Si Luis et Javier avaient été corrects avec Benjamin sept ans plus tôt au lieu de lui mentir, elle aurait… Quoi donc ?

Elle aurait passé une deuxième soirée avec Luis. Elle aurait accepté de prendre un dernier verre. Elle l'aurait laissé l'embrasser. Puis elle aurait fait l'amour avec lui. Et ensuite il lui aurait brisé le cœur. Mais d'une certaine manière il le lui avait déjà brisé en trahissant son frère et en abîmant tous les souvenirs qu'elle chérissait. Jamais elle ne l'aurait cru capable d'une telle duplicité. Il avait nié avec véhémence avoir voulu escroquer Benjamin… Et s'il y avait du vrai dans ses protestations ? Enfant, elle était aux anges quand lui et son frère passaient les vacances chez sa mère. Un jour, à cinq ans, elle avait grimpé au sommet du grand arbre qui se trouvait au fond du jardin, mais une fois là-haut elle avait perdu tout son courage et elle n'avait pas pu redescendre. Terrifiée, elle s'était mise à crier et à pleurer. C'était Luis qui était venu à sa rescousse. Elle s'était cramponnée à son cou, et quelques instants plus tard il l'avait posée sur le sol, saine et sauve. À partir de cet instant, il était devenu son héros. Bien plus tard, quand sa mère était tombée malade il avait été très présent. Ses visites régulières avaient été une grande joie pour sa mère et un grand réconfort pour son frère et elle. Tout cela n'avait-il été qu'un mensonge ? Tous ces souvenirs étalés sur vingt-cinq ans n'avaient-ils été que des mirages ?

Elle songea aux réactions sur les réseaux sociaux qu'il avait évoquées. Dire que des pervers avaient osé suggérer que Freya avait quitté Javier par crainte de finir comme Clara Casillas, tuée par son mari… Y avait-il eu également des commentaires de ce genre visant Luis ? Un léger bruit la ramena au présent. Une porte venait de se fermer, tout près. Et quelqu'un marchait dans le jardin de du pavillon voisin. Luis… Le cœur battant à tout rompre, elle retint son souffle. Sentait-il sa présence ? Seule une haie foisonnant de fleurs odorantes les séparait. Un plouf un peu plus lointain la fit tressaillir. Il prenait un bain de minuit… Elle rentra précipitamment dans sa villa.

Son cœur cognait toujours aussi fort lorsqu'elle se glissa entre les draps un peu plus tard. Elle ferma les yeux, mais les images qui la poursuivaient n'en furent que plus précises.

Luis en train de nager.

Nu.

6

L'image de Luis nu dans la piscine fut la première chose que vit Chloé avant d'ouvrir les yeux lorsqu'elle se réveilla le lendemain matin après une nuit agitée. Se levant d'un bond, elle courut dans la salle de bains et prit une longue douche pour tenter de noyer ces images.

Enveloppée dans un drap de bain, elle ouvrit la porte du dressing et constata qu'il était plein de tenues d'été et de maillots de bain, le tout dans différentes tailles. Il fallait reconnaître que c'était une attention touchante de la part de Luis. Elle avait toujours du mal à trouver des vêtements à sa taille. Avec son mètre soixante-douze elle était plus grande que la moyenne. Et si on faisait abstraction de sa poitrine elle pouvait être considérée comme mince. Quand elle était adolescente ses amies enviaient ses seins. De son côté elle les avait toujours trouvés trop encombrants. Acheter des robes était un cauchemar. Il fallait choisir entre celles dont la jupe lui allait et celles dont c'était le corsage qui lui allait. Quand par hasard elle trouvait une robe qui lui plaisait et qui lui allait à la perfection, elle l'achetait dans toutes les couleurs disponibles.

Elle portait une de ces robes au café à Madrid le jour où elle avait vu Luis par la vitre, se rappela-t-elle soudain. À ce souvenir elle fut envahie par la même chaleur délicieuse que lorsque leurs regards s'étaient croisés et que pour la première fois elle avait vu s'allumer une lueur d'intérêt dans ses yeux.

Le rendez-vous qui avait suivi avait été la meilleure soirée de sa vie. Elle aurait voulu qu'elle ne s'achève jamais. Il lui avait fallu toute sa volonté pour monter dans le taxi et rentrer chez elle sans lui… Inspirant profondément, elle choisit un deux-pièces bleu et mit par-dessus une minijupe en jean et un T-shirt noir.

Laissant ses cheveux sécher tout seuls, elle mit la cafetière en marche comme le lui avait montré Sara, puis ouvrit la porte. Comme promis, Sara lui avait apporté un plateau pour le petit déjeuner. Immobile à côté du plateau, un petit gecko la regardait fixement. Elle s'accroupit pour mieux le voir.

— Tu es adorable, dit-elle en souriant. Ne bouge pas.

Elle rentra dans la villa, prit son sac et le vida sur la table de la cuisine pour trouver plus rapidement son téléphone. Mais quand elle retourna dehors, le gecko avait disparu. Elle ramassa le plateau avec un petit soupir et rentra dans la villa. Au moment de poser son téléphone pour se servir du café, elle constata que l'icône du wifi était affichée. Luis avait dû activer le wifi et son téléphone s'était connecté directement à Internet sans qu'un mot de passe soit nécessaire.

Il était impossible de téléphoner, mais elle pouvait quand même communiquer avec le monde extérieur ! La première chose qu'elle fit tout en mangeant distraitement un croissant, ce fut de chercher les coordonnées de l'île. Un message s'afficha, l'informant que ses paramètres de sécurité ne l'autorisaient pas à ce genre de recherche. Elle fit une nouvelle tentative. Sans plus de succès. Elle ne réussit pas non plus à accéder à sa messagerie ni aux réseaux sociaux.

Elle faillit hurler. Comme toujours, Luis avait deux longueurs d'avance sur elle.

Luis…

Il lui avait parlé de commentaires malveillants sur Internet… Elle lança une recherche sur son nom et celui de Javier. Plus de deux cent mille résultats… Elle cliqua sur le premier article de presse, qui traitait du mariage « secret » de Freya et de Benjamin. Elle passa directement à la section des commentaires. Vingt minutes plus tard, elle éteignit son téléphone et le lança sur la table, écœurée. Comment les gens pouvaient-ils écrire des horreurs pareilles ? Et sur des forums publics, en plus. Elle avait l'impression d'avoir les yeux sales après leur avoir imposé ce flot d'ordures…

Luis avait-il lu ces commentaires ? Pourvu que non. Et pourvu que Javier ne les ait pas lus non plus. Personne ne méritait d'être la cible de propos aussi haineux. Personne ne devrait pouvoir être accusé anonymement d'être un dangereux psychopathe cachant bien son jeu, de battre les femmes, ou d'avoir hérité des pulsions criminelles de son père. Que faisaient les modérateurs ? Comment pouvaient-ils laisser un tel fiel se répandre librement sur leurs sites ? C'était encore pire que ce qu'elle imaginait. Cent fois pire.

Elle ferma les yeux, assaillie par un nouveau souvenir d'enfance. Peut-être datait-il de l'été où elle était restée coincée en haut de l'arbre. Assis à la table de la cuisine, les frères Casillas et Benjamin jouaient à un jeu de société trop compliqué pour elle. Attirée dans la cuisine par l'écho de leurs rires, elle espérait partager le casse-croûte que sa mère avait préparé pour eux. Un des garçons — si seulement elle pouvait se rappeler lequel... — lui avait ébouriffé les cheveux et lui avait donné une poignée de chips.

À l'époque ils étaient pour elle des géants, mais aujourd'hui elle savait qu'ils n'étaient encore que des gamins. Et que deux d'entre eux vivaient avec un traumatisme dont elle n'avait aucune idée, étant beaucoup trop petite pour comprendre ce qui leur était arrivé.

Que ces deux adolescents vulnérables soient aujourd'hui en butte à une telle malveillance était insupportable. Que le monde entier se pose des questions sur leur honnêteté en affaires ne lui posait aucun problème. Mais ce genre d'attaques... Ça la rendait malade. C'était trop personnel.

Elle n'avait pas voulu ça et ne le souhaiterait à personne. Surtout pas à eux.

Luis ferma son ordinateur portable avec un soupir exaspéré. La visioconférence avec leur associé canadien avait été un désastre. Heureusement que son frère se trouvait à des milliers de kilomètres. Sinon il n'aurait sans doute pas résisté à l'envie de lui flanquer son poing dans la figure...

— Nous n'avons pas à nous expliquer, avait asséné Javier depuis son bureau à Madrid. Le différend qui nous oppose à Benjamin Guillem n'est pas un sujet de ragots.

— Je ne m'intéresse pas aux ragots, avait rétorqué George,

visiblement offensé. En revanche, j'ai besoin de pouvoir faire confiance aux gens avec qui je fais des affaires. D'après la rumeur, vous avez lésé Benjamin Guillem sur le projet de la Tour Mont Blanc. Si vous n'êtes pas en mesure de réfuter ces rumeurs, je ne peux pas m'associer avec vous et engager mon nom et mon argent dans ce projet-ci.

— Nous n'avons pas besoin de votre argent, avait déclaré froidement Javier.

— Mais vous avez besoin des portes que je peux vous ouvrir. Sans mon soutien, ce projet est à l'eau.

C'était à ce moment-là qu'il était intervenu.

— Les détails de ce différend ne sont pas divulgués pour des raisons de confidentialité. Cependant, je peux vous assurer que Benjamin Guillem a reçu tout ce qui lui était dû aux termes du contrat que nous avons signé il y a sept ans.

— Je crains que vos assurances ne suffisent pas. Avant d'aller plus loin, je vais avoir besoin de voir ce contrat et l'ensemble des comptes du projet.

— Si notre parole ne vous suffit pas, alors c'est nous qui devons reconsidérer cet accord, avait tranché Javier d'un ton glacial. Nous ne ferons pas affaire avec quelqu'un qui accorde plus de valeur aux calomnies des tabloïds qu'à notre parole.

Sur ces mots, son frère s'était déconnecté.

Il n'avait réussi à éviter une rupture définitive de l'accord qu'en s'excusant platement et en expliquant que son frère était soumis à un stress très important. À vrai dire, il avait été très tenté d'envoyer promener George et de rompre l'accord lui-même, de faire une croix sur l'argent et le temps qu'il avait investi sur ce projet, qu'il supervisait. Mais ça aurait été une capitulation. Depuis, son frère avait éteint son téléphone, sans doute pour aller se défouler sur un punching-ball, comme à chaque fois que la colère le submergeait.

Vivre avec l'ombre de la violence de leur père avait affecté différemment les deux frères, et en particulier en ce qui concernait leurs réactions à la colère. Javier se renfermait sur lui-même et n'exprimait ses véritables émotions que face à des objets, tandis que Luis était aussi à l'aise avec la colère qu'avec le plaisir. S'étant appliqué très tôt à faire systématiquement le contraire de ce que son père aurait fait, il avait appris à transformer sa colère en énergie positive.

Javier était peut-être prêt à jeter l'éponge, mais pour lui il n'en était pas question. Pourquoi laisser couler la société qu'ils avaient fait prospérer au prix d'un travail acharné ? N'était-il pas déjà assez rageant que leur réputation soit ruinée et leurs noms, traînés dans la boue ? Il ne se résoudrait pas à la faillite sans se battre.

Et de la part de Chloé, pas le moindre remords… Il ne l'avait pas revue depuis qu'il l'avait conduite à sa villa. Mais elle n'avait pas quitté ses pensées une seule minute. Même pendant cette fichue visioconférence.

Ne supportant plus la décoration surchargée de la pièce dans laquelle il avait installé son bureau, Luis quitta la villa et se dirigea vers la plage.

Sa plage.

Remontant ses manches, il savoura la caresse du soleil sur sa peau. Au même instant, il aperçut deux silhouettes sur la plage. Était-ce de la musique qu'il entendait ? Il enleva ses mocassins pour marcher sur le sable doré et avança dans leur direction. Chloé et Jalen… en train de danser. Ou de faire quelque chose d'approchant. Leurs mouvements saccadés faisaient penser à des robots éméchés… Pour ne pas les déranger il s'assit sur le sable, fasciné par ce spectacle et séduit par la musique hip-hop. Peu à peu il sentit le désir monter en lui. Voilà la Chloé qu'il connaissait, enthousiaste et spontanée, le visage rayonnant, les cheveux volant dans toutes les directions et… *vaya*, quel corps !

Au bout de dix bonnes minutes de danse effrénée Chloé s'interrompit et se plia en deux en grimaçant, visiblement victime d'un point de côté. Elle tourna légèrement la tête et leurs regards se rencontrèrent. Après une longue hésitation elle dit quelque chose à Jalen, qui le regarda à son tour, ramassa son vieux ghetto-blaster et s'en alla.

Elle le rejoignit à pas lents sans le quitter des yeux, ses tongs à la main, la respiration hachée. Pendant un moment qui sembla durer une éternité ils se regardèrent en silence. Puis elle se laissa tomber sur le sable à côté de lui et s'allongea sur le dos, manifestement épuisée.

— Je ne savais pas le hip-hop c'était ton truc.

Les yeux fixés sur le ciel, elle laissa échapper un petit rire.

— Moi non plus. Sara m'a dit que ta visioconférence n'était pas terminée, alors je suis allée faire un tour et je suis tombée sur Jalen.

Elle prit une profonde inspiration qui tourna au grognement de dépit.

— Je suis éreintée. On voit que je ne fais plus de sport depuis un moment.

Il regarda son ventre plat, dénudé depuis qu'elle s'était allongée et que son T-shirt était remonté. La tentation de le caresser était grande mais il y résista.

— Non, pas d'où je suis.

Elle suivit son regard et baissa son T-shirt, les joues en feu.

— Quelques règles de base. Si je dois devenir ta femme, pas de flirt.

— Ma femme ? répéta-t-il, le cœur battant. Tu acceptes de m'épouser ?

Elle prit une profonde inspiration avant de répondre et il eut l'impression d'attendre pendant des heures.

— Oui.

— Qu'est-ce qui t'a fait changer d'avis ?

Il savait qu'elle finirait par accepter mais il était persuadé qu'elle mettrait plusieurs jours à se décider.

— J'ai lu les commentaires dont tu m'as parlé.

Elle s'interrompit, le front plissé, avant de reprendre d'une voix altérée par la colère.

— C'est ignoble. Comment peut-on penser des choses pareilles ? Et en plus les poster sur des forums publics ? Ignoble, ignoble, ignoble...

— Dis-moi si j'ai bien compris ce que tu viens de me dire. Comploter pour nuire à ma réputation et à mes affaires ne te pose aucun problème, mais tu es indignée par les commentaires d'idiots finis sur Internet ?

Chloé tourna la tête vers Luis. Il l'étudiait avec une expression qu'elle ne parvint pas à identifier.

— Ces commentaires sont *ignobles*, répéta-t-elle farouchement. C'était le seul mot qui lui venait à l'esprit.

— Toi et Javier vous n'êtes pas vos parents. Les crimes de votre père ne sont pas les vôtres. Vous avez assez souffert de ce qu'il a fait. Vous ne devriez pas avoir à endurer ce genre d'insultes.

Oh ! Ça la mettait en rage ! Plus elle y avait pensé, plus elle avait senti la colère monter tout au long de la matinée, jusqu'au moment où elle était tombée sur Jalen, qui se promenait avec son poste radio sur l'épaule. L'innocence et la spontanéité du petit garçon lui avaient fait un bien fou.

— C'est ça qui m'a décidée à accepter de t'épouser, reprit-elle. Mais de toute façon, tu t'es arrangé pour que je n'aie pas le choix, n'est-ce pas ? Je n'ai pas envie de rester coincée ici jusqu'à la fin de ma vie.

— C'est vrai que cet endroit est un véritable enfer, lâcha Luis d'un ton pince-sans-rire.

Elle faillit pouffer. Pour qu'il ne voie pas qu'il avait réussi à l'amuser, elle cacha son visage dans ses mains. Elle ne voulait surtout pas le trouver drôle. C'était trop douloureux.

— Tu pleures ?

— Non. C'est pour m'empêcher de crier.

Crier pour évacuer l'angoisse qui lui nouait l'estomac malgré son envie de rire.

— Pardon ? Je n'entends rien.

Elle écarta ses mains dans l'intention de répéter ce qu'elle venait de dire, et vit le visage de Luis penché sur le sien.

— Tu permets ? s'exclama-t-elle, le cœur battant à tout rompre.

— Tu veux que je m'écarte ?

— Oui.

— Oblige-moi à le faire.

Au lieu de lui donner un coup de poing dans le nez comme il le méritait, elle posa la main sur sa joue et laissa échapper un petit soupir involontaire. Il était beau… Et c'était si bon de sentir sa peau sous sa paume… Une peau à la fois douce et légèrement rugueuse. Ne s'était-il pas rasé ? Elle ne l'avait jamais vu que rasé de près. Son visage était si près du sien qu'elle sentait une légère odeur de café qui se mêlait à celle de son eau de toilette. Elle avait beau le détester, il la troublait toujours autant... Les sentiments qu'elle éprouvait pour lui depuis toutes ces années refusaient obstinément de mourir, et le doute était de plus en plus présent dans son esprit. Et s'il disait vrai ? Et s'il n'avait pas eu l'intention d'escroquer Benjamin ?

Elle était parcourue de longs frissons et elle n'avait qu'une envie. Sentir ses lèvres sur les siennes.

Juste l'embrasser...

Fermant les yeux elle fit appel à toute sa volonté, se tortilla pour s'écarter de lui et se redressa. Puis elle s'écarta encore. Il fallait éviter tout contact avec lui, même le plus léger. Sinon... Elle prit une profonde inspiration.

— Ai-je ta parole que notre mariage met fin à ta querelle avec Benjamin ?

— *Sí*. Épouse-moi et tout est terminé.

Elle expira longuement.

— D'accord. Mais il y aura quelques règles de base. Notre mariage sera aussi bref que possible.

— C'est d'accord.

— Et il ne sera pas consommé.

Consciente qu'elle devenait écarlate, elle se hissa sur ses pieds. Quelques centimètres de distance ne suffisaient pas. Pas quand il s'agissait de Luis.

Deux mois de distance n'avaient servi à rien. Comment allait-elle s'en sortir ? Comment allait-elle réussir à vivre avec lui, même quelques mois, sans succomber au désir qui la rongeait ? Elle trouverait un moyen. Elle ne pouvait pas se permettre de flancher. Ce serait beaucoup trop dangereux. C'était Luis qu'elle allait épouser. L'homme dont elle était tombée amoureuse à dix-sept ans. Le seul homme à part Benjamin en qui elle avait eu confiance. Mais c'était fini. Elle ne pouvait pas faire confiance à ce séducteur. Il fallait qu'elle se protège.

— Pas de sexe ? répéta-t-il avec un regard pénétrant.

— Notre mariage sera bref et strictement platonique.

Sur ces mots elle s'éloigna en direction de l'allée qui conduisait aux pavillons.

— Tu continues à t'accrocher à ta virginité ? lança-t-il derrière elle.

Elle ferma les yeux mais continua à avancer. Pas question de lui donner la satisfaction d'une réponse. Il la rattrapa en quelques secondes.

— Le capitaine Brand revient avec le yacht dans six jours. Nous nous marierons à son arrivée. D'ici là, je vais faire établir le contrat de mariage.

— Quel contrat de mariage ? Tu ne crois tout de même pas que je veux de ton argent ?

Elle ne voulait rien de lui. *Rien.*

— Ce n'est pas ma fortune que je tiens à protéger. C'est ma réputation et mon avenir. Tu signeras un contrat qui t'interdira de parler de notre mariage.

Elle se figea et le regarda avec incrédulité.

— Tu veux m'imposer une clause de confidentialité ?

— Je ne veux pas que tu racontes à tout le monde que tu m'as épousé parce que tu y as été obligée.

— Tu n'as pas retenu la leçon ? L'ordonnance de non-divulgation que tu as réclamée pour empêcher mon frère de parler a été très efficace, n'est-ce pas ? lança-t-elle par-dessus son épaule en reprenant sa marche.

Si elle acceptait de l'épouser c'était pour faire taire les rumeurs odieuses qui couraient sur Internet, pas pour les alimenter ! Elle avait été aussi affectée par toutes ces horreurs que si elle en avait été la cible. Non, davantage encore. Alors qu'elle arrivait au pont qui enjambait la piscine d'eau de mer, une main se referma sur son coude et l'obligea à pivoter sur elle-même.

— L'ordonnance de non-divulgation était nécessaire. Benjamin était une bombe prête à exploser…

— Parce qu'il était outré que vous ayez profité de sa détresse quand notre mère était en train de mourir. Tu peux toujours prétendre que tu avais l'intention de lui donner la somme convenue au départ, mais où sont les preuves ? Il y a deux mois que la vérité a éclaté et vous n'avez rien fait d'autre que vous battre contre lui devant les tribunaux. Il aurait suffi d'un coup de téléphone pour mettre fin au conflit.

— Ton frère a engagé les poursuites contre nous, deux jours après notre confrontation, alors que j'étais encore suffoqué par ses accusations. Tu parles de trahison, mais lui n'a-t-il pas trahi notre amitié ? Il nous a déclaré la guerre et tu t'es joyeusement rangée de son côté. La seule chose dont nous sommes coupables, Javier et moi, c'est de nous être défendus. Si tu voulais bien enlever tes fichues œillères tu le verrais, mais tu ne le feras pas parce que dans ce cas tu serais obligée d'admettre que tu as une part de responsabilité dans ce gâchis et que ça t'arrange de m'attribuer le rôle du traître dans le scénario.

— En quoi ça m'arrange ? demanda-t-elle, plus ébranlée qu'elle ne l'aurait voulu.

Elle ne s'était pas rangée « joyeusement » du côté de son frère. Elle n'avait pas pu faire autrement que de le soutenir parce que son désarroi la déchirait. Mais si Benjamin s'était trompé ? Et si la colère l'avait aveuglé ?

— Parce que tu es morte de peur depuis que tu t'es enfuie comme une vierge effarouchée à la fin de la soirée que nous avons passée ensemble. La guerre que nous a déclarée ton frère est tombée à pic. C'était l'excuse dont tu avais besoin.

— *L'excuse ?* Non mais tu t'entends parler ? Ton ego est si démesuré que tu devrais t'acheter une autre île. Celle-ci ne suffit pas à le contenir.

Le cœur serré, Chloé s'éloigna à grands pas. La crampe qui lui vrillait l'estomac était bien plus douloureuse que le point de côté qu'elle avait eu sur la plage.

— Chloé !

Elle accéléra le pas en luttant pour retenir ses larmes. Luis la suivait. Le bruit de ses pas se rapprochait… Elle se mit à courir et faillit trébucher sur le petit pont qui conduisait à l'allée de son pavillon. Elle était en train de faire exactement ce qu'il lui avait reproché, songea-t-elle confusément. Elle prenait la fuite… Mais au lieu de l'arrêter, cette pensée l'aiguillonna. Il fallait à tout prix qu'elle échappe au regard pénétrant de Luis.

À bout de souffle, elle se précipita dans sa villa et claqua la porte derrière elle.

7

Luis arriva trente secondes trop tard. Il tourna la poignée de la porte et l'entrouvrit mais elle se referma aussitôt d'un coup sec.

— Laisse-moi tranquille !

— Laisse-moi entrer ou je défonce la porte, répliqua-t-il d'un ton posé en totale contradiction avec la rage qui l'habitait.

La raison voudrait qu'il s'en aille et qu'il attende qu'elle ait retrouvé son calme. Mais au diable la raison. Il ne pouvait pas tolérer qu'elle continue à le fuir. Ça durait depuis trop longtemps.

— Je ne veux rien avoir affaire avec toi.

— Dommage pour toi. Dernière chance, *bonita*. Ouvre.

Cet ultimatum déclencha une salve de jurons.

— Tu ne pourras pas dire que je ne t'ai pas prévenue.

Sur ces mots il donna un violent coup d'épaule contre la porte, sur laquelle Chloé pesait de tout son poids. Étant de loin le plus fort des deux, il l'ouvrit au deuxième coup d'épaule. Au moment où il franchit le seuil, Chloé se précipita sur lui et bourra son torse de coups de poing tout en l'injuriant copieusement. Il lui saisit les poignets mais elle se débattit et lui donna des coups de pied. Il parvint à la faire reculer et à l'immobiliser dos au mur, les bras en l'air. Puis il lui coinça les jambes en pesant dessus avec les siennes.

— C'est comme ça que ça va se passer pendant les prochains mois ? demanda-t-il en plongeant les yeux dans ses yeux étincelants de haine. À la moindre dispute, tu vas t'enfuir ou me bourrer de coups ?

Les lèvres pulpeuses se mirent à trembler. Le regard étincelant se voila. Soudain privée de toute énergie, elle cessa de résister, molle comme un ballon de baudruche piqué par une épingle.

— Je ne sais pas comment réagir, murmura-t-elle d'une voix à peine audible. Ça me fait peur.

Il sentit son cœur se serrer.

— Qu'est-ce qui te fait peur, *bonita* ?

Elle déglutit péniblement. Ses pupilles se dilatèrent, ses lèvres s'entrouvrirent... puis elles effleurèrent les siennes. Cessant de la plaquer contre le mur il l'attira contre lui. Elle noua les bras sur sa nuque et leurs bouches se joignirent. Ce fut aussi électrisant qu'un grand trait d'alcool fort. Le feu se répandit dans les veines de Luis comme une traînée de poudre. Le désir qui le submergeait était attisé par la fougue de Chloé, qui dévorait sa bouche avec avidité en se pressant contre lui, les doigts enfoncés dans ses cheveux. Qu'avait cette femme de si spécial pour déclencher en lui des réactions aussi extrêmes ? Tout ce qu'il avait pu éprouver avec celles qui l'avaient précédée paraissait soudain si fade... Sans cesser de l'embrasser, il glissa la main sous son T-shirt, savourant la douceur de sa peau avant de dégrafer son haut de maillot. Il y avait si longtemps qu'il fantasmait sur ses seins... Lorsqu'il referma la main sur un globe soyeux encore plus plein que dans son imagination, elle gémit dans sa bouche. Ses doigts se crispèrent sur le col de son T-shirt et elle tira dessus. *Dios*, elle le rendait fou ! Il avait tellement envie d'elle qu'il en avait mal...

Il pressa sa virilité contre son ventre et un même gémissement leur échappa. S'arrachant à ses lèvres, elle tira encore plus frénétiquement sur son T-shirt. Elle finit par le lui enlever en même temps qu'il lui enlevait le sien. Puis elle noua de nouveau les bras sur sa nuque et l'embrassa avec une ardeur redoublée. Tout en répondant à son baiser il dénoua le lien qui retenait son maillot sur sa nuque et laissa ce dernier tomber par terre. Au contact de ses seins nus contre son torse il eut un grognement de pur plaisir. Comme il avait envie de les déguster... d'enfouir son visage entre eux... C'était une femme qui ne ressemblait à aucune autre. Passionnée, rebelle, vive, drôle, le tout enveloppé dans un corps somptueux. Et elle allait devenir sa femme.

Chloé avait le souffle court. Elle s'entendait haleter mais

c'était comme si ce bruit venait d'ailleurs, de quelqu'un d'autre. Pas étonnant puisqu'elle n'était plus elle-même… Son corps était en pleine métamorphose, comme un papillon émergeant de sa chrysalide, attiré par la lumière du seul homme qu'elle avait jamais désiré. Sa haine et sa rage s'étaient dissipées en un clin d'œil et elle n'était plus que sensations pures. Une fois de plus elle avait rompu une promesse qu'elle s'était faite à elle-même. Et alors ? Pendant deux mois elle s'était appliquée à le haïr. Mais la passion qu'il lui inspirait dépassait de loin sa haine. Nier cette passion reviendrait à se priver d'air.

Les mains de Luis se refermèrent sur ses fesses et il pressa encore plus étroitement son bassin contre le sien. Le contact de sa virilité dure comme la pierre décupla son excitation. Lorsqu'il la souleva de terre, elle noua les jambes sur ses reins et continua de l'embrasser avec voracité tandis qu'il la portait jusqu'au lit. Il ne fallait surtout pas interrompre ce baiser. Elle avait besoin de l'ivresse qu'il lui procurait pour tenir à distance les craintes qui l'avaient étreinte pendant trop longtemps. Mais qu'y avait-il à craindre ? Ce feu qui courait en elle, il ne fallait pas en avoir peur mais s'y abandonner.

Luis la déposa au bord du lit, les jambes toujours nouées sur ses reins. Ce fut lui qui interrompit leur baiser. Elle laissa échapper un gémissement de protestation et tenta de résister lorsqu'il la poussa doucement en arrière. Mais toute envie de protester la quitta dès qu'il promena les doigts sur ses seins. Et quand sa bouche prit le relais de ses doigts… Elle ferma les yeux, assaillie par des sensations délicieuses, tandis qu'il suçait et léchait tour à tour les deux pointes durcies. Des sensations si délicieuses qu'un nouveau gémissement de protestation lui échappa lorsqu'il se redressa. Il déboutonna sa jupe et la fit descendre sur ses hanches en même temps que sa culotte. Lorsqu'elle fut nue, il se déshabilla avec une telle rapidité qu'elle eut à peine le temps d'en avoir conscience. Il la rejoignit et s'empara de nouveau de sa bouche dans un baiser passionné tout en glissant la main entre ses cuisses. Quand ses doigts effleurèrent son sexe humide, elle fut transpercée par une flèche de plaisir qui lui arracha un cri étranglé. Sans cesser de l'embrasser, il approfondit son exploration et elle s'abandonna au flot de sensations inouïes qui l'envahissaient. C'était encore plus fabuleux que dans ses fantasmes. C'était…

La bouche de Luis quitta à la sienne, et ses caresses s'interrompirent. Elle sentit quelque chose de dur et velouté contre sa cuisse. Électrisée, elle ouvrit les yeux. Et rencontra le regard de Luis. Étincelant de désir mais interrogateur. « Tu es sûre de toi ? demandait-il. Si tu ne veux pas aller plus loin c'est le moment de le dire. »

Plutôt mourir ! Elle posa la main sur sa joue. Il tourna la tête pour déposer un baiser au creux de sa paume, puis il prit place entre ses cuisses. Parsemant son visage de baisers, il entra en elle avec une lenteur infinie. Le léger inconfort qu'elle ressentit au début s'estompa vite, laissant place à l'émerveillement. Le sentir à la fois en elle et contre elle, c'était… Il captura sa bouche dans un baiser fervent et commença à aller et venir en elle. Les jambes nouées autour de sa taille, elle ferma les yeux et se laissa entraîner dans une danse langoureuse. Du plus profond d'elle montait peu à peu un plaisir inconnu, qu'elle pressentait encore plus prodigieux que toutes les sensations qu'elle avait découvertes jusque-là. Les coups de reins de Luis se firent de plus en plus rapides, de plus en plus vigoureux. Emportée dans un tourbillon irrésistible, elle bascula dans un gouffre sans fond avec un cri rauque.

Étourdie de plaisir, Chloé était en proie à une langueur exquise. Le visage de Luis était enfoui dans son cou et son souffle chaud lui caressait la peau. Le temps semblait suspendu.

Au bout d'un moment, Luis se redressa, déposa un baiser sur ses lèvres et se leva.

— Tu t'en vas ? demanda-t-elle avant d'avoir le temps de retenir sa question.

Le visage de Luis se ferma.

— Tu veux que je m'en aille ?

Elle eut une hésitation. Oui, en principe elle devrait avoir envie qu'il s'en aille. Mais lui dire de s'en aller suggérerait qu'elle regrettait ce qui venait de se passer. Or elle ne le regrettait pas le moins du monde. Comment le pourrait-elle ? C'était l'expérience la plus intense et la plus extraordinaire de sa vie.

— Non.

Le visage de Luis s'éclaira.

— Tant mieux. Parce que je ne vais pas plus loin que la salle de bains, pour y jeter le préservatif.

Elle tressaillit. Un préservatif ? Quand l'avait-il mis ? Elle le suivit des yeux avec stupéfaction. Comment avait-elle fait pour ne pas s'apercevoir qu'il avait mis un préservatif ? Elle se pelotonna sous le drap et, lorsqu'il revint dans la pièce, elle l'enveloppa d'un regard ébloui. Elle l'avait souvent vu nu dans ses fantasmes mais son imagination n'avait pas été à la hauteur de la réalité. Grand, musclé, bronzé, parfaitement à l'aise dans sa nudité, il était sublime…

Un petit sourire aux lèvres, Luis se glissa entre les draps. Appuyé sur un coude, il contempla le visage qui l'avait hanté pendant si longtemps. Ces yeux lavande, ce teint de porcelaine, ces lèvres pulpeuses… Quelle beauté…

Il se pencha sur Chloé et l'embrassa furtivement.

— Tu regrettes d'avoir fait l'amour ?

Elle arqua un sourcil narquois mais il y avait de la vulnérabilité dans son regard.

— Tu appelles ça comme ça ?

Il l'embrassa dans le cou. *Dios*, à peine quelques minutes qu'ils avaient fini de faire l'amour et il avait déjà envie d'elle.

— Tu appelles ça comment ?

— Coucher ? suggéra-t-elle dans un souffle.

À en juger par sa respiration difficile et ses pupilles dilatées, elle était de nouveau en proie au désir elle aussi.

— Moi qui croyais que les Français étaient romantiques…, plaisanta-t-il.

— Seulement avec les gens pour lesquels ils éprouvent autre chose que de la haine.

— Tu éprouves autre chose que de la haine pour moi.

— Non.

Il lui mordilla l'épaule.

— Si. Et ce que nous venons de partager n'était pas purement sexuel.

— Arrête de me dire ce que je…

Il suivit le contour d'une aréole du bout de la langue, lui coupant le souffle.

— … ressens.

— Ah, oui. J'oublie toujours que tu as eu des tas d'amants…

— J'ai peut-être exagéré un petit peu…

Cette fois il y avait une note de sensualité dans la voix de Chloé, constata-t-il, émoustillé.

— Quand vas-tu admettre que tu étais vierge ?

— Jamais.

Il se pencha sur l'autre sein et aspira entre ses lèvres sa pointe durcie.

— Tu n'as pas répondu à ma question.

Elle enfonça les doigts dans ses cheveux.

— Laquelle ?

— Est-ce que tu regrettes que nous ayons fait l'amour… Pardon, *couché* ensemble ?

Elle le foudroya du regard.

— Je devrais.

— Mais tu ne le regrettes pas ?

— Non.

Elle enroula une mèche de cheveux autour de son doigt.

— Je ne le regrette pas mais ça ne change rien. Je pense toujours que tu es un traître.

Il quitta son sein pour son cou.

— Peut-être qu'un jour tu découvriras que tu te trompes, répliqua-t-il avant de capturer sa bouche avec gourmandise.

Ils arrêtèrent de parler. Mais pas de communiquer.

Le gecko était de retour.

Chloé s'était réveillée tôt. Beaucoup plus tôt que d'ordinaire. Un homme était allongé à côté d'elle, un bras autour de sa taille. Elle avait écarté son bras avec précaution, puis elle s'était assise pour contempler Luis endormi. Il avait quelque chose d'étonnamment innocent. Résistant à l'envie d'embrasser sa joue couverte d'une barbe naissante, elle s'était arrachée à sa contemplation et elle s'était levée. Après avoir enfilé un peignoir, elle s'était fait un café et elle était sortie sur la terrasse, où son ami le petit gecko l'avait rejointe. Bien sûr ce n'était peut-être pas le même gecko. L'île en était pleine. Celui-ci était adorable. Perché sur le siège voisin du sien, il la regardait avec intérêt. En tout cas ça ressemblait à de l'intérêt.

— Que veux-tu, petit gecko ? Manger ? Boire ? Je te donnerais bien un peu de mon café mais je ne suis pas sûre que ce soit bon pour toi. Y a-t-il des insectes que tu peux manger au petit-déjeuner ?

C'était ridicule de parler à un reptile. Mais ça avait quelque chose de réconfortant. Ça détournait ses pensées de l'homme qui dormait dans son lit. C'était la première fois qu'elle franchissait le seuil du pavillon depuis que Luis avait forcé sa porte hier matin... À plusieurs reprises il avait commandé des plats et des cocktails divers. Elle ne se rappelait pas ce qu'ils avaient bu et mangé. Ses seuls souvenirs avaient trait à l'amour... Au sexe... À Luis.

Le désir qui avait couvé pendant des mois avait fini par éclater et elle n'avait aucune envie de le réprimer. Luis lui avait fait découvrir de multiples facettes du plaisir, dont elle n'avait jamais soupçonné l'existence. Ce qui l'avait le plus surprise c'était que le sexe pouvait être joyeux. Il y avait eu de la passion, bien sûr. Une passion débridée. Mais aussi des rires. Des plaisanteries salaces. Un bain qui s'était terminé avec moins d'eau dans la baignoire que par terre. Après tout, prendre un amant était une chose banale, s'était-elle répété à plusieurs reprises pour tenter de se convaincre. Que son amant soit aussi son... fiancé — était-ce ainsi qu'elle était censée appeler le traître qui l'avait kidnappée puis fait chanter ? — n'avait aucune importance.

En réalité, elle n'avait pas le sentiment d'avoir été kidnappée. Ni d'être une victime. Un pion sur l'échiquier, oui. Mais une victime, non. Lorsqu'elle avait proposé à son frère de l'aider elle savait que Luis lui ferait payer de l'avoir berné. Mais la punition en était-elle vraiment une ? Il fallait bien reconnaître que non. Même si elle avait du mal à accepter le désir insatiable qu'il lui inspirait...

La porte s'ouvrit, et Luis sortit sur la terrasse, une tasse de café à la main. Vêtu d'un boxer anthracite porté bas sur les hanches… et de rien d'autre. Elle ne put s'empêcher de le dévorer du regard. Sous les rayons du soleil matinal il avait tout d'une sculpture grecque douée de vie. Malgré ses cheveux en bataille et ses paupières gonflées de sommeil. Sans savoir pourquoi, le voir ainsi lui noua la gorge.

— Tu sais que se parler à soi-même est le premier signe de démence ? demanda-t-il d'un ton léger.

Elle mit quelques secondes à comprendre à quoi il faisait allusion.

— Je parlais à Greta.

— Greta ?

— Greta la Gecko.

Luis fit un pas vers Greta et celle-ci s'enfuit.

— Tu l'as effrayée.

— C'est souvent l'effet que je fais aux femmes, plaisanta-t-il en s'asseyant sur le siège libéré par Greta.

Normal, songea-t-elle avec un pincement au cœur. Face à un homme comme Luis, n'importe quelle femme sensée prendrait ses jambes à son cou.

Au lieu de ça, elle l'avait nargué, songea-t-elle tout à coup. Après tout, pour retarder son arrivée au gala elle aurait certainement pu trouver une autre ruse, qui lui aurait permis de rester dans l'ombre. Mais non. Elle avait choisi de s'exposer. Parce que inconsciemment elle avait voulu qu'il sache qu'elle avait participé à la vengeance de son frère.

Et pourquoi avait-elle choisi de jouer les demoiselles en détresse ? Parce qu'elle savait qu'il n'était pas du genre à laisser tomber une femme en danger. N'avait-il pas volé à son secours à quinze ans, quand elle avait été tétanisée par la peur à la cime d'un arbre ?

Luis avait des défauts, certes, mais il était chevaleresque dans l'âme. Benjamin s'était-il trompé ? Luis était-il innocent comme il le proclamait ? Chloé ne put pas suivre plus longtemps le fil de ses pensées.

Luis posa sa tasse sur la table, puis il lui mit sous les yeux une plaquette de comprimés qu'il cachait dans son autre main.

8

Luis scrutait le visage écarlate de Chloé tout en prenant soin de rester lui-même impassible.

— Tu as fouillé dans mes affaires ? s'exclama-t-elle d'une voix étranglée.

— Non, *bonita*. Cette plaquette était sur la table de la cuisine, sur laquelle tu as visiblement vidé ton sac, et elle a attiré mon regard.

Dire qu'après avoir utilisé les trois préservatifs qui se trouvaient dans son portefeuille, ils avaient été obligés de prendre des tas de précautions ! Ou plutôt il avait cru être obligé d'en prendre... Pourquoi ne lui avait-elle pas dit qu'elle prenait la pilule ? Bien que très enthousiaste, elle avait gardé tout au long de leurs ébats une sorte de timidité qu'il avait trouvée très séduisante. Mais une fois à court de préservatifs il n'avait pas voulu rompre le charme en allant en chercher d'autres dans son pavillon. Il avait eu la certitude que dès l'instant où il franchirait la porte leur complicité s'évanouirait.

Cette complicité n'était pas destinée à durer. Dire qu'ils avaient passé la journée au lit à faire l'amour... Et avec quelle passion ! Curieusement, ils avaient aussi beaucoup ri. Sexe et humour. C'était la première fois qu'il faisait l'expérience d'un cocktail aussi grisant. Il en avait oublié pourquoi il l'avait amenée sur cette île. Il avait oublié qu'elle était en partie responsable de la situation désastreuse dans laquelle ils se trouvaient, Javier et lui.

La voix de Chloé finit par rompre le silence pesant qui s'était installé sur la terrasse.

— Le médecin m'a prescrit la pilule à cause d'une poussée

d'acné que j'ai eue à dix-neuf ans. J'ai continué à la prendre parce que je trouvais que ça atténuait les douleurs menstruelles.

Furieux contre lui-même, Luis se passa la main dans les cheveux en réprimant un juron. Il avait vu la plaquette sur la table, elle lui avait semblé familière et il l'avait examinée. Il n'avait pas eu l'intention de demander des explications à Chloé mais ça avait été plus fort que lui. De quel droit lui demandait-il des comptes ? Il était parfaitement sensé de sa part de ne pas faire confiance aux hommes et de ne compter que sur elle-même pour se protéger.

Il savait qu'il avait une réputation de grand séducteur et il fallait bien reconnaître que celle-ci n'était pas infondée. S'il n'avait jamais sauté de lit en lit comme certains don Juan de sa connaissance, il ne voyait pas non plus l'intérêt de prolonger une relation arrivée en fin de parcours... Mais il était vrai qu'appeler « relations » ces aventures express était un peu exagéré. Il n'avait jamais envisagé de se marier ni de s'engager à long terme. Aucune de ses maîtresses n'avait eu envie de nouer une relation avec lui, Luis, l'homme. Celui qui les attirait c'était Luis Casillas, le fils de Clara Casillas tuée par son mari, par ailleurs très généreux lorsqu'il organisait des soirées ou qu'il offrait des cadeaux.

Mais de toute façon, il utilisait toujours des préservatifs. Toujours. Même avec les femmes qui étaient sous contraception. Il utilisait des préservatifs, point final. C'était sûrement à cause du manque de sommeil qu'il avait été aussi blessé que Chloé ne lui fasse pas confiance. Leur relation n'avait rien à voir avec la confiance. Le sexe lui ajoutait juste du piquant, rien de plus. Chloé ne lui devait rien à part le mariage.

— Tu n'as pas à te justifier, *bonita*. Excuse-moi de t'avoir embarrassée.

— Tu ne m'as pas embarrassée, assura-t-elle, contredite par ses joues de nouveau en feu.

— *Bueno.*

— Non, vraiment, tu ne m'as pas embarrassée, insista-t-elle. Une lueur malicieuse s'alluma dans ses yeux.

— Après tout, je suis une femme très expérimentée.

Il éclata de rire. Elle en fit autant et il se sentit plus léger. Chloé ne lui devait rien de plus que ce à quoi elle s'était déjà engagée.

Elle avait accepté de l'épouser. Qu'elle partage désormais son lit était un délicieux bonus.

Oui, vraiment délicieux.

Luis se renversa contre le dossier de son siège et sirota son café tout en admirant Chloé. Comment pouvait-elle être aussi fraîche et ravissante après avoir si peu dormi ? Et dans ce peignoir blanc, dont l'encolure bâillait et laissait apparaître la naissance de ses seins, elle était plus sexy que jamais...

Il expira lentement. Il mourait d'envie de la renverser sur la table et de lui faire l'amour, mais en même temps il passerait bien des heures assis là à la contempler.

Ses soupçons avaient été confirmés. Il était bien son premier amant. La toute première fois il avait été aussi doux que possible et si elle avait eu mal elle l'avait bien caché. Et leur entente était exceptionnelle. Mais s'il était le premier, il y en aurait forcément un deuxième un jour, songea-t-il soudain.

— Ça ne te dérange pas de te marier avec moi en sachant que ça ne durera pas ? demanda-t-il avec curiosité.

Elle arqua un sourcil perplexe.

— Et toi ?

— Pas du tout. Au contraire. Le mariage n'a jamais fait partie de mes projets.

— Des miens non plus.

Sans doute ne lui disait-elle pas tout, songea-t-il en la voyant de nouveau rougir.

— Le mariage est une institution dépassée. Les gens prononcent des promesses d'engagement sans la moindre sincérité.

— Tu fais allusion au mariage de tes parents ?

— Leur mariage était une imposture. Savais-tu que ta mère et la mienne ont fait en sorte de tomber enceinte en même temps ?

— J'ai vaguement entendu dire ça, oui.

Luis et Javier n'avaient que trois mois de plus que Benjamin. Lorsque leur mère partait en tournée, Benjamin et sa mère venaient avec eux. Louise était la costumière de leur mère et Benjamin, leur camarade de jeu.

— Mon père n'était ni plus ni moins qu'un donneur de sperme. Ma mère l'a épousé parce qu'elle ne voulait pas être mère célibataire, mais elle a élevé Benjamin comme si elle l'était. Mon père ne jouait qu'un rôle minime dans son éducation, ce qui lui convenait parfaitement.

— Je ne connaissais pas ton père.

Il n'était qu'un nom pour lui et son frère, se souvint Luis. Et Benjamin en parlait très rarement.

— Leur mariage était pratiquement à l'eau quand maman a eu envie d'un deuxième enfant.

Chloé se frotta le nez avec un petit rire désabusé.

— Il était sur le point de la quitter mais elle l'a fait boire pour pouvoir le séduire. Et neuf mois plus tard, je suis née. Il est parti avant ma naissance.

Luis passa la main dans ses cheveux. Il ne l'avait jamais su...

— C'est ta mère qui t'a dit ça ?

— Non, mon père. Avant que je parte de chez lui. Il haïssait ma mère pour l'avoir piégé et utilisé comme donneur de sperme une deuxième fois.

Il y avait une lueur de défi dans les yeux de Chloé, mais son menton tremblait, constata-t-il.

— Tu as appris tout ça après la mort de ta mère ?

Elle hocha la tête.

— Ça a dû être dur à accepter.

Elle haussa les épaules, mais son menton trembla de nouveau.

— Ça expliquait pourquoi il n'avait jamais été présent dans ma vie. Je ne l'avais vu que trois fois avant la mort de maman.

— J'avais conscience qu'il n'était pas très présent, mais je ne savais pas que c'était à ce point.

— Ça n'avait pas d'importance. J'ai eu une enfance incroyablement heureuse. C'est lui qui a choisi de ne pas en faire partie.

— Alors pourquoi es-tu allée vivre avec lui ? Tu aurais pu rester avec Benjamin.

— Légalement c'était impossible. Je venais juste d'avoir dix-sept ans. J'étais mineure et scolarisée. Je n'avais pas le choix. Quand un parent meurt, l'enfant mineur va vivre avec l'autre même si c'est un étranger pour lui. Et de toute façon, à l'époque Benjamin avait des problèmes d'argent. Ça n'aurait pas été juste de lui imposer un poids de plus.

Les problèmes de Benjamin étaient dus à l'emprunt qu'il avait contracté pour acheter le château où il voulait installer sa mère pour qu'elle y finisse sa vie dans les meilleures conditions possible. Les économies qu'il destinait à l'achat comptant du château, il les avait données à Luis et Javier pour l'achat du terrain de la Tour Mont Blanc. Encore une conséquence de ce fichu contrat qui le hanterait sûrement jusqu'à la fin de ses jours et au-delà, songea Luis.

— Mais tu as fini par aller vivre avec lui, non ? demanda-t-il en plissant le front. Je me souviens d'être allé au château une fois où tu étais là. Il m'avait confié qu'il appréhendait ton déménagement à Londres et qu'il espérait que tout se passerait bien pour toi.

— J'ai tenu chez mon père et ma belle-mère jusqu'à la fin du lycée et ensuite j'ai vécu quelque temps chez Benjamin avant de déménager à Londres. Quand je suis revenue en France après avoir terminé mon apprentissage, j'ai partagé mon temps entre son château et son appartement parisien.

— Tu n'es jamais retournée chez ton père ?

— Non.

— Ils ne te traitaient pas bien ?

Elle laissa échapper un petit rire d'une tristesse poignante. Jamais encore il n'avait entendu un rire aussi déchirant...

— Ils ne me traitaient pas du tout. J'aurais aussi bien pu être un fantôme. Ma mère venait de mourir mais ils s'en moquaient éperdument. Ils m'habillaient, ils me nourrissaient et ils veillaient à ce que j'aille à l'école mais ça s'arrêtait là. Ils sortaient sans arrêt, ils allaient chez des amis, ils partaient en vacances, mais ils ne me proposaient jamais de les accompagner. Ils ne m'ont pas serrée dans leur bras une seule fois au cours de l'année où j'ai vécu chez eux. De la part de ma belle-mère je pouvais le comprendre, mais de la part de mon père...

Chloé refoula les larmes qui lui piquaient les yeux. Plus jamais elle ne pleurerait à cause de son père.

Lorsqu'elle était partie de chez lui, elle s'était juré de le rayer de sa mémoire. Elle avait très bien vécu sans lui pendant les dix-sept premières années de sa vie. Elle n'avait pas besoin de lui.

Malgré tout, c'était toujours douloureux. Très très douloureux.

Quelles qu'aient été les circonstances de sa conception, elle n'en était pas responsable. Elle était innocente. Comme Benjamin l'était. Leur père n'avait pas seulement quitté leur mère mais son fils de dix ans et son enfant à naître. La première fois qu'il avait l'avait rencontrée, elle avait trois ans. Et il s'était écoulé encore quatre ans avant qu'elle le revoie.

— Ils ne voulaient pas de moi chez eux, expliqua-t-elle en s'efforçant de réprimer le tremblement de sa voix. À dix-huit ans j'ai appris que ma mère avait épargné toutes les pensions alimentaires qu'elle avait reçues de lui. Ce n'était pas une fortune mais ça me suffisait pour vivre chez Benjamin sans être à sa charge.

— Ton père n'a pas émis d'objections ?

— Il avait trop hâte d'être débarrassé de moi.

C'était ça le plus douloureux. Secrètement elle espérait qu'il s'opposerait à son départ. Elle attendait un signe prouvant qu'elle comptait pour lui. Qu'il l'aimait. Mais il ne l'avait jamais aimée et il ne l'aimerait jamais. C'était la première fois qu'elle en parlait… Benjamin savait qu'elle avait vécu des moments difficiles chez son père mais elle ne lui avait jamais dit à quel point elle avait été malheureuse. Elle ne lui avait rien dit non plus de la terrible querelle qui avait éclaté entre eux avant son départ. Elle avait eu peur de passer pour une enfant gâtée en manque d'affection. Ce que sa belle-mère lui avait reproché d'être, le jour de la dispute en question.

En fait de dispute, c'était surtout elle qui avait parlé. Ou plus exactement, qui avait hurlé. Incapable de surmonter plus longtemps sa détresse, elle avait perdu son sang-froid et déversé toute sa souffrance, accablant son père de reproches. De son côté, il s'était contenté de lui expliquer froidement qu'elle avait été conçue contre son gré parce qu'il avait été piégé par sa mère.

Elle ne l'avait pas revu depuis qu'elle était partie de chez lui.

Un coup de sonnette retentit.

— Notre petit déjeuner, annonça Luis en bondissant sur ses pieds, soulagé de cette diversion.

Il admirait le cran de Chloé, sa beauté, sa fougue…

Mais il n'aimait pas être témoin de sa vulnérabilité et il venait de l'être à plusieurs reprises au cours de ses confidences. *Dios*, son père avait été aussi déplorable que le sien, même s'il n'avait pas eu recours aux coups mais à l'indifférence.

— Ne bouge pas. J'y vais.

Après avoir enfilé son pantalon, il ouvrit la porte à Sara, qui était accompagnée de Jalen. Dès qu'il le vit, le petit garçon se cacha derrière sa mère. Sara roula les yeux et expliqua d'un air contrit :

— Mon fils s'attendait à voir Chloé. Il s'est entiché d'elle.

Pas étonnant, songea Luis en pensant à la séance de hip-hop sur la plage.

— Je lui dirai que tu voulais la voir, promit-il au petit garçon avant de prendre le plateau du petit déjeuner des mains de Sara.

Il fallait engager d'autres employés, se répéta-t-il. Il y avait trois ans que Marietta n'était pas venue sur l'île quand elle la lui avait vendue, si bien qu'elle avait laissé tout le personnel s'en aller. Sara était une excellente cuisinière, mais elle avait mille autres choses à faire. Il porta le plateau sur la terrasse et le posa sur la table. Chloé lui adressa un pâle sourire.

— Ton petit copain te cherchait.

Elle plissa le front.

— Pardon ?

— Le fils des gardiens.

À la grande satisfaction de Luis, le visage de Chloé s'éclaira. Il n'avait pas envie qu'elle recommence à évoquer son enfance. Ça le rendait malade. Et changer de sujet était sans doute préférable pour elle également.

— Jalen ? Oh ! il est adorable.

— À chaque fois qu'il me voit il se cache ou il s'enfuit.

— Tu es trois fois plus grand que lui. À ses yeux tu es un géant et il a peur de toi.

— Tu crois ?

— Il me l'a dit.

— Ce n'est pas des hommes en général qu'il a peur ?

— Non… Pourquoi cette question ?

— À cause de sa réaction quand son père l'a appelé, le jour de notre arrivée. Il semblait terrifié.

Chloé eut un grand sourire.

— C'est parce que son père lui avait formellement interdit de nous parler.

— Pourquoi ?

— Tu es le nouveau patron. Ils ne te connaissent pas et ils ne savent pas si les enfants te gênent. Ils craignent que, si tu trouves Jalen casse-pieds, tu les remplaces par un couple de gardiens sans enfants.

— Jalen t'a dit tout ça ?

— C'est un moulin à paroles, répliqua-t-elle avec un nouveau sourire. Je comprends pourquoi ils ont peur qu'il te parle.

— Ils n'ont rien à craindre. Je suis conscient qu'ici c'est chez eux... Tu es sûre que c'est la seule raison pour laquelle Jalen avait peur de son père ?

— Il n'avait pas peur de son père. Il avait peur du savon que celui-ci allait lui donner.

Luis hocha lentement la tête. C'était la façon qu'avait eue Jalen de baisser la tête devant son père qui l'avait alarmé. Ça l'avait ramené trente ans en arrière. Il s'était revu tête baissée devant son père quand celui-ci le convoquait.

— Je suppose que tous les enfants ont peur de leur père de temps en temps.

Malheureusement pour lui, il avait fait partie de ceux qui avaient peur de leur père en permanence. Les seuls moments où il avait été vraiment serein pendant son enfance, c'était quand Javier et lui suivaient leur mère en tournée sans leur père. Chloé le regardait attentivement, constata-t-il. De toute évidence, sa curiosité était piquée. Il se leva et se pencha sur elle pour lui donner un baiser gourmand.

— Je vais à ma villa. J'en ai pour cinq minutes, murmura-t-il avant de l'embrasser de nouveau.

Lorsqu'il se redressa, les questions avaient laissé place au désir dans les yeux lavande de Chloé.

Il revint quatre minutes plus tard, les poches pleines de préservatifs, et il la souleva de son siège pour la porter dans la chambre.

9

Après avoir déjeuné avec Jalen sur la plage, Chloé se dirigea vers la villa, où Luis avait passé la matinée à travailler.

Des papillons voltigeaient dans son estomac. C'était parce qu'ils allaient signer leur contrat de mariage, se dit-elle. Pas parce qu'elle avait hâte de le revoir. Ce serait ridicule. Il y avait seulement quatre heures qu'il avait quitté son lit. Et pourtant... Pendant ces quatre heures il lui avait manqué. Tellement manqué que c'en était effrayant.

Non, ce n'était pas lui qui lui manquait. C'était le sexe. Après deux jours à ne rien faire d'autre que l'amour, elle était en manque. Même si elle n'avait personne à qui le comparer, il était clair que Luis était un amant exceptionnel. Leur entente était fantastique. Tant que leur relation restait purement physique, tout allait bien.

Pourquoi lui avait-elle parlé de sa relation avec son père ? C'était étrange. Elle avait franchi une ligne invisible. Et elle avait bien failli recommencer quand ils avaient parlé de Jalen. Elle avait eu le sentiment que les questions de Luis cachaient quelque chose et elle s'était souvenue de l'inquiétude qu'elle avait lue sur son visage quand Jalen s'était fait sermonner par son père.

Ne voulant pas rester seule avec ses pensées, elle était partie à la recherche de Jalen. Elle avait eu toutes les peines du monde à convaincre Sara que son fils ne la dérangeait pas. Elle appréciait beaucoup la compagnie du petit garçon. Il était naturel et spontané comme seul un enfant pouvait l'être.

Sara ouvrit à Chloé avec un large sourire et l'invita à attendre dans un des salons pendant qu'elle prévenait Luis de son arrivée.

Le salon en question était une pièce immense au décor nettement féminin. Chloé regarda avec incrédulité tous les cartons qui l'encombraient. Comment pouvait-on accumuler autant d'objets ? Un grand portrait, posé par terre devant plusieurs autres tableaux appuyés contre le mur, attira son attention. C'était celui d'une jeune femme à la beauté étrangement surannée, qui avait d'épaisses boucles brunes et posait avec un sourire énigmatique.

— Je suis désolée pour le désordre, déclara Sara à son retour. Nous sommes en train d'emballer les affaires de Marietta pour les lui expédier par bateau. Ça nous prend beaucoup plus de temps que prévu.

Chloé indiqua le portrait.

— C'est Marietta ?

Le fauteuil dans lequel était assise la femme de la peinture était reconnaissable dans un coin de la pièce.

— Oui.

L'estomac de Chloé se noua. Cette femme très belle était bien celle qui avait vendu son yacht et son île à Luis en quelques jours. Mieux valait ne pas imaginer quels « arguments » il avait utilisés pour la convaincre en si peu de temps. Le fantôme de Marietta la hantait depuis son arrivée sur l'île, lui rappelant que pour Luis les femmes étaient jetables.

— Elle n'avait que dix-huit ans quand ce tableau a été peint, précisa Sara. Son père l'avait commandé pour célébrer sa majorité.

— Il doit beaucoup l'aimer, commenta Chloé avec mélancolie.

Elle vivait chez son père quand elle avait eu dix-huit ans et ce dernier avait réussi à oublier son anniversaire. Après leur violente dispute la veille de son départ de chez lui, elle avait été rayée de son carnet d'adresses. Il ignorait sans doute qu'elle vivait à présent à Madrid.

Sara pouffa.

— Ça, je ne sais pas. C'était le genre de chose qui se faisait dans l'aristocratie à l'époque.

— Que voulez-vous dire ?

— Ce portrait date de plus de soixante-dix ans.

Chloé ouvrit de grands yeux.

— Vraiment ?

— Marietta va bientôt avoir quatre-vingt-dix ans.

S'approchant du tableau pour le regarder de plus près, Chloé s'accroupit.

— C'est incroyable de penser qu'il a été peint il y a soixante-dix ans, murmura-t-elle.

— Il est spécial, n'est-ce pas ?

La voix de Luis la fit tressaillir et elle faillit tomber assise. Elle avait entendu des pas derrière elle, mais elle croyait que c'était Sara qui s'était approchée elle aussi du tableau. Il lui tendit la main. Elle la prit et se laissa hisser sur ses pieds.

— Merci, murmura-t-elle, le cœur battant.

Les yeux noisette étincelèrent.

— Je t'en prie.

De plus en plus déstabilisée, elle s'efforça de prendre un air détaché. Pas question de montrer à Luis à quel point il la troublait. Avec un large sourire, elle sortit le contrat de la poche arrière de son short.

— On signe ça ?

Sara et Rodrigo devaient leur servir de témoins.

— Les clauses te conviennent ?

— Quelles clauses ? rétorqua-t-elle d'un ton narquois.

Il n'y en avait qu'une. Celle qui lui interdisait d'évoquer publiquement les détails de leur relation. C'était une clause qui ne lui posait aucun problème. Elle n'avait aucune intention d'alimenter les rumeurs qui couraient sur lui. En revanche, elle allait devoir prévenir son frère avant que Luis et elle se marient. Comment Benjamin allait-il le prendre ? Elle n'en avait aucune idée. Sa haine pour les deux frères Casillas était telle qu'il était impossible de prédire s'il allait entendre raison.

— Avant que nous signions, je vais te faire visiter la maison, déclara Luis. J'ai besoin d'un regard neuf pour m'aider à décider comment refaire la décoration.

— N'est-ce pas à cela que servent les architectes d'intérieur ?

— Je vais en engager un, mais pour l'instant c'est ton avis qui m'intéresse.

Curieuse, Chloé se laissa guider à travers la villa, aussi grande que le château de Benjamin mais beaucoup moins bien entretenue.

— Marietta l'a héritée de son père, expliqua Luis en la conduisant dans la bibliothèque. Elle appartenait à sa famille depuis des générations, mais elle-même n'a personne à qui la transmettre.

— Elle n'a pas eu d'enfants ?

— Non. Elle ne s'est jamais mariée non plus. Elle aimait sortir et elle préférait les îles plus animées ou Manhattan. Elle utilisait cette île comme un lieu de vacances pour elle et ses amis les plus proches, mais elle n'aimait pas y séjourner trop longtemps. Elle la trouvait trop isolée.

— C'est pour ça qu'elle te l'a vendue aussi rapidement ?

— Elle n'y a pas mis les pieds depuis trois ans. À présent elle vit en permanence à Manhattan. Je lui ai offert une somme exorbitante pour l'île et le yacht, et elle l'a acceptée aussitôt. Si elle a gardé l'île aussi longtemps c'est un peu par devoir vis-à-vis de son père et de ses ancêtres. Quant au yacht, c'était juste un des nombreux jouets dont elle s'était lassée.

Chloé regarda le papier peint passé qui se décollait par endroits. Dire qu'elle s'était imaginé qu'il avait couché avec Marietta pour la persuader de vendre... C'était idiot mais elle se sentait plus légère. Un petit rire lui échappa.

— Je n'arrive toujours pas à croire que tu as dépensé autant d'argent juste pour me kidnapper.

— Pour gagner de l'argent il faut en dépenser. En l'occurrence, pour préserver ma fortune et rétablir ma réputation, je devais investir une somme importante. C'est de l'argent bien dépensé. Et j'y ai gagné un yacht et une île, ajouta Luis avec un grand sourire avant de la prendre dans ses bras pour lui donner un de ces baisers dont elle commençait à avoir du mal à se passer. Je pense déjà aux fêtes que j'organiserai ici une fois que j'aurai rénové la villa et que j'aurai fait installer une piste d'atterrissage.

Elle noua les bras autour de son cou.

— Une piste ne risque-t-elle pas de priver l'île de son charme ?

— Elle sera petite et discrète. Il n'y aura pas de jets qui atterriront ici.

— Bien.

— Il faudra que tu viennes à une de mes fêtes. Tu pourras danser le hip-hop, comme l'autre jour sur la plage.

— Le temps que tu rénoves la villa et que tu fasses installer une piste, ce sera fini depuis longtemps entre toi et moi.

Pourquoi penser au jour où elle reprendrait le contrôle de sa vie ne la réjouissait-elle pas davantage ? se demanda-t-elle avec perplexité. Pourquoi cela lui serrait-il le cœur, au contraire ?

Le regard de Luis s'assombrit furtivement mais il retrouva vite un sourire éclatant et dénoua ses bras de son cou pour la prendre par la main et l'entraîner dans l'escalier en colimaçon qui craquait à chaque marche.

— Tu pourras venir quand même. Te regarder danser le hip-hop est très divertissant.

Elle émit un petit rire forcé. Leur relation était temporaire et purement sexuelle. Il ne fallait surtout pas l'oublier. S'autoriser à rêver comme elle le faisait autrefois en pensant à lui était hors de question. Elle n'était plus une adolescente. Elle avait suffisamment vécu pour savoir que les rêves ne se réalisaient pas.

— Je n'ai jamais eu le sens du rythme, répliqua-t-elle.

— Je me souviens quand tu étais petite. Tu étais toujours en tutu.

— Oui. Benjamin disait de la maison où nous avons grandi que c'était un temple consacré au culte de la danse. Ma mère était folle de danse classique et elle m'a inscrit à des cours dès l'âge de trois ans.

— Tu aimais ça ?

Après une hésitation, elle avoua :

— Mon rêve était de danser comme ta mère.

Plus qu'au culte de la danse, leur maison était consacrée au culte de Clara Casillas. Les murs étaient tapissés de photos d'elle en train de danser ou en compagnie de Louise, leur mère, ainsi que d'affiches de tournées. Les photos préférées de Chloé étaient celles où figuraient les deux femmes. Celle qu'elle aimait par-dessus tout avait été prise dans la loge de Clara à New York. Clara était vêtue d'un superbe costume rouge dont sa mère à genoux retouchait l'ourlet. À l'arrière-plan, trois petits garçons étaient assis en tailleur sous la coiffeuse de Clara, la mine boudeuse. Benjamin, Luis et Javier. Cette photo la mettait en joie.

Après la mort de leur mère, son frère et elle avaient trié ses affaires. Il avait accepté qu'elle garde tous les souvenirs liés à la danse, sauf cette photo. Il lui avait expliqué qu'elle avait été prise quelques minutes après leur tentative de déclencher l'alarme incendie du théâtre. Leurs mères leur avaient imposé de rester assis en silence pendant dix minutes sous peine d'être privés de la pizza prévue après le spectacle.

Le regard de Chloé croisa celui de Luis, l'enfant assis entre les deux autres sur cette photo. Le filet de tristesse qui circula fugitivement entre eux la déchira.

— Pour quelle raison n'as-tu pas poursuivi la danse ? demanda-t-il après avoir pris une profonde inspiration.

— Je te l'ai dit. Je n'avais pas le sens du rythme.

Elle soupira.

— Pour être très franche, je me suis voilé la face pendant des années. J'espérais toujours qu'un jour il s'imposerait à moi et que le vilain petit canard de la danse que j'étais se métamorphoserait en cygne, mais ça n'est jamais arrivé.

— Quand as-tu abandonné ?

— Quand j'ai eu treize ans et que mes seins se sont transformés de balles de tennis en ballons de foot. Tu as déjà vu une ballerine avec des gros seins ? Ça n'existe pas, n'est-ce pas ? J'étais si peu douée que personne n'a eu l'idée de me suggérer une réduction mammaire. J'ai pris ça comme prétexte pour arrêter, mais en réalité quiconque m'avait vue danser savait que le problème venait de mon manque de talent.

— Je suis désolé que tu aies été obligée de renoncer à ton rêve...

Elle haussa les épaules.

— Il y a des rêves auxquels il est encore plus difficile de renoncer.

Comme d'avoir un père aimant. Son séjour chez le sien lui avait apporté la preuve ultime que les rêves ne se réalisaient pas. Son rêve de devenir danseuse était toujours resté assez nébuleux. Quant au rêve de découverte d'un traitement miracle pour sa mère... Elle avait vu le cancer à l'œuvre et elle avait compris que se laisser obnubiler par un espoir chimérique au lieu de vivre le présent ne servirait qu'à gâcher le temps qu'il leur restait à partager. Mais en dépit de tout, ce rêve ne l'avait pas quittée jusqu'à la fin.

Les rêves ne devenaient jamais réalité. Elle ne serait jamais

Clara Casillas. Sa mère était morte. Son père ne l'aimerait jamais. Et Luis ne… Quoi donc ? Luis ne l'aimerait jamais non plus ?

Elle ne voulait pas qu'il l'aime ! Elle voulait juste qu'il lui rende sa liberté.

— Et j'ai toujours aimé regarder maman créer des costumes, reprit-elle en refoulant les larmes qui menaçaient de lui noyer les yeux. Il s'est trouvé que c'était un domaine dans lequel j'avais du talent. Et l'avantage c'est que je n'ai pas besoin de faire attention à ce que je mange ni à m'exercer mille heures par jour.

Dès sa première semaine d'apprentissage dans la compagnie de danse de Londres, elle avait pris conscience qu'elle n'aurait jamais pu être danseuse professionnelle même si elle avait eu le talent nécessaire. Devenir une grande danseuse exigeait de la discipline et beaucoup de sacrifices. Elle en avait rêvé mais ça n'avait jamais été un désir ardent. Le métier de costumière l'enchantait. Elle aimait la créativité qu'il impliquait et elle était heureuse de suivre les traces de sa mère. Elle faisait le plus beau travail du monde.

Sur le yacht, quand Luis l'avait menacée de faire en sorte qu'elle ne trouve plus jamais de travail dans une compagnie de danse, elle avait prétendu s'en moquer. Mais c'était la colère et la fierté qui l'avaient poussée à réagir ainsi. Heureusement qu'elle avait fini par écouter la voix de la raison. Elle serait trop malheureuse si elle ne pouvait plus exercer son métier.

— Oui, pour arriver au sommet dans la danse il faut se donner corps et âme, approuva Luis en ouvrant une énième porte.

Toute à leur conversation, elle ne jeta qu'un vague coup d'œil à la pièce sur laquelle celle-ci donnait avant de se tourner vers lui.

— Et toi, as-tu fait de la danse ?

Après tout, Luis était le fils de deux danseurs professionnels.

— Moi ? *Dios*, non ! Ma mère a essayé de nous y encourager Javier et moi, mais ça ne nous intéressait ni l'un ni l'autre. Nous ne pensions qu'à jouer.

Après une hésitation, elle demanda :

— Et ton père ?

La voix de Luis se fit plus dure.

— Quoi mon père ?

— Vous a-t-il encouragés à suivre ses traces ?

— Pas que je me souvienne.

Il ouvrit une autre porte et changea de sujet.

— Ça, c'était la chambre de Marietta. Je me demande si j'en fais ma chambre ou non. Qu'en penses-tu ?

Elle pensait qu'il fallait respecter ses réticences et arrêter d'évoquer son père... Et pourtant c'était plus fort qu'elle.

— Comment était-il ?

— Tu le sais. Le monde entier le sait.

— Si je l'ai rencontré quand j'étais enfant, je ne m'en souviens pas. Benjamin ne parlait jamais de lui. Je sais ce que j'ai lu à son sujet mais je suppose que seule une petite partie de ce qui a été écrit était basée sur la vérité.

— Non. Pratiquement tout était vrai. Je le haïssais.

Devant l'air effaré de Chloé, Luis inspira profondément.

— Était-il tout le temps violent avec ta mère ? demanda-t-elle dans un souffle.

— Autant que je sache — et ta mère me l'a confirmé — il ne l'a jamais touchée avant la nuit où il l'a tuée.

Luis parlait d'un ton neutre, malgré les palpitations douloureuses que déclenchait systématiquement la moindre allusion à cette nuit-là.

— C'était moi qui subissais le gros de sa colère.

— C'est-à-dire ?

— Des fessées à coups de ceinture. À l'époque les punitions corporelles étaient acceptées.

— Tu étais le seul à en recevoir ?

— Oui. Il ne touchait jamais Javier. Quand nous faisions des sottises ensemble, c'était moi qui étais considéré comme coupable.

— Même si Javier l'était ?

— Pour être juste avec Javier, il faut reconnaître qu'il était rarement à l'origine des sottises. C'était moi le meneur. Quand ton frère nous accompagnait en tournée, il était un complice beaucoup plus enthousiaste que Javier.

Luis inspira de nouveau profondément et posa la main sur le chambranle écaillé, prêt à mettre un terme à la conversation. Mais il se surprit à dire :

— Notre père était un homme amer. Tu sais qu'il a fui l'Union soviétique au début des années 1970 ?

Chloé hocha la tête en silence.

— À l'époque c'était une star dans le monde occidental. Un autre Noureev. Quand il a rencontré ma mère à Londres, elle était une danseuse pleine d'avenir, de quinze ans sa cadette. Elle n'était pas censée devenir une star dont la gloire éclipserait la sienne, mais c'est ce qui est arrivé et il a fini par la haïr. Après nous avoir mis au monde elle a repris la scène, plus talentueuse que jamais. De son côté, il déclinait. Il avait toujours eu tendance à boire et à avoir des accès de colère, mais quand il a commencé à frapper les chorégraphes et les autres danseurs, il ne jouissait plus du renom qui aurait pu inciter les compagnies de danse à fermer les yeux. Les engagements ont commencé à se faire rares. Son ressentiment contre ma mère s'est accru. Parfois nous ne le voyions pas pendant des mois entiers — c'étaient les périodes les plus heureuses — puis il réapparaissait et se comportait comme s'il n'était jamais parti.

— Ça ne perturbait pas ta mère ?

Luis secoua la tête avec un goût amer dans la bouche.

— Leur relation était très particulière. Le pouvoir oscillait en permanence de l'un à l'autre. Ils avaient l'un et l'autre des aventures et ne s'en cachaient pas. Puis est arrivé le moment où mon père n'a plus eu de succès auprès des jeunes femmes qu'il convoitait. Pourquoi en aurait-il eu ? C'était un ivrogne doublé d'un bon à rien. Il ne pouvait pas toucher ma mère, alors il s'en prenait à moi.

— Elle ne faisait rien pour l'en empêcher ?

— C'était mon père. Pour elle, c'était son rôle de me punir quand je le méritais. De son côté, elle n'était pas très stricte sur la discipline.

Malgré la tension qui l'habitait, Luis ne put s'empêcher d'esquisser un sourire au souvenir des efforts que faisait sa mère pour dissimuler son envie de rire de leurs bêtises en prenant son air « sévère ».

— Elle n'a jamais levé la main sur nous. Si les punitions de mon père allaient trop loin, elle prenait mon visage dans ses mains et me disait de sourire malgré la douleur.

Il entendit Chloé étouffer une exclamation effarée.

— Ma mère n'était pas opposée aux punitions corporelles, déclara-t-il dans un besoin irrépressible de défendre sa mère. Ses propres parents y avaient recours. Elle ne pouvait pas se résoudre à nous frapper elle-même, mais elle disait que ça l'avait endurcie et que ça lui avait donné les outils nécessaires pour réussir dans un milieu aussi compétitif. L'apprentissage de la danse lui avait appris à sourire malgré la douleur et elle voulait que j'acquière la même résistance.

Il y eut un long silence, puis Chloé demanda :

— À ton avis, pourquoi a-t-il choisi de ne punir que toi ?

— Il ne m'a jamais aimé. Il y avait quelque chose chez moi qui le hérissait. Je ne sais pas ce que c'était. Il adorait Javier.

— Ça devait être dur.

— C'était encore plus dur pour Javier. Il souffrait de me voir souffrir. Nous sommes dizygotes mais nous sommes quand même jumeaux. C'est un lien indestructible. Il a souffert lui aussi. Notre mère nous aimait tous les deux mais, moi, elle m'adorait. C'était dur pour lui. Il essayait de me protéger, de m'empêcher d'aller trop loin dans mes sottises parce qu'il anticipait les conséquences.

— Et pas toi ?

— Si, mais je m'en moquais.

Luis et Benjamin faisaient les quatre cents coups ensemble, et Javier les suivait, pas pour se joindre à eux mais pour essayer de limiter les dégâts. La relation de Luis avec son frère était solide comme un roc. Ce qui n'empêchait pas son amitié avec Benjamin, qui était plus forte que celle de ce dernier avec Javier, d'être essentielle pour lui. La fin de cette amitié lui fendait le cœur mais dans la vie il fallait aller de l'avant. Ne jamais se laisser entraver par le passé.

Sauf que c'était exactement ce qui lui arrivait. Il sentait les tentacules du passé se resserrer un peu plus sur lui à chaque heure qui passait...

— Peut-être que c'était à cause de ta ressemblance avec ta mère.

La voix douce de Chloé arracha Luis à ses pensées.

— Quoi donc ?

— Ton père... Javier lui ressemble énormément alors que toi

tu ressembles à ta mère. Peut-être qu'il préférait Javier parce qu'il le considérait comme une version miniature de lui-même.

Le raisonnement de Chloé était proche de celui de Javier... Réprimant un soupir, Luis retira sa main du chambranle de la porte et en essuya sur son short la paume pleine d'écailles de peinture. Cette villa, il faudrait la raser et la reconstruire entièrement. Malheureusement, il avait promis à Marietta de laisser la structure intacte.

Il reporta son attention sur Chloé. À la vue de la compassion qui se lisait dans son regard, il réprima un frisson. Tout en étant différente de la sienne, son expérience lui permettait de comprendre ce qu'il avait ressenti pendant son enfance. Il fallait également laisser intacte la structure de leur amitié. Leur mariage durerait le temps nécessaire pour faire taire les rumeurs détestables qui couraient sur lui et Javier. Ils en profiteraient pour passer de bons moments ensemble, mais leur relation de couple resterait strictement sexuelle.

— Non, objecta-t-il d'un ton plus froid qu'il ne l'aurait voulu. Ça n'a rien à voir avec la ressemblance physique. Mon père ne m'aimait pas parce qu'il n'y avait rien chez moi qu'il pouvait aimer. Mais assez parlé de mon père. Il est mort. Le passé est révolu.

Que lui avait-il pris de le ressasser avec Chloé ? Son passé n'avait rien à voir avec leur mariage.

— Ce qui compte c'est l'avenir. Et maintenant je voudrais que tu me dises franchement ce que tu penses de cette pièce, dont j'envisage de faire ma chambre.

Seulement la sienne. Comme elle l'avait souligné, Chloé et lui ne seraient plus ensemble depuis longtemps à la fin des travaux.

10

— Tu viens ? demanda Luis avec un sourire enjôleur, accoudé au bord de la piscine.

Chloé, qui avait admiré son crawl puissant de son transat, secoua la tête. Encore une journée au paradis... Après avoir passé toute la matinée au lit à faire l'amour, Luis avait soudain déclaré qu'il avait besoin d'exercice. Devant son air incrédule il avait pouffé et déposé un baiser gourmand sur sa bouche. Puis il s'était levé et il était descendu directement dans le jardin pour plonger dans la piscine, entièrement nu. Elle avait savouré le spectacle de la fenêtre avant d'enfiler un deux-pièces et de sortir à son tour pour l'apprécier de plus près.

Il se hissa hors de l'eau et la souleva de son transat.

— À l'eau avec moi, dit-il avec un large sourire en la portant vers le bord.

— Pose-moi par terre ! cria-t-elle, prise de panique, en se cramponnant à son cou.

Il la tint au-dessus de l'eau.

— Tu as peur de mouiller tes cheveux ? demanda-t-il d'un ton malicieux.

— Je ne sais pas nager !

Il recula aussitôt et la regarda d'un air à la fois stupéfait et inquiet.

— Tu es sérieuse ?

— Oui ! Maintenant, pose-moi par terre !

Il la déposa délicatement sur le transat, puis il prit la serviette qu'elle avait descendue pour lui et se frotta les cheveux.

— Tu ne sais vraiment pas nager ?

Elle roula les yeux.

— Non, je ne sais vraiment pas nager.

— Pourquoi ?

— Parce que j'ai horreur de me mouiller les cheveux.

Il recueillit dans le creux de la main les gouttes d'eau accrochées à la toison brune qui recouvrait son torse et les versa sur ses cheveux.

— Arrête !

Il se servit en riant un verre du jus d'orange qu'elle avait également apporté, le vida d'un trait, puis noua la serviette sur ses hanches et s'assit à côté d'elle.

— Tu n'es pas du genre à avoir horreur de te mouiller les cheveux.

— Benjamin a essayé de m'apprendre quand j'étais petite mais j'ai détesté le choc de l'eau froide et j'ai refusé d'y entrer plus profondément qu'à mi-cuisses.

— Si bien que tu n'as jamais appris ?

— Je déteste le froid. Et j'étais entêtée.

— Certains diraient que tu l'es toujours.

Elle feignit de le foudroyer du regard.

— Ici, l'eau est à la température idéale. Je pourrais t'apprendre.

Elle émit un grognement évasif. Elle avait vécu jusque-là sans savoir nager et elle n'avait pas l'impression d'avoir perdu quelque chose.

— C'est mieux de savoir nager, insista-t-il. On ne sait jamais. Ça peut s'avérer utile un jour.

— Dit l'homme qui nage sans doute comme un champion depuis sa naissance.

— Pas du tout. Je n'ai pas appris avant huit ans.

— C'est tard, non ? Benjamin avait renoncé depuis longtemps quand j'ai eu huit ans.

— C'était au cours de nos seules vacances au soleil en famille. Notre père a décidé que c'était à lui de nous apprendre.

Une note d'amertume dans la voix de Luis fit frissonner Chloé. Elle posa la question la plus neutre qui lui vint à l'esprit.

— Tu as appris facilement ?

— Non. Javier, oui. Mais moi j'étais entêté comme toi et je faisais tout de travers.

— Exprès ?

Il hocha la tête.

— Un jour mon père était si furieux contre moi qu'il m'a dit que le lendemain matin il me jetterait dans le grand bain et que je devrais choisir entre couler ou nager.

Le cœur serré, Chloé appuya le menton sur l'épaule de Luis et lui caressa le bras.

— Tu l'as cru.

— Et Javier aussi. Il m'a traîné à la plage — nous avions trouvé une crique abritée pas loin de l'hôtel — et il m'a appris.

— Vous aviez huit ans ? s'exclama-t-elle, stupéfaite que deux enfants de cet âge soient livrés à eux-mêmes.

— C'était sans danger. La crique était juste à côté de l'hôtel. Mes parents étaient dans une période où ils s'entendaient bien et ils étaient partis faire ce qu'ils appelaient une *siesta*. Nous avions le champ libre.

Chloé se garda de tout commentaire et se contenta de continuer à caresser le bras de Luis.

— Javier m'a fait m'allonger sur le dos dans l'eau en glissant un bras sous mon dos. Tu ne peux pas imaginer à quel point il avait peur. Bien plus que moi. Il pleurait et il me suppliait de lui faire confiance. Et je lui faisais confiance, bien sûr. C'était mon jumeau. Je ne pouvais que faire confiance à celui qui passait son temps à tenter de me protéger de moi-même.

Chloé ferma les yeux, s'efforçant de ne pas éprouver de compassion pour le petit garçon que Javier avait été, le petit garçon qui avait très peur que son père laisse son jumeau se noyer.

— Et tu as flotté.

— *Sí*. À la fin des vacances nous faisions la course à la nage.

— Comment a réagi ton père en voyant que tu flottais ?

— Il ne m'a pas jeté dans le grand bain. Je ne sais pas s'il a eu exceptionnellement des remords ou s'il a oublié mais il ne m'a pas jeté à l'eau.

— J'en suis heureuse.

— Je l'étais aussi.

Luis prit une profonde inspiration et se leva. Quand il regarda Chloé, elle lut dans ses yeux que la discussion était close. Puis elle vit s'y allumer une lueur familière. Avec un sourire gourmand, il lui tendit la main.

— Viens, *bonita*. Si tu ne veux pas te mouiller dans la piscine avec moi, tu peux le faire sous la douche.

Le cœur serré pour lui, elle se laissa hisser sur ses pieds puis elle noua les bras sur son cou et l'embrassa avec ferveur. Il lui rendit son baiser en enfonçant les doigts dans ses cheveux, et malgré l'épaisse serviette nouée sur ses hanches l'éveil de sa virilité était flagrant. Elle approfondit encore son baiser. Comme elle aimerait que son baiser ait le pouvoir de le délivrer de son passé et de chasser la souffrance qui visiblement le rongeait toujours... Il la souleva de terre pour la porter dans la villa et bientôt son esprit se vida de toute pensée.

Chloé s'assit sur la plage, enfonça les orteils dans le sable et contempla le ciel. Il n'y avait pas de lune, et les étoiles scintillaient dans l'obscurité comme des minuscules diamants. Elle n'arrivait pas à dormir. Un trop-plein d'émotions l'empêchait de respirer normalement. Dans deux jours elle se mariait avec Luis. Elle passait toutes ses journées et toutes ses nuits avec lui, à rire et à faire l'amour. Quand elle plongeait son regard dans le sien, son cœur se gonflait d'une joie indicible et elle avait l'impression qu'il allait s'envoler. Mais quand elle se remémorait ce qu'il lui avait dit de son enfance, son cœur se ratatinait et elle avait l'impression qu'il allait se désagréger.

Ce que Javier et lui avaient vécu aurait détruit beaucoup d'hommes. Pas eux. Pas Luis.

Mais si Luis s'était laissé aller à des confidences sur son passé, il y avait à chaque fois mis fin de manière abrupte. Tout à coup son visage se fermait et il changeait de sujet. Une façon de lui dire de ne pas chercher à trop se rapprocher de lui. De rester dans la légèreté qui devait caractériser leur mariage. Elle n'avait pas besoin qu'il le lui dise. Elle n'avait pas envie que leur mariage soit autre chose qu'un arrangement temporaire. Alors pourquoi ce tourbillon d'émotions qui l'empêchait de dormir ?

— Chloé ?

Elle tourna la tête et vit Luis apparaître entre les palmiers qui bordaient la plage, en short et chaussures de bateau.

— Salut, dit-elle, le cœur battant à tout rompre.

— Je me demandais où tu étais passée.

— Je n'arrivais pas à dormir.

— Tu aurais dû me réveiller. Ça va ?

Elle eut un pincement au cœur. De toute évidence il était sincèrement inquiet pour elle. À sa façon, il tenait à elle.

Elle hocha la tête.

— J'avais juste besoin d'air.

Il s'assit à côté d'elle.

— Quelque chose te préoccupe ?

Elle laissa échapper un petit rire désabusé.

— Tellement de choses !

Le silence s'installa et devint bientôt si pesant qu'elle éprouva le besoin irrésistible de le rompre.

— Tu te souviens des funérailles de ma mère ? Tu m'as trouvée en train de pleurer et tu m'as réconfortée. Tu m'as prise dans tes bras et tu m'as dit des choses qui m'ont donné l'espoir qu'un jour la souffrance deviendrait supportable. Tu comprenais si bien ce que je ressentais... Tes paroles m'ont accompagnée pendant très longtemps.

» Quand Benjamin m'a parlé du problème des bénéfices de la Tour Mont Blanc, en dehors de la compassion que j'ai éprouvée pour lui, je me suis sentie trahie personnellement et j'ai eu le sentiment que notre mère avait été trahie elle aussi. J'étais avec Benjamin à l'hôpital le jour où tu lui as téléphoné pour lui demander de l'argent. Nous venions d'apprendre qu'elle était en train de mourir. Je me souviens qu'il te l'a annoncé. Je lui tenais la main. »

Luis avait le cœur si serré qu'il arrivait à peine à respirer. Il s'était réveillé seul dans le lit et il avait eu une bouffée d'angoisse. Il savait que Chloé ne pouvait pas être loin mais la vue de son oreiller portant encore la marque de sa tête l'avait bouleversé.

— C'est à cause de ça que je ne me souviens pas bien de ce qui s'est passé ensuite ce jour-là.

Benjamin et Chloé n'étaient pas les seuls à avoir espéré la découverte d'un traitement miracle.

— Javier et moi nous nous battions désespérément pour sauver notre société. Apprendre que ta mère était en phase terminale… Chloé, ça m'a anéanti.

— Vraiment ?

L'espoir qui perçait dans la voix de Chloé acheva de lui broyer le cœur.

— Quand nous sommes allés chez Benjamin ce soir-là pour la signature, ce n'était pas le contrat qui occupait mon esprit. Je pensais que Javier lui avait dit que nous voulions renégocier les termes…

— Mais il ne l'avait pas fait.

Luis poussa un profond soupir. Non. Son frère n'avait pas prévenu Benjamin. Pendant sept ans il avait pensé que c'était un oubli de sa part, mais aujourd'hui il se demandait…

— Notre avocat et son auxiliaire juridique sont venus en tant que témoins. Le contrat était ouvert sur la table de Benjamin. Il voulait en finir au plus vite. Ni Javier ni moi ne pouvions deviner qu'il ne l'avait pas lu. Nous l'avons tous signé, Benjamin a effectué le virement, Javier et les avocats sont partis, et ensuite Benjamin et moi nous nous sommes soûlés ensemble.

— Javier n'est pas resté avec vous ?

— Il fallait que quelqu'un signe l'accord avec le vendeur. Et de toute façon, Javier ne boit pas.

Son frère n'avait jamais bu d'alcool.

— J'ai noyé mon chagrin en compagnie de ton frère parce que, *bonita*, ta mère a fait partie de ma vie avant même que je sorte du ventre de la mienne. Sais-tu que si je m'appelle Luis c'est en son honneur ?

— Non ! Personne ne me l'a jamais dit !

Devant l'air incrédule de Chloé il ne put s'empêcher de sourire.

— Je me suis toujours senti très proche d'elle à cause de ça. Je n'oublierai jamais comment elle nous a annoncé la mort de notre mère et l'amour qu'elle nous a manifesté cette nuit-là. Nos grands-parents se sont bien occupés de nous quand nous leur avons été confiés, mais ils étaient âgés et ils ne parlaient jamais de notre mère. C'était trop douloureux pour eux.

Luis poussa un nouveau soupir. La perte de leur fille unique avait brisé ses grands-parents, qui à la quarantaine s'étaient résignés à ne jamais avoir d'enfants quand contre toute attente ils avaient conçu sa mère. Quand ils avaient accueilli leurs petits-enfants chez eux, ils avaient plus de soixante-dix ans et ils n'étaient pas préparés à la confusion qu'allaient semer dans leur vie tranquille des adolescents minés par le chagrin. Quand ils avaient essayé de discipliner Luis en employant la même méthode qu'avec sa mère, il s'était rebellé. À la mort de sa mère, il s'était juré de ne plus jamais laisser personne lever la main sur lui. Chez Louise, il avait trouvé un peu de paix. Le pavillon de banlieue des Guillem était situé non loin de l'appartement parisien où ils avaient vécu avec leurs parents avant la tragédie qui avait détruit leur vie. Se retrouver sous le toit de Louise en compagnie de son frère et de son meilleur ami et parler la langue qui lui était plus familière que sa langue maternelle avaient été les seules lumières dans sa vie à cette époque.

— Pour ta mère aussi c'était douloureux, mais elle le faisait volontiers. Elle entretenait le souvenir de ma mère pour moi. Elle est devenue le parent de substitution dont mes grands-parents étaient incapables d'assumer le rôle. Porter son cercueil a été une des choses les plus dures que j'aie jamais faites. Lui dire adieu était comme dire de nouveau adieu à ma mère.

Une larme roula sur la joue de Chloé. Elle l'essuya et poussa un profond soupir.

— Je suis heureuse de savoir que tu l'aimais. Elle vous aimait, toi et Javier.

Elle essuya une autre larme.

— Je peux te poser encore une question ?

Comment refuser ? se dit-il.

— Tout ce que tu veux.

— As-tu revu ton père, après...

Après qu'il a tué ta mère ?

— Jamais. Je ne suis jamais allé le voir en prison ni sur son lit de mort.

Ayant plaidé la responsabilité atténuée, leur père avait été condamné pour homicide involontaire. Il n'avait purgé que dix ans de sa peine. Rien du tout pour avoir détruit une vie aussi précieuse.

Il lui avait paru juste qu'il meure d'un cancer du pancréas moins d'un an après sa libération, seul et sans amour. C'était seulement avec le temps que des regrets s'étaient insinués en lui.

— Tu ne le regrettes pas ?

— Ma mère est morte depuis plus de vingt ans et elle me manque toujours. Mon père est mort depuis moins de dix ans et il ne m'a jamais manqué. Cependant, aujourd'hui je regrette de ne pas avoir accepté les ordres de visite qu'il m'a envoyés de prison et de ne pas avoir saisi cette occasion de lui demander, les yeux dans les yeux, comment il avait pu faire ça.

— Il voulait te voir, alors ?

— Oui. Il m'a également réclamé quand il était à l'hospice. Il est mort très seul.

Luis pencha la tête et l'appuya contre celle de Chloé.

Les mots semblaient devenus inutiles. Dans des circonstances différentes ils avaient tous les deux souffert à cause de leur père, et leur souffrance n'était toujours pas éteinte. Une nouvelle larme roula sur la joue de Chloé. Elle l'essuya du bout du pouce avant de s'allonger sur le sable.

— Je suis désolée, Luis.

— De quoi ?

— D'avoir comploté contre toi avec Benjamin. J'aurais dû savoir que ça ne pouvait pas être un acte délibéré de ta part...

— Chut.

Il aimerait pouvoir en dire autant de son frère, songea-t-il en s'allongeant à côté d'elle. Il lui prit le menton.

— Ton frère avait de bonnes raisons de penser que nous l'avions escroqué. Je regrette d'avoir aussi mal réagi quand il est venu nous parler, mais ce qui est fait est fait. À présent, il s'agit d'arranger les choses.

— Mais nous avons fait beaucoup de dégâts. Et après tout ce que tu as déjà...

Il posa les lèvres sur les siennes et referma une main sur son cou.

— Des dégâts que notre mariage va réparer.

Elle enfonça les doigts dans ses cheveux et plongea son regard dans le sien. Dans ses yeux noyés de larmes, le désir se mêlait à la souffrance. Soudain incapable de soutenir plus longtemps ce regard profond il captura sa bouche, apaisant sa peine par le seul moyen qu'il connaissait. Elle lui répondit avec sa fougue habituelle. C'était si bon de se laisser emporter avec elle dans un flot de passion… Tout était si spontané. Aucun artifice, aucun faux-semblant, juste la joie exubérante du plaisir partagé. Luis débarrassa Chloé de sa robe et se délecta de ses seins somptueux. Il était devenu un amant différent, songea-t-il soudain. Le plaisir qu'il donnait à Chloé était aussi grisant que celui qu'il recevait d'elle. Il ne se lassait pas de lui donner du plaisir. Et c'était réciproque. Chloé était la maîtresse la plus généreuse dont il pouvait rêver… Quittant ses seins, il parsema son ventre de baisers avant d'honorer le cœur de sa féminité, subjugué par les gémissements que déclenchaient ses coups de langue. Quand ils se muèrent en cris et que son nom jaillit de sa gorge, il le sentit résonner au plus profond de lui-même.

11

En se réveillant, Chloé sentit des picotements sur sa joue. Elle se la frotta machinalement et sentit des grains de sable sous ses doigts.

Avec un sourire indolent, elle roula sur le côté en frissonnant au souvenir de la passion qui les avait emportés, Luis et elle, sous le ciel étoilé. Il bougea dans son sommeil et lui prit la main. Elle noua ses doigts aux siens et le contempla. La lumière du soleil filtrait à travers les rideaux, éclairant son visage aux traits ciselés. Sa barbe brune avait repoussé depuis qu'il s'était rasé la veille. Pendant qu'ils faisaient l'amour ces poils drus avaient griffé ses seins, ses cuisses, son cou, dans un mélange épicé de plaisir et de douleur.

Entre eux tout était moitié plaisir moitié douleur… Elle sentit son cœur se serrer. Comme elle regrettait d'avoir aidé Benjamin à se faire justice… Elle avait voulu se venger elle aussi par la même occasion, mais Luis n'avait jamais eu l'intention d'escroquer son frère.

Certes il l'avait kidnappée, puis il avait fait pression sur elle, mais tout ça paraissait si loin… Comme si ça s'était passé entre deux personnes qui n'avaient rien à voir avec eux. Elle ferma les yeux. L'homme dont elle était amoureuse autrefois n'existait pas que dans ses rêves.

Et s'il existait vraiment cela voulait-il dire… ?

Que leur mariage pourrait être un vrai mariage ?

— Je vois sur ton visage que tu es en train de penser, murmura-t-il d'une voix ensommeillée.

Elle rouvrit les yeux et rencontra son regard noisette.

Si tu savais à quoi je suis en train de penser…

Nul doute qu'il n'apprécierait pas.

Ou peut-être que si.

Peut-être partageaient-ils autre chose que du désir ? Oh ! elle délirait ! Ils allaient faire un mariage motivé par la vengeance. Rien de plus. Oui, mais quand ils avaient conclu cet accord, ils n'avaient pas encore fait l'amour. Ils ne s'étaient pas encore confiés l'un à l'autre. Et elle ne s'était pas encore avoué qu'elle l'aimait. Mais même s'il partageait ses sentiments, ça ne signifiait pas qu'ils avaient une base sur laquelle construire une relation durable. Luis avait un jumeau. Lui et son frère étaient unis par un lien qui la dépassait. Même si elle avait un avenir avec Luis elle passerait toujours après Javier.

— J'étais juste en train de penser qu'il y a plusieurs heures que tu m'as fait l'amour pour la dernière fois, répondit-elle en posant la main sur sa joue.

Il fallait qu'elle se ressaisisse. C'était le manque de sommeil et l'excès de confidences qui détraquaient son cerveau et la faisaient délirer. L'amour ? Non, c'était exagéré. Elle éprouvait des sentiments très forts pour cet homme. Mais de l'amour… ?

Oui, elle avait besoin de dormir. Ensuite, quand son cerveau et son corps seraient reposés, elle retrouverait sa lucidité. Mais d'abord, elle avait envie de lui. Se blottissant contre son corps, elle soupira d'aise lorsque ses bras se refermèrent sur elle. Puis elle ferma les yeux pour mieux savourer son baiser gourmand.

Dormir. Tout paraîtrait différent quand elle aurait dormi suffisamment.

Rien n'avait changé. Rien.

Chloé était allongée sur le dos dans la mer, soutenue par un bras de Luis. Après avoir fait l'amour, elle avait sombré dans un profond sommeil. Dont elle était sortie avec une envie irrépressible de nager. Luis n'avait pas posé de questions — et elle n'avait pas envie de s'en poser non plus. Il s'était contenté de l'emmener sur la plage, à l'endroit où la mer était calme et transparente. Le plus important, avait-il rappelé, c'était d'arriver à flotter. Et pour ça il fallait être détendue. Ils avaient pris tout leur temps.

— Tu es prête à te passer de mon bras ? demanda-t-il.

Il avait fait preuve d'une telle patience pour l'amener jusqu'à ce stade qu'elle avait le cœur suffisamment léger pour oser tenter l'expérience. Elle avait confiance en lui. Il ne la laisserait pas se noyer. Était-ce en mieux ou en pire elle l'ignorait, mais son amour pour Luis l'avait transformée radicalement. Quand elle le regardait dans les yeux elle osait y chercher la même lueur que celle qui brillait dans les siens. Et si elle n'y était pas encore, il fallait prendre le risque qu'elle y soit un jour.

Il y avait trop longtemps qu'elle surprotégeait son cœur malmené par son père. Une évidence avait fini par s'imposer à elle. C'était à cause de lui qu'elle avait tenu les hommes à distance. Son père l'avait rejetée deux fois. La première avant sa naissance et la seconde sept ans plus tôt. C'était la seconde qui avait réduit à néant le peu de confiance en elle qu'elle pouvait avoir. Rejetée au moment où elle devenait une femme adulte, elle avait acquis inconsciemment la certitude qu'elle ne méritait pas d'être aimée. Si son père ne trouvait rien à aimer chez elle, qui le pourrait ?

Demain elle épouserait Luis. Si elle ne prenait pas le risque de croire à la passion et à l'amitié qui les rapprochait, elle vieillirait seule. Il n'y aurait jamais personne d'autre dans sa vie.

Elle plongea son regard dans celui de Luis et elle sourit.

— C'est un oui ? demanda-t-il les yeux brillants.

Le sourire de Chloé s'élargit. Elle ne pouvait pas parler. Pas avec des mots. Elle l'aimait. Il la lâcha. Elle flotta.

Quand Luis ouvrit les yeux au petit matin, il crut qu'il dormait encore. C'était forcément un rêve. Un rêve divin, enivrant, voluptueux. Ce n'était pas la première fois qu'il rêvait de Chloé, bien sûr. Il s'était si souvent réveillé vibrant de désir après des rêves érotiques au cours des derniers mois qu'il était plutôt surpris les nuits où il ne rêvait pas. Ces rêves étaient encore plus torrides depuis qu'ils étaient amants.

Mais jamais aucun n'avait paru aussi réaliste. Il referma les yeux avec un petit soupir. *Dios*, que c'était bon... Chloé entre ses jambes sous les draps honorait sa virilité à coups de langue gourmands... Elle la prenait dans sa bouche tout en lui caressant les... *Dios !* C'était incroyable... D'ordinaire, ses rêves le laissaient sur sa faim mais aujourd'hui le plaisir montait, montait... La bouche de Chloé quitta son sexe, lui arrachant un grognement de frustration. Puis il eut le souffle coupé quand elle écarta les draps et s'allongea sur lui. Prenant son visage à deux mains elle plongea dans le sien un regard brillant.

— Bonjour.

Puis elle creusa les reins et sa chaleur moite enveloppa sa verge. Il laissa échapper un petit cri étranglé. *Dios*, il avait failli sombrer au premier coup de reins... Mais comme c'était bon... Jamais il n'avait rien ressenti de tel. C'était la première fois qu'ils faisaient l'amour sans préservatif. Quelles sensations inouïes... Elle se redressa pour l'accueillir encore plus profondément en elle et se mit à onduler des hanches. Il ne dormait pas mais c'était quand même un rêve fabuleux. Chloé lui offrait le réveil le plus excitant qu'on pouvait imaginer. Chloé, la femme qu'il épouserait dans quelques heures.

Elle accéléra le rythme, le regard toujours plongé dans le sien. Son visage altéré par le plaisir qui montait peu à peu était fascinant. Ses prunelles s'assombrissaient, virant au violet. Ses joues s'enflammaient. Alors qu'elle redoublait d'ardeur en gémissant, il referma les mains sur ses hanches et entra dans la danse. Il sentit les premières vagues se former en elle comme en lui. Le rythme de leur valse folle s'accéléra encore, les emportant dans une spirale vertigineuse. Chloé s'abattit sur lui avec un cri rauque à l'instant précis où il sombrait lui-même dans un plaisir sans limites.

— Nous n'avons pas utilisé de préservatif, dit-il un peu plus tard, quand ils eurent repris leurs esprits.

Était-ce un oubli de la part de Chloé ou bien un choix délibéré ? Et quelle réponse espérait-il ? À vrai dire il n'en savait rien. Depuis qu'ils étaient amants, ils avaient toujours utilisé des préservatifs. Heureusement qu'il avait eu le réflexe d'en emporter une grande quantité... Il veillait à en avoir toujours plusieurs sur lui, leur passion les poussant à faire l'amour dans les endroits les plus improbables. Ils n'avaient fait ni l'un ni l'autre allusion à la pilule depuis qu'il lui avait demandé des comptes.

Elle était toujours sur lui. Il était toujours en elle.

Elle enfouit son visage dans son cou.

— Je sais.

Puis elle releva la tête et plongea son regard dans le sien.

— J'ai confiance en toi, Luis.

Une sonnette d'alarme se déclencha dans l'esprit de Luis. Son instinct lui disait que cette déclaration était plus lourde de sens qu'elle n'en avait l'air. En fait, la sonnette d'alarme s'était déjà déclenchée quand il l'avait emmenée à la plage pour lui apprendre à nager. Alors qu'il l'encourageait à se détendre pour flotter, il avait croisé son regard et il avait eu l'impression que celui-ci pénétrait jusqu'au plus profond que son âme. Mais si elle avait vraiment pu voir dans son âme, elle serait partie en hurlant d'effroi...

Son yacht était en route pour l'île, et le capitaine ainsi que son équipage se préparaient pour le mariage. Le communiqué de presse déjà rédigé était prêt à être diffusé. Le champagne était au frais. Tout avait été prévu. Du moins en principe... Il avait le sentiment très désagréable que le contrôle de la situation était en train de lui échapper et il ne savait pas comment le reprendre.

Luis courait sur la plage comme il n'avait pas couru depuis de trop nombreuses années. Il n'avait pas eu envie de nager. Il avait éprouvé le besoin de se dépenser physiquement en pratiquant un sport qui ne lui rappellerait pas la femme qu'il avait laissée endormie entre les draps, un sourire béat aux lèvres. Le soleil qui s'élevait lentement au-dessus de la mer des Caraïbes offrait un spectacle fabuleux mais il n'était pas en état de l'apprécier. Il avait l'estomac trop noué.

Dans quelques heures il serait marié à la femme la plus belle du monde. Leur mariage était censé être une simple formalité destinée à redorer son image et celle de Javier. Il n'était pas censé le rendre aussi nerveux. Pourquoi cette femme lui faisait-elle un tel effet ? Non seulement il en était arrivé à un point où il avait du mal à se passer d'elle pendant plus d'une heure, mais en plus il avait une fâcheuse tendance à s'épancher auprès d'elle. Comment s'y prenait-elle ? Il n'en avait aucune idée. Mais elle avait le don de lui arracher des confidences. À lui qui ne se confiait jamais à personne ! Même Benjamin ignorait qu'il avait été battu par son père.

Après avoir couru pendant une heure, Luis rentra à la villa et se rendit directement dans la salle de bains sans aller voir si Chloé dormait toujours. Son estomac était toujours aussi noué... Ce fut seulement après avoir pris une douche et s'être habillé qu'il consulta son téléphone. Il avait un appel manqué de son frère. Comme s'il n'était pas déjà assez stressé comme ça... Javier avait ignoré tous ses appels depuis la visioconférence désastreuse avec le Canadien. Il lui avait envoyé quelques messages professionnels mais il avait évité toute conversation directe. Son frère avait toujours eu un caractère impossible. Mais après l'humiliation que lui avait infligée Benjamin en lui soufflant sa fiancée sous les yeux de la haute société madrilène et devant les objectifs des photographes de la presse internationale, il était comme une poudrière prête à exploser. Luis aurait bien aimé l'aider mais il connaissait suffisamment son jumeau pour savoir que le mieux à faire quand il était dans cet état d'esprit, c'était de garder ses distances en attendant que l'orage passe.

Avec un profond soupir, Luis sortit sur le balcon et rappela Javier.

— Qu'est-ce que tu fabriques avec Chloé Guillem ? aboya ce dernier sans préambule.

— Je travaille à rétablir notre réputation à tous les deux, répliqua Luis d'un ton posé.

Il avait espéré avoir cette conversation une fois le mariage célébré. Il savait que son frère n'approuverait pas son plan. Comment avait-il découvert qu'il était avec Chloé ? C'était un mystère dont l'élucidation devrait attendre.

— En fricotant avec cette sale garce ?

Luis se hérissa.

— Ne parle pas d'elle comme ça.

— C'est une Guillem. C'est donc une sale garce.

Luis compta jusqu'à dix avant de répondre. Il ne fallait pas oublier que Chloé avait aidé son frère à voler la fiancée de Javier.

— Je l'épouse aujourd'hui. Ce mariage fera taire les rumeurs selon lesquelles nous avons escroqué son frère. George sera rassuré et le projet canadien sera sauvé.

— Je me moque de tout ça.

— Nous avons déjà investi cinquante millions dans ce projet. S'il tombe à l'eau, nous les perdons. Par ailleurs George n'est pas le seul à se poser des questions. D'autres investisseurs en font autant et d'autres projets sont menacés. Mais je ne t'apprends rien.

— Les autres investisseurs ne bougeront pas, tu verras. Ça finira par se tasser. Et même si ça n'est pas le cas, je préfère essuyer des pertes plutôt que de voir une Guillem entrer dans notre famille.

— Ne sois pas aussi intransigeant. Avec ce mariage je sauve notre société.

Luis faillit ajouter qu'épouser sa sœur était la meilleure façon de se venger de Benjamin mais il se ravisa. La vengeance ne faisait plus partie de ses objectifs. Depuis quand, exactement ? Il chassa cette question de son esprit pour reprendre la conversation avec son frère.

— Notre réputation n'est pas plus menacée que notre société. Notre fortune est à l'abri. Nous risquons peut-être de subir un revers à court terme mais à long terme nous parviendrons à rééquilibrer notre budget. Quant à notre réputation, il y a d'autres moyens de la rétablir.

— Lesquels ?

— Nous aurions déjà trouvé si tu ne t'étais pas lancé dans l'élaboration de ce plan ridicule.

— Tu n'étais pas d'humeur à discuter, rappela Luis avec exaspération. Ai-je besoin de te rappeler que tout ce que tu trouvais à faire c'était de ruminer dans ton coin ?

— Je réfléchissais.

— Et moi j'agissais. Mon mariage avec Chloé est la meilleure solution pour tout le monde.

— Tu as perdu la tête ? Nous avons surmonté des crises bien plus graves en faisant front ensemble. C'est ça la solution. Nous n'avons pas besoin de cette femme et je n'arrive pas à croire que tu puisses penser le contraire. Elle a conspiré avec son frère pour nous détruire et tu veux l'épouser ? La faire entrer dans notre famille ? Non, tu as perdu la tête. Et à cause d'une *femme*... C'est parce qu'elle est bien roulée qu'elle t'a rendu aveugle ?

— Ne sois pas ridicule. Chloé regrette le rôle qu'elle a joué et elle veut réparer les dégâts.

— Tu la *défends* ?

Javier eut un rire amer.

— Épouse-la si ça te chante mais ne prétends pas que c'est pour nous. Nous n'avons pas besoin d'elle pour régler ce problème. Le fait que tu penses le contraire prouve qu'elle t'a tourné la tête.

Sur ces mots, Javier raccrocha. Au comble de l'irritation, Luis jeta son téléphone par terre. Comment son frère osait-il l'accuser d'avoir perdu la tête pour Chloé ? C'était vrai qu'il avait noué avec elle des liens plus étroits qu'il ne l'aurait voulu, mais il n'avait pas perdu la tête. Il pourrait la quitter immédiatement sans le moindre regret. En un clin d'œil, la colère de Luis laissa place à un soulagement intense. Son estomac se dénoua et il se sentit soudain plus léger. Javier se trompait sur ses sentiments pour Chloé, mais il avait raison sur un point. Depuis toujours c'était eux deux, les frères Casillas contre le monde. Toutes les épreuves, ils les avaient surmontées ensemble. Pourquoi cela changerait-il aujourd'hui ?

Il n'était pas obligé d'épouser Chloé.

12

Lorsque Chloé sortit de la salle de bains enveloppée dans une serviette, Luis était assis au bord du lit. Quelque chose clochait, comprit-elle en voyant son visage.

— Quelque chose ne va pas ? demanda-t-elle en prenant sa montre sur la coiffeuse pour la remettre.

— Au contraire.

— De quoi parles-tu ?

— Notre mariage est annulé.

Elle pouffa.

— Très drôle. Tu devrais faire du théâtre.

— Notre mariage est annulé. J'ai prévenu le capitaine et j'ai commandé un hélicoptère qui nous emmènera à Lisa Island et…

— Tu es sérieux ? coupa-t-elle.

— Oui.

Elle scruta son visage.

— Mais pourquoi ? C'est quelque chose que j'ai fait ?

— Non, *bonita*. Tu n'y es pour rien. J'ai eu Javier au téléphone. Nous sommes arrivés à la conclusion qu'il est inutile que je t'épouse. Nous avons décidé de procéder comme d'habitude. Faire front ensemble. Réjouis-toi. Tu peux sortir de ma vie plus tôt que prévu.

Chloé sentit le sang se retirer de son visage. Prise de vertige, elle vacilla sur ses jambes et fut obligée de se tenir à la coiffeuse. Lorsqu'elle parvint à parler, sa voix était éraillée.

— Notre mariage n'est plus nécessaire ?

— Je suis désolé de t'avoir fait perdre ton temps.

— C'est une plaisanterie ?

Ça n'avait aucun sens…

— Non, ce n'est pas une plaisanterie.

Luis se leva.

— L'hélicoptère partira d'ici dans une heure et j'ai commandé un jet qui t'emmènera de Lisa Island à Grand Bahama. Dis-moi quand tu veux rentrer en Europe et j'organiserai ça également.

Il quitta la pièce les mains dans les poches, avec la même désinvolture que s'il venait de la prévenir que le petit déjeuner allait être servi.

Ce n'était pas possible… S'efforçant de maîtriser le tremblement de ses jambes, elle le suivit.

— Attends une minute.

Il ne pouvait pas rompre comme ça. Non. Ce n'était pas possible… Pas maintenant, pas après tout ce qui s'était passé entre eux. Il était au milieu du couloir.

— Attends une minute, répéta-t-elle d'une voix plus forte.

Il s'immobilisa.

— Pourquoi fais-tu ça ?

— Je viens de te l'expliquer, répliqua-t-il sans se retourner.

— Non, tu ne m'as rien expliqué. Et s'il te plaît, aie la courtoisie de me regarder quand tu me parles.

Il resta immobile.

— Je pensais que tu serais contente.

— Tu veux bien te retourner et me *regarder* ? Luis, s'il te plaît. Regarde-moi. *Parle-moi.*

Elle avait besoin de voir ses yeux. De plonger son regard dans le sien. Pour essayer de comprendre…

Il se retourna lentement et elle sentit un grand froid l'envahir. Son regard était vide. Il était impossible d'y lire quoi que ce soit.

— Tu n'as accepté de m'épouser que parce que j'ai fait pression sur toi, rappela-t-il d'une voix égale, raide comme une statue. Nous ne voulions nous marier ni l'un ni l'autre.

— Je me moque du mariage. Ce que je voudrais comprendre c'est pourquoi tu romps notre relation sans un mot d'explication.

— *Bonita*, il n'y a pas de relation. Il n'y en a jamais eu.

— Alors c'était quoi entre nous la semaine dernière ? J'avais le sentiment que c'était une relation.

Elle avait vu la tendresse dans ses yeux. Elle l'avait sentie dans ses baisers. Ça n'avait tout de même pas été un mirage ? Elle n'avait tout de même pas rêvé ? Son cœur se serra. Mais si, justement. Elle s'était laissé aller à rêver... Des larmes lui brûlèrent les paupières mais elle les refoula aussitôt.

— Je ne suis pas responsable de tes sentiments, répliqua-t-il toujours sur le même ton neutre. Il a toujours été très clair que notre mariage ne serait qu'un arrangement temporaire destiné à faire taire les rumeurs et sauvegarder notre société. Javier et moi...

— C'est *lui* ?

Elle était convaincue que Luis n'avait jamais cherché à duper son frère. Mais elle était prête à parier le château de Benjamin que Javier avait tout manigancé.

— Discuter avec Javier m'a ouvert les yeux, expliqua Luis. J'ai agi précipitamment. Sous le coup de la colère. Si j'avais pris le temps de réfléchir, je me serais rendu compte que ce mariage n'était pas la bonne solution.

— Alors je t'ai donné tout ça pour rien ? demanda-t-elle d'une voix blanche.

— Tout ça quoi ?

Une colère noire balaya la détresse de Chloé, et toute envie de pleurer l'abandonna. Elle dénoua sa serviette et la laissa tomber par terre.

— Moi !

Une lueur s'alluma enfin dans les yeux de Luis.

— Oh ! ça tu as apprécié, n'est-ce pas ? Tu ne te lassais pas de me faire l'amour. Sauf que ça n'avait rien à voir avec l'amour, n'est-ce pas ? Pour toi c'était purement sexuel.

— Chloé...

— C'est un jeu que vous avez imaginé tous les deux ? Je t'ai donné ma virginité dans le cadre d'un jeu pervers, c'est ça ?

Les traits de Luis se crispèrent.

— Tu as toujours su que ça ne durerait pas.

— Bien sûr ! Tu ne t'engages jamais durablement, n'est-ce pas ? Tu préfères garder tes distances de peur que quelqu'un parvienne à te voir tel que tu es vraiment. Et pense de toi la même chose que ton père.

— Comment oses-tu ?

— Non, toi, comment oses-tu ? Comment as-tu osé me faire l'amour avec tendresse, comment as-tu osé me réconforter, t'épancher auprès de moi, me faire rêver alors que j'avais renoncé aux rêves ?

— Je ne t'ai jamais menti ! C'est toi qui t'es bercée d'illusions. Et comment aurais-tu voulu que je te fasse l'amour ? Avec indifférence ?

— Je n'aurais jamais dû te laisser me toucher !

— Mais tu l'as fait.

Luis prit le menton de Chloé et darda sur elle un regard étincelant.

— Ne me rends pas responsable de *ton* désir. Ni de *tes* rêves. Il n'a jamais été question que ça dure entre nous. Nous avons passé de bons moments ensemble, je le reconnais. Je ne m'attendais pas à apprécier à ce point ces quelques jours que nous avons partagés. Mais maintenant c'est terminé. J'ai juste avancé la date d'expiration.

Chloé leva la main. Et se ravisa juste à temps. Elle avait été sur le point de le gifler... Non, même si elle était folle de rage et de douleur à cause de lui elle ne pouvait pas se résoudre à le frapper. Cela lui était déjà arrivé et il n'avait eu aucun mal à se défendre, bien sûr. Mais le problème n'était pas là. Après tout ce qu'il lui avait raconté, elle ne pourrait plus jamais lui porter un seul coup... Et pourtant, elle mourait d'envie de lui faire mal. Mais pas comme ça. Pivotant sur elle-même elle regagna la chambre et claqua la porte de toutes ses forces.

Luis ferma les yeux et expira lentement. Une migraine naissante lui barrait le front. Il se baissa pour ramasser la serviette de Chloé. Il savait qu'elle serait perturbée par cette rupture brutale, mais il ne s'attendait pas à lire une telle souffrance dans ses yeux lavande. *Dios*, il avait horriblement mal à la tête... La serviette sur l'épaule, il descendit à la cuisine pour prendre des cachets. Alors qu'il venait de les avaler avec un grand verre d'eau, il entendit des pas dans l'escalier et se prépara à une nouvelle scène.

Chloé apparut dans l'encadrement de la porte. Elle avait mis le short et le T-shirt rouge qu'elle portait le jour où il l'avait kidnappée et elle serrait son sac de plage sous son bras. Elle pénétra dans la cuisine d'une démarche raide et s'arrêta à deux bons mètres de lui.

— Excuse-moi d'avoir évoqué ton père. C'était tout à fait déplacé.

Il inspira profondément, la gorge nouée. Que dire ?

— Je te serais reconnaissante de me laisser prendre l'hélicoptère seule, reprit-elle devant son silence.

Le temps que sa gorge se dénoue et qu'il se sente en état de parler elle était sortie de la villa. Il ne chercha pas à la rattraper.

Chloé ouvrit l'enveloppe portant le logo de la Compañía de Danza Casillas avec des mains tremblantes. Elle avait été réexpédiée de Madrid à Londres, où elle s'était réfugiée chez sa vieille amie Tanya. L'enveloppe contenait une lettre de recommandation signée de Maria, la chef costumière. D'excellentes références. Elle la pressa contre son cœur en refoulant des larmes. C'était certainement Luis qui était à l'origine de la lettre. Maria était adorable mais elle ne prendrait jamais ce genre d'initiative sans autorisation. Pour sa part, elle n'avait pas demandé de références, persuadée qu'elle n'avait aucune chance d'en obtenir. Pas après avoir démissionné sans effectuer son préavis et contribué au départ de la danseuse étoile et fiancée d'un des deux propriétaires.

Une enveloppe plus petite s'échappa de la grande et tomba par terre. Elle la ramassa et y trouva une carte d'adieu signée par toute l'équipe des costumes et une grande partie des autres techniciens. Même certains danseurs avaient signé. Il y avait également un mot de Maria lui souhaitant bonne chance pour la suite et lui disant de l'appeler lors de son prochain passage à Madrid. À la lecture du post-scriptum, elle sentit son cœur palpiter.

Ce billet était destiné à ma fille mais elle n'est plus libre ce jour-là. Il est à toi. Viens.

Un billet pour l'inauguration du nouveau théâtre de la Compañía de Danza Casillas. Elle réprima le réflexe de le déchirer et le posa sur sa coiffeuse en refoulant ses larmes. Elle pleurait beaucoup trop depuis un mois. Et le pire, c'était de ne pouvoir se confier à personne, même pas à Tanya. Comment avouer qu'elle avait été assez stupide pour tomber amoureuse de l'homme qui l'avait kidnappée puis fait chanter ?

Les flashs crépitèrent lorsque Luis sortit de la limousine en compagnie de Javier. Imperturbables, les frères Casillas fendirent la foule jusqu'aux portes du nouveau théâtre de la Compañía de Danza Casillas. Un mélange idéal d'ancien et de moderne, songea Luis avec satisfaction. Ils avaient engagé le meilleur architecte, Daniele Pellegrini, et il s'était montré à la hauteur de sa réputation. Le public était éparpillé entre les cinq bars et la salle, où bon nombre de personnes étaient déjà installées à leurs places. Javier et lui avaient décidé de n'attribuer qu'un tiers des billets à des VIP. Les deux autres tiers avaient été vendus à des prix raisonnables via une loterie, les frères Casillas estimant que l'art ne devait pas être réservé à une classe privilégiée.

Les journalistes étaient nombreux, moins par désir d'assister à la première des *Chaussons rouges* que par envie d'être présents à la première soirée où Javier Casillas et son ex-fiancée, Freya, la danseuse étoile de la compagnie qui s'était enfuie deux mois plus tôt avec Benjamin, se retrouveraient dans le même lieu. La raideur des larges épaules de son frère était révélatrice du stress auquel il était soumis. Il n'avait jamais été amoureux de Freya mais son amour-propre avait été cruellement blessé. En dépit de la détérioration de leurs relations, il éprouvait de la compassion pour lui.

Depuis que Luis était revenu des Caraïbes, les relations entre les deux frères étaient tendues, même si d'un point de vue professionnel leur collaboration restait étroite. Fatigués des tergiversations et des leçons de morale de George, ils avaient renoncé au projet canadien avec une intense satisfaction. Pour le reste, Javier avait vu juste. Les rumeurs perdaient de leur nocivité et les affaires reprenaient. Même si cette soirée suscitait un regain d'intérêt pour le triangle amoureux, la discrétion absolue des trois intéressés limitait les dégâts. Freya avait bien sûr démissionné de la compagnie mais elle avait accepté de danser comme prévu lors de cette soirée d'inauguration, contribuant ainsi à redorer leur image en suggérant par sa présence qu'ils n'étaient pas aussi monstrueux que le clamaient leurs contempteurs sur Internet. À chaque fois que Luis pensait à ces commentaires injurieux il se remémorait la réaction de Chloé. Elle avait été bien plus touchée que lui par ce déversement de haine, comme si elle l'avait pris pour elle. Parfois, seul dans son lit, il se demandait d'où lui était venue l'idée ridicule que leur mariage était la solution miracle à tous leurs problèmes. Javier avait raison. Il avait vraiment perdu la tête. Et depuis, malgré tous ses efforts pour la chasser de son esprit, il ne parvenait pas à l'oublier...

Les frères Casillas s'installèrent dans leur loge, qu'ils avaient choisi de partager ce soir avec des membres de la famille royale d'Espagne. Une ravissante princesse était assise à côté de Luis. Quatre mois plus tôt, il aurait décidé sur le champ de coucher avec elle. Aujourd'hui elle le laissait complètement indifférent. Depuis son retour des Caraïbes aucune femme n'avait suscité son intérêt.

Le rideau se leva et la représentation commença. Au bout de quelques minutes, Luis sombra dans l'ennui habituel. Il préférait de loin les films d'action... Son regard se promena distraitement sur la salle. Quelques minutes avant l'entracte il reconnut Benjamin Guillem dans une loge de l'autre côté de la salle. Il ne put s'empêcher d'éprouver une pointe d'admiration. La présence de Benjamin dans le fief de l'ennemi dénotait un certain courage... Il observa son ex-ami à l'aide de ses jumelles et fut frappé par le regard ébloui dont il enveloppait la danseuse étoile. Il eut un pincement au cœur. Bien sûr... Benjamin était là pour soutenir la femme qu'il aimait.

L'image de Chloé s'imposa à l'esprit de Luis et il réprima un soupir. Quand cesserait-elle enfin de le hanter ?

— Que fait-elle ici ?

Le murmure hargneux de Javier arracha Luis à ses pensées.

— Qui ? demanda-t-il en omettant de mentionner la présence de Benjamin.

— Chloé.

Le cœur battant, il pointa ses jumelles dans la même direction que celles de son frère, vers le poulailler. *Dios*, c'était bien elle. Sublime dans une robe de dentelle noire, les cheveux lissés dans une coiffure qu'il ne lui connaissait pas et qui soulignait la délicatesse de ses traits.

— Que fait-elle ici ? répéta Javier.

— Je ne sais pas.

Où avait-elle eu son billet ? Pourquoi était-elle venue ?

Pourquoi son cœur cognait-il si fort ?

13

Chloé était incapable de fixer son attention sur la scène.

Elle avait une vue plongeante sur la loge des frères Casillas et elle avait repéré Luis dès qu'il y était entré. Aussitôt son cœur s'était mis à tambouriner dans sa poitrine et ses mains étaient devenues moites. Que lui avait-il pris de venir ? C'était une énorme erreur…

À la droite de Luis son détestable frère. À sa gauche une femme très belle en robe de velours qui murmurait à son oreille. Chloé rangea ses jumelles dans sa pochette et regarda dans la direction opposée à la loge.

Qu'essayait-elle de se prouver ? Qu'elle n'était plus amoureuse de lui ? Le billet était sur sa coiffeuse depuis une semaine quand elle avait décidé d'assister à la soirée. Elle avait besoin de le revoir une dernière fois, dans des circonstances où elle aurait la tête froide. Elle irait le voir pendant l'entracte ou le cocktail après le spectacle — elle connaissait suffisamment de monde pour pouvoir s'y faufiler — et elle le remercierait pour la lettre de recommandation avant de s'éclipser d'une démarche gracieuse.

Le dernier souvenir qu'il gardait d'elle était celui d'une hystérique désespérée. Cette idée était insupportable. Mais ce soir, au lieu de lui donner une meilleure image d'elle, ne risquait-elle pas d'aggraver encore son cas ? N'allait-elle pas au-devant d'une nouvelle humiliation ? Il ne l'aimait pas. Pour lui elle appartenait au passé. À part pour la lettre de recommandation il n'avait pas dû lui accorder une seule pensée depuis son retour. Il fallait adopter sa devise. Aller de l'avant. Regarder vers l'avenir au lieu de ressasser le passé. Elle allait proposer sa candidature pour un poste dans la compagnie de danse de New York et prendre un nouveau départ. Rassérénée, elle redressa les épaules et attendit la fin de la représentation.

Luis gardait ses jumelles braquées sur Chloé. Ne pouvait-elle pas tourner la tête vers lui ? Non, elle gardait les yeux fixés sur la scène... *Dios*, qu'elle était belle ! Et quel courage il avait dû lui falloir pour venir. Mais justement... Pourquoi était-elle venue ? Parce qu'elle s'était trouvée en possession d'un billet et qu'elle aimait la danse ? Il ne voyait pas d'autre explication. Il n'avait pas eu de nouvelles depuis plus d'un mois. En tout cas elle était là. Et il ne parvenait pas à détacher ses yeux d'elle. Et il était sur des charbons ardents...

— Je vais prévenir la sécurité qu'il ne faut en aucun cas la laisser entrer au cocktail, murmura Javier lorsqu'ils se levèrent à la fin de la représentation.

Attentif à ne pas perdre Chloé de vue, Luis mit quelques secondes à comprendre de ce que disait son frère.

— Tu vas la laisser tranquille, intima-t-il d'un ton vif.

— Tu prends encore sa défense ? Après ce qu'elle a fait ?

— Elle soutenait son frère. Nous n'agirions pas autrement si nous avions le sentiment qu'on nous attaque.

Les membres de la famille royale s'étaient levés. Luis fit un effort et échangea quelques mots avec eux tandis qu'ils quittaient la loge. Au dernier moment il se retourna pour regarder vers le poulailler. Chloé avait disparu. L'estomac noué, il sortit dans le couloir. S'exhortant à concentrer son attention sur ses invités de marque, il les conduisit vers la salle de conférences en sous-sol dans laquelle avait lieu le cocktail. Au détour d'un couloir, il aperçut au loin la haute silhouette de Benjamin. Sans hésiter, il prit son frère par le bras et l'entraîna dans la direction opposée en prévenant leurs hôtes qu'ils les rejoindraient quelques minutes plus tard.

— Que se passe-t-il ? demanda Javier en le regardant d'un air soupçonneux.

— Je voulais te parler seul à seul.

Au moment où il le disait, Luis prit conscience que c'était

vrai. Une discussion s'imposait. Une discussion qui n'avait que trop tardé.

— Pendant toutes ces années tu savais que nous avions escroqué Benjamin, n'est-ce pas ?

— Nous ne l'avons pas escroqué. C'est lui qui a été assez stupide pour signer le contrat sans le lire.

— Mais tu devais le prévenir que les termes avaient changé et tu ne l'as pas fait. Délibérément, n'est-ce pas ? Ce n'était pas un oubli.

Pour toute réponse, Javier fusilla Luis du regard.

Luis réprima une nausée.

— Pendant toutes ces années je me suis dit que tu avais oublié, alors que j'aurais dû accepter l'évidence. Tu n'oublies jamais rien. En trente-cinq ans tu n'as jamais oublié ni omis de faire une chose à laquelle tu t'étais engagé.

— Je ne me suis jamais engagé à lui envoyer un mail.

— Pas explicitement. Mais regarde-moi dans les yeux et dis-moi que cette omission n'a pas été délibérée.

— Pour quelle raison aurait-elle été délibérée ? rétorqua Javier avec un sourire sarcastique.

— Ce n'est pas moi qui peux répondre à cette question. Tout ce que je sais, c'est que Benjamin était notre ami. J'ai défendu ta position…

— *Notre* position, coupa Javier d'un ton glacial. Je suppose que tes scrupules à retardement sont liés à cette garce.

Incapable de contenir plus longtemps sa colère, Luis agrippa son frère par le col de sa chemise.

— Si tu parles encore une seule fois de Chloé en ces termes, tu es fini. Tu m'entends ? Fini.

— Si tu continues à la défendre, je dirais plutôt que *nous* sommes finis, *cher frère*.

Les jumeaux s'affrontèrent du regard pendant un long moment, vibrants de rage. Puis Luis lâcha le col de Javier. Sans le quitter des yeux il recula lentement, puis il finit par tourner définitivement le dos à son frère.

Luis arpenta les couloirs du théâtre avec un seul objectif en tête. Trouver Chloé. Il avait le reste de sa vie pour régler ses problèmes avec son frère. Et s'ils n'arrivaient pas à les régler ? Il s'en remettrait. En revanche il n'avait qu'une seule chance d'arranger les choses avec la femme dont il était amoureux. Comment avait-il fait pour ne pas s'en rendre compte plus tôt ? Quel imbécile ! S'il échouait dans sa tentative, il ne s'en remettrait pas. Il continua d'arpenter les couloirs, visita tous les bars, passa trois fois la tête par la porte de la salle de conférences où avait lieu le cocktail. Brusquement, il eut une illumination. Il fonça jusqu'à l'atelier de confection, ouvrit la porte. Bien sûr. Elle était là. En train de discuter avec Maria autour d'une bouteille de vin.

— Maria, je peux parler un instant seul à seul avec Chloé, s'il te plaît ? demanda-t-il aussi poliment qu'il le put.

La costumière bondit sur ses pieds et gagna précipitamment la sortie.

— Je suis en possession d'un billet. Ma présence ici est légitime, annonça Chloé.

— Je ne suis pas ici pour vérifier si tu as un billet.

— Alors pourquoi ? Je suppose que tu me cherchais.

— Je t'ai vue de ma loge.

— Moi aussi je t'ai vu. Tu as abandonné ta petite amie ?

— Je n'ai pas de petite amie, objecta-t-il avec perplexité.

Elle eut une moue dubitative. Tout à coup il comprit et laissa échapper un petit rire.

— Les femmes qui étaient avec nous font partie de la famille royale. Nous les avons invitées à partager notre loge par courtoisie. C'est tout.

— Que ce soit « tout » ou pas, ça m'est égal.

Il reconnut la lueur qu'il avait vue s'allumer dans ses yeux sur l'île à chaque fois qu'il avait parlé de Marietta avant qu'elle sache que Marietta avait près de quatre-vingt-dix ans. De la jalousie... Il respira soudain plus librement.

— Comment vas-tu ?

— Très bien merci. Je m'éclate à Londres.

— Londres ?

— Oui. Je suis là-bas depuis mon départ des Caraïbes et j'y retourne demain. Mais dis-moi, tu me cherchais pour échanger des banalités ou bien tu avais une raison spéciale ?

— Aie pitié de moi, *bonita*. Je sais que je ne le mérite pas, mais laisse-moi commencer par des banalités. Ce que j'ai à te dire est compliqué pour moi. J'ai besoin de me préparer.

Elle consulta sa montre.

— Mon taxi vient me chercher dans une demi-heure. Il me faut dix minutes pour retourner devant l'entrée du théâtre. Ça te laisse vingt minutes.

— Je peux te conduire où tu veux.

Chez moi, par exemple.

— Vingt minutes, répéta-t-elle, imperturbable.

Il hocha la tête et inspira profondément.

— D'accord. Tu as reçu la lettre de recommandation ?

— Oui. Merci. Je suppose que c'est toi qui en as pris l'initiative ?

— Oui. Et maintenant j'aimerais que tu la déchires et que tu reviennes à Madrid.

— Tu veux que je revienne travailler pour toi ?

— Non. Je veux que tu reviennes et que tu m'épouses.

Il y eut un silence, puis un large sourire étira les lèvres de Chloé.

— Tu devrais vraiment faire du théâtre.

Il jura à mi-voix.

— Je n'essaie pas d'être drôle, *bonita*. Je veux que tu deviennes ma femme.

— Je n'essaie pas d'être drôle non plus, mais si tu m'appelles encore une fois *bonita*, je te vide la bouteille sur la tête.

Abandonnant son sourire factice, elle se leva.

— Excuse-moi, mais je n'ai pas de temps à perdre avec tes petits jeux tordus.

Il parvint à lui prendre la main avant qu'elle ait le temps de la lui dérober.

— S'il te plaît, assieds-toi. Je ne joue pas. Je sais que je m'y prends très mal, mais je n'ai encore jamais dit « je t'aime » à personne.

Elle écarquilla les yeux, puis elle libéra sa main d'un mouvement vif.

— Je croyais que c'était Javier qui était cruel.

— Il l'est. Notre enfance nous a laissé des séquelles. Il doit vivre en voyant le reflet de notre père à chaque fois qu'il se regarde dans un miroir.

— Et toi ?

— Je dois vivre en voyant le reflet que mon père haïssait à chaque fois que je me regarde dans un miroir.

Elle l'étudia un instant en silence puis elle se rassit.

— Je dois vivre avec le reflet dont mon père ne voulait pas.

— Je sais. Que tu sois devenue une femme aussi généreuse et pleine d'entrain est remarquable. Tu pourrais être amère mais tu ne l'es pas. Les gens t'aiment.

— Toi aussi les gens t'aiment.

— Ils aiment mon argent. Les fêtes que j'organise et les cadeaux que j'offre. J'ai été obligé d'acheter mes amitiés.

Elle cilla.

— Ce n'est pas vrai. Tu as toujours été quelqu'un avec qui on s'amuse.

— J'aime m'amuser, c'est vrai. Mais je parle de véritables amitiés. Toi et Benjamin vous êtes les seules personnes, en dehors de mon frère, avec qui j'ai été capable de baisser ma garde.

— Parce que tu nous connais depuis toujours ?

— Dans le cas de Benjamin, oui. Nous avons grandi ensemble. Il m'a connu avant le cauchemar. Mais toi tu étais une enfant à l'époque et tu es restée une enfant à mes yeux jusqu'à ce que tu viennes à Madrid. Tout à coup, j'ai vu la femme belle et pleine de vitalité que tu es devenue. Je t'ai regardée d'un œil neuf et je suis tombé amoureux de toi sans en avoir conscience. Et puis la guerre a éclaté avec ton frère et, avec raison, tu n'as plus rien voulu avoir affaire avec moi. Mais pendant toute cette période tu n'as jamais quitté mes pensées.

» Alors quand tu m'as appelé pour me dire que tu étais tombée en panne dans la montagne... *Dios*, je n'ai jamais conduit aussi vite de ma vie. Quand j'ai appris que c'était une ruse pour m'éloigner du gala... Ah, *bonita*, j'étais furieux — s'il te plaît ne me vide pas la bouteille sur la tête. En réalité ce n'est pas de ton frère que je voulais me venger, mais de toi. »

— Tu veux dire que tu m'as kidnappée et que tu m'as fait chanter parce que tu m'aimes ? Tu te rends compte à quel point c'est tordu ?

Il passa la main dans ses cheveux.

— Tu n'as pas encore compris que je suis tordu ?

— Explique-moi quelque chose. Si tu as fait tout ça parce que tu m'aimes, pourquoi as-tu rompu de manière aussi cruelle ?

— J'avais peur. Ce que je ressentais pour toi, je ne l'avais jamais ressenti pour personne. Ça me terrifiait. Et je sentais que tu tombais amoureuse de moi, ce qui me terrifiait aussi. J'avais peur que tu finisses par me voir tel que j'étais.

— Je t'ai toujours vu tel que tu étais. Même quand je te haïssais je te comprenais. Et je t'ai encore mieux compris quand j'ai appris quelles relations tu avais avec ton père. Dans un sens nous sommes des âmes sœurs. Deux enfants rêvant de recevoir l'amour d'un parent qui refuse de le donner. Je suis tombée amoureuse de toi à dix-sept ans. J'ai rêvé de me marier avec toi... Et puis un jour j'ai appris la vérité sur ma conception et j'ai dû accepter ma relation avec mon père. Mais tu sais tout ça. Je n'en avais jamais parlé à personne. C'était trop douloureux et trop personnel. Mais à toi je me suis confiée.

— Tu étais amoureuse de moi depuis tout ce temps ? s'exclama-t-il, stupéfait.

— Oui, tout ce temps. Tu as toujours été là pour nous quand nous avions besoin de toi. Tu redonnais le sourire à ma mère quand elle était au plus mal. Quand nous l'avons enterrée tu m'as réconfortée. Tu m'as donné la force d'aller de l'avant. Oui, bien sûr, j'étais amoureuse de toi. Puis les années ont passé et j'ai cru que mon amour pour toi avait été rangé avec mes affaires d'enfant. Mais quand je t'ai revu à Madrid, mes sentiments pour toi ont explosé.

» Quand Benjamin m'a parlé du contrat, ça m'a brisé le cœur. Je n'arrivais pas à croire que tu avais pu nous trahir. Mais ensuite j'ai compris qu'en effet tu ne nous avais jamais trahis. Et mon amour pour toi ne m'a jamais quittée. »

Luis soupira. Impossible de lui cacher la vérité à présent qu'il la connaissait.

— Javier n'a pas oublié de prévenir ton frère que les termes du contrat avait été changés. Il le lui a délibérément caché.

— Je sais.

— Pardon ?

— Benjamin m'a toujours affirmé qu'il avait mentionné ces termes le soir de la signature et qu'il n'avait pas été prévenu de la modification. C'est pour ça qu'il se sentait aussi trahi, et moi aussi. Si ce n'est pas à toi qu'il en a parlé, c'est à Javier.

— Je suis désolé.

— Tu n'es pas ton frère. Et il a payé pour sa trahison.

— Mais pendant des années j'ai ignoré la petite voix qui me disait qu'il avait dupé sciemment Benjamin.

— Je comprends ta loyauté envers lui. Surtout après tout ce que vous avez vécu. Je l'ai toujours compris.

Bouleversé, Luis se leva, hissa Chloé sur ses pieds et prit son visage entre ses mains.

— Chloé, je m'en voudrai toute ma vie de ne pas avoir compris plus tôt que je t'aimais. Me pardonneras-tu un jour mon aveuglement et ma stupidité ? Je t'aime et je veux passer le reste de ma vie à te les faire oublier. Es-tu d'accord ?

— Oui, je veux rester avec toi pour toujours.

— Pour toujours, mon amour. Toi et moi nous ne serons plus jamais séparés.

— Promis ?

— Promis.

— Pour toujours ?

— Pour toujours.

Épilogue

Le soleil couchant qui descendait lentement vers la mer des Caraïbes offrait un spectacle fabuleux, que Luis admirait le cœur joyeux.

— Nerveux ?

Il tourna la tête et sourit à Benjamin.

— Pas du tout.

— Pas du tout ?

— Non. C'est un jour que j'attends depuis si longtemps ! Mais si elle me fait attendre encore, mon cœur risque d'exploser…

Chloé avait insisté pour ne pas précipiter leur mariage, en arguant que ça n'arriverait qu'une fois et qu'elle voulait que ce soit parfait.

Benjamin pouffa.

— Ma sœur peut être très têtue.

— C'est de famille.

— Oui, c'est vrai. Et j'imagine que c'est un trait de caractère dont héritera ma nièce ou mon neveu.

— Elle te l'a dit ?

— Elle l'a dit à Freya. Qui me l'a dit…

Luis éclata de rire.

Chloé avait fait le test une semaine plus tôt et elle lui avait fait jurer de ne rien dire à personne avant la fin du troisième mois. Il aurait dû se douter qu'elle ne pourrait pas s'empêcher de l'annoncer à Freya.

Après s'être enfin déclaré leur amour, ils avaient passé plusieurs jours au lit à savourer leurs retrouvailles en oubliant tout moyen de contraception. À la fin de cette parenthèse sensuelle, Luis avait décidé de se réconcilier avec Benjamin. Chloé avait sollicité l'aide de Freya, qui était rapidement tombée sous son charme et lui avait pardonné le rôle qu'elle avait joué dans son kidnapping. Les plaidoyers de sa femme et de sa sœur avaient fini par avoir raison des réticences de Benjamin et il avait accepté de rencontrer Luis en tête à tête, en terrain neutre.

Bien entendu, un peu avant l'heure du rendez-vous, Chloé et Freya s'étaient installées à une table à l'écart dans le bar de l'hôtel choisi, dissimulant leur visage avec des ruses si grossières qu'elles n'étaient pas passées inaperçues. Luis savait que c'était leur présence qui avait encouragé Benjamin à l'écouter. Il avait refusé le chèque correspondant au solde de la part de bénéfices qui lui revenait selon l'accord initial, et avait dit à Luis de verser la somme à une association caritative. Mais il avait accepté une bière et il l'avait écouté. Trois bières plus tard l'atmosphère était nettement plus détendue. Cinq bières après, ils riaient ensemble.

Deux mois plus tard, Luis s'apprêtait à se marier avec la femme de sa vie, avec Benjamin pour témoin. La seule ombre au tableau était l'absence de Javier, qui avait coupé les ponts avec lui. Chloé répétait à Luis que le temps finirait par faire son œuvre, mais Luis connaissait son frère mieux que personne. Pour Javier, c'était très simple. En choisissant Chloé, Luis l'avait trahi. Il était incapable de comprendre que Luis n'avait pas eu le choix. Chloé était aussi indispensable à sa vie que l'air qu'il respirait.

Lorsque Chloé apparut sur le pont, Luis oublia instantanément son frère. Resplendissante dans une robe longue en dentelle blanche, dont le décolleté mettait en valeur ses seins plus somptueux que jamais — *Dios*, la grossesse lui allait bien — un petit bouquet de fleurs dans les mains, elle arborait un sourire radieux. Sa joie éclatante était contagieuse. Elle illuminait tous les visages, y compris ceux du capitaine Brand, qui officiait, et de tous les membres de l'équipage. Au lieu de rejoindre Luis d'un pas solennel, elle courut vers lui et se jeta à son cou. Elle fit preuve du même enthousiasme pendant toute la cérémonie et, lorsque vint le moment d'échanger leur premier baiser de jeunes mariés, celui-ci dura si longtemps qu'ils ratèrent le début du feu d'artifice.

Luis et Chloé CASILLAS sont ravis de vous annoncer
la naissance de leur premier enfant,
Clara Luis CASILLAS, née à 5 h 22.
La mère et la fille se portent merveilleusement bien.

MICHELLE SMART

Pour le cœur de Javier Casillas

Traduction française de
ÉLISABETH MARZIN

HARLEQUIN

Titre original :
BILLIONAIRE'S BABY OF REDEMPTION

Ce roman a déjà été publié en 2019

1

Les yeux fixés droit devant lui, Javier Casillas avançait dans le couloir d'un pas mécanique. Il sentait les regards sur lui. Comme il les avait sentis avant, pendant et après la représentation dans la loge qu'il partageait avec son frère jumeau. En raison de l'histoire tragique de leurs parents, son frère Luis et lui étaient régulièrement sous les projecteurs depuis leur enfance et ils avaient appris à le supporter. Mais au cours des deux derniers mois, la pression des médias avait décuplé.

Il leur accorderait exactement la même chose que d'habitude. Rien. Pendant tout le spectacle il était resté de marbre, alors qu'intérieurement il bouillonnait de rage. Sans broncher, il avait regardé Freya, son ex-fiancée, danser comme une déesse. Sans broncher, il avait écouté l'ovation qui rendait honneur à son talent. Mais depuis son arrivée au théâtre il n'avait qu'une envie : rentrer chez lui et se défouler sur son punching-ball.

Cette soirée était l'accomplissement d'un rêve que son frère et lui poursuivaient depuis très longtemps. Une dizaine d'années plus tôt, ils avaient enfin réuni les fonds nécessaires pour acheter le théâtre madrilène décrépi dans lequel leur mère, danseuse étoile de renommée internationale, s'était initiée à son art. Ils avaient également acquis la compagnie de danse associée, qu'ils avaient rebaptisée Compañía de Danza Casillas en hommage à leur mère. Ils avaient entrepris d'en faire l'une des compagnies de danse les plus prestigieuses d'Europe. Par la suite ils avaient acheté un terrain tout proche, sur lequel ils avaient fait bâtir un lieu ultramoderne comprenant un théâtre et une école de danse.

Ce soir c'était l'inauguration, marquée par la première des *Chaussons rouges*. La presse internationale était venue en force, mais au lieu de s'intéresser à l'architecture du lieu et à la qualité du spectacle, ils focalisaient toute leur attention sur lui et son ex-fiancée... Le monde entier savait que celle-ci l'avait quitté pour son plus vieil ami, Benjamin Guillem. Une humiliation cuisante, certes. Mais seul son amour-propre était blessé. Il ne tenait pas à Freya. Il n'avait jamais tenu à elle. Javier arriva à un embranchement du couloir conduisant à la salle où avait lieu le cocktail donné après le spectacle. Alors qu'il s'apprêtait à tourner à gauche en compagnie des invités de marque — dont plusieurs membres de la famille royale d'Espagne — il sentit une main se refermer sur son bras pour l'entraîner dans la direction opposée. Son frère... qui prévenait leurs hôtes qu'ils les rejoindraient quelques minutes plus tard.

— Que se passe-t-il ? demanda-t-il avec suspicion.

— Je voulais te parler seul à seul.

Quelque chose dans le ton de Luis le mit en alerte. Leurs relations étaient tendues depuis l'escapade de son frère dans les Caraïbes, un mois plus tôt. Comment Luis pouvait-il s'imaginer qu'en épousant la sœur de Benjamin il rétablirait leur réputation à tous les deux ? Ça dépassait l'entendement. Son frère, bien que très différent de lui physiquement et moralement, était pourtant quelqu'un de très judicieux. Son avis avait même toujours été le seul qu'il jugeait digne de considération. Par chance Luis était revenu à la raison au dernier moment et il était rentré à Madrid célibataire. Malgré tout, leurs relations étaient loin d'être apaisées. Javier réprima un soupir. Luis était le seul élément stable de sa vie. Depuis leur naissance, ils avaient toujours affronté ensemble les épreuves que la vie leur avait réservées.

Luis attendit d'être hors de portée de voix du groupe pour se tourner vers lui.

— Pendant toutes ces années tu savais que nous avions escroqué Benjamin, n'est-ce pas ?

À l'évocation de son ennemi juré, Javier fut submergé par la rage qu'il contenait à grand-peine depuis le début de la soirée. Sept ans auparavant, les frères Casillas avaient proposé à Benjamin

Guillem d'investir dans un de leurs projets. La construction à Paris d'un immeuble prestigieux, la tour Mont-Blanc. S'ils lui avaient fait cette proposition, c'était uniquement parce qu'un jour le vendeur du terrain leur avait soudain adressé un ultimatum, leur donnant jusqu'à minuit pour régler le solde du prix d'achat. Faute de quoi le terrain serait vendu à un autre acquéreur et ils perdraient les arrhes déjà versées. Ils ne disposaient pas des liquidités nécessaires. Benjamin, si.

— Nous ne l'avons pas escroqué, objecta-t-il d'un ton glacial. C'est lui qui a été assez stupide pour signer le contrat sans le lire.

— Mais tu devais le prévenir que les termes avaient changé et tu ne l'as pas fait. Délibérément, n'est-ce pas ?

Javier serra les dents. C'était Luis qui avait fait la proposition à Benjamin, et ce dernier avait investi dans le projet à hauteur de vingt pour cent. Dans sa hâte de conclure le contrat, Luis avait dit à Benjamin que vingt pour cent du bénéfice lui reviendraient. Lors de la rédaction du contrat, l'avocat des frères Casillas leur avait fait remarquer que la participation de Benjamin était purement financière, tandis que de leur côté ils assumeraient entièrement la réalisation du projet. Par conséquent, il était plus logique que la part de bénéfice revenant à Benjamin soit limitée à cinq pour cent. Un point que Javier avait approuvé. Le contrat avait été modifié en conséquence et Javier avait envoyé la nouvelle version à Benjamin, persuadé qu'il la lirait et qu'il négocierait les nouvelles conditions si elles ne lui convenaient pas.

Pour toute réponse, il fusilla Luis du regard. Ce dernier prit une profonde inspiration.

— Pendant toutes ces années je me suis dit que tu avais oublié, alors que j'aurais dû accepter l'évidence. Tu n'oublies jamais rien. En trente-cinq ans tu n'as jamais oublié ni omis de faire une chose à laquelle tu t'étais engagé.

— Je ne me suis jamais engagé à lui envoyer un mail.

Javier s'exhorta au calme. Il ne faisait jamais de promesses qu'il n'avait pas l'intention de tenir. Les gens pouvaient dire ce qu'ils voulaient de lui — et ils ne se gênaient pas pour le critiquer, surtout derrière son dos — mais il était un homme de parole.

— Pas explicitement, reconnut Luis. Mais regarde-moi dans les yeux et dis-moi que cette omission n'a pas été délibérée.

Luis lui avait demandé de préciser à Benjamin les modifications qui avaient été apportées au contrat, se rappela Javier. Mais à aucun moment il n'avait dit qu'il le ferait. Et Luis devrait lui en être reconnaissant. Si Benjamin avait lu le contrat avant de le signer, ils seraient actuellement moins riches de deux cent vingt-cinq millions d'euros. Malgré tout, Benjamin avait quand même gagné — *gagné* — soixante-quinze millions d'euros. Et pour cette somme substantielle, il n'avait rien eu d'autre à faire qu'un transfert de fonds. Qu'il ait eu l'aplomb de les attaquer en justice était inadmissible. Qu'il ait refusé d'accepter le jugement rendu par le tribunal, qui l'avait débouté, puis qu'il lui ait volé sa fiancée était minable. Et tout le monde considérait que c'était lui qui était en tort ? Tous des idiots aveuglés par leurs préjugés ! Parce que lorsqu'ils le regardaient les gens voyaient le visage de son meurtrier de père...

— Pour quelle raison aurait-elle été délibérée ? demanda-t-il avec une moue dédaigneuse.

— Ce n'est pas moi qui peux répondre à cette question. Tout ce que je sais c'est que Benjamin était notre ami. J'ai défendu ta position...

— *Notre* position, coupa-t-il à bout de patience.

Voilà qu'à présent son propre jumeau le soupçonnait ? Qu'était devenue la loyauté à toute épreuve qui les avait toujours unis ?

— Je suppose que tes scrupules à retardement sont liés à cette garce.

Javier avait un mauvais pressentiment depuis qu'il avait aperçu Chloé Guillem, la sœur de Benjamin, dans le public pendant la représentation. Elle les avait trahis elle aussi en aidant son frère à mener à bien le kidnapping de Freya. Et c'était elle la cause de la tension qui régnait entre Luis et lui depuis que celui-ci était de retour des Caraïbes. Un rictus inhabituel crispa le visage de Luis. Avant que Javier ait le temps de réagir, son frère l'agrippa par le col de sa chemise.

— Si tu parles encore une seule fois de Chloé en ces termes, tu es fini. Tu m'entends ? Fini.

Javier crispa la mâchoire. Il s'était passé quelque chose entre Luis et Chloé. C'était évident. Luis avait toujours été un grand séducteur, mais jamais aucune de ses aventures n'avait mis en péril leur relation.

— Si tu continues à la défendre, je dirai plutôt que *nous* sommes finis, *cher frère*, rétorqua-t-il sèchement.

Si Luis était séduit par cette garce après ce qu'elle lui avait fait, eh bien il n'existait plus pour lui. Leur loyauté mutuelle passait avant tout le reste. Si Luis l'avait oublié, il n'était plus son frère.

Les jumeaux s'affrontèrent du regard pendant un long moment, vibrants de rage. Puis Luis lâcha le col de Javier et s'écarta de lui. Javier regarda l'homme avec qui il avait partagé le même utérus, la même chambre, le même deuil tragique, les mêmes combats, reculer lentement avant de lui tourner le dos. Le cœur battant à tout rompre, il le suivit des yeux. En trente-cinq ans, aucun des deux n'avait jamais tourné le dos à l'autre. Les yeux rivés sur Luis, Javier eut vaguement conscience d'une femme qui venait dans sa direction. Ce fut seulement lorsqu'elle s'immobilisa devant lui qu'il la reconnut. Cette femme, il l'avait vue pour la dernière fois deux mois plus tôt lorsqu'il l'avait raccompagnée à la porte de chez lui… C'était un visage qu'il n'avait jamais souhaité revoir de près.

— Tu devrais être au cocktail, déclara-t-il d'un ton sec.

Sophie Johnson faisait partie du corps de ballet de la Compañía de Danza Casillas. Son contrat l'obligeait à être présente au cocktail.

— J'ai quitté la compagnie il y a deux mois.

En entendant de nouveau cette voix étonnamment sensuelle, Javier sentit les battements de son cœur s'accélérer. Sophie avait un visage d'ange et une voix de vamp… Elle avait quitté la compagnie ? Il n'avait pas été très attentif à ce qui se passait sur scène pendant la représentation.

— Que fais-tu ici, alors ?

Il le savait. L'étau qui lui comprimait la poitrine venait de se resserrer d'un cran. Il connaissait la réponse. Mais il n'avait aucune envie de l'entendre.

— Il faut que je te parle.

— Le moment ne peut pas être plus mal choisi.

Et elle était la dernière personne avec qui il avait envie de parler.

Surtout maintenant, alors que la charpente de sa vie était en train de se fissurer. Il passa à côté d'elle avec un bref hochement de tête.

— Excuse-moi.

— C'est important, insista-t-elle.

Il se figea, le cœur battant à tout rompre. Des souvenirs de leur brève aventure l'assaillirent. Des souvenirs qu'il avait refoulés depuis l'instant où il l'avait raccompagnée à sa porte. Il tourna la tête vers elle.

— Non. Ce n'est pas une conversation à avoir ici et maintenant. Rentre chez toi.

— Mais...

— J'ai dit *non*.

Le ton cinglant de Javier fit frémir Sophie. Elle le regarda s'éloigner en serrant les dents pour retenir ses larmes. Elle en avait versé suffisamment au cours des deux derniers mois. Les jambes tremblantes, elle se dirigea vers la chaise la plus proche et s'affaissa dessus. Dire qu'elle s'était crue amoureuse de Javier... Quelle idiote ! Les rumeurs le décrivant comme un monstre d'insensibilité s'étaient toutes révélées exactes. Malheureusement elle les avait ignorées, convaincue que loin d'avoir un cœur de pierre c'était au contraire un être tourmenté. La première fois qu'elle l'avait vu, c'était un an plus tôt, un jour où il était venu à la compagnie de danse. Dès que ses yeux s'étaient posés sur lui elle avait eu le souffle coupé, puis son cœur s'était affolé. C'était une réaction viscérale qui l'avait d'autant plus ébranlée qu'elle n'avait jamais rien ressenti de tel. Contrairement aux danseurs qu'elle côtoyait, musclés mais élancés, Javier était massif. Très grand, c'était un homme imposant qui attirait l'attention dès qu'il pénétrait dans un lieu. Le nez trop grand, les paupières trop tombantes, et le regard trop suspicieux, il n'était pas beau au sens traditionnel du terme. Mais il avait un magnétisme qui rendait tous ces défauts fascinants. Et puis il y avait en lui cette souffrance qu'elle avait tout de suite décelée et qui l'avait bouleversée. Pendant des mois elle avait vécu dans l'attente de le revoir. C'était rarement arrivé — son implication dans la gestion de la compagnie était limitée — mais à chaque fois son cœur s'était affolé de nouveau. Bien sûr, elle savait que cet engouement ne la mènerait à rien. Javier Casillas était l'un des deux propriétaires de la compagnie de danse. Un homme d'affaires bien plus riche qu'elle n'était capable de l'imaginer, dont l'arrogance et la réserve suscitaient à la fois l'admiration et la crainte. Il n'y avait aucune chance qu'il lui accorde le moindre regard. En revanche, il en avait accordé plus d'un à Freya.

Freya était sa plus vieille amie et c'était pour intégrer la même compagnie de danse qu'elle que Sophie était venue à Madrid. Freya, danseuse étoile de la Compañía de Danza Casillas, était très belle mais c'était avant tout une immense artiste. Sophie ne lui avait jamais confié ce qu'elle éprouvait pour Javier. C'était trop personnel. Lorsque Freya avait accepté la demande en mariage de Javier, elle avait été anéantie. Pendant des mois elle avait souffert en silence, déterminée à soutenir sa meilleure amie même si ce mariage lui inspirait des inquiétudes qui n'avaient rien à voir avec son cœur brisé. Elle avait même eu la témérité d'accepter d'être demoiselle d'honneur. Mais une semaine avant le mariage, Freya s'était enfuie avec Benjamin Guillem, laissant tomber Javier. Un événement qui avait déclenché une tempête médiatique.

Si Sophie s'était rendue chez Javier quelques jours plus tard, c'était par compassion. En emballant les affaires de Freya restées dans l'appartement qu'elles partageaient, elle était tombée sur un dossier contenant des documents officiels, dont le contrat de mariage de Freya et Javier. Freya n'avait pas souhaité qu'elle les lui envoie. Elle avait donc décidé de les donner à Javier, persuadée qu'il n'aimerait pas qu'ils tombent entre les mains des journalistes. Le lendemain du mariage de Freya avec Benjamin, elle avait pris son courage à deux mains et s'était rendue chez Javier. Il habitait dans une villa isolée, qui ressemblait plus à un palais qu'à une simple maison. Elle avait dû parler devant l'écran du système de sécurité avant que les grilles électroniques s'ouvrent lentement.

Elle avait remonté l'allée le cœur serré pour Javier, certaine qu'il était accablé, malgré son absence de sentiments pour Freya. Après tout, elle s'était enfuie avec son meilleur ami sous les flashs des photographes de la presse internationale. Non seulement tout le monde était au courant de l'affront qu'il avait subi, mais il était désigné comme l'unique responsable de ce qui s'était passé.

Sans connaître aucun détail de l'histoire — elle-même ne savait rien, Freya lui ayant juste passé un coup de téléphone pour lui demander d'emballer ses affaires — les journalistes le dépeignaient comme un monstre. Les rumeurs qui couraient sur lui la rendaient malade. Elle s'attendait à être accueillie par un majordome, mais à sa grande surprise c'était lui qui avait ouvert la porte. Ce qui s'était passé ensuite avait prouvé que sa réputation était méritée. S'il lui avait accordé une seule pensée depuis ce jour-là, il aurait su qu'elle avait quitté la compagnie et Madrid pour rentrer en Anglcterre. Espérant contre toute probabilité qu'il chercherait à la revoir, elle avait laissé à la compagnie une adresse où faire suivre son courrier. S'il l'avait voulu, il aurait pu la retrouver facilement. Dire que ce soir il n'avait même pas remarqué qu'elle n'était pas sur scène pendant la représentation…

Ces deux mois de silence n'avaient pas été de trop pour qu'elle parvienne à accepter sa situation et à trouver le courage d'affronter de nouveau Javier. Elle irait le voir demain. Et les jours suivants s'il le fallait, jusqu'à ce qu'il soit disposé à avoir cette conversation. Lorsqu'elle fut certaine de pouvoir tenir sur ses jambes, Sophie se releva et se dirigea vers la sortie. Les couloirs du théâtre étaient presque déserts. Lorsqu'elle arriva en haut de l'escalier conduisant au hall, son cœur fit un bond dans sa poitrine. Javier était en train de monter les marches quatre à quatre. Elle s'agrippa à la rampe en soutenant son regard noir. Arrivé à sa hauteur il lui fit signe de le suivre vers un coin isolé, puis il se retourna vers elle.

— Pourquoi maintenant ? demanda-t-il en passant la main dans ses cheveux. Pourquoi as-tu choisi de me parler justement ce soir, ici ? Pourquoi ne pas être venue me voir chez moi ?

— Parce que, après la façon dont tu m'as traitée, je n'étais pas sûre que tu accepterais de me recevoir.

En l'espace d'une seconde, l'amant passionné était devenu glacial. Puis il lui avait indiqué la sortie sans un mot.

Il crispa la mâchoire.

— Tu es enceinte de moi ?

Sans savoir par quel miracle, elle parvint à lui répondre sans fondre en larmes.

— Oui. Nous allons avoir un bébé.

2

Javier eut l'impression qu'un voile rouge lui obscurcissait la vue. Dès qu'il avait reconnu Sophie dans le couloir il avait su pourquoi elle était là, mais son esprit avait refusé de reconnaître la réalité. Il allait être père.

Et la mère n'était pas l'épouse idéale qu'il avait choisie pour mettre au monde ses enfants, mais cette créature fragile qui avait déclenché en lui une impulsion aberrante. Il voulait des enfants. Son frère et lui avaient adopté le nom de leur mère dès que la loi les avait autorisés à abandonner celui de leur père, et il tenait à ce qu'il perdure à travers une nouvelle génération. Il avait attendu pendant des années la femme parfaite à qui faire ces enfants. Freya en avait été l'incarnation. Une femme de tête, très belle, qui lui aurait donné de beaux enfants. Qui n'avait jamais éveillé le moindre désir chez lui et qui n'avait jamais manifesté le moindre désir pour lui non plus. L'épouse idéale.

Il savait à quel point la passion était dangereuse. C'était elle qui l'avait rendu orphelin. Et c'était le sang chaud de son père qui coulait dans ses veines. Son reflet le lui rappelait à chaque fois qu'il se regardait dans le miroir. Il n'aurait jamais dû laisser Sophie, petit être hypersensible, l'approcher. Elle soupira et prit dans son sac une carte qu'elle lui tendit.

— Je suis descendue à cet hôtel. Prends le temps de digérer la nouvelle et viens me voir quand tu seras prêt à discuter.

— Discuter de quoi ? demanda-t-il d'un ton brusque sans prendre la carte.

Pas question de risquer d'effleurer ces doigts minuscules qui lui avaient fait perdre la tête dès qu'elle l'avait touché. De toute façon, il savait ce qu'il avait à faire. Discuter serait une perte de temps. Lorsqu'il l'avait quittée un peu plus tôt, il était en état de choc et il avait l'impression de porter le poids du monde sur ses épaules. Son intention était d'aller se défouler sur son punching-ball afin d'évacuer tout le stress accumulé et de retrouver le sang-froid nécessaire pour pouvoir parler avec elle sans exploser. C'était en arrivant à sa voiture qu'il avait recouvré sa lucidité. Il avait compris qu'en la laissant là il donnait raison à tous ceux qui le considéraient comme un monstre.

— Nous allons avoir un bébé, Javier. Ça implique de discuter de pas mal de choses, il me semble.

— Pas du tout. Si tu es enceinte de moi, il n'y a qu'un seul détail à régler. La date de notre mariage.

Elle ouvrit de grands yeux.

— Notre mariage ?

— Mon enfant portera mon nom, et si tu veux mon soutien financier tu n'as pas d'autre choix que de m'épouser.

Que s'imaginait-elle ? Mais il était vrai que Sophie était naïve. Elle était même encore vierge quand ils avaient couché ensemble ! Un détail qu'elle avait omis de lui préciser au moment où ils s'étaient arraché leurs vêtements…

Contre toute attente, un petit sourire étira les lèvres de Sophie.

— Tu n'as pas besoin de me menacer. Je suis d'accord pour t'épouser.

— Vraiment ?

Elle hocha la tête. Le premier instant de surprise passé, Javier laissa échapper un petit rire désabusé. Malgré son air angélique, la petite Sophie était déjà en train de calculer les avantages matériels qu'elle tirerait de cette solution !

— Notre enfant est innocent, déclara-t-elle d'un air grave. Il n'a pas choisi d'être conçu. Il mérite de se sentir désiré et de grandir entre ses deux parents.

— Si c'est vrai pourquoi avoir attendu si longtemps pour me prévenir ? Tu dois être au courant depuis un certain temps.

— Je l'ai su au bout d'une semaine, répliqua-t-elle sans ciller. J'ai senti les transformations de mon corps. J'ai fait le test après le premier jour de retard, si bien que j'en ai la confirmation depuis six semaines. En principe, je suis enceinte de dix semaines. Si j'ai attendu pour te prévenir c'est parce que j'avais besoin de me remettre d'aplomb avant de te revoir.

— Et de réfléchir au meilleur moyen de tirer profit de la situation ? lança-t-il d'un ton sarcastique.

Il n'avait jamais rencontré de femme désintéressée. Avoir plus d'argent qu'on ne pourrait en dépenser en mille vies avait beaucoup d'avantages mais le plus grand était le pouvoir que ça donnait sur les autres. Sa fortune lui avait permis d'acheter Freya, danseuse étoile et femme parfaite, qui n'avait pas hésité à se vendre.

— Je ne veux rien d'autre que le bien de notre enfant, insista Sophie sans cesser de le fixer d'un regard franc.

Du coin de l'œil il vit approcher deux gardes qui faisaient une ronde. S'il y avait une chose qu'il ne supportait pas, c'était les indiscrétions sur sa vie privée. Sa famille avait été sous les projecteurs avant même qu'il vienne au monde. Il avait peut-être encore du mal à réaliser qu'il allait être père, mais une certitude était déjà ancrée en lui. Il ferait tout pour protéger son enfant.

— Il est tard. Nous discuterons de tout ça à tête reposée. Mon chauffeur va te ramener à ton hôtel. Essaie de dormir. Tu as l'air fatiguée. Il viendra te chercher demain matin pour te conduire chez moi, poursuivit-il en détournant les yeux et en se dirigeant vers l'escalier.

Il avait besoin de prendre ses distances avec la femme qui venait de faire exploser une bombe dans sa vie déjà perturbée. Une bombe qu'il avait fabriquée lui-même. C'était lui qui avait eu la stupidité de ne pas mettre de préservatif pour la première fois de sa vie. C'était lui qui avait eu la stupidité d'inviter cette femme à entrer chez lui. Elle resta silencieuse à son côté jusqu'à la sortie. Une fois devant la porte, elle se tourna vers lui.

— À quelle heure ton chauffeur viendra-t-il me chercher demain matin ?

— Vois ça avec lui.

Il sortit et se dirigea vers sa voiture.

— Conduisez Mlle Johnson à son hôtel, dit-il à son chauffeur avant de s'éloigner sans un mot pour Sophie.

Il sentit son regard sur lui et accéléra le pas. Tandis qu'il parcourait les cinq kilomètres qui le séparaient de chez lui sans ralentir sa marche, les souvenirs qu'il avait chassés de son esprit pendant deux mois s'imposèrent à lui avec une précision redoutable. Le matin de ce jour fatidique, il avait appris que Freya et Benjamin s'étaient mariés et il avait trouvé dans sa messagerie un flot de mails injurieux. Quelqu'un avait divulgué son adresse personnelle et des guerriers du clavier s'en étaient donné à cœur joie. Il était dans une telle rage qu'il avait renvoyé son personnel pour la journée. Il valait mieux garder sa fureur pour lui. C'était plus sûr. Pour tout le monde. Un peu plus tard, la sonnerie de l'Interphone avait retenti. Sur l'écran il avait vu Sophie, un épais dossier dans les bras, qui contenait, avait-elle dit, des documents d'ordre privé le concernant. Il l'avait tout de suite reconnue. La danseuse colocataire de Freya. La jeune femme effacée qui n'avait jamais croisé son regard les rares fois où il l'avait vue. S'il y avait quelqu'un susceptible de détenir sur Freya et Benjamin des informations dont il pourrait tirer parti, c'était elle. Par cette journée d'été la chaleur était suffocante. Elle portait une robe chemisier gris perle et ses longs cheveux blond doré étaient nattés en une seule tresse lâche. Elle avait enlevé ses immenses lunettes de soleil pour lui parler, et il avait vu la compassion dans ses grands yeux bleu pâle. Pour la première fois de sa vie, il avait eu devant lui quelqu'un qui ne semblait pas éprouver la moindre crainte. Les capitaines d'industrie et les hommes de pouvoir lui serraient la main avec un petit rire nerveux. Dans les yeux des femmes sophistiquées qui voulaient le séduire, la peur se mêlait toujours à l'excitation. Mais cette jeune Anglaise, cette petite ballerine effacée, était venue sonner à sa porte et le regardait sans manifester la moindre appréhension. La colère qui bouillonnait en lui s'était soudain atténuée. Elle lui avait adressé le sourire le plus bienveillant auquel il avait jamais eu droit et lui avait demandé d'une voix douce :

— Vous tenez le coup ?

Depuis que Benjamin lui avait volé Freya une semaine plus tôt, elle était la première personne à lui poser cette question. La plus grande marque de sympathie qu'il avait reçue de la part de son frère était une tape sur l'épaule. Il l'avait invitée à entrer, il avait fait du café, puis il l'avait conduite dans la salle à manger. Ils s'étaient assis à la table, sur laquelle elle avait posé les documents, et il avait commencé à l'interroger. Quand elle avait affirmé ne rien savoir au sujet de Freya et de Benjamin, il l'avait crue. Et il en avait été déconcerté. Elle-même le déconcertait avec sa compassion manifeste et l'absence de jugement dans son regard. Il avait tenté de la déstabiliser en lui demandant d'un ton accusateur si elle avait lu les documents. Sans se démonter, elle avait hoché la tête.

— Oui. Je les ai parcourus avec Freya quand elle m'a téléphoné. Mais je n'en parlerai à personne, ne vous inquiétez pas.

Il avait eu une moue sarcastique.

— Pas même aux médias ?

— Si j'avais voulu leur parler, je l'aurais déjà fait. Ils ont campé devant mon immeuble pendant toute la semaine.

Cette information avait fait naître en lui un sentiment étrange, parfaitement inconnu. L'idée que ce petit être d'apparence si fragile avait été harcelé par les journalistes avait réveillé sa colère. Bien sûr, il savait que malgré sa petite taille elle avait des muscles et de l'énergie, comme n'importe quelle ballerine, mais ça ne changeait rien à ce qu'il voyait quand il la regardait… *Dios*, il avait été soudain incapable de détacher ses yeux d'elle. Jamais il n'avait vu des lèvres d'un rose aussi vif malgré l'absence de fard. Des étincelles de désir s'étaient mêlées à sa colère. Les yeux bleu pâle de Sophie fuyaient et cherchaient tour à tour les siens tandis que ses pommettes rosissaient. Pourquoi ne s'était-il pas rendu compte plus tôt qu'elle était aussi mignonne ? s'était-il demandé. Puis il s'était penché instinctivement vers elle et une bouffée de parfum fleuri l'avait assailli.

— Parler aux médias vous mettrait dans la lumière, avait-il fait valoir.

Une lueur dédaigneuse s'était allumée dans les yeux bleu pâle.

— Je m'en moque. Je n'ai pas l'intention d'ajouter à la frénésie ambiante et de rendre la situation encore plus pénible pour vous.

De nouveau il l'avait crue. Et sa curiosité avait été piquée. Plus pénible pour *lui* ? Elle ne le connaissait même pas… Les danseurs professionnels consacrent toute leur énergie à se battre pour atteindre le sommet. N'importe quelle occasion de voir son nom apparaître dans les médias était une chance à ne pas laisser passer. Sa propre mère avait toujours été prête à tout pour un peu de publicité. Sophie en revanche avait baissé la tête et refusé de répondre aux questions, renonçant à faire la une des tabloïds comme actrice secondaire dans une des affaires les plus médiatiques que l'Espagne — et même l'Europe — avait connue depuis des années. Quelles étaient ses motivations ? Tout le monde en avait. Quelles étaient les siennes ? Pourquoi faire preuve d'un tel dévouement pour lui ? Il s'était penché encore plus près d'elle et avait murmuré :

— Pourquoi êtes-vous ici ?

Le rose qui colorait ses joues avait viré au rouge et le bleu de ses yeux s'était assombri. Un spectacle fascinant qui l'avait charmé. Elle s'était éclairci la voix. Ses lèvres s'étaient entrouvertes puis refermées comme si les mots qu'elle cherchait à prononcer préféraient rester secrets. Pris d'une impulsion irrésistible, il l'avait embrassée. Ce qui s'était passé ensuite avait été une pure folie. Inspirant profondément l'air automnal de Madrid, Javier accéléra encore le pas pour tenter d'endiguer le flot de désir que ces souvenirs déclenchaient.

Elle avait répondu à son baiser, et il avait refermé les bras sur elle. Pendant quelques instants, sa rage et sa souffrance s'étaient évanouies. Les baisers de Sophie étaient les plus enivrants qu'il avait jamais goûtés. Il avait été submergé par le désir le plus intense qu'il avait jamais éprouvé. Un désir impérieux, irrépressible. Il s'efforça de faire le vide dans son esprit, tant le dégoût de lui-même était grand. Comment avait-il pu disposer ainsi de son corps enfiévré ? C'était sa seule excuse, songea-t-il. Son désir pour Sophie était partagé. Ils étaient tous les deux en proie à la même fièvre dévorante. Il l'avait renversée sur la table et avait plongé en elle tout en lui rendant ses baisers brûlants. Il avait senti une résistance et il avait compris. Il se serait retiré aussitôt si elle ne lui avait pas souri avant de prendre son visage entre ses mains et de l'embrasser avec une ardeur qui avait achevé de lui faire perdre la raison. Mais dès que ça avait été fini, il n'avait plus ressenti que de la répulsion. Envers lui-même pour sa conduite et envers elle pour avoir gâché sa virginité d'une façon aussi minable, avec un homme comme lui. Mais surtout envers lui-même.

Ils n'avaient pas utilisé de préservatif. *Il* n'avait pas utilisé de préservatif.

Il était devenu urgent qu'elle s'en aille avant qu'il dise ou fasse quelque chose qu'il aurait regretté par la suite. Froidement il était allé jusqu'à la porte et l'avait ouverte sans un mot pour lui signifier qu'elle devait partir. Elle ne le saurait jamais mais c'était pour la protéger. Et voilà qu'elle était enceinte. La douce Sophie était enceinte de lui. Quel gâchis ! Il n'était arrivé qu'une seule fois à Javier de se sentir plus mal. Le jour où son père avait tué sa mère.

Sophie attendit que le chauffeur lui ouvre la portière pour descendre de voiture devant la villa de style toscan. La première fois qu'elle était venue chez Javier, elle était en proie à un tel tourbillon d'émotions qu'elle n'avait pratiquement rien remarqué à part sa taille impressionnante. Aujourd'hui elle était assaillie par une foule d'images et de senteurs. Depuis qu'elle était enceinte, ses sens s'étaient aiguisés. Dans son lit à l'hôtel, elle s'était répété encore et encore qu'elle faisait le bon choix. Ne rien dire à Javier n'avait jamais été une option. Il était le père. Il avait le droit de savoir et de faire partie de la vie de l'enfant s'il le souhaitait.

Elle était heureuse que ce soit le cas et qu'il ait décidé aussi rapidement de l'épouser. Leur enfant ne méritait pas moins. Pour une fois ce qui avait dominé chez elle n'était pas la crainte de décevoir ses parents adoptifs, des gens aimants et généreux pour qui le mariage était sacré. Désormais ce qui comptait le plus pour elle était le bonheur de son enfant. Elle pensait souvent à son père biologique. Avait-il su qu'il avait conçu une fille ? Avait-il été d'accord pour l'abandonner ? Ou bien ignorait-il depuis vingt-quatre ans qu'il avait une fille qui avait été élevée par des étrangers ? Ce n'était que quelques-unes des nombreuses questions qui la hantaient depuis toujours. Elle avait renoncé depuis longtemps à chercher des réponses — aucune de ses multiples recherches n'avait abouti — mais elle n'avait jamais cessé de s'interroger sur l'homme et la femme qui lui avaient donné la vie. Son enfant ne serait pas rongé par les mêmes doutes. Quoi qu'il arrive entre ses parents, il les connaîtrait. Elle suivit le chauffeur, qui avait insisté pour prendre sa valise, et monta les marches de pierre conduisant à l'entrée de la villa. Tout lui semblait beaucoup plus luxueux que lors de sa précédente visite. Entourée d'un grand parc, à l'écart de l'agitation des rues de Madrid, la villa avait tout d'un véritable palais. La lourde porte en chêne flanquée de deux colonnes de marbre s'ouvrit sur Javier, vêtu d'une chemise vert olive au col déboutonné et d'un jean noir qui mettait en valeur ses cuisses musclées. La mâchoire recouverte d'une barbe naissante, il croisa brièvement le regard de Sophie avant de remercier le chauffeur et de le libérer.

— Une collation va nous être servie, déclara-t-il en l'entraînant à travers l'immense salle de réception deux fois plus haute de plafond qu'une pièce normale et décorée d'antiquités égyptiennes.

Dont un buste de sphinx presque aussi large que Javier lui-même.

— Je peux laisser ma valise ici ? demanda-t-elle.

Il s'immobilisa et se tourna vers elle, le front plissé.

— Pourquoi as-tu apporté ta valise ?

— J'ai quitté mon hôtel.

Il plissa les yeux.

— J'espère que tu ne comptes pas emménager ici aujourd'hui.

— J'ai quitté l'hôtel parce que le but de ma visite à Madrid est atteint. Tu es au courant pour le bébé. Je reprendrai l'avion pour l'Angleterre dès que nous aurons décidé ce que nous allons faire.

Déconcerté, Javier passa la main dans ses cheveux. Sophie semblait sincère mais pouvait-il se fier à cette impression ? Si seulement il avait réussi à dormir plus d'une heure... À en juger par les cernes qui creusaient ses yeux, elle n'avait pas dormi beaucoup plus que lui. Mais de toute évidence, elle était plus sereine. Il était vrai qu'elle avait eu plus de temps que lui pour s'habituer à l'idée qu'elle allait avoir un enfant. Elle le savait depuis six semaines et elle l'avait gardé pour elle au lieu de le prévenir aussitôt comme elle l'aurait dû.

Dios, il avait l'impression que sa tête allait exploser. Toutes ces trahisons, c'était comme une maladie. D'abord Benjamin qui avait refusé d'admettre sa négligence et lui avait volé Freya. Hier cette soirée désastreuse censée honorer la mémoire de sa mère devant un public plus intéressé par sa mort sordide que par sa vie exceptionnelle. Et enfin le coup le plus bas, Luis, son propre frère, son jumeau, qui lui avait tourné le dos. La société qu'ils avaient bâtie ensemble devrait être divisée. La loyauté fraternelle qui avait structuré sa vie était réduite à néant.

Et il allait devenir père. Il allait épouser une femme si éloignée de son idée de l'épouse idéale qu'elle pourrait tout aussi bien venir d'une autre planète.

— Discutons sans attendre, dit-il d'un ton glacial en l'entraînant dans celui de ses quatre salons dans lequel il était le moins enclin à se détendre.

Plus jamais il ne se laisserait aller en compagnie de Sophie. C'était trop dangereux. Surtout pour elle. À l'origine il avait prévu de la recevoir dans la salle à manger. Mais dès qu'il avait pénétré dans la pièce il s'était revu en train de lui faire l'amour sur la table et une vague de désir l'avait submergé...

Il indiqua les canapés disposés en carré autour d'une table basse.

— Assieds-toi.

Elle s'exécuta et croisa les jambes dans un mouvement gracieux qui attira irrésistiblement son regard, alors que jusque-là il avait évité de le laisser s'attarder sur elle. Sa tenue décontractée — un jean déchiré et un pull ample — ne l'empêchait pas d'être incroyablement sexy. D'autant plus qu'elle n'avait pas attaché sa longue chevelure dorée...

Un membre du personnel arriva avec un plateau et Javier attendit qu'il ait disposé les boissons et les pâtisseries sur la table pour s'asseoir en face de Sophie.

— Sers-toi, dit-il en se versant un café.

De nouveau elle s'exécuta. Bientôt elle eut une assiette contenant un palmier sur les genoux et un verre d'orange pressée à la main. Il poussa un discret soupir de soulagement. Jusque-là, elle montrait des signes de docilité. Si elle acceptait ses décisions sans les remettre en question, tout serait beaucoup plus simple. Il ne savait pas grand-chose d'elle, mais l'impression qu'il avait avant d'avoir stupidement couché avec elle était celle d'une femme timide et sans caractère. Ce matin en se levant il s'était dit qu'il fallait qu'il en apprenne un peu plus sur la femme qu'il allait épouser. Il avait donc réveillé la directrice des ressources humaines de la compagnie de danse pour lui demander de lui envoyer par mail le dossier de Sophie. Elle avait fréquenté la même école de danse que Freya, puis une fois diplômée elle avait travaillé pour une compagnie de danse provinciale en Angleterre avant de suivre Freya à Madrid. Elle n'avait jamais tenu un rôle de soliste et elle était qualifiée de chaleureuse mais timide. Ce qui avait confirmé son impression. Elle devait être si soulagée qu'il ait décidé de l'épouser qu'elle accepterait sans discuter tout ce qu'il avait prévu. Il vida sa tasse et s'en servit une autre. Puis il attendit qu'elle ait mangé une bouchée de son gâteau pour déclarer :

— Ce document posé sur la table est le contrat de mariage que tu dois lire et signer pour que nous puissions nous marier.

Elle finit de mâcher son gâteau, puis lécha du bout de la langue une miette coincée au coin de ses lèvres. Inspirant profondément, il se concentra sur le document. Mais au même instant elle se pencha en avant pour le prendre et l'encolure de son pull bâilla légèrement, si bien qu'il aperçut la naissance de ses seins. Serrant les dents, il s'efforça d'ignorer l'éveil de sa virilité. Sophie était une femme ordinaire. Elle n'avait rien de spécial. Il n'était pas question de laisser le souvenir de sa première visite déclencher en lui des réactions intempestives.

Elle se cala sur le canapé et parcourut le document qu'il avait demandé à son avocat de rédiger après l'avoir réveillé à 6 heures, juste après la directrice des ressources humaines. Au bout de quelques minutes, elle le reposa sur la table basse et leva les yeux vers lui.

— C'est le même contrat que celui que tu as signé avec Freya.

— Avec quelques modifications.

À savoir la clause concernant les enfants. Il avait été prévu que Freya choisirait le moment qui lui paraîtrait le plus opportun pour en avoir. Le problème du choix ne se posait plus...

— Tout ce qui concerne notre mariage est écrit noir sur blanc. Tout est prévu, de manière à ce qu'aucun point ne puisse prêter à discussion dans l'avenir. Tu remarqueras que les dispositions financières te concernant sont généreuses.

Une lueur indéfinissable s'alluma dans les yeux de Sophie.

— Financièrement tu es très généreux, en effet, mais pour le reste… Je ne signerai pas ça.

Il darda sur elle le regard qui ne manquait jamais de terroriser les hommes d'affaires les plus redoutables.

— Si tu veux que je t'épouse, tu signeras.

Elle secoua lentement la tête.

— Non.

Non. Un mot que peu de gens osaient lui dire… Il se pencha en avant, les coudes sur les cuisses.

— Laisse-moi mettre les choses au clair. Si tu refuses de signer ce contrat, je ne t'épouserai pas, je demanderai la garde de l'enfant et je l'obtiendrai. Si tu veux avoir ta place de mère dans sa vie, tu signeras. Sinon, tu peux t'en aller et arrêter de me faire perdre mon temps.

3

Contre toute attente, sous le regard cruel de Javier, Sophie éprouva une vive compassion.

Elle n'avait pourtant pas envie d'éprouver quoi que ce soit. N'était-ce pas sa compassion pour lui qui était à l'origine de cette situation ? Mais c'était plus fort qu'elle. C'était un homme qui avait vécu le drame le plus horrible qui pouvait frapper un enfant. Le meurtre de sa mère par son père. Tout le monde se méfiait de lui et le craignait. Pas étonnant qu'il se protège derrière une cuirasse d'insensibilité. Elle avait senti son immense souffrance dès qu'elle avait posé les yeux sur lui et qu'elle était tombée sous son charme.

Il croisa les bras d'un air menaçant.

— Eh bien ?

Le cœur battant douloureusement, elle se leva. Sans s'accorder une seconde de réflexion, elle fit le tour de la table basse et s'immobilisa devant lui. Il était si grand et elle si petite que même assis il était à la même hauteur qu'elle. Elle referma les doigts sur son poignet et le sentit tressaillir. Profitant de sa surprise, elle lui fit décroiser les bras et poser la main sur son ventre. La chaleur de celle-ci, perceptible à travers son pull, déclencha des sensations qu'elle s'efforça d'ignorer. Elle devrait regretter de ne pas avoir ignoré les mêmes sensations deux mois plus tôt, mais cela impliquerait de regretter la présence de son bébé. Or ça c'était impossible.

Javier tenta de retirer sa main mais elle la maintint fermement en place. Jamais elle n'avait apprécié à ce point la force physique que lui avaient donnée toutes ces années de danse...

— Je sais que tu ne peux pas encore le sentir, mais sous ta

main il y a notre enfant, déclara-t-elle posément. Il mesure plus de deux centimètres et il a des yeux, des oreilles et une bouche. Ses ongles commencent à pousser et il peut déjà plier ses bras et ses jambes. Tu ne peux pas le sentir mais moi si. Mon corps est en train de changer à cause de ce petit kumquat. Et notre petit kumquat est entièrement dépendant de moi. En grandissant, il apprendra à reconnaître le son de ma voix. Si tu es à mon côté, il apprendra à reconnaître la tienne également. Et quand il naîtra, il nous reconnaîtra tous les deux. Il est innocent de tout et il a besoin de nous deux. Alors je t'en supplie, ne l'utilise pas comme une arme pour me menacer. Je ne signerai pas ce contrat parce que je ne suis d'accord avec aucune de ses clauses. Si nous nous marions, il faut que ce soit un véritable mariage...

Pas l'arrangement sans âme qu'il avait conclu avec Freya. C'était le genre de mariage qu'elle ne pouvait pas accepter, ni pour elle ni pour son enfant.

Javier dégagea sa main d'un mouvement si soudain que la surprise la fit reculer d'un pas. Elle se heurta à la table basse et fut déséquilibrée, mais il l'empêcha de basculer en arrière en la retenant par l'épaule. Elle soutint son regard furieux, terriblement consciente des battements effrénés de son cœur et du trouble qui l'envahissait. L'espace d'un instant, elle faillit céder à la tentation de se presser contre lui. Que lui prenait-il ? Comment pouvait-elle être encore attirée par lui ? Il l'avait raccompagnée à la porte tout de suite après avoir couché avec elle, comme si elle était porteuse d'une maladie contagieuse. Ensuite, bien que sachant qu'elle risquait d'être enceinte, il n'avait pas fait le moindre effort pour la joindre. Et le soir de la première, il n'avait même pas remarqué qu'elle n'était pas sur scène...

Elle ne devrait plus être attirée par lui, mais au fond le fait qu'il lui inspire encore du désir était plutôt positif. Pour qu'un vrai mariage avec lui ait une chance de fonctionner, il fallait à leur couple un autre ciment que leur enfant. Javier ne lui faisait pas peur. Sans doute le devrait-il. C'était un homme cruel, arrogant et despotique. Et il venait de la menacer de la priver de leur enfant ! Mais il était quand même humain. Elle avait vu la souffrance dans ses yeux et elle savait que son cœur n'était pas totalement inaccessible. Elle ne l'aimerait jamais. Il était trop cruel. Mais de toute façon, qu'ils se marient ou non, leur enfant les liait pour la vie.

Les yeux plongés dans les yeux de Sophie, Javier était en proie à un tourbillon d'émotions. D'où venait cette femme capable de le réduire au silence avec son bon sens mêlé de compassion ? Et pourquoi était-il aussi attiré par elle, bon sang ? Furieux contre lui-même, il la lâcha, se leva et s'éloigna.

— Je ne veux pas d'un vrai mariage, dit-il en arpentant la pièce. Ce que tu demandes est impossible. J'ai besoin de ma solitude.

— Nous devons faire tous les deux des sacrifices. De mon côté, tu es le dernier homme avec qui je souhaiterais m'engager pour la vie. Mais ce qui compte ce n'est pas toi ou moi, c'est notre enfant. Il mérite d'être élevé par un père et une mère capables de s'entendre. Si tu crains que je convoite ton argent, je suis prête à signer un accord qui mettra ta fortune à l'abri en cas de divorce.

Ces mots le firent bondir.

— Tu vois déjà aussi loin ?

— Si nous nous marions en étant prêts l'un et l'autre à faire des efforts, je crois sincèrement que ça peut marcher. Mais je ne suis pas stupide. Les chances de réussite sont malgré tout très faibles. Nous devons donc prendre toutes les dispositions nécessaires pour protéger notre enfant. Je suis prête à signer un accord prévoyant qu'en cas de divorce je n'aurais droit qu'à une seule chose, un logement à Madrid, afin que nous puissions partager la garde de notre enfant. Je ne veux pas faire la guerre avec toi, et je ne veux surtout pas que notre enfant risque de souffrir à cause de nous. Il me semble que tu es bien placé pour comprendre ça.

Il s'immobilisa et la fixa avec stupéfaction. Personne — *personne* — ne faisait jamais allusion à ses parents devant lui. Leur couple avait fait la fortune de la presse à scandale bien avant la mort de sa mère. Son père, Yuri Abramova, qui dansait à Moscou à l'époque de l'Union soviétique, avait profité d'une tournée dans les années 1970 pour passer à l'Ouest et rester à New York. Clara Casillas, beaucoup plus jeune que lui, était une danseuse étoile espagnole très talentueuse. Si talentueuse que sa renommée avait fini par éclipser celle de son mari. Leur union avait été instable et les infidélités nombreuses des deux côtés. Et bien sûr, après chaque liaison les partenaires de l'un et de l'autre s'empressaient de vendre leurs confidences aux médias.

Baignant dans cette atmosphère toxique depuis tout petits, les deux fils du couple avaient souffert, mais ils avaient réussi à résister en se soutenant mutuellement. Javier réprima une moue amère. Si quand il était adolescent quelqu'un lui avait dit qu'un jour son jumeau, son unique confident, le trahirait pour une femme, il se serait esclaffé. Mais aujourd'hui leur complicité était morte, aussi morte que la mère qu'il avait adorée mais qui avait toujours préféré Luis… et aussi morte que le père qui l'avait adoré mais qui avait haï Luis.

Tout son passé avait disparu. Ses grands-parents, qui les avaient élevés Luis et lui après la mort de leur mère et l'emprisonnement de leur père, étaient morts à un an d'intervalle depuis plus de dix ans. Louise Guillem, la mère de son ami le plus proche qui avait été comme une tante pour son frère et lui-même, était morte sept ans plus tôt. Benjamin, le fils de Louise et leur plus vieil ami à Luis et à lui, était toujours en vie et bien en vie, mais à ses yeux il était mort.

Ils avaient tous disparu, et pourtant…

Dans le ventre de cette femme qui soutenait son regard sans ciller, la vie se développait. Celle d'un enfant. Son enfant. Javier fut soudain assailli par le remords. Sophie avait raison. Leur enfant était innocent. Comme Luis et lui l'étaient autrefois. Oui, leur enfant méritait mieux que d'être utilisé comme une arme avant même d'être né. Et sa mère l'aimait déjà assez pour être prête à tout pour le défendre. Ça se voyait dans ses yeux bleu pâle. Enfant, il aurait tout donné pour recevoir ce genre d'amour de sa mère. Était-ce cet amour pour son enfant qui avait donné à Sophie le courage de lui rappeler à demi-mot son enfance ? Et qui lui permettait de le regarder dans les yeux sans manifester la moindre peur ?

Mais il était vrai qu'elle n'avait pas semblé avoir peur non plus le jour où elle était venue le voir pour lui donner ces documents qu'il avait fait modifier ce matin pour y inscrire son nom à la place de celui de son ex-fiancée… Freya n'avait jamais semblé avoir peur de lui non plus. Mais de toute façon, cette femme parfaite n'avait jamais montré aucune émotion en dehors de la scène.

Alors que Sophie... Pourquoi n'avait-elle pas peur de lui ? Il scruta encore son visage avant de hocher lentement la tête.

— *Bueno*. Je ne sais pas ce que tu attends d'un vrai mariage...

— Qu'il n'accorde pas au mari la liberté de prendre une maîtresse, pour commencer, coupa-t-elle d'un ton pince-sans-rire.

— Tu attends de moi que je sois fidèle ? s'exclama-t-il, aussi surpris par cette exigence que par la pointe d'humour inattendue dans la voix de Sophie.

Il avait fait inclure cette clause pour qu'il n'y ait pas d'ambiguïté sur la nature du mariage auquel il s'engageait. Freya n'avait pas émis la moindre objection.

— La seule chose que j'attends, c'est que nous fassions tous les deux de notre mieux pour que ce mariage fonctionne.

Sophie se rassit sur le canapé, prit son verre et lui adressa un petit sourire contrit.

— Tout ce que nous pouvons faire, c'est essayer. D'être fidèles, d'être honnêtes... Juste essayer.

Que trouver à redire à ça ? se demanda-t-il, mi-irrité, mi-incrédule. À l'entendre, c'était tout simple... Ne comprenait-elle pas qu'elle demandait l'impossible ? Il ignorait s'il était capable de fidélité. Il n'avait jamais eu de relation assez longue pour le découvrir. Mais honnête, oui. Il pouvait l'être. Il l'était toujours.

— N'espère pas l'impossible, prévint-il. Tu sais quel genre de mariage j'avais envisagé. J'aime la solitude. Depuis toujours et ça ne changera pas. Je soupçonne que ton idée du mariage est très différente de la mienne.

Elle haussa les épaules.

— Le contrat indique clairement quel genre de mariage tu souhaites. Et mon refus de le signer indique clairement que ce n'est pas celui que je veux. Nous devrons faire l'un et l'autre des concessions. Je suis prête à essayer si tu l'es également.

Pour la première fois de sa vie d'adulte, Javier se vit obligé de se plier à la volonté de quelqu'un. Position très inconfortable. Luis et lui avaient souvent dû faire l'un et l'autre des concessions dans la gestion de leurs affaires, mais ils se comprenaient si bien que ça n'avait jamais posé de problème. Après tout, Luis était son jumeau. Ce n'était pas la même chose.

Sophie n'était que… La mère de son enfant à naître. Douée d'un tel bon sens qu'elle lui laissait une marge de manœuvre très limitée. La perspective de vivre avec quelqu'un le hérissait. Celle de vivre avec une femme lui nouait l'estomac.

— *Bueno.* Nous allons essayer mais, je te préviens, il vaut mieux que tu restes réaliste. Je vis ma vie comme je l'entends. Cette maison est la mienne et tout y est organisé à ma convenance. Je vais prévoir des aménagements pour notre enfant, mais puisque tu refuses que les modalités de notre vie quotidienne soient précisées dans le contrat de mariage, il ne faudra pas te plaindre si tu découvres par la suite que certaines choses ne te conviennent pas.

Pour la troisième fois en trois mois, Sophie se présenta à la porte de Javier. Mais ce coup-ci elle ne venait pas en visite. Elle venait pour rester. Désormais elle allait vivre dans cette villa imposante. C'était la meilleure solution, se répéta-t-elle pour la énième fois. Depuis quinze jours elle n'avait pas eu une seule minute pour souffler. Elle avait vécu et travaillé à Madrid pendant dix-huit mois, mais avec l'intention de retourner en Angleterre une fois sa carrière de danseuse terminée. À présent elle s'installait à Madrid pour la vie. Que leur mariage dure ou non, elle resterait toujours à proximité du père de son enfant. Elle ignorait ce qu'avait fait Javier depuis sa dernière visite, au cours de laquelle ils étaient parvenus à un accord qui ne les satisfaisait ni l'un ni l'autre mais qui était le meilleur possible pour leur enfant.

Elle allait faire de son mieux pour que leur mariage fonctionne et veiller à ce que ce soit réciproque. Il avait accepté d'essayer. Il fallait se raccrocher à cette idée, même si pour l'instant son attitude était loin d'être positive. Il avait poliment refusé de l'accompagner à l'hôpital pour la première échographie, prétextant qu'il était trop occupé.

Elle y était donc allée avec sa mère, qui avait été émerveillée en voyant l'image apparaître sur l'écran. Quant à son père, il avait contemplé pendant une éternité le cliché qu'elle lui avait donné.

Ça avait été pour elle un véritable déchirement d'annoncer à ce couple plein de bonté qui l'avait adoptée à dix-huit mois que leur petit-fils ou petite-fille grandirait en Espagne. Heureusement, elle avait pu adoucir leur déception en leur promettant de nombreuses visites. Malgré leur joie d'apprendre qu'elle se mariait, ils avaient été de nouveau déçus en apprenant qu'ils ne rencontreraient pas le futur marié avant le mariage. Ses pauvres parents… Ils avaient masqué leur désarroi quand elle leur avait révélé sa grossesse imprévue, mais elle avait surpris le regard peiné qu'ils avaient échangé avant de la serrer dans leurs bras en lui offrant tout leur soutien.

Ils étaient restés vierges tous les deux jusqu'au mariage. Pour sa part elle n'avait jamais envisagé d'en faire autant, mais elle était déterminée à attendre le coup de foudre dont ils lui avaient parlé l'un et l'autre. La certitude aveuglante d'avoir rencontré l'homme avec qui elle passerait le reste de sa vie. Autant pour elle-même que par respect pour eux. Javier était le seul homme qui avait attiré son attention et fait battre son cœur. Elle lui avait envoyé le cliché de l'échographie par mail mais elle n'avait reçu aucune réponse. Ni positive ni négative. Il lui avait envoyé un message quelques jours plus tard, mais uniquement pour lui confirmer la date du mariage dans un style impersonnel.

L'homme qui l'avait menacée d'assumer seul la garde de leur enfant si elle ne se pliait pas à ses exigences n'avait pour l'instant manifesté aucun intérêt pour lui. Elle allait faire en sorte d'éveiller cet intérêt. D'ici la naissance de leur bébé dans six mois, Javier finirait par attendre son arrivée avec autant d'impatience qu'elle. Elle n'espérait pas un miracle, bien sûr. Il y avait peu de chance qu'il devienne un père très impliqué. Imaginer cet homme arrogant et replié sur lui-même en train de changer une couche était du plus haut comique ! Mais elle voulait qu'il parvienne à ouvrir son cœur et à aimer leur enfant. C'était indispensable à l'épanouissement de ce dernier. Elle devait le croire capable d'amour. Elle le devait absolument. D'ailleurs il fallait lui rendre justice. Il ne l'avait pas complètement abandonnée. À son arrivée en Angleterre, une voiture l'attendait à l'aéroport et le chauffeur l'avait informée qu'il était à sa disposition jusqu'à ce qu'elle reparte à Madrid. Lorsqu'ils s'étaient mis d'accord sur la date de son emménagement chez lui, Javier avait insisté pour envoyer son jet privé la chercher en Angleterre. Il avait également organisé et pris en charge son déménagement. En principe toutes ses affaires devaient déjà être arrivées et prêtes à être déballées. Pourvu qu'elle se sente rapidement chez elle dans cette maison...

L'estomac noué, elle saisit le lourd heurtoir mais la porte s'ouvrit avant même qu'elle ait le temps de frapper. Un homme mince vêtu d'un costume sobre la salua d'un hochement de tête.

— Mademoiselle Johnson, entrez je vous prie, déclara-t-il dans un anglais sans accent. Je suis Julio, le majordome de M. Casillas. C'est moi qui dirige le personnel de la maison.

— Combien de gens travaillent ici ? demanda-t-elle avec curiosité.

— Neuf personnes. Et nous sommes trois à vivre sur place. Souhaitez-vous prendre une collation ?

— J'ai mangé dans l'avion, merci.

Julio sourit.

— Dans ce cas, voulez-vous que je vous conduise à votre chambre afin que vous puissiez vous installer ?

— Javier n'est pas là ?

— M. Casillas est à une réunion. Il rentrera ce soir.

Elle s'efforça de sourire pour masquer sa déception. Après tout, Javier ne lui avait pas dit qu'il serait chez lui pour l'accueillir. C'était elle qui avait supposé qu'il tiendrait à être présent à son arrivée pour qu'elle se sente la bienvenue, parce que c'était le comportement qu'on pouvait attendre d'un homme à l'égard de la femme qui portait son enfant. En fait, il n'était pas impossible que cette absence soit délibérée. Une façon de lui rappeler que leur arrangement ne correspondait pas à ce qu'il avait prévu et qu'il était déterminé à mener sa vie comme il l'entendait.

— Oui, je veux bien voir ma chambre, déclara-t-elle en prenant un ton enjoué. Mes affaires sont-elles arrivées ?

— Oui, hier soir, confirma Julio en l'invitant à le suivre dans l'escalier de marbre.

À l'étage il tourna à droite et longea la galerie bordée de méridiennes et de vitrines contenant des objets anciens. Il s'arrêta devant la dernière porte et l'ouvrit. Sophie franchit le seuil de la pièce et s'immobilisa, le souffle coupé. Cette chambre était somptueuse.

— Nous avons pris la liberté de déballer vos affaires. J'espère que cela ne vous dérange pas, déclara Julio. Si la façon dont nous les avons rangées ne vous convient pas, il vous suffira de nous donner vos instructions et nous les changerons de place.

Elle ne put s'empêcher de sourire. Le majordome avait un ton si solennel...

— Je suis sûre que la façon dont vous les avez rangées me conviendra parfaitement. Et si ce n'est pas le cas, je pourrai les changer de place moi-même.

— Comme vous voulez, mais n'oubliez pas que nous sommes ici pour vous servir. C'est notre travail.

Elle promena son regard autour d'elle. Trois grandes fenêtres donnaient sur le parc, et par l'une d'elles on apercevait une piscine. Elle ouvrit une porte et découvrit une salle de bains plus grande que sa chambre d'enfant. Une autre porte donnait accès à un dressing aussi vaste que le salon de l'appartement qu'elle avait partagé avec Freya. Le décor raffiné était très féminin... Prise d'un doute, elle retourna dans la salle de bains. Celle-ci ne contenait aucun accessoire ni produit de toilette masculin. Elle se tourna vers le majordome et demanda d'un ton qu'elle espérait désinvolte :

— Où se trouve la chambre de Javier ?

— De l'autre côté, dans l'aile ouest. Voulez-vous que je vous fasse visiter la maison ?

Elle dut faire appel à toute sa volonté pour accrocher un sourire à ses lèvres.

— Non, merci Julio. Je suis sûre que vous avez autre chose à faire. J'explorerai les lieux moi-même.

— Vous êtes sûre ?

— Absolument.

Après lui avoir demandé encore une fois si elle avait besoin de quelque chose et lui avoir expliqué comment appeler le personnel, il s'en alla en refermant doucement la porte derrière lui. Dès qu'elle fut seule, son sourire disparut et elle croisa les bras sur son ventre dans un geste protecteur.

C'était mal parti pour construire un vrai mariage. Javier l'avait reléguée au fond de l'aile est, aussi loin de lui que possible.

4

Javier sentit la présence de Sophie dès l'instant où il franchit le seuil.

Aucun indice ne signalait son arrivée. L'ordre habituel régnait dans le hall et pourtant il savait qu'elle était là. C'était comme si elle avait imprégné les murs de sa présence. Toute la journée, il avait été oppressé. Malgré tous ses efforts il avait été incapable de se concentrer pendant la réunion, pourtant très importante, avec son avocat. Dissocier ses affaires de celles de Luis s'avérait bien plus difficile qu'il ne l'avait prévu. Presque aussi difficile que de se faire à l'idée qu'il allait partager sa vie avec la femme qui portait son enfant. Pendant les deux semaines qui s'étaient écoulées depuis leur dernière rencontre, il n'avait rien changé à ses habitudes. À un détail près. L'organisation de leur mariage. Il avait accompli toutes les formalités nécessaires et s'était mis d'accord avec l'officier de l'état civil pour que la cérémonie, brève et très simple, se déroule chez lui.

Dans six jours, il serait un homme marié. Perdre son statut de célibataire ne lui posait aucun problème. Le mariage avait toujours fait partie de ses projets. Il attendait juste de rencontrer l'épouse idéale avec qui perpétuer le nom des Casillas. Cette épouse, c'était Freya. Pas Sophie. Freya qui ne voulait pas plus que lui d'un « vrai » mariage. Pas Sophie, la petite blonde d'apparence fragile qui était en réalité bien plus déterminée qu'il ne l'avait cru. Freya n'avait jamais occupé ses pensées. Alors que Sophie… Elle occupait *toutes* ses pensées. C'était devenu une véritable obsession. Plus il s'efforçait de la chasser de son esprit, plus l'image de ses yeux bleu pâle le hantait. Elle avait refusé de signer un contrat qui lui aurait donné droit à une allocation mensuelle substantielle. Comment pouvait-on être aussi désintéressé ? C'était impossible. Ça ne pouvait être que de l'hypocrisie. Si ce n'était pas le cas, si Sophie était vraiment aussi délicate et généreuse qu'elle en donnait l'impression, alors il y avait bien de la fragilité chez elle. Les choses délicates se brisaient facilement. Il n'avait pas l'intention de la briser mais elle devait comprendre qu'il en était capable. Le contrat qu'il avait tenté de lui faire signer l'aurait protégée autant que lui. Avec un contrat, les choses étaient claires. Il n'y avait pas d'ambiguïté. Une fois qu'on l'avait signé, on le respectait. Ce que Benjamin n'avait pas voulu comprendre quand il les avait accusés Luis et lui de l'avoir escroqué. Benjamin avait signé ce contrat. S'il ne l'avait pas lu, ce n'était ni lui ni son frère qui en étaient responsables. Sans un contrat fixant les conditions à respecter par chacun, Sophie et lui allaient être obligés de construire leur mariage au jour le jour. Sophie parlait des vertus du compromis mais encore fallait-il que les deux parties soient d'accord sur les concessions à faire de part et d'autre. Il était hors de question qu'ils nouent des relations sentimentales. Que ça lui plaise ou non, leur mariage ne serait jamais un « vrai » mariage dans le sens où elle l'entendait. Javier consulta sa montre et décida de prendre une douche avant le dîner. Un moment de solitude avant d'affronter Sophie s'imposait. Personne ne viendrait le voir. Julio dirigeait la maison avec une rigueur militaire. Chaque membre du personnel connaissait son rôle et s'y tenait. Tout le monde savait qu'il avait horreur d'être dérangé.

Il monta l'escalier d'un pas lourd en desserrant sa cravate. Quelques instants plus tard il ouvrit la porte de sa chambre. Et se figea. Sophie était assise sur l'ottomane située à proximité de son lit, en train de remonter un bas sur sa jambe nue. Elle s'immobilisa quelques secondes avant de se tourner vers lui en souriant. Seule la légère coloration de ses pommettes suggérait qu'elle était plus nerveuse qu'elle voulait le faire croire.

— Bonsoir, Javier. Tu as passé une bonne journée ?

Sans prendre la peine de dissimuler la colère qui menaçait de le suffoquer, il demanda d'un ton hargneux :

— Que fais-tu ici ?

Elle plissa le front.

— Il était prévu que j'emménage aujourd'hui. Tu as envoyé ton jet me chercher. Tu ne te souviens pas ?

— Que fais-tu dans ma chambre ? précisa-t-il, au comble de l'irritation.

— Je me prépare pour le dîner. Comme c'est notre première soirée, j'ai décidé de faire un effort.

Elle lui adressa un large sourire.

— Je crains qu'il y ait eu une erreur. Mes affaires avaient été mises dans une chambre de l'aile est. Comme j'ai vu que tes employés étaient très occupés, je les ai déménagées moi-même. J'ai trouvé de la place dans ton dressing pour mes vêtements. Mais ne t'inquiète pas, je n'ai pas touché les tiens. Je rangerai mes livres et mes autres affaires demain.

Il dut inspirer profondément à trois reprises avant de pouvoir parler sans hurler des obscénités.

— Il n'y a pas eu d'erreur.

— Si.

— Non. Mon personnel a suivi mes instructions. Tes affaires ont été mises dans la chambre que j'ai prévue pour toi.

— Oh ! excuse-moi pour ce malentendu. Je ne voulais pas dire que ton personnel avait commis une erreur. Mais que *toi* tu en avais commis une.

Elle baissa les yeux sur son bas, qu'elle déroula sur sa cuisse avant d'ajuster le bord en dentelle pour le faire tenir en place.

— C'est la première fois que je mets des bas autofixants déclara-t-elle sur le ton de la conversation. D'habitude je porte des collants, mais ils commencent à être trop serrés au niveau du ventre alors que ceux de maternité sont encore trop grands. J'espère que ces bas vont tenir.

Javier serra les dents. Cette désinvolture, cet aplomb… C'était stupéfiant. Et pourquoi ne parvenait-il pas à détacher ses yeux de ces cuisses laiteuses gainées de dentelle noire ? Furieux contre lui-même il réprima un juron. La lingerie sexy ne lui avait jamais fait aucun effet. Alors pourquoi ce spectacle l'excitait-il ? Mais, *Dios*, elle était assise sur son ottomane avec un air angélique et une robe rouge très décente… mais remontée jusqu'en haut des cuisses ! Il crispa les poings. Stop. Quel que soit le petit jeu auquel elle jouait, il allait cesser immédiatement. Elle lui avait déjà fait perdre la tête une fois, chose qui ne lui était jamais arrivée jusque-là et qu'il avait regrettée tout de suite après. Il aimait le sexe sans complications. Avec des femmes qu'il désirait mais qui ne faisaient pas battre son cœur. Des femmes auxquelles on ne pensait plus une fois que c'était terminé. Des femmes avec qui on n'oubliait en aucun cas de mettre un préservatif…

— Cette chambre est la mienne, déclara-t-il sèchement. Mon espace privé. On t'a donné ta propre chambre pour que tu disposes de ton propre espace privé.

— Cette maison est assez grande pour que nous puissions organiser des fêtes chacun de notre côté sans déranger l'autre. Il me semble donc qu'il y a suffisamment d'espaces où se réfugier si par hasard on se tape mutuellement sur les nerfs.

— Ne sois pas effrontée !

Sophie se leva et lissa la robe rouge qu'elle avait mise parce que c'était la seule robe présentable qui lui allait encore malgré l'ampleur qu'avait prise sa poitrine. Pourvu que Javier ne remarque pas le tremblement de ses mains… Pourquoi avait-il fallu qu'il arrive au moment où elle était en train de mettre ses bas ? Julio lui avait dit qu'il devait rentrer à 19 heures… Il avait une demi-heure d'avance. Elle avait prévu d'être prête à son arrivée, assise sur le canapé gris à l'autre bout de la pièce, entièrement habillée. Comment avait-elle trouvé le courage de transporter ses affaires dans sa chambre ? Elle ne le saurait jamais. Pendant plus d'une heure elle s'était demandé quelle était la meilleure solution. Rester là où elle avait été reléguée, dans la chambre la plus éloignée de celle de Javier, en espérant qu'un jour peut-être elle serait autorisée à le rejoindre ? Ou bien se battre dès le départ pour l'obliger à faire des efforts comme il s'y était engagé ? Elle avait choisi la deuxième solution et maintenant il fallait l'assumer. Elle prit une profonde inspiration.

— Je sais que Freya et toi vous aviez prévu de ne partager le même lit qu'une seule nuit par semaine, mais pour moi ce n'est pas envisageable. Ce n'est pas ce que j'appelle un vrai mariage. Je sais que tu travailles beaucoup et que tu pars souvent en voyage d'affaires. Par conséquent, nous ne nous verrons que le soir et encore, pas tout le temps. Comment pourrions-nous nouer une véritable relation si nous vivons chacun à un bout de la villa ?

— Si c'est du sexe que tu veux, je peux te satisfaire sans que tu t'installes dans mon espace privé.

Le regard étincelant, Javier finit par franchir le seuil de la pièce. Il ferma la porte derrière lui d'un coup de pied et avança lentement vers elle, les mains sur la boucle de sa ceinture.

— Si tu es en manque, enlève ta robe et je vais y remédier.

Elle resta impassible. Il n'était pas sérieux, elle en avait la conviction. Cette petite comédie était destinée à l'effrayer. Pas question de tomber dans le panneau.

— Je parle de partager notre intimité. Ça comprend le sexe, bien sûr, mais ça va aussi au-delà.

Il s'immobilisa devant elle, le visage fermé.

— Je ne partage mon intimité avec personne.

— C'est pourtant ce que suppose un vrai mariage. Si tu refuses que nous partagions la même chambre, ça prouve que tu n'as pas l'intention de tenir ta promesse de faire des efforts. Et si c'est le cas je ferais mieux de retourner en Angleterre, où je recevrai tout le soutien dont j'ai besoin...

— Tu oses me menacer ? coupa-t-il d'un air incrédule.

— Non ! Je ne me permettrais pas.

— Tu viens de me menacer de rentrer en Angleterre avec notre bébé.

— Seulement jusqu'à sa naissance.

Elle se rassit sur l'ottomane et passa la main dans ses cheveux. Il fallait qu'elle parvienne à expliquer ce qu'elle voulait sans fondre en larmes. Mais Javier était si glacial...

— Ce n'est pas pour moi que je me suis installée ici, mais pour notre enfant. Si je ne pensais qu'à mon propre intérêt, je serais restée en Angleterre auprès de mes parents jusqu'à la fin de ma grossesse. Je n'attends pas des miracles, mais si tu ne veux pas que nous partagions le même lit, ce qui est la base d'un mariage, alors à quoi bon ? J'ai bien précisé que je veux un vrai mariage. Ça implique de partager le même lit. De vivre dans l'intimité pour apprendre à nous connaître, afin que nous soyons proches au moment où notre enfant naîtra. C'est ma condition *sine qua non.* J'ai besoin que tu prouves ton engagement.

» Ou bien nous partageons le même lit, ou bien nous oublions le mariage. Ce serait beaucoup plus nocif pour notre enfant que ses parents soient malheureux sous le même toit plutôt qu'heureux séparément. Il porterait quand même ton nom, parce que je sais que c'est important pour toi. Et je m'installerais à Madrid après sa naissance afin que nous puissions partager la garde. Tu pourrais jouer ton rôle de père même si tu refuses celui de mari. »

Javier dut se rendre à l'évidence. Avec son fichu bon sens, Sophie était une fois de plus en passe d'imposer son point de vue. Elle lui offrait la possibilité d'échapper au mariage et, s'il avait le moindre bon sens lui aussi, il sauterait sur l'occasion.

— Sais-tu à quoi se résume mon expérience d'un vrai mariage ? demanda-t-il avec amertume en s'asseyant sur le lit de manière à ne la voir que du coin de l'œil. À celui de mes parents.

Il y eut un bref silence.

— Dire que tu as eu une enfance difficile serait un euphémisme, je le sais. Mais je ne veux pas que notre bébé en souffre. Je n'attends pas de toi que tu éprouves des sentiments pour moi, Javier. Ce que je veux c'est que tu fasses en sorte de tisser des liens affectifs avec notre enfant.

Il pensa au cliché d'échographie qu'elle lui avait envoyé par mail la semaine précédente. Il l'avait contemplé pendant si longtemps que sa vision était devenue floue. Leur bébé. Leur bébé innocent qui ignorait quel genre de père la vie lui avait infligé. Il avait prévu de laisser Freya s'occuper de l'enfant qu'ils auraient eu ensemble. Sophie, elle, allait vouloir qu'il s'implique dans l'éducation de leur bébé. Sophie qui voulait partager son lit toutes les nuits. Partager son espace ! *Dios*, il n'avait plus partagé son espace personnel avec personne depuis que Luis et lui avaient quitté la maison de leurs grands-parents à dix-huit ans, déterminés à faire fortune. Ils avaient loué un petit deux pièces, et pour la première fois de sa vie il avait eu une chambre à lui. Il n'oublierait jamais le sentiment grisant de liberté qu'il avait éprouvé.

Il poussa un profond soupir.

— *Bueno*. Tu as gagné. Nous allons essayer de partager la même chambre, mais seulement ici, dans cette maison. J'ai bien précisé moi aussi quelles étaient mes conditions. J'ai besoin de solitude et je ne changerai jamais.

» Tu ne seras pas invitée à m'accompagner dans mes voyages d'affaires. Inutile de perdre ton temps à chercher des arguments pour me convaincre que je dois t'emmener. Par ailleurs je n'ai pas besoin d'une confidente, alors n'attends pas que je m'épanche auprès de toi. Si un soir j'ai envie de sortir seul, je le ferai. J'attends de toi que tu respectes mon besoin d'espace. »

— Il n'y a pas de problème.

— Bien.

Il se leva.

— Maintenant, j'ai besoin de prendre une douche.

Il quitta la pièce sans lui laisser le temps de discuter. Il fallait absolument qu'il s'éloigne d'elle et de ce parfum floral qui avait déjà imprégné les murs... Elle avait peut-être réussi à s'imposer dans sa chambre, mais il ne la laisserait entrer dans aucun autre domaine de sa vie. Il pouvait se résoudre à passer ses nuits avec elle. Après tout, la nuit, c'était fait pour dormir. À part ça, il dînerait dehors plus souvent, il travaillerait encore davantage et il s'exercerait avec encore plus de vigueur dans sa salle de sport. Il s'épuiserait à tel point qu'à peine la tête sur l'oreiller il s'endormirait sans être perturbé par la proximité de son corps.

— Est-ce Luis qui sera ton témoin ? demanda Sophie quand le silence lui devint insupportable.

Assis face à face dans la salle à manger depuis une demi-heure, ils en étaient au plat de résistance et Javier lui avait à peine adressé la parole. À chacune de ses tentatives pour amorcer la conversation, il avait répondu par des monosyllabes ou des grognements. Et comme si elle n'était déjà pas assez tendue, la table du dîner était celle sur laquelle ils avaient fait l'amour... Ça paraissait très loin, mais le fait de se retrouver dans cette pièce avec lui faisait resurgir des souvenirs passés au second plan depuis qu'elle avait découvert qu'elle était enceinte. Il pinça les lèvres mais ne leva pas les yeux de son téléphone, sur lequel il pianotait de la main gauche tout en mangeant de l'autre.

— Non.

— Qui donc, alors ?

— Je n'en aurai pas.

— Pourquoi ?

— Je n'en ai pas besoin. Nous n'avons pas besoin d'invités non plus. La cérémonie sera brève et très simple.

Pas d'invités ? Quel genre de mariage avait-il prévu ?

— J'ai déjà invité mes parents.

— Désinvite-les.

Sophie posa sa fourchette, croisa les bras et le fixa avec une telle insistance qu'il finit par lever les yeux vers elle.

— Je ne me marierai pas sans mes parents. Ce serait trop frustrant pour eux. Ils ont déjà réservé le vol.

Il crispa la mâchoire.

— Tu les as invités à dormir ici ?

Est-ce que j'ai l'air stupide à ce point ?

— Ils ont déjà réservé aussi une chambre d'hôtel.

Il la regarda un long moment en silence.

— As-tu invité quelqu'un d'autre sans me consulter ?

— J'ignorais que j'avais besoin de ton autorisation pour inviter mes parents à notre mariage.

— Me consulter ne veut pas dire me demander mon autorisation.

— Je suis bien d'accord et c'est pour ça que je trouve incroyable que tu aies décidé de n'inviter personne sans m'en parler.

Elle soutint son regard noir sans ciller. Le respect marchait dans les deux sens et il fallait qu'il en prenne conscience. Une veine se mit à battre frénétiquement à la tempe de Javier. Il était tellement tendu qu'un rien pouvait le faire exploser, comprit-elle. Ce qui lui ferait sans doute le plus grand bien. Se contenir en permanence ne pouvait pas être bon.

— Je suis très proche de mes parents, finit-elle par dire d'un ton plus doux en voyant qu'il ne répondait pas. Ne pas assister à mon mariage leur briserait le cœur.

Il pinça les lèvres.

— *Bueno*, tes parents peuvent venir.

Elle faillit dire merci mais se ravisa juste à temps. Manifester de la gratitude la ferait paraître encore plus faible qu'il ne le croyait. Plus tôt il la considérerait comme son égale, mieux ça vaudrait. Quelque chose lui disait qu'à part son frère, très peu de gens lui apparaissaient comme tels. Freya avait gagné son respect, songea-t-elle avec un pincement au cœur qui ressemblait à de la jalousie. Mais Freya était la version féminine de Javier. Froide et inflexible.

Mais justement, si elle avait été capable de percer la cuirasse de Freya, elle devrait parvenir à entamer celle de Javier. Sophie reprit ses couverts et coupa un morceau de filet de porc, qu'elle trempa dans la sauce au poivre rouge et au chorizo. Pendant les dix-huit mois qu'elle avait passés à Madrid, elle avait eu le temps de se familiariser avec la culture espagnole, mais elle avait résisté à la tentation de goûter la cuisine en raison du régime strict qu'elle suivait en tant que danseuse. C'était un grand plaisir de pouvoir combler cette lacune. La danse ne lui manquait pas. Elle avait eu tellement honte de ce qu'elle avait fait avec Javier qu'elle avait quitté la compagnie dès le lendemain. Quand elle avait découvert qu'elle était enceinte, elle avait compris qu'elle ne reprendrait jamais la danse professionnelle. La fatigue des premières semaines l'avait amenée à abandonner l'entraînement, qui en temps normal l'occupait sept heures par jour. Elle n'avait pas imaginé qu'elle se sentirait libérée à ce point. Pouvoir déguster ces délicieuses pommes de terre cuites au sel sans le moindre remords était un vrai bonheur. La cuisine du chef de Javier méritait d'être savourée au lieu d'être mangée distraitement comme le faisait ce dernier, de nouveau concentré sur son téléphone.

— Luis vient au mariage ? demanda-t-elle.

— Non, répondit-il sans lever les yeux.

— Ses affaires l'accaparent ?

Il haussa les épaules, la mâchoire crispée.

— Luis et moi, c'est terminé, en tant que frères et en tant qu'associés. Et si tu voulais bien arrêter de me poser des questions stupides, je pourrais répondre au mail que mon avocat m'a envoyé à ce sujet.

C'était fini entre les frères Casillas ? Avait-elle bien entendu ?

— Que s'est-il passé ?

Pas question de se laisser réduire au silence. Elle avait côtoyé pendant des années des danseurs et des chorégraphes caractériels. Elle avait pris l'habitude d'affronter la colère des autres et il y avait longtemps qu'elle ne se laissait plus impressionner. La colère allait toujours de pair avec la souffrance. Elle l'avait appris à neuf ans, quand sa grand-mère paternelle était morte. C'était la seule fois où son père s'était emporté. Quelques semaines après l'enterrement, au cours d'un dîner dominical, il avait fracassé son assiette contre le mur en criant des obscénités qu'elle entendait pour la première fois sous prétexte que le plat manquait d'assaisonnement. Sa mère avait regardé la scène en silence, puis elle s'était levée et l'avait pris dans ses bras. Le hurlement de douleur que son père avait poussé en s'effondrant était un son déchirant qui la hanterait jusqu'à la fin de ses jours. Javier plongea soudain son regard dans le sien.

— Les fiançailles de Luis et de Chloé Guillem ont été annoncées il y a une semaine. Ça te suffit comme explication ?

— La sœur de Benjamin ? s'exclama-t-elle, abasourdie.

Et aussi une des costumières employées par la Compañía de Danza Casillas. Javier hocha la tête et but une gorgée d'eau.

— Tu ne m'avais pas dit qu'elle avait aidé son frère pour le kidnapping de Freya ?

Oui, il le lui avait dit. Juste avant qu'ils fassent l'amour sur cette table... Elle s'en souvenait parfaitement. Auparavant il lui avait fait du café et il lui avait posé les questions qui le tourmentaient visiblement depuis une semaine. Elle avait regretté de ne pas pouvoir y répondre mais elle avait été aussi surprise que lui par la conduite de Freya. Celle-ci n'aimait pas Javier, mais elle avait désespérément besoin de l'argent que lui aurait rapporté le mariage. Elle le destinait au financement d'un traitement expérimental très coûteux, susceptible de ralentir l'évolution de la maladie neurologique dégénérative dont sa mère était atteinte.

— Chloé a participé au plan de son frère, qui consistait à retarder l'arrivée de Luis et la mienne au gala pour pouvoir attirer Freya à l'extérieur et l'emmener en France.

— Et aujourd'hui Luis est fiancé avec elle ? Comment est-ce possible ?

— Mon frère a subitement pris le parti des Guillem. Je suis surpris que tu ne sois pas au courant. La presse ne s'est pas privée de commenter ce dernier rebondissement dans la saga.

— J'évite de lire la presse et de regarder les actualités depuis mon retour en Angleterre. Le siège de mon immeuble par les journalistes m'a laissé un arrière-goût très déplaisant.

Javier se souvint brusquement du sentiment étrange qui s'était mêlé à sa colère quand elle lui avait parlé du harcèlement dont elle avait fait l'objet. Il avait éprouvé une envie impérieuse de la protéger. Tout à coup, il avait été incapable de détacher son regard de sa bouche. Et quelques instants plus tard, sur cette table... Il serra les dents. Aujourd'hui il avait beau garder les yeux rivés sur son téléphone, ça ne l'empêchait pas d'avoir une conscience aiguë de sa présence en face de lui. Et d'être hanté par le souvenir du plaisir inouï qu'il avait éprouvé en plongeant dans sa chaleur moite.

— Luis est un traître. Je l'ai protégé pendant toute notre enfance, je l'ai épaulé au sein de notre société, et il me remercie en épousant la femme qui a conspiré avec son frère pour nous détruire. Il est mort pour moi et je te prierai de ne plus jamais prononcer son nom.

Sophie ouvrit de grands yeux. Elle était effarée par sa réaction ? Tant mieux. Il fallait qu'elle sache quel genre d'homme elle s'apprêtait à épouser. Et qu'elle comprenne une chose : en ce qui concernait son frère, il ne ferait jamais aucun compromis. Luis pouvait rôtir en enfer.

5

Allongée dans l'immense lit de Javier, Sophie luttait contre le sommeil. Il y avait au moins une heure qu'elle attendait et elle avait été tour à tour en proie à la peur, à l'excitation ou à la nausée. À présent elle ne ressentait plus qu'une immense déception. Elle s'était couchée avec la certitude que Javier ne tarderait pas à arriver. À la fin du dîner, il lui avait dit de monter et d'utiliser la salle de bains avant qu'il la rejoigne.

Elle soupira. C'était seulement son premier jour dans cette maison. Javier avait encore plus besoin qu'elle d'un temps d'adaptation. Ils n'allaient pas nouer des liens du jour au lendemain. Non seulement il n'était pas d'un naturel confiant, mais il traversait une période tumultueuse. Freya l'avait humilié en le quittant pour son meilleur ami, il allait devenir père sans l'avoir planifié, et il avait coupé les ponts avec son frère. Sophie poussa un nouveau soupir, qui se mua en bâillement. Elle avait les paupières de plus en plus lourdes… La grossesse entraînait de nombreux changements — gain de poids, gonflement des seins, relâchement de muscles qu'elle sollicitait beaucoup moins qu'avant — mais le plus spectaculaire était la fatigue. Après une journée chargée et riche en émotions, elle tombait de sommeil. Encore cinq minutes. Elle allait résister pendant encore cinq minutes…

Javier franchit le seuil de sa chambre. La lampe de chevet du côté de Sophie — le sien d'ordinaire — était allumée. Mais aucun mouvement sous les couvertures. Elle s'était endormie, comme il l'espérait. Il fit le tour du lit pour s'en assurer. Si elle était réveillée, il en profiterait pour lui demander de changer de côté… Seul son visage d'ange sortait des draps. Ses boucles blondes s'étalaient sur l'oreiller. Sa respiration était régulière. Elle dormait d'un sommeil serein, inconsciente de son regard qui ne la quittait pas, de sa main qui s'approchait… Il mit la main dans sa poche, tourna les talons et gagna la salle de bains le cœur battant à grands coups. Il verrouilla la porte derrière lui. Il avait failli lui caresser la joue ! Dire qu'il venait de passer une heure à cogner sur son punching-ball… Ça n'avait pas suffi à l'apaiser. Pendant le dîner sa présence l'avait tellement perturbé qu'il lui avait fallu tout le repas pour échanger deux mails avec son avocat. Son désir pour cette petite ballerine était en train de devenir une véritable torture. Pourtant, lorsqu'ils feraient l'amour il faudrait qu'il reste détaché. Que le sexe demeure l'exercice hygiénique qu'il avait toujours été pour lui. Sauf que le sexe avec elle n'avait rien eu d'un exercice hygiénique. Ça avait été une expérience extraordinaire. Elle avait éveillé en lui des sentiments qui l'avaient accompagné pendant des semaines. Mais c'était juste parce qu'elle était arrivée chez lui au moment où il était au plus bas, se dit-il en se brossant les dents. Toutes les conditions étaient réunies pour un coup de folie. Une grande maison vide. Une belle femme au regard compatissant. Quel homme n'aurait pas perdu la tête dans cette situation ? D'autant plus qu'elle s'était enflammée dès qu'il l'avait touchée.

Les effets de cette expérience avaient fini par s'estomper. Les sentiments nouveaux qu'elle avait fait naître avaient fini par disparaître. L'excitation qu'il ressentait ce soir parce qu'elle venait de s'installer chez lui finirait par disparaître elle aussi. D'ici là, il fallait se calmer. Mais comment ? Une heure de sport suivie d'une douche froide dans le vestiaire n'avait servi à rien… Il enleva ses vêtements à l'exception de son caleçon. Il dormait toujours nu, mais cette nuit c'était hors de question.

Sophie ouvrit les yeux. Quelque chose l'avait réveillée… Elle entendit du bruit dans la salle de bains et son cœur s'affola. Javier avait enfin daigné la rejoindre. Elle prit son téléphone et regarda l'heure. Elle était seule dans ce lit depuis deux heures ! Il avait attendu tout ce temps intentionnellement. Aucun doute. Il espérait la trouver endormie. Et si ce n'était pas par besoin de solitude qu'il ne voulait pas partager son lit avec elle ? Et si c'était parce qu'elle ne lui plaisait pas ? Après tout, la première fois elle s'était juste trouvée là à un moment où il avait besoin d'une femme — n'importe laquelle — pour oublier l'espace d'un instant son humiliation et sa frustration...

La porte de la salle de bains s'ouvrit. Elle ferma les yeux et retint son souffle. Elle devina des pas plutôt qu'elle ne les entendit. Le matelas s'enfonça imperceptiblement. Javier s'allongea en laissant entre eux le plus de place possible. Quelques secondes plus tard, la pièce fut plongée dans l'obscurité. Elle attendit un mot ou un geste. Elle attendit pendant une éternité.

— Bonne nuit, Javier, finit-elle par murmurer.

Seul le silence lui répondit.

Les cinq jours suivants passèrent à la fois comme un éclair et dans une sorte de brouillard. Dans la journée, Sophie explorait la maison et le parc en s'efforçant de se sentir à l'aise dans les vastes pièces au décor raffiné et d'en apprendre un peu plus sur l'homme qu'elle était sur le point d'épouser. Elle était chez elle, se répétait-elle constamment. Elle ne devrait pas avoir le sentiment d'être une intruse. À propos de son futur mari elle n'apprit pas grand-chose, sinon qu'il aimait les objets anciens mais pas les miroirs. Même dans les salles de bains, il n'y avait que des petits miroirs de rasage. La seule chambre dotée d'une psyché était celle qui lui avait été attribuée au départ.

Javier continuait à la tenir à distance. Il partait travailler tôt le matin, et à trois reprises il était rentré trop tard pour dîner avec elle. Il ne manquait jamais de venir la saluer à son retour, mais ensuite il disparaissait. Et il ne la rejoignait que très longtemps après dans la chambre. Il ne la touchait jamais. De son côté, les yeux grands ouverts dans l'obscurité, elle tentait de rassembler son courage pour se tourner vers lui et poser la main sur son épaule, mais elle n'y parvenait jamais. À en juger par son immobilité absolue, il ne dormait pas plus qu'elle. Si seulement elle avait un peu plus d'assurance, elle dirait quelque chose… Mais lorsqu'elle ouvrait la bouche aucun son n'en sortait. Comment exprimer sa frustration sans passer pour une nymphomane ? Elle n'en avait aucune idée. Il avait accédé à sa demande. Il partageait son lit avec elle. Mais s'il ne la désirait pas, elle ne pouvait pas l'y obliger.

À moins que le problème soit ailleurs ? La clause selon laquelle ils ne partageraient le même lit qu'une fois par semaine ne figurait pas seulement dans le contrat qu'il avait voulu lui faire signer. Elle était déjà présente dans le contrat destiné à Freya. Se pourrait-il que le sexe ne l'intéresse pas ? La façon dont leur bébé avait été conçu prouvait le contraire. Certes il avait été son premier amant, mais malgré son manque d'expérience elle avait reconnu la passion.

Sophie avait beau tenter de se rassurer et se répéter qu'il fallait laisser du temps à Javier, son espoir de nouer des liens étroits avec lui s'amenuisait de jour en jour. L'arrivée de ses parents la réconforta et elle passa la journée précédant son mariage avec eux, en feignant d'être au comble du bonheur. Par chance elle était très douée pour convaincre ses parents que tout allait pour le mieux. Son premier souvenir marquant était celui de sa mère émerveillée en train de l'applaudir lors de son premier spectacle de danse lorsqu'elle avait quatre ans. La fierté qu'elle avait vue sur son visage avait décidé de son avenir. Elle avait compris qu'à travers la danse elle avait le pouvoir de faire rayonner de bonheur la femme qui lui avait donné un foyer et tout son amour. La nuit il lui arrivait parfois de rester éveillée à rêver de la voie qu'elle aurait préféré prendre, mais dès le matin elle chassait ces pensées de son esprit pour les remplacer par l'image de ses parents. C'était cette image qui lui avait donné jour après jour la volonté nécessaire pour se plier à l'entraînement d'une danseuse professionnelle.

Lors de cette dernière journée de sa vie de célibataire, elle dînait avec eux quand son téléphone sonna. Elle aurait été moins surprise de recevoir un appel du président du gouvernement espagnol en personne. La salle de l'établissement où ils se trouvaient étant trop bruyante, elle s'excusa et sortit pour rappeler Javier. Il décrocha à la première sonnerie.

— Où es-tu ?

— Dans un bar à tapas avec mes parents, répliqua-t-elle, interloquée par son ton inquiet.

— Où ?

Elle lui indiqua le quartier et le nom de la rue.

— Tu veux nous rejoindre ?

— Non. Pourquoi n'as-tu pas demandé à mon chauffeur de te conduire ?

— J'ignorais que je pouvais. J'ai pris un taxi. Pourquoi es-tu aussi contrarié ?

— Je ne suis pas contrarié, protesta-t-il aussitôt comme si cette idée était extravagante. Quand seras-tu de retour ?

— Demain. J'ai pris une chambre dans l'hôtel de mes parents. Ils ont apporté la robe de mariée, il est donc plus logique que je reste avec eux.

— Tu aurais dû me consulter.

— Ça s'est décidé seulement aujourd'hui. J'avais prévu de t'appeler un peu plus tard pour te le dire.

Elle consulta sa montre. Il était 20 h 30.

— Étant donné que tu fais ce que tu veux sans jamais me consulter, tu es mal placé pour te plaindre quand je fais de même.

— Si je comprends bien, c'est une punition parce que selon toi je travaille trop ?

Réprimant un soupir, elle s'assit sur un banc.

— Non, Javier. Ce n'est pas une punition. Ces trois derniers soirs tu n'es pas rentré avant 21 heures. Je ne voulais pas te déranger en plein travail.

Nouveau silence.

— La prochaine fois appelle-moi ou envoie-moi un texto.

— D'accord. Mais si tu veux que je t'informe de mes allées et venues, il serait juste que tu en fasses autant.

Un grognement retentit à l'autre bout de la ligne.

— Envoie-moi l'adresse de l'hôtel. Mon chauffeur viendra vous chercher demain matin.

— Pas trop tôt, s'il te plaît. Ma mère dit qu'il ne faut pas que les mariés se voient avant la cérémonie. Ça porte malheur.

Nouveau grognement.

— Il viendra vous prendre à 11 heures. Passe une bonne soirée.

— Qu'est-ce que… ?

Il raccrocha avant qu'elle ait le temps de lui demander quels étaient ses projets pour la soirée. Elle serra son téléphone contre sa poitrine et ferma les yeux, le sourire aux lèvres. Il ne lui était pas venu à l'esprit un seul instant qu'il pourrait rentrer tôt et s'inquiéter de ne pas la trouver à la villa. Elle pensait au contraire qu'il serait soulagé d'avoir la maison pour lui tout seul. Elle rentra dans le bar le cœur plus léger.

Javier rinça les derniers restes de mousse à raser, puis il tourna le dos au petit miroir et regagna la chambre en se tamponnant les joues avec une serviette. Pourquoi était-il aussi oppressé ? Il s'habilla méthodiquement. Caleçon, chemise blanche, pantalon anthracite, cravate en soie marine, puis il s'assit sur le lit pour mettre les chaussures cousues main qu'il avait soigneusement cirées. Il pensait qu'il dormirait bien seul dans son lit et qu'il rattraperait le sommeil dont la présence de Sophie l'avait privé pendant toute la semaine. Mais avec ou sans elle, le sommeil semblait décidé à le fuir. Le point positif était qu'il avait récupéré son côté habituel du lit. Sauf qu'il avait été assailli par le parfum qui imprégnait l'oreiller de Sophie. Il avait aussitôt jeté ce dernier par terre pour le remplacer par le sien mais c'était trop tard. Ce parfum l'avait poursuivi comme s'il s'était incrusté dans ses narines. Du moins ne s'était-il pas senti obligé de rester immobile comme une statue toute la nuit…

Une fois habillé, Javier retourna dans la salle de bains pour se coiffer. D'ordinaire il le faisait en quelques gestes rapides sans jamais croiser son propre regard dans le miroir. Ce matin-là il plongea les doigts dans le pot de gel en fixant le reflet qu'il méprisait mais que son père aimait tant. Celui-ci se mettait souvent à côté de lui devant un miroir, et de sourire d'un air satisfait.

— Tu es mon fils, susurrait-il avec l'accent slave que Javier avait fini par détester.

L'amour que son père lui manifestait était superficiel, sans aucune valeur. C'était une forme de narcissisme. Ce prétendu amour ne l'avait jamais empêché de battre Luis, même au début, quand encore tout petit il le suppliait en pleurant d'arrêter de frapper son frère. En fait, plus il le suppliait, plus son père s'acharnait sur son frère. Au fil des ans il s'était entraîné à retenir ses larmes et à concentrer toute son énergie à tenter d'éviter à Luis les punitions que lui devaient ses frasques. Il n'oublierait jamais les yeux brillants de son père quand il rouait Luis de coups. Très vite il avait eu la conviction que son père prenait un grand plaisir à ces corrections. À chaque fois qu'il se regardait dans un miroir, il voyait le visage qui réjouissait son père parce qu'il était la réplique du sien. Il avait été le fils préféré parce que son père pensait qu'il lui ressemblait en tout. Comment Sophie pouvait-elle regarder ce visage sans frémir de peur ? Était-elle aveugle au point de ne pas voir le danger ?

On frappa à la porte.

— Entrez, lança-t-il d'un ton brusque.

Julio apparut sur le seuil.

— L'officier de l'état civil est arrivé.

— Et Michael ? demanda-t-il en se référant à son chauffeur.

— Il est parti chercher Sophie… Mlle Johnson à l'hôtel.

Sophie adressa un énième remerciement silencieux à ses parents. Heureusement qu'ils étaient là ! Ils ne cachaient pas leur joie de la voir se marier et leur enthousiasme atténuait un peu sa nervosité. Lorsque le chauffeur s'arrêta devant la villa, sa mère poussa un grand cri.

— C'est là que tu vis ?

Sophie hocha la tête, soudain incapable de prononcer un mot. Ils furent accueillis par Julio et une des domestiques avec des sourires qui semblèrent gênés à Sophie. Son père lui prit le bras et ils suivirent Julio à travers la maison jusqu'au jardin d'hiver. C'était l'une des pièces favorites de Sophie et elle avait été ravie lorsque Javier lui avait proposé d'y célébrer le mariage. Quand les portes et les fenêtres étaient ouvertes, il était envahi par des parfums merveilleux provenant du jardin. Pour ne pas risquer d'être déçue, elle avait évité d'imaginer comment il serait décoré pour leur mariage, mais jamais elle ne s'était préparée à avoir envie d'éclater en sanglots en y pénétrant. Un seul changement avait été apporté à la pièce. Un bureau en chêne avait été placé au centre, avec des chaises destinées à ses parents et aux témoins, Julio et la domestique qui l'accompagnait. Pas de fleurs, pas de ballons, rien qui indique qu'un événement important était sur le point de s'y dérouler. Si elle avait su, elle aurait mis un jean et des baskets au lieu de cette robe. Quelle humiliation... Elle avait l'impression d'être une usurpatrice. Une mariée de substitution. C'était Freya qui aurait dû être à sa place. L'homme qui l'attendait — le dos tourné, aucun changement de ce côté-là non plus — en discutant avec l'officier de l'état civil n'aurait jamais eu l'idée de l'épouser si elle n'avait pas été enceinte de lui. Il était vrai que sans le bébé elle n'aurait jamais envisagé de l'épouser non plus. Il lui inspirait toujours du désir, certes, mais plus aucun sentiment. Heureusement, sinon elle aurait le cœur brisé... Le seul effort qu'il avait fait était de mettre un costume. Un costume ordinaire. Le genre de costume qu'il portait tous les jours pour travailler.

Il se retourna et leurs regards se rencontrèrent. À son grand dam, elle sentit son cœur s'affoler.

Javier eut soudain la gorge sèche. Il n'avait jamais imaginé que Sophie porterait une robe de mariée traditionnelle. Ni qu'elle serait aussi belle. Sa robe longue en soie blanche recouverte de dentelle épousait ses formes délicates. On ne voyait pas qu'elle était enceinte. Elle ressemblait à une jeune fille et elle était sublime. Il prit une profonde inspiration et tenta en vain de se ressaisir. Les yeux bleu pâle qui ne quittaient pas les siens brillaient d'un éclat particulier... Parce qu'ils étaient pleins de larmes, comprit-il soudain. Une bouffée de colère le ramena à la raison. Elle n'avait aucune raison d'être déçue ! Il l'avait prévenue que la cérémonie serait brève et très simple. Tout à coup elle redressa les épaules, releva le menton et demanda d'une voix étonnamment assurée :

— On commence ?

Il la contempla encore un instant avant de hocher la tête. Ils se placèrent côte à côte en face de l'officier de l'état civil. Le poids qui comprimait la poitrine de Javier depuis son réveil s'alourdit encore. Pour la première fois depuis qu'il avait rayé Luis de sa vie, il ressentit son absence. Jamais il n'aurait pu imaginer qu'il se marierait sans son frère. Ni qu'il serait en proie à un tel tourbillon d'émotions… Il faillit s'étrangler en prononçant la formule consacrée. Sophie au contraire le fit d'une voix claire, dans un espagnol parfait. Vint le moment d'échanger les alliances. Elle tendit sa main. Une main délicate aux longs doigts fins, aux ongles manucurés et à la peau douce. Il fut pris de remords. Sophie s'était préparée avec soin pour cette cérémonie. Ses actes indiquaient plus clairement que n'importe quelles paroles à quel point elle prenait cet engagement au sérieux. Il glissa l'alliance à son doigt. Elle méritait tellement mieux que lui…

Elle prit sa main, plongea son regard dans le sien et lui mit son alliance. Il contempla son doigt. Son père n'avait jamais porté d'alliance, si bien qu'il était déterminé à porter la sienne. Mais quelle sensation étrange… La main de Sophie pressa la sienne. Tout à coup il prit conscience des regards fixés sur lui. Celui de l'officier de l'état civil, ceux des parents de Sophie. Celui de Sophie. Dans ses yeux bleu pâle il lut une prière. « Pour mes parents, embrasse-moi s'il te plaît. » L'embrasser ? Elle devrait plutôt le supplier de ne plus jamais la toucher… Le poids sur la poitrine de Javier augmenta encore, entravant sa respiration. Il fallait qu'il l'embrasse. Un baiser pour sceller leur mariage. Il lui devait au moins ça.

Il posa sa main libre sur sa taille et se pencha vers elle. Pas un bruit ne troublait le silence. À part les battements de son cœur… Il posa ses lèvres sur les siennes. Les battements de son cœur devinrent assourdissants. Le sol commença à vaciller sous ses pieds et il dut faire appel à toute sa volonté pour résister au tourbillon qui menaçait de l'emporter. Il compta jusqu'à cinq, puis il se redressa. Il prit une profonde inspiration. Et inhala une grande bouffée de parfum fleuri.

Parcouru d'un long frisson, il se tourna vers l'officier de l'état civil. Il avait accompli son devoir. À présent le moment était venu de signer le document qui officialiserait leur situation de mari et femme.

6

Sophie étreignit longuement son père, puis elle embrassa sa mère et la serra encore plus étroitement dans ses bras. Si ces gens adorables ne lui avaient pas ouvert leur maison et donné tout leur amour, que serait-elle devenue ? Ils s'en allèrent, heureux pour leur fille unique, ne voyant que ce qu'ils voulaient voir, comme elle le leur avait toujours permis. Ils l'avaient regardée danser sur scène pendant des années, sans se douter un seul instant qu'elle rêvait d'être ailleurs. Aujourd'hui ils l'avaient vue épouser un homme riche avec une belle maison et cela leur suffisait pour s'en aller le cœur joyeux. Si leur tout nouveau gendre leur avait paru étrangement distant, ils n'en avaient rien montré.

Sophie tourna la tête. Javier était adossé à son sphinx géant, les bras croisés. Il avait enlevé sa veste et sa cravate au cours du repas. Un repas qui n'était pas prévu. Il avait chargé Julio de donner des instructions en cuisine juste après l'échange des alliances, lui épargnant l'humiliation d'annoncer à ses parents que les réjouissances auxquelles ils s'attendaient n'auraient pas lieu. Une bouteille de champagne avait été apportée, la première boisson alcoolisée servie depuis son arrivée, avait-elle noté. Cependant, il n'y avait pas touché et s'était contenté de boire du jus de raisin pétillant comme elle. À vrai dire, elle ne l'avait jamais vu boire de l'alcool. Aurait-il décidé de s'abstenir pendant toute sa grossesse par solidarité ? Ça paraissait peu probable. Javier n'était pas du genre à avoir ce genre d'attention. Il avait quand même organisé un repas de mariage à la dernière minute, et porté un toast à sa femme, pour faire plaisir à ses parents. Peut-être avait-il une conscience... Elle soupira.

— Je vais prendre un bain et me coucher.

Pour toute réponse, il hocha la tête. Si seulement elle parvenait à le déchiffrer... Mais c'était impossible. Elle n'avait jamais vu quelqu'un d'aussi doué pour cacher ses sentiments. En avait-il seulement ? Elle commençait à en douter. Pourtant... Elle avait vu une lueur dans ses yeux quand il lui avait donné ce baiser fugitif après l'échange des alliances. Elle ouvrit les robinets, versa des sels de bain dans la baignoire et regarda la mousse se former, déterminée à ne pas pleurer. Une fois la baignoire pleine, elle retourna dans la chambre pour prendre un pyjama dans le dressing. Elle choisit le plus vieux et le plus confortable. Il était aussi sexy qu'un costume de clown, mais quelle importance ? Toute la semaine elle avait mis ses plus belles chemises de nuit et Javier ne lui avait pas accordé un seul regard. Alors qu'elle était sur le point de retourner dans la salle de bains, elle entendit son téléphone vibrer sur la table de chevet. Un membre du personnel avait dû le mettre là. Ne l'ayant pas utilisé depuis qu'elle avait quitté l'hôtel en fin de matinée avec ses parents, elle l'avait complètement oublié. Trois messages de Freya ? Elle lut le premier :

Sophie, tu ne peux pas épouser Javier ! Il va te briser. Viens en France. Nous prendrons soin de toi et du bébé.

Le second :

Appelle-moi.

Et enfin le troisième, qui venait d'arriver.

Il n'est jamais trop tard. S'il te plaît, pour ton bébé, prends ton passeport et enfuis-toi. Si tu ne peux pas t'échapper, dis-le-moi et nous viendrons à ton secours.

Assaillie par la colère, elle répondit aussitôt.

Je n'ai pas besoin qu'on vienne à mon secours. Javier est le père de mon enfant. Je l'ai épousé.

La réponse arriva quelques secondes plus tard.

Tu ne sais pas de quoi il est capable. Il a détruit Benjamin, qui était son ami d'enfance. Son propre jumeau l'a renié. Il vous détruira, toi et le bébé. Laisse-nous t'aider.

— Tu sembles inquiète.

Elle tressaillit et laissa échapper un petit cri. Comment un homme aussi imposant que Javier pouvait-il marcher aussi silencieusement ? Pressant instinctivement son téléphone contre sa poitrine, elle recula contre le mur. Il plissa les yeux d'un air soupçonneux.

— Un problème que tu me caches ?

Elle ouvrit la bouche et la referma. À quoi bon lui dire que tout allait bien ? Ses joues en feu l'avaient déjà trahie... Il s'avança vers elle, la main tendue.

— Donne-moi ce téléphone.

Elle secoua la tête.

— Il vaut mieux que tu ne lises pas ça.

— Donne-moi ce téléphone.

Le cœur serré, elle s'exécuta. Si elle refusait de lui montrer les messages le doute allait le ronger, et il risquait d'imaginer des tas de choses bien plus graves. Il était important qu'ils parviennent à construire une relation basée sur la confiance. Pas question de lui cacher quoi que ce soit, donc. Malgré tout, elle aurait préféré qu'il ne lise pas ces messages. Il ne pouvait en aucun cas être décrit comme un ange, certes. Mais personne ne devrait avoir à lire des commentaires de ce genre le concernant. Il consulta l'écran, impassible. Au bout d'un moment qui lui parut interminable, il leva les yeux vers elle.

— Tu te sens en danger avec moi ?

— Non, répondit-elle sans hésitation.

Il était dangereux, ça, elle en était persuadée. Quiconque s'attaquait à lui s'exposait à des représailles terribles. Mais il ne s'en prendrait jamais à elle. C'était une certitude.

— Tu devrais peut-être.

— Et toi, tu devrais savoir que, si je te croyais dangereux pour moi ou pour notre bébé, je ne t'aurais jamais épousé. Je ne t'aurais même pas dit que j'étais enceinte.

Un silence tendu s'installa entre eux. Ce regard fixé sur elle... Jamais elle n'avait vu ses yeux briller d'un tel éclat. Elle sentit une chaleur intense naître au creux de ses reins et se répandre peu à peu dans tout son corps. Javier semblait respirer de plus en plus difficilement mais il restait silencieux, la mâchoire crispée. Elle fut parcourue d'un long frisson et une nouvelle certitude s'imposa à elle. Il ne lui ferait jamais aucun mal, mais il ne ferait jamais le premier pas non plus. Rassemblant tout son courage, elle pivota lentement sur elle-même et prit une profonde inspiration.

— Pourrais-tu déboutonner ma robe, s'il te plaît ?

Silence.

— S'il te plaît ? Toute seule je n'y arrive pas.

Elle ferma les yeux et retint son souffle. Un nouveau frisson la parcourut au contact de ses doigts à travers le tissu de sa robe.

Javier s'efforçait d'agir mécaniquement sans penser à ce qu'il faisait. Il défit le premier bouton en prenant soin de ne pas effleurer la peau de Sophie. Il passa au deuxième, au troisième, et ainsi de suite. Lorsqu'il eut défait le dernier, à la hauteur de ses reins, il s'écarta.

— C'est fait.

Cette voix rauque, était-ce bien la sienne ?

— Merci, murmura Sophie.

Alors qu'il s'apprêtait à quitter la pièce, elle se tourna vers lui et plongea son regard dans le sien. Ses yeux bleus n'avaient jamais été aussi foncés... Sans cesser de le fixer, elle fit glisser une manche en dentelle le long de son bras, puis elle recommença avec l'autre et le corsage de sa robe tomba sur sa taille. Elle ouvrit une fermeture Éclair dissimulée sur le côté de la jupe et tira sur celle-ci. La robe tomba à ses pieds. Il fallait qu'il quitte cette pièce immédiatement ! Javier resta cloué sur place. Les yeux toujours fixés sur lui, Sophie redressa les épaules, juchée sur des escarpins blancs à talons aiguilles, uniquement vêtue d'un ensemble soutien-gorge et culotte de dentelle blanche. La gorge sèche, il oublia sa détermination à quitter la pièce. Il était trop occupé à tenter de maîtriser les battements effrénés de son cœur et à lutter contre l'envie irrésistible de toucher la peau laiteuse exposée à son regard. *Hermosa*. Oui, c'était l'adjectif qui convenait. Sophie était belle. Il avait remarqué les changements que leur bébé apportait à son corps. Mais voir ce corps nu, c'était... En un peu moins de trois mois sa silhouette athlétique avait acquis une grâce nouvelle. Ses petits seins avaient grossi, son ventre s'était légèrement arrondi, et ses hanches étroites avaient pris de l'ampleur. Elle était comme une fleur en train de s'épanouir et c'était incroyablement troublant. Sans détourner de lui ce regard à la fois direct et timide, elle retira de ses cheveux la longue épingle qui les retenait. Elle la laissa tomber par terre tandis que ses boucles blondes ruisselaient sur ses épaules.

Des coups sourds retentirent dans la pièce comme si quelqu'un jouait des percussions... Non, c'était son cœur qui battait de plus en plus fort, comprit-il soudain. Sophie allait dégrafer son soutien-gorge... Ses seins jaillirent de la dentelle blanche, ronds et pleins, plus tentants que toutes les pommes du paradis. Elle glissa les doigts sous l'élastique de sa culotte, fit glisser celle-ci sur ses cuisses et la laissa tomber sur ses chevilles. Après l'avoir écartée du bout du pied, elle enleva ses chaussures. Puis elle resta un instant immobile, nue de la tête aux pieds, sublime de beauté.

Inspirant profondément, elle s'approcha de lui et posa une main sur son épaule. Elle se hissa sur la pointe des pieds et effleura ses lèvres dans un baiser léger comme un papillon. Puis elle plongea son regard dans le sien. Ce fut plus fort que lui. Comme si elle était mue par une volonté propre, sa main se posa sur une hanche moelleuse. Toute la semaine il avait résisté à la tentation. Le détachement qu'il voulait atteindre avant de lui faire l'amour n'avait jamais paru aussi inaccessible. *Dios*, la main posée sur son épaule lui brûlait la peau à travers sa chemise...

— N'attends pas de moi autre chose que ce que je peux te donner, *cariño*.

Il fallait qu'elle comprenne. Si n'importe quelle autre femme s'était offerte à lui de cette manière, il aurait assouvi son désir sans attendre. Mais cette femme n'était pas comme les autres. Et pas seulement parce qu'elle portait son enfant. Elle effleura de nouveau ses lèvres et murmura :

— Je ne veux rien d'autre que ce que tu peux donner.

Il se sentit le cœur plus léger, même si ce dernier tambourinait toujours à grands coups dans sa poitrine.

Quand Javier pressa à son tour ses lèvres contre les siennes, Sophie fut si soulagée qu'elle faillit pleurer. Comment avait-elle trouvé le courage de se déshabiller devant lui ? Elle n'en avait aucune idée. Elle n'aurait jamais pu deviner qu'elle en était capable. Pour une danseuse la nudité n'était pas un problème, mais là c'était différent. Elle avait couru le risque d'être rejetée, mais elle avait su instinctivement qu'elle n'avait pas le choix. Javier avait la force de caractère nécessaire pour dormir à côté d'elle jusqu'à la fin de leurs jours sans la toucher. Et à présent elle comprenait pourquoi. Il craignait qu'elle ne l'ait pas cru quand il l'avait prévenue que les sentiments n'auraient jamais leur place dans leur mariage. À sa façon, il essayait de la protéger. Elle n'en avait pas besoin. À une époque elle avait rêvé d'une grande histoire d'amour avec cet homme, mais ses sentiments pour lui avaient été étouffés dans l'œuf. Cependant, le désir qu'il lui inspirait ne s'était jamais estompé. La main posée sur sa hanche glissa jusqu'au creux de ses reins et la bouche de Javier s'empara de la sienne. L'ardeur de son baiser lui donna le vertige. Plus rien d'autre n'existait que la bouche de Javier mêlée à la sienne, les mains de Javier sur sa peau, les sensations inouïes qui l'assaillaient de toutes parts.

Il la souleva de terre et la porta jusqu'au lit. Après l'avoir allongée dessus, il déboutonna sa chemise et la jeta par terre. Elle eut à peine le temps d'admirer son torse musclé recouvert d'une épaisse toison noire avant qu'il déboucle sa ceinture. Elle retint son souffle tandis qu'il ouvrait sa braguette. Il baissa d'un même mouvement son pantalon et son slip. Parcourue d'un long frisson, elle sentit une chaleur liquide se répandre entre ses cuisses. Sa virilité fièrement dressée était un spectacle fascinant. Elle l'avait déjà touchée, elle l'avait déjà accueillie en elle, mais c'était la première fois qu'elle la voyait. Lorsqu'elle finit par lever les yeux, le regard brûlant qui se promenait sur elle décupla son excitation.

Javier la rejoignit sur le lit et l'embrassa avec fougue, puis il quitta sa bouche pour explorer son corps avec sa bouche et ses mains. Il s'attarda d'abord sur un sein, dont il lécha la pointe hérissée du bout de la langue avant de l'aspirer goulûment pour la sucer et la mordiller, lui arrachant des gémissements étranglés. Lorsqu'il eut fait subir le même traitement dévastateur à l'autre sein, il lui lécha le nombril tout en couvrant son ventre arrondi de caresses. Il poursuivit ensuite sa descente, déposant des baisers sur son triangle soyeux avant de lui écarter délicatement les cuisses. Elle ouvrit les yeux, soudain traversée par une pensée fulgurante. Il menaçait de lui faire perdre la tête, mais de son côté il semblait au contraire garder la tête froide… Il effleura le cœur de sa féminité du bout de la langue, chassant toute pensée de son esprit. Refermant les yeux, elle s'abandonna aux sensations déclenchées par ses caresses diaboliques. Plus rien n'existait que le plaisir qui montait peu à peu du plus profond d'elle. Un plaisir prodigieux, dont l'explosion lui arracha un cri rauque. Ce fut seulement lorsque les ondes de volupté qui la parcoururent encore et encore finirent par s'estomper que Javier se redressa et prit position entre ses jambes. De nouveau, elle eut l'impression fugitive qu'il agissait de façon méthodique. Il lui avait donné du plaisir, le moment était venu de prendre le sien. Mais dès qu'il s'enfonça en elle, son esprit se vida de nouveau.

Javier se cala sur ses coudes et commença à aller et venir entre les reins de Sophie. Il fallait qu'il reste concentré. Sinon… Sinon il risquait d'être victime d'une illusion redoutable. De prendre pour la réalité ce qui n'était qu'un mirage. Il fallait qu'il reste concentré. Il voulait donner encore du plaisir à Sophie. Il prendrait aussi le sien, bien sûr, mais il ne s'autoriserait pas à ressentir autre chose. Il ne pouvait pas se le permettre. Serrant les dents, il se concentra sur les réactions de Sophie. *Dios*, c'était si bon… Elle était si ardente…

Reste concentré. Garde la tête froide. Oublie la femme qui est dans tes bras. Ce n'est que du sexe. Rien de plus.

Sa résolution vacilla quand les doigts de Sophie s'enfoncèrent dans ses cheveux et qu'il rencontra le regard de ses yeux bleus. Il changea de position, accéléra le rythme de ses coups de reins et ferma les yeux pour ne plus voir ses lèvres entrouvertes qui laissaient échapper des soupirs. Malheureusement, il était impossible de fermer les oreilles… Les soupirs de Sophie se muèrent bientôt en gémissements, ses doigts se crispèrent sur ses cheveux et ses jambes se resserrèrent autour de sa taille, comme si elle cherchait à ne faire plus qu'un avec lui. Lorsque le plaisir la balaya, il fut emporté dans le même tourbillon. Un tourbillon irrésistible d'une violence inouïe. *Dios*, c'était… Il n'avait jamais rien éprouvé de tel. C'était encore plus puissant que la première fois. Il était sur le point de s'engloutir dans le mirage... Juste avant de basculer, il retrouva la raison. Serrant les dents de toutes ses forces, il tourna la tête et ouvrit les yeux. Le regard fixé sur le mur, détaché du visage de la femme qui se dissolvait dans ses bras, il se laissa glisser dans un plaisir résolument banal.

Lorsqu'il fut certain que Sophie était repue, il se sépara d'elle et roula sur le dos. Déglutissant péniblement, il fixa le plafond et se prépara à entendre ce qu'elle n'allait pas manquer de dire. Pendant un long moment, seul le bruit de leurs respirations hachées troubla le silence. Puis il sentit le matelas bouger légèrement à côté de lui.

Lorsqu'il tourna la tête, elle venait d'entrer dans la salle de bains. La porte se referma et il entendit le bruit du verrou.

7

Sophie resta dans son bain jusqu'à ce que l'eau soit froide et ses doigts de pied tout ridés. Elle n'avait aucune envie de retourner dans la chambre pour retrouver le dos tourné de Javier.

Après le tourbillon de plaisir et d'émotion dans lequel elle avait été emportée, elle devrait baigner dans une douce béatitude. Au lieu de ça, elle n'avait qu'une envie : se rouler en boule et pleurer. Javier s'était montré généreux et attentionné, mais c'était resté purement physique. Sur le plan émotionnel, il avait gardé plus que jamais ses distances. Aurait-il été aussi distant avec Freya ?

Elle mordit son poing pour réprimer un cri de souffrance. Ce genre de comparaison ne risquait pas de l'aider à garder sa sérénité. Freya était incomparable. Après s'être brossé les dents et avoir enfilé son vieux pyjama, elle se sentit un peu mieux armée pour affronter le silence qui l'attendait dans la chambre. Elle passa la main sur son ventre et promit à son bébé qu'elle ne baisserait pas les bras. Il y avait à peine une demi-journée que Javier et elle étaient mariés ! Elle attendait trop de lui. Elle devrait se réjouir d'avoir réussi à fendiller sa carapace au lieu de se lamenter parce qu'il ne lui avait pas déclaré son amour.

Allons bon !

Lorsque cette pensée lui traversa l'esprit, elle avait la main sur la poignée de la porte. Pivotant sur elle-même, elle se dirigea vers le lavabo et s'adressa à son reflet dans le petit miroir de rasage.

Arrête de divaguer. Tu savais que tu épousais un homme froid et imperturbable. Alors ne sois pas étonnée s'il se comporte comme un homme froid et imperturbable. Et ne pense pas une seule seconde à l'amour. Javier est incapable d'aimer. Et toi, tu n'es pas assez stupide pour tomber amoureuse de l'homme qui t'a mise à la porte juste après t'avoir déflorée.

Redressant les épaules, elle cala ses cheveux derrière ses oreilles et retourna dans la chambre. À sa grande surprise, la lampe de chevet était encore allumée. Javier était allongé un bras replié derrière la tête sur l'oreiller, le drap remonté jusqu'à la taille. Et les yeux ouverts. Il ne dit rien mais il la suivit des yeux tandis qu'elle se dirigeait vers le lit. Elle se félicita d'avoir mis son pyjama. Au moins, il ne voyait pas ses jambes tremblantes... Elle s'assit en tailleur sur le lit, face à lui. Le regard qu'il tourna vers elle n'était ni hostile ni indifférent, mais curieux. Ce qui la réconforta un peu. Un petit rire faillit même lui échapper. Mais c'était un petit rire désabusé. Nul doute qu'il s'était préparé à une scène... Était-il soulagé ou déçu par son calme ? Tirant sur un fil qui pendait dans le bas de son pyjama, elle demanda d'un ton qu'elle espérait désinvolte :

— Que s'est-il passé avec Benjamin ?

Comme elle l'avait prévu la mine de Javier s'assombrit. Mais c'était un sujet qu'ils devraient aborder tôt ou tard. Pourquoi pas maintenant, puisqu'ils ne dormaient ni l'un ni l'autre ?

— Ça ne te regarde pas.

Cette réponse sèche, elle l'avait prévue également.

— Je suis ta femme. Que ça te plaise ou non, à partir de maintenant tout ce qui te concerne me regarde. Tout le monde sait que Luis et toi vous avez un contentieux avec Benjamin. Tôt ou tard un journaliste va découvrir tous les détails de l'affaire et les publier.

— Rien ne peut être publié. Nous avons obtenu une ordonnance de non-divulgation.

— Valable en Espagne. Pas aux États-Unis, par exemple. Tu préfères que je sois renseignée par la presse plutôt que par toi ? Ou dois-je demander à Freya de m'éclairer ?

— Il n'est pas question que tu restes en contact avec elle.

Elle soupira.

— Javier... C'est justement à cause d'elle que je te demande ça. Tu as lu les messages qu'elle m'a envoyés. Elle te hait à cause de ce qui s'est passé entre toi et Benjamin. Je préférerais entendre d'abord ta version avant de connaître celle des autres.

— Ma *version* ? répéta-t-il d'un ton menaçant.

— Elle est forcément différente de la leur parce que tu considères la situation de ton point de vue. Si j'ai envoyé un message à Freya aujourd'hui c'est parce que c'est ma meilleure amie. Je ne voulais pas qu'elle apprenne notre mariage par quelqu'un d'autre que moi. Elle a trouvé le bonheur avec Benjamin et je suis très heureuse pour eux, mais à présent c'est de toi que je suis solidaire.

— Ta solidarité n'a pas grande valeur si tu la transfères aussi facilement d'une personne à une autre.

— Freya est mon amie depuis nos onze ans. Elle restera toujours mon amie, mais je n'ai pas pris à la légère les consentements que nous avons échangés. Tu es mon mari. Le père de mon enfant. Pour moi ça passe avant tout le reste. Et si tu as toi aussi pris notre engagement au sérieux, il faut que tu apprennes à me faire confiance. Je ne suis pas ton ennemie, Javier.

Lui faire confiance ? Javier réprima un petit rire désabusé. Comme s'il risquait de faire de nouveau confiance un jour à qui que ce soit ! Et pourtant, il y avait quelque chose dans ces yeux bleu pâle et dans cette voix mélodieuse... Quelque chose qui donnait envie de...

Dans ce ventre arrondi, son enfant grandissait.

Aujourd'hui il avait observé Sophie avec ses parents. Le lien qui les unissait était flagrant. Or elle avait renoncé au soutien qu'ils lui auraient apporté pendant sa grossesse pour rester avec lui. Elle avait signé le contrat qu'il avait fait établir en tenant compte de ses suggestions. En cas de divorce, elle aurait droit à une maison à Madrid et ils partageraient la garde des enfants. Elle l'avait lu attentivement en sa présence, puis elle lui avait demandé un stylo et elle l'avait signé. Elle n'avait émis aucune objection. Elle l'avait signé en sachant qu'un divorce ne lui rapporterait rien d'autre qu'un logement. C'était un test auquel il l'avait soumise. En réalité il était prêt à lui accorder une pension très généreuse. Mais elle n'avait rien demandé. Dire que Freya avait tenté de la monter contre lui ! Il avait toujours été parfaitement honnête avec Freya et c'était comme ça qu'elle le remerciait ?

Sophie, en revanche... Elle aurait très bien pu appeler Freya pour lui demander des détails sur son contentieux avec Benjamin. Elle avait préféré s'adresser à lui. Il pouvait bien lui répondre.

— Benjamin pense que Luis et moi nous lui devons deux cent vingt-cinq millions d'euros de bénéfice sur son investissement dans le projet de la tour Mont-Blanc. Quand il nous a attaqués en justice, le tribunal l'a débouté de sa demande mais il n'a pas accepté ce jugement. Il m'a volé Freya pour se venger.

— Pourquoi n'a-t-il pas accepté le verdict ?

— Il ne veut pas reconnaître ses torts. Il n'avait pas lu le contrat. S'il l'avait fait, il aurait vu que le taux de bénéfice lui revenant avait été réduit de vingt à cinq pour cent. Sur les conseils de notre avocat.

— Pourquoi n'a-t-il pas lu le contrat ? Ignorait-il que les termes avaient été modifiés ?

— C'est à lui qu'il faudrait poser la question.

— C'est à toi que je la pose. C'est toi qui as demandé une ordonnance de non-divulgation.

— Nous l'avons demandée parce qu'il était très remonté et qu'il ne voulait rien entendre. Il nous a menacés de nous détruire.

Javier serra les dents. Il gardait un souvenir très précis de Benjamin en train de hurler des menaces, les traits crispés par la fureur. Certains que Benjamin mettrait ses menaces à exécution et que les conséquences seraient désastreuses pour eux, Luis et lui avaient aussitôt introduit une requête en vue d'obtenir une ordonnance de non-divulgation. Si le bruit avait couru que les frères Casillas étaient capables d'escroquer leur ami le plus proche, plus personne n'aurait voulu faire d'affaires avec eux.

Si Luis et Javier avaient été amis avec Benjamin, c'était par l'intermédiaire de leurs mères respectives. Les deux femmes étaient délibérément tombées enceintes à la même époque afin de pouvoir élever leurs enfants en même temps. La mère de Benjamin était la couturière personnelle de la mère de Javier. Elle accompagnait Clara dans toutes ses tournées, et les enfants suivaient. Le monde entier connaissait l'histoire de Clara Casillas et la nature des liens entre ses fils et Benjamin Guillem.

Sophie plia les genoux et les entoura de ses bras.

— Pourquoi était-il aussi remonté ? Il y a quelque chose qui m'intrigue. La perspective de t'épouser n'effrayait pas du tout Freya. J'essaie de comprendre pourquoi elle a changé d'opinion à ton sujet.

— C'est Benjamin qui lui a monté la tête.

Et si Luis et lui n'avaient pas introduit cette requête, il aurait ruiné leur réputation en ameutant la presse. Certes, en lui volant Freya il était parvenu pratiquement au même résultat. Mais Luis et lui avaient fait front ensemble. Jusqu'au jour où son frère lui avait tourné le dos à cause de la sœur de Benjamin...

Pour en revenir à la destruction de leur amitié avec Benjamin, ce n'étaient pas eux les responsables. Ils n'avaient pas obligé Benjamin à signer le contrat en lui mettant un pistolet sur la tempe. Il avait eu cinq heures pour le lire et émettre d'éventuelles objections. Bien sûr, comme Benjamin l'avait souligné devant le tribunal, ils savaient que ce jour-là il était très perturbé par un problème personnel. Mais justement, il aurait dû charger son avocat de lire le contrat pour lui. C'était à ça que servaient les avocats.

— Freya ne se laisse jamais influencer par ce qu'on lui raconte.

— Si tu as une si haute opinion de son esprit de discernement, pourquoi ne t'es-tu pas enfuie comme elle te l'a conseillé ?

— Elle cherche juste à me protéger.

— Pourquoi ? Elle considère que contrairement à elle tu manques de discernement ?

— Non, c'est juste la nature de notre amitié. On se serre les coudes depuis l'école de danse.

L'occasion de changer de sujet était trop belle. Javier la saisit.

— On a du mal à vous imaginer amies.

Freya était froide et égocentrique. Sophie, sensible et généreuse.

— Je sais, mais les différences entre nous n'étaient pas aussi prononcées quand nous étions enfants. Elle était déjà incroyablement douée à l'époque, et il était évident pour tout le monde qu'elle deviendrait une immense danseuse. Mais quand nous nous sommes connues elle était très timide et mal dans sa peau. Elle paraît froide mais c'est parce qu'elle a été obligée de s'endurcir pour affronter le harcèlement dont elle était l'objet à l'école. Surtout au début.

— Tu ne faisais pas partie de ceux qui s'attaquaient à elle, je suppose ?

C'était tellement évident qu'il aurait pu se passer de cette question, songea aussitôt Javier.

— Oh ! non. J'avais pitié d'elle au contraire. C'était la première fois qu'elle quittait ses parents et elle venait d'un milieu modeste, alors que toutes les autres élèves appartenaient à des familles riches. Elle avait obtenu une bourse incluant les frais de pension, ce qui était extrêmement rare. Moi, si j'avais été admise c'était parce que mes parents payaient tous les frais.

— Ils sont riches ? demanda-t-il avec perplexité.

Ils n'avaient pourtant pas l'assurance caractéristique des gens fortunés.

— Pas autant que ceux des autres élèves, mais ils auraient été prêts à déménager dans un taudis pour pouvoir m'envoyer dans cette école. Heureusement ils n'ont pas eu besoin d'aller jusque-là ! Pour en revenir à Freya, ça a été très dur pour elle. Les autres filles la détestaient. C'était de la jalousie pure et simple, à cause de son talent.

— Et toi, tu n'étais pas jalouse ?

— Je l'enviais mais je n'étais pas jalouse.

— Il y a une différence entre l'envie et la jalousie ?

Un souvenir revint à la mémoire de Javier. Sa mère lui disant d'un ton vif d'arrêter d'être jaloux de l'amitié entre Luis et Benjamin, un jour où elle l'avait surpris assis dans un coin, en train de les observer alors qu'ils se préparaient à mettre du poil à gratter dans les costumes des danseurs. Elle n'avait pas compris qu'il veillait sur Luis, prêt à intervenir si les choses tournaient mal. Benjamin et Luis se poussaient mutuellement à faire des bêtises, tandis que de son côté il s'efforçait de les couvrir et d'éviter à Luis de subir la colère de leur père. Il fallait dire que ce dernier saisissait le moindre prétexte pour punir son frère...

Avait-il été jaloux de l'amitié entre Luis et Benjamin comme l'avait dit sa mère ? Non. Il voulait juste protéger son frère. Chaque coup que son père donnait à Luis, il avait l'impression de le recevoir lui aussi.

— Bien sûr qu'il y a une différence, répondit Sophie. J'aurais aimé danser comme Freya mais je ne la détestais pas pour autant. Je la plaignais d'être maltraitée par les autres filles et j'avais envie de la protéger. Je suis devenue son ombre. La pauvre, elle ne pouvait plus se débarrasser de moi.

— Tu n'avais pas peur que les autres filles s'en prennent à toi ?

— Je n'y pensais pas, mais même si elles l'avaient fait ça n'aurait rien changé. Je ne pourrais jamais rester les bras croisés devant quelqu'un qui souffre si j'ai la possibilité de l'aider.

— Serais-tu une sainte ?

— Pas du tout ! s'exclama-t-elle avec un petit rire aussi moqueur que sa question.

Sainte ou pas, la femme qu'il venait d'épouser était d'une bonté peu commune... Le cœur battant, Javier eut soudain très envie de prendre cette créature splendide et généreuse dans ses bras. Il ferma les yeux et inspira profondément. D'où venait cette impulsion extravagante ? Il n'en avait aucune idée mais une chose était certaine. Elle ne pouvait déboucher sur rien de bon. Surtout pour Sophie, qui avait été choyée toute sa vie. À cette pensée, il fut assailli par une bouffée de colère, qu'il accueillit avec soulagement. C'était facile d'être quelqu'un de bien quand on n'avait reçu que de l'amour toute sa vie !

Ne pas être la meilleure danseuse de l'école. Voilà l'unique problème qu'elle avait eu dans l'existence. Et encore, ça ne l'avait pas traumatisée. Ce qui était curieux. En principe, les danseuses professionnelles étaient obsédées par le désir de devenir la meilleure. Même sa grossesse accidentelle, elle la considérait comme une bénédiction. La vie n'avait jamais été cruelle avec elle. La souffrance, elle l'avait observée chez les autres mais elle ne l'avait jamais ressentie elle-même.

En fait, il comprenait très bien pourquoi Freya s'était sentie obligée de la mettre en garde contre lui. Il suffisait de la voir assise sur ce lit à côté de lui, insouciante du danger qu'il représentait. Elle voulait savoir pourquoi Freya et Benjamin le haïssaient à ce point ? Il allait le lui dire. Lui ouvrir les yeux.

— Si Benjamin nous hait, Luis et moi, c'est parce que nous lui avons proposé d'investir dans le projet de la tour Mont-Blanc le jour où les médecins ont annoncé à sa mère atteinte d'un cancer qu'il n'y avait plus d'espoir de guérison. Il ne croit pas seulement que nous l'avons escroqué. Il est persuadé que nous avons profité de sa vulnérabilité.

Il y eut un silence, puis Sophie demanda dans un murmure :

— C'est vrai ?

— Nous ne l'avons pas escroqué.

— Mais avez-vous profité de sa vulnérabilité ?

— Non, pas délibérément. Nous avions versé des arrhes au vendeur du terrain. Une somme importante. Or ce jour-là il nous a soudain adressé un ultimatum. Si nous ne payions pas le solde avant minuit, il vendait le terrain à quelqu'un d'autre et nous perdions les arrhes. Nous n'avions pas les liquidités nécessaires, alors nous avons demandé à Benjamin s'il voulait investir. Ni Luis ni moi nous ne savions qu'il venait d'apprendre que sa mère était condamnée. Il était sur le point de nous appeler pour nous le dire.

Quand la mère de Javier et Luis avait été tuée par leur père, c'était Louise Guillem qui leur avait annoncé la nouvelle. Et ensuite elle les avait pris sous son aile. Depuis la mort de sa mère, Javier était imperméable aux sentiments. Mais quand il avait porté le cercueil de Louise il avait eu le cœur lourd.

— Il a signé le contrat ce jour-là ? demanda Sophie.

— Oui.

— En pensant qu'il recevrait vingt pour cent du bénéfice ?

— Oui. J'ignorais qu'il ne l'avait pas lu.

— Tu ne l'avais pas prévenu ?

— Pourquoi l'aurais-je fait ? J'étais persuadé qu'il le lirait ou qu'il le ferait lire par son avocat.

— C'est dur.

— Tu commences seulement à comprendre quel genre d'homme tu as épousé ? rétorqua-t-il d'un ton narquois.

Il était temps qu'elle ouvre les yeux. Parce que jusqu'ici elle avait plutôt semblé déterminée à se les boucher...

— Donc tu as bien profité de sa vulnérabilité.

— Pas au départ et pas délibérément. Quand j'ai compris qu'il n'avait pas lu le contrat, je me suis juste dit que c'était tant pis pour lui. C'étaient les affaires. Ça n'avait rien de personnel.

— Mais Benjamin n'a pas le même point de vue... Et je suppose qu'il n'aurait pas traité une seule affaire ce jour-là si la proposition n'était pas venue de toi et de ton frère.

— Peut-être, mais il a signé ce contrat. Et n'oublie pas qu'il a empoché soixante-quinze millions de bénéfice. Ce qui représente un gain important.

— Mais pas aussi important qu'il s'y attendait.

— S'il avait lu le contrat, il aurait vu que les termes avaient été modifiés. Et s'il n'avait pas été satisfait, il aurait pu négocier.

— Si tu ne l'as pas prévenu de la modification, il n'avait pas de raison de le lire. Il te faisait confiance.

Un remords cuisant assaillit Javier à l'énoncé de cette vérité. Il s'empressa de l'ignorer, comme il le faisait depuis sept ans. Il n'y avait aucune place pour les sentiments dans sa vie et encore moins dans ses affaires. Rabattant le drap d'un geste vif, il se leva et ramassa son caleçon par terre.

— Il n'aurait pas dû. En affaires la confiance n'existe pas. Je ne signerais jamais un contrat sans le lire, quelle que soit la personne qui me le donnerait à signer.

— Tu n'aurais pas pu faire une exception ? Tenir compte de sa détresse étant donné les circonstances ? Déchirer le contrat et renégocier ?

— Personne n'a tenu compte de ma détresse quand mon père a tué ma mère.

Malgré la lumière tamisée de la lampe de chevet, il vit le sang se retirer du visage de Sophie. Parfait. Elle avait besoin de prendre conscience de la réalité. Il était le fils de son père. L'image de son père. Physiquement et moralement. Il ramassa son pantalon et l'enfila.

— Luis et moi, nous avons dû nous battre pour être pris au sérieux par le monde des affaires, les banques, les investisseurs... Nous avons dû nous battre pour tout. Chaque jour de notre vie nous vivons avec l'héritage de la mort de notre mère. Si ça m'a rendu insensible, je n'y peux rien. On est parfois obligé de se cuirasser pour survivre. Quelque chose qui t'est complètement étranger, à toi qui as grandi dans le monde des Bisounours. Je t'avais prévenue. Je t'avais dit quel genre d'homme j'étais. Alors tu peux me juger et me condamner, mais sache que ta réprobation ne me touche pas.

Tournant le dos à Sophie, pâle et figée sur le lit, il quitta la chambre à grands pas pour aller au sous-sol dans la salle de sport, se défouler sur son punching-ball. Elle avait voulu la vérité, elle l'avait eue. Il l'avait prévenue avant leur mariage. Il avait gardé ses distances depuis son emménagement. Il avait organisé le mariage le moins glamour qui soit. Il lui avait fait l'amour avec un détachement délibéré.

Mais tout ça n'avait servi à rien. Sophie voyait le monde à travers un filtre rose, très différent du sien. Dire qu'elle avait pris le risque d'être à son tour victime de harcèlement pour soutenir Freya ! En l'entendant il n'avait pas pu s'empêcher d'être admiratif... et très perturbé à l'idée de ce qui aurait pu lui arriver. Cette envie subite de la prendre dans ses bras... Elle déclenchait en lui des réactions dangereuses. Freya avait eu raison de vouloir la protéger de lui. Il était le fils de son père !

Pourvu qu'il ait réussi à lui ouvrir les yeux. Pourvu qu'elle n'ait plus jamais envie de poser les mains sur lui... Ni de le regarder avec ces yeux... Il ne voulait plus jamais être confronté à ce regard qui semblait voir jusqu'au fond de son âme... Il sentit plus qu'il n'entendit un mouvement derrière lui. Interrompant ses coups contre le punching-ball, il se retourna.

Sophie l'observait depuis le seuil de la salle, un verre d'eau à la main, la mine inquiète.

8

La colère et la souffrance qui se lisaient dans les yeux de Javier confortèrent Sophie dans son opinion. Elle avait eu raison de venir le voir.

Pour la deuxième fois en une nuit elle avait eu un courage qu'elle ne se connaissait pas. Ce que Javier lui avait appris sur ce qui s'était passé avec Benjamin l'avait profondément choquée, mais sans doute pas dans le sens où il le souhaitait. Elle avait perçu du remords dans son regard. Un remords fugitif mais bien réel. Javier voulait qu'elle le haïsse, avait-elle compris, effarée. Parce qu'il se haïssait lui-même.

Le regard qu'il lui avait lancé quand il lui avait rappelé que son père avait tué sa mère... C'était un avertissement voilé. Et soudain, tout s'était expliqué. Sa réserve, sa vie solitaire, sa rudesse... Javier s'était forgé un cœur d'acier pour se protéger, croyant protéger les autres par la même occasion. Était-ce un hasard s'il ne buvait pas ? Son père était un alcoolique dont les crises de colère et la violence avaient mis fin prématurément à sa carrière. Sa mère, en revanche, avait acquis une renommée internationale. Vingt ans après sa mort, elle était toujours considérée comme une des plus grandes danseuses du monde. Clara Casillas avait disparu en pleine gloire le jour où son mari l'avait étranglée dans sa loge après une représentation de *Roméo et Juliette*. Javier et son frère avaient treize ans.

Quelle vie avaient-ils eue avec un père aussi cruel ? C'était déchirant d'imaginer les crises horribles dont Javier avait dû être témoin ou victime. Son cœur s'était tellement endurci qu'il en était arrivé à profiter de la vulnérabilité de son meilleur ami et à rayer son propre jumeau de sa vie. Si elle avait une once de bon sens, elle prendrait ses jambes à son cou. Mais comment pourrait-elle faire ça et avoir la conscience en paix ? Javier cherchait à la protéger de lui-même. Ce qui prouvait qu'il n'était pas irrécupérable. Tout au fond de lui, il était quelqu'un de bien.

Il était venu dans cette salle pour se défouler sur son punching-ball. La sueur qui faisait luire son torse indiquait avec quelle vigueur il s'y employait. Il ne se servirait jamais d'elle — ni de personne — comme punching-ball. Elle en avait la conviction. Et elle n'était pas prête à baisser les bras.

Elle le rejoignit et lui tendit le verre.

— J'ai pensé que tu avais peut-être soif.

Il déglutit péniblement, pinça les lèvres, puis il prit le verre. Les yeux plongés dans les siens, il le vida en quatre gorgées. Les jointures de ses doigts étaient rouges.

— Tu ne devrais pas porter des gants ?

Il haussa les épaules sans la quitter des yeux.

Comme elle avait envie de le prendre dans ses bras ! De le réconforter, le délivrer de ses démons... Elle se contenta de reprendre le verre, de le poser à proximité, puis de lui prendre la main pour lui masser doucement les doigts. Son absence de réaction lui noua la gorge. Elle soupira.

— Je suis désolée d'insister mais s'il te plaît, Javier, essaie de ne pas me voir comme une ennemie ni comme une créature fragile qui a besoin d'être protégée de toi. Je suis plus forte que tu ne le penses et tu ne réussiras pas à me faire fuir. Ça ne va pas être facile, mais notre mariage peut fonctionner. Il faut juste que chacun de nous fasse des efforts. Je suis prête à te laisser l'espace dont tu as besoin si de ton côté tu arrêtes de me tenir à distance en permanence.

Lentement, les doigts de Javier se refermèrent sur les siens. Il enfonça son autre main dans ses cheveux et appuya son front contre le sien.

— J'ai peur de te faire du mal.

La gorge nouée, elle posa la main sur sa joue.

— La seule chose qui pourrait me faire du mal c'est que tu ne nous donnes pas la chance que notre enfant mérite.

— Ce n'est pas de ce genre de mal que je parle.

— Je sais.

Elle effleura ses lèvres.

— Et je sais aussi que tu ne nous feras jamais ce genre de mal au bébé et à moi.

— Comment peux-tu en être certaine ?

— Parce que je le sens.

— Les sentiments ne sont pas fiables.

— Parfois les sentiments sont la seule chose à laquelle on peut se fier.

Javier réprima un soupir. Il serait très facile de faire du mal à cette femme. Trop facile. Comment pouvait-elle être sûre qu'il ne se servirait pas de sa force démesurée contre elle, comme l'avait fait son père contre son frère puis sa mère ? Il ne pouvait pas comprendre ça. Et pourquoi avait-il le cœur qui cognait aussi fort ? Pourquoi une force irrésistible le poussait-elle à poser ses lèvres sur celles de Sophie ? C'était si bon de l'embrasser...

Dios, il fallait arrêter ça.

Interrompant leur baiser, il prit le visage de Sophie entre ses mains.

— Je vais essayer d'être moins distant, mais je ne promets rien. Je ne peux pas faire des promesses que je ne suis pas sûr de tenir.

— De toute façon je ne veux pas entendre des promesses qui seraient des mensonges.

— Voilà une promesse que je suis sûr de tenir. Je ne te mentirai jamais.

— Je ne te mentirai jamais non plus.

Les lèvres de Javier se posèrent de nouveau sur celles de Sophie comme si elles étaient mues par une volonté propre. Elle répondit à son baiser comme s'il lui apportait l'air dont elle avait besoin pour respirer. Tout était si doux chez elle. Sa peau, ses cheveux, son cœur... Si douce et à la merci de ses mains brutales.

— Combien de temps vas-tu rester absent ? demanda Sophie d'un ton délibérément neutre.

Pas question de lui montrer que la perspective de son départ l'angoissait. Depuis deux semaines qu'ils étaient mariés, ce serait la première fois qu'ils ne dormiraient pas ensemble.

Javier leva les yeux de son portable.

— Cinq nuits si tout se passe bien.

Cinq nuits ? Quand il lui avait dit qu'il partait en voyage d'affaires au Cap pour quelques jours, elle avait pensé qu'il voulait dire deux ou trois. Sa valise était déjà dans la voiture. Sans doute devait-elle s'estimer heureuse qu'il prenne le petit déjeuner avec elle avant de partir. Il ne l'avait pas précisé, mais elle savait que la luxueuse résidence qu'il prévoyait de construire en Afrique du Sud était le premier projet qu'il entreprenait sans son frère.

Il devait être soumis à un stress épouvantable et elle avait évité de lui poser trop de questions. Depuis leur nuit de noces, ils s'efforçaient tous les deux de respecter l'accord qu'ils avaient conclu. Elle lui laissait de l'espace. Il se montrait moins distant. Il dînait presque tous les soirs avec elle. Parfois il lui arrivait même de lui parler au lieu de rester concentré sur son téléphone. Et il ne dormait plus le dos tourné. Depuis que le génie du sexe avait été libéré de sa lampe, ils faisaient l'amour toutes les nuits.

À vrai dire, elle aimerait qu'ils le fassent encore plus souvent. Pendant les journées interminables, quand elle tuait le temps en nageant dans la piscine extérieure ou intérieure selon le temps, ou bien en explorant Madrid comme elle n'avait jamais eu l'opportunité de le faire quand elle dansait, il occupait toutes ses pensées. Elle avait promis de lui laisser de l'espace, mais plus les jours passaient plus cette promesse était difficile à tenir. Parfois l'envie de l'appeler juste pour entendre sa voix était si forte qu'elle avait beaucoup de mal à la réprimer.

Au lit ils s'entendaient bien et c'était un amant attentionné. Mais la magie dont elle rêvait restait absente. Javier ne perdait jamais vraiment la tête. Elle n'avait pas envie de se contenter de ça. Elle voulait plus de passion, plus de spontanéité. Elle voulait qu'il soit fou de désir pour elle. Pas qu'il se contente de faire consciencieusement l'amour à la femme qu'il avait été obligé d'épouser parce qu'elle était enceinte de lui.

Javier but une gorgée de café et la surprit en poursuivant la conversation.

— J'ai pensé à une chose...

— Oh ?

— Pendant mon absence tu devrais commencer à préparer la chambre du bébé.

— Tu crois ?

— Hier soir tu m'as dit que tu t'ennuyais.

Il l'avait écoutée ? C'était un commentaire qu'elle avait fait en passant, après une journée de plus à ne rien faire d'utile. La danse ne lui manquait pas mais rester inactive lui coûtait. Elle n'avait pas imaginé que Javier tiendrait compte de ce commentaire.

— Tu ne veux pas être consulté pour la chambre du bébé ?

— Non. Je vais demander à mon assistante de te fournir une carte de crédit à plafond illimité. Tu pourras acheter ce que tu veux avec.

Il fit une pause avant d'ajouter :

— Je pense également qu'il est temps de prévoir une allocation pour toi.

— Je n'en ai pas besoin.

Quand elle avait besoin d'argent elle en prenait dans un tiroir constamment approvisionné en billets dans le bureau de Javier. C'était lui qui avait insisté pour qu'elle n'hésite pas à se servir. À chaque fois elle laissait un mot précisant la somme qu'elle avait prise et à quel achat elle était destinée.

— Tout le monde a besoin d'avoir son argent personnel. Tu ne devrais pas avoir le sentiment que tu as besoin de mon autorisation pour dépenser de l'argent.

— Je n'ai pas du tout ce sentiment, protesta-t-elle.

Il la considéra d'un œil critique.

— *Cariño*, tu es serrée dans tes vêtements.

Il l'avait remarqué ?

— Tu auras une allocation, décréta-t-il.

Elle n'insista pas. Quand il parlait sur ce ton, il était inutile de discuter...

— Pendant mon absence, je veux que tu fasses du shopping et que tu t'achètes tout ce qui te fait plaisir, poursuivit-il. Et si tu as le temps, occupe-toi de la chambre du bébé. Julio te donnera les coordonnées de décorateurs qui pourront la transformer à ton goût.

— Je peux la décorer comme je veux ?

Il plongea son regard dans le sien.

— Tu es ici chez toi. Il est temps que tu te comportes en conséquence.

Elle sentit son cœur se gonfler de joie. Jamais elle n'aurait osé rêver que Javier lui dirait ça un jour !

— Dans quelle pièce allons-nous l'installer ? demanda-t-elle en tentant de dissimuler son euphorie.

— Il y a deux pièces communicantes dans l'aile est...

— L'aile est ? Mais c'est beaucoup trop loin de nous.

— La nurse occupera la pièce voisine.

— Quelle nurse ?

— Celle que *tu* vas engager, répondit-il avec un large sourire.

Ses sourires étaient si rares qu'elle fut momentanément distraite de ses propos. Puis elle se souvint d'une clause du contrat prévoyant une nurse pour s'occuper des enfants. Sans doute parce qu'il s'attendait à ce qu'elle reprenne la danse. Mais elle n'en avait aucune envie. La seule idée de remettre ses pointes lui nouait l'estomac...

— Nous n'aurons pas de nurse, déclara-t-elle d'un ton catégorique.

— Bien sûr que si.

— Non. Je ne laisserai pas quelqu'un d'autre élever mon enfant.

— Elle ne l'élèvera pas. Elle s'en occupera sur le plan pratique.

— C'est mon enfant et je ne le confierai pas à une étrangère.

La mine de Javier s'assombrit.

— Tu es prête à t'en occuper vingt-quatre heures sur vingt-quatre ?

— C'est le rôle des parents.

— Et ton travail ? Comment comptes-tu reprendre la danse avec un bébé ? Tu vas le porter sur le dos ?

— Je ne reprendrai pas la danse.

Il la regarda d'un air ébahi.

— Pourquoi donc ?

— Je n'en ai pas envie.

Pas envie ? C'était la première fois qu'il entendait ces mots dans la bouche d'une danseuse. Sa mère était remontée sur scène quatre mois après avoir donné le jour à des jumeaux. Il ne connaissait aucun danseur ni aucune danseuse ayant arrêté sa carrière avant l'âge de trente-cinq ans. Et la plupart ne s'y résignaient qu'à contrecœur lorsque leur corps ne suivait plus. Sophie avait vingt-quatre ans.

— Mais tu es danseuse.

— Et maintenant je vais être mère.

Il secoua la tête. Décidément, il avait de plus en plus de mal à la comprendre...

— Tu peux être les deux, *cariño*. Tu es jeune et en excellente santé. Il n'y a aucune raison pour que tu ne puisses pas continuer la danse.

— Je ne veux pas. J'en ai fini avec la danse. De toute façon je n'ai jamais été particulièrement douée.

— Qu'est-ce que tu racontes ?

— Je ne dis pas que je suis mauvaise mais je ne serai jamais une grande danseuse. Si j'ai été admise dans ta compagnie, c'est uniquement parce que Freya m'a recommandée.

— Sottises.

— Pas du tout...

— La Compañía de Danza Casillas n'engage pas des danseuses de deuxième catégorie. Je suis bien placé pour le savoir. Elle m'appartient.

L'air interloqué, Sophie cala une mèche derrière son oreille.

— Ça n'a pas d'importance.

— Bien sûr que si. Tu es une danseuse. Une excellente danseuse. Tu as ça dans le sang.

— Non. J'aime la danse mais... J'envisageais d'arrêter avant de me faire engager dans ta compagnie. Je pense que je l'aurais fait si Freya n'avait pas eu besoin de moi ici. C'était dur pour elle de s'éloigner de sa mère malade. Je voulais être auprès d'elle pour la soutenir.

— Tu pensais déjà à arrêter ?

Elle hocha la tête d'un air nostalgique.

— J'aime la danse, mais ça n'a jamais été… une vocation. Ce n'est pas le métier que je voulais faire.

— Quel était ce métier ?

— Vétérinaire.

— *Vétérinaire ?*

De mieux en mieux… Sa femme, danseuse professionnelle qui s'était consacrée à la danse depuis toute petite, avait toujours eu envie d'être vétérinaire. Cette fois c'était sûr, il ne la comprendrait jamais. Ne lui avait-elle pas dit qu'autrefois ses parents étaient prêts à déménager dans un taudis pour pouvoir l'envoyer à l'école de danse ? Aurait-elle passé sa vie à travailler avec acharnement pour un rêve qui n'était pas le sien ?

Qui pouvait faire une chose pareille ?

Sa femme. La seule personne au monde capable d'une telle abnégation. Avant que Javier ait le temps de demander des éclaircissements à Sophie, son téléphone sonna. En consultant l'écran il vit l'heure et se leva.

— Il faut que j'y aille. Nous reprendrons cette conversation à mon retour.

Tout en terminant son café, il regarda Sophie une dernière fois. Il ne la verrait pas pendant cinq jours, songea-t-il tout à coup.

— Si tu as besoin de quoi que ce soit, appelle-moi.

Elle hocha la tête, mais aucun sourire n'étira ses lèvres. Elle souriait pourtant si facilement… Lui en voudrait-elle d'avoir donné son avis sur sa carrière ? Il n'avait pas le temps de réfléchir à ça pour l'instant. Il avait un avion à prendre. Il prit son attaché-case et se dirigea vers la porte de la salle à manger.

— Bon voyage, dit-elle dans son dos. S'il te plaît, appelle-moi ou envoie-moi un texto pour me dire que tu es bien arrivé.

Il se retourna.

— Promis.

Elle sourit, mais son regard resta triste.

Lorsque son chauffeur franchit les grilles de la propriété, Javier renversa la tête en arrière et ferma les yeux en soupirant. Jamais auparavant partir de chez lui n'avait été un déchirement.

Celui ou celle qui avait inventé l'expression « shopping thérapie » avait vu juste, songea Sophie. Quand Javier était parti, elle avait dû faire appel à toute sa volonté pour ne pas fondre en larmes. Il n'aurait pas aimé la voir pleurer. Ça l'aurait sans aucun doute rebuté. Pourquoi son départ la déprimait-il à ce point ? Ils ne baignaient pourtant pas dans l'euphorie d'une lune de miel traditionnelle. Ils n'étaient même pas partis en voyage de noces !

Une heure après le départ de Javier, son assistante était arrivée avec une carte de crédit pour Sophie. Comment avait-il réussi à organiser ça aussi rapidement ? Elle n'en avait aucune idée mais cette attention lui avait fait chaud au cœur. Il avait pensé à elle. Et il avait accompli un miracle. Pour elle. Dès que Michael, le chauffeur, était revenu de l'aéroport, elle lui avait demandé de la conduire dans le quartier de Salamanca, qu'elle se souvenait avoir exploré avec Freya à l'époque où ni l'une ni l'autre n'avaient les moyens de s'offrir autre chose qu'une séance de lèche-vitrines. Elle avait fait les boutiques jusqu'à en avoir mal aux pieds, avec juste une halte pour déjeuner dans un petit café de la Calle de Serrano.

À présent, à l'arrière de la voiture de Javier, elle imaginait la future chambre de leur enfant, épuisée mais plus heureuse qu'elle ne l'avait été depuis des mois. Leur mariage n'était pas parfait, mais pour la première fois elle avait vraiment l'impression qu'ils faisaient des progrès. Alors que la voiture s'arrêtait devant les grilles de la propriété en attendant qu'elles s'ouvrent, Sophie aperçut par la vitre une minuscule boule noire sur le trottoir. Elle plissa les yeux pour mieux la voir. La boule bougea imperceptiblement.

— Stop ! s'écria-t-elle avant que Michael ait le temps de redémarrer.

Détachant sa ceinture, elle ouvrit la portière, et se précipita dehors. Pourvu qu'elle se trompe... Non, elle ne se trompait pas. Cette minuscule boule noire, c'était un chiot. Elle s'accroupit et posa une main hésitante sur le cou du chiot. Celui-ci ouvrit les yeux et gémit.

Ce fut à cet instant qu'elle vit le sang et fondit en larmes.

9

Javier monta l'escalier et suivit l'odeur de peinture fraîche jusqu'à la chambre voisine de la sienne. Il promena autour de lui un regard ébloui et une émotion étrange lui gonfla le cœur.

— Qu'en penses-tu ?

Il se retourna. Sophie était vêtue d'une robe de jersey noir au genou laissant deviner sa poitrine et son ventre, qui semblaient l'une et l'autre avoir grossi pendant son absence. Il ne faudrait plus très longtemps avant que sa grossesse soit flagrante. Elle était plus belle que jamais... Son cœur sembla sur le point d'exploser. Pendant un long moment, ils restèrent silencieux tous les deux. Cinq jours loin d'elle... Il n'aurait jamais imaginé que le temps pouvait passer aussi lentement. Dire qu'il s'attendait à être soulagé d'avoir de nouveau un lit pour lui tout seul ! Sans elle, les nuits lui avaient paru terriblement vides.

— C'est toi qui as fait ça ? demanda-t-il.

Les murs avaient été peints en jaune pâle, puis décorés d'une fresque représentant des nuages blancs et des ours en peluche souriants aux couleurs vives. Sophie eut un sourire joyeux qui l'atteignit en plein cœur.

— J'ai engagé une artiste madrilène que j'ai découverte sur une place près de la Calle de Serrano. Je lui ai offert une somme obscène pour qu'elle laisse tomber toutes ses autres commandes et me donne la priorité.

Le sourire s'estompa légèrement.

— J'espérais pouvoir te prévenir avant que tu voies la pièce.

— Me prévenir que tu avais transformé en chambre d'enfant

la pièce voisine de notre chambre au lieu de celle que je t'avais indiquée dans l'aile est ?

Elle hocha la tête en se frottant le ventre.

— Même si nous nous mettons d'accord pour engager une nurse, je sais que je ne pourrai jamais dormir si j'imagine que mon bébé est en train de pleurer trop loin de moi pour que je l'entende.

Il y avait pensé lui aussi, après son départ… Il voulait que Sophie l'accepte tel qu'il était. Mais ça devait marcher dans les deux sens. Il fallait qu'il l'accepte telle qu'elle était. Après tout, il avait su dès le départ qu'elle était différente de toutes les femmes qui avaient traversé sa vie. Elle n'était peut-être pas l'épouse idéale qu'il avait recherchée pour lui, mais elle serait la mère idéale pour leur enfant. Sophie lui donnerait tellement d'amour que celui-ci aurait à peine conscience de l'attitude distante de son père.

— Il faut que tu comprennes que si tu ne veux pas de nurse tu dois être prête à tout faire toi-même, prévint-il. Je ne serai pas un de ces pères modernes très impliqués. Je ne suis pas fait pour ça et je travaille trop.

— T'impliquer serait bon pour toi.

— J'en doute. Et je ne pense pas non plus que ce serait bon pour le bébé. Je paierai tous les employés dont tu auras besoin, mais je ne ferai rien moi-même.

Sophie ouvrit la bouche mais il ne lui laissa pas le temps de discuter.

— *Cariño*, nous avons encore plusieurs mois avant l'arrivée du bébé. Je viens de passer cinq longues journées en compagnie de requins et je n'ai qu'une envie : nager un peu, puis dîner.

Sophie plissa le front.

— Ton voyage ne s'est pas bien passé ?

Son inquiétude manifeste lui serra le cœur.

— Si. Le contrat a été signé.

Mais les négociations avaient été bien plus difficiles que prévu. Les frères Casillas avaient toujours négocié ensemble. Sans Luis, il ne s'était pas senti très à l'aise. Comme s'il lui manquait un bras et une jambe. Jusque-là Luis lui servait de contrepoids, toujours prêt à jouer le jeu de la séduction, alors que de son côté il refusait obstinément de faire des courbettes. Pour la première fois il avait été obligé de jouer à la fois le bon flic et le mauvais flic. Et il avait fini par signer le contrat. Ces négociations étaient la preuve qu'il n'avait pas besoin de son frère. Dans aucun domaine.

— Devras-tu passer beaucoup de temps en Afrique du Sud pour la mise en œuvre du projet ?

— Oui. Il m'arrivera d'être absent pendant plusieurs semaines.

Il faillit suggérer qu'elle pourrait l'accompagner lors de certains déplacements et se retint de justesse.

Le regard de Sophie s'éteignit. Puis elle redressa les épaules, visiblement déterminée à ne pas se laisser abattre.

— J'ai quelque chose à te montrer, dit-elle en reculant d'un pas.

— Quoi donc ?

— Je veux te le montrer, pas te le dire.

— D'accord, acquiesça-t-il en haussant les épaules.

Tandis qu'il la suivait dans l'escalier, elle recommença à parler de la chambre d'un ton léger qui sonnait faux.

— J'ai aussi engagé un menuisier pour faire des meubles, mais il ne pourra pas commencer avant quelques semaines.

— Il avait des scrupules ? plaisanta-t-il, intrigué.

Pourquoi semblait-elle aussi nerveuse, tout à coup ?

Elle eut un petit rire qui lui parut forcé.

— J'ai découvert que tout le monde ne peut pas être acheté.

Il réprima une moue de dérision. En effet. Dans un monde gouverné par l'argent, il avait sans doute épousé la seule femme désintéressée... Son esprit se vida quand il entra à la suite de Sophie dans le plus petit de ses immenses salons. Sur son parquet en chêne, qu'il faisait traiter deux fois par an pour qu'il reste impeccable, un chien minuscule dormait profondément sur un lit en plastique ovale garni de couvertures.

— Qu'est-ce que c'est que ça ?

Le son de sa voix réveilla le chien, qui se hissa sur ses pieds.

— Un chiot.

Il foudroya Sophie du regard.

— Je vois bien. Je voulais dire qu'est-ce qu'il fait chez moi ?

— Chez *nous*.

Le chien était venu jusqu'à elle et lui grattait le genou. Elle le prit dans ses bras et le serra contre elle.

— Tu m'as dit que j'étais ici chez moi.

— Ça ne t'autorise pas à acheter un chien.

— Je ne l'ai pas acheté. Je l'ai trouvé devant...

— Tu as amené un chien errant chez moi ? coupa-t-il au comble de l'indignation. Qu'est-ce qui t'a pris ? Si ça se trouve il a plein de maladies !

— Il est en parfaite santé. Je l'ai trouvé en sang devant les grilles de la propriété et je l'ai emmené chez le vétérinaire. Il était couvert de blessures semblant indiquer qu'il avait été attaqué par un autre chien. Le vétérinaire a soigné ses blessures. Il ne s'est pas encore remis de sa peur et il a toujours mal, mais à part ça il va très bien.

— Pourquoi n'a-t-il pas été rendu à son propriétaire ?

— Il n'a pas été pucé et personne ne l'a réclamé. Il a sans doute été abandonné.

Il devina aussitôt les intentions de Sophie.

— Non.

— Si.

— Non. Il est hors de question que nous prenions un chien.

— Nous non, moi si. Si le propriétaire ne s'est pas fait connaître à la fin de la semaine prochaine, Frodo sera enregistré comme m'appartenant.

— Frodo ?

— Il ressemble à un Hobbit et il répond déjà à ce nom.

Frottant son nez contre la boule noire qu'elle tenait dans les bras, elle déclara dans un espagnol parfait :

— Tu connais déjà ton nom, n'est-ce pas, Frodo ?

— Depuis quand parles-tu espagnol ?

— J'ai vécu ici pendant presque deux ans.

— C'est la première fois que je t'entends le parler.

— À notre mariage j'ai prononcé mon consentement en espagnol. Mais avec toi je n'ai jamais eu besoin de le parler, poursuivit-elle dans sa langue maternelle. Ton anglais est bien meilleur que mon espagnol. Mais avec les employés je parle espagnol.

Il s'était laissé distraire, mais il était temps de revenir à la conversation initiale, décida-t-il.

— Il ne reste pas. Tu as déjà assez à faire comme ça.

Argument décisif, qu'elle ne pouvait pas discuter, songea-t-il avec satisfaction. Il déchanta aussitôt.

— Le bébé ne sera pas là avant cinq mois. Ça me laisse largement le temps de dresser Frodo. Ce n'est qu'un chiot. Le vétérinaire estime qu'il a environ trois mois.

— Que connais-tu au dressage des chiens ?

— J'ai grandi entourée de chiens. De chats, de cochons d'Inde. Je t'ai dit avant ton départ que j'avais toujours voulu être vétérinaire.

Dios, elle avait réponse à tout ! Mais il ne céderait pas.

— Non. Ce n'est pas une maison pour un chien. Pense à la pagaille qu'il sèmerait. J'ai des antiquités et des objets d'art qui valent des millions. Il peut rester jusqu'à vendredi, le temps de se remettre de ses blessures. Si le propriétaire ne se manifeste pas, il ira dans un refuge et il sera adopté.

Sur ces mots il se dirigea à grands pas vers la porte, déterminé à demander des comptes à Julio. Pourquoi personne ne l'avait prévenu de la lubie de sa femme ?

— Comment peux-tu être aussi cruel ?

Il inspira profondément avant de se retourner. Son cœur se serra. Les yeux de Sophie étaient noyés de larmes et son menton tremblait.

— Ce pauvre chiot sans défense a été abandonné par son propriétaire et tu veux que je l'abandonne à mon tour ? Eh bien, je suis désolée mais je ne peux pas. Regarde-le. Tu crois qu'un stupide objet d'art est plus précieux qu'une vie ? S'il ne reste pas, je ne reste pas non plus.

Il la regarda avec incrédulité.

— Je croyais que tu n'employais jamais la menace.

— Ce n'est pas une menace. Je te dis juste que je ne l'abandonnerai pas. Il a besoin de moi.

— Il n'a pas besoin de toi. Il a besoin d'un foyer, d'accord, mais pas forcément celui-ci.

— *Si* ! Il commence juste à s'adapter et tu veux le chasser ? Après tout ce qu'il a subi ? Cette maison est *immense*. On peut très bien trouver un compromis. Lui réserver un des salons — celui-ci serait parfait — et le vider de tous tes précieux objets pour qu'il ne risque pas de les abîmer. Mais si tu refuses le compromis, je fais mes valises. Parce qu'il est hors de question que je l'abandonne.

Il ouvrit de grands yeux, de plus en plus incrédule.

— Je ne te comprends pas. Tu remets notre mariage en question pour un *chien*.

— Tu ne me comprends pas parce que tu penses que j'ai grandi dans le monde des Bisounours. Tu n'as aucune idée de...

— Tu vas me dire que ce n'est pas le cas ? Toi qui parles d'une maison pleine d'animaux, de parents qui t'aiment et qui te soutiennent... Tu as grandi avec tout ce qu'un enfant peut désirer.

Tout ce qu'il n'avait pas eu.

— Pas tout, non, objecta-t-elle d'une voix tremblante. Si tu avais lu les documents que je t'ai envoyés pour les formalités du mariage, tu saurais que je suis une enfant adoptée. J'ai été abandonnée quand j'étais bébé.

Effaré, il resta un instant sans voix. Il n'avait pas lu les documents. Convaincu qu'ils étaient en règle, il s'était contenté de les donner à son assistante pour qu'elle les envoie à l'officier de l'état civil. Accablé de remords, il déglutit péniblement.

— Tu as été abandonnée ?

Elle hocha la tête et s'assit sur le canapé en cuir italien cousu main, le chiot sur les genoux.

— Ne crois pas que je cherche à t'attendrir. Je ne jouerai jamais les victimes parce que je n'en suis pas une. J'ai eu une chance incroyable et tu as raison, comparée à la tienne, mon enfance s'est déroulée dans le monde des Bisounours. Mais tu viens de me dire que tu ne me comprenais pas, or il serait peut-être temps que tu y arrives.

— Quel âge avais-tu ?

— J'avais quelques heures quand on m'a trouvée. J'avais été déposée devant une église dans un village de la côte sud du Devon. C'est la femme du pasteur qui m'a trouvée. Elle était venue fermer l'église pour la nuit. J'ai eu de la chance qu'elle m'ait entendue pleurer parce qu'il faisait trop sombre pour qu'elle me voie. J'ai été confiée aux services sociaux, puis placée dans une famille d'accueil jusqu'à ce que mes parents m'adoptent à dix-huit mois.

Il jura, en proie à des remords de plus en plus cuisants.

— À quel âge as-tu appris tout ça ?

Elle caressa les oreilles du chiot.

— Je l'ai toujours su. Mes parents ne me l'ont jamais caché. Ma mère a eu un cancer de l'utérus un peu après vingt ans et elle a subi une hystérectomie. Ils n'ont donc jamais pu avoir d'enfants. Ils disaient toujours que j'étais leur miracle, offert par Dieu.

Elle sourit.

— Ils se trompent. Ce sont eux qui sont *mon* miracle. Quand je pense à tous les couples qui auraient pu m'adopter. J'ai été confiée à un couple qui m'a donné tout l'amour qu'un enfant peut désirer.

Les jambes tremblantes, Javier s'assit dans le fauteuil situé en face d'elle.

— Je suis désolé. Je regrette que tu ne m'aies pas dit tout ça plus tôt.

— Tu n'as aucune raison d'être désolé. Je n'en parle pas souvent parce que je n'ai pas de souvenirs. Ma vie a commencé le jour de mon adoption et c'est une vie merveilleuse.

Abandonnée à la naissance et c'était une vie merveilleuse ?

— A-t-on retrouvé ta mère biologique ?

— Non. On a supposé que c'était une adolescente mais ça reste des suppositions. Aucune femme présentant des signes d'accouchement récent n'a été admise à l'hôpital, et toutes celles ayant accouché ce jour-là figuraient sur les registres… Elle s'est volatilisée. Et mon père biologique non plus n'a jamais été identifié.

— Il t'arrive de penser à eux ?

— Tout le temps.

Elle eut un petit sourire triste.

— Je ne peux pas voir un visage nouveau sans le scruter, à la recherche d'une ressemblance, mais je sais que je ne les trouverai jamais. J'espère juste que ma mère biologique vit toujours et qu'elle va bien.

— Tu lui pardonnes ?

— Quelles que soient les raisons pour lesquelles elle m'a abandonnée, elle devait être terrifiée et beaucoup souffrir.

Elle était sincère. Ça se voyait. Sophie avait pardonné à la femme qui l'avait abandonnée…

— Comment fais-tu ? Comment arrives-tu à pardonner ?

— C'est parce que j'ai été trouvée. Je ne saurai jamais pourquoi j'ai été abandonnée et je l'accepte. Mais j'ai été trouvée et sauvée. Mes cris ont été entendus. Et je me suis juré de ne jamais ignorer des appels à l'aide.

Plongeant son regard dans le sien, elle déposa un baiser sur la tête du chiot.

— Cette petite chose est aussi innocente et désarmée que je l'étais autrefois. Je ne l'abandonnerai pas.

Il poussa un profond soupir. Tout s'éclairait. Il avait su dès le début que Sophie était différente. Elle rayonnait de bonté et de compassion. Mais elle était également forte. Elle avait le cœur tendre et une volonté de fer. S'il refusait de garder ce chiot, elle le quitterait. C'était une évidence.

— Je comprends. Le chien peut rester. Tu peux lui donner l'amour dont il a besoin.

Je pourrais te donner l'amour dont tu as besoin toi aussi, si seulement tu voulais bien me laisser faire.

Cette pensée s'imposa subitement à l'esprit de Sophie, mais cette fois elle ne tenta pas de la chasser. À quoi bon nier plus longtemps ses sentiments pour Javier ? Elle l'aimait. Depuis toujours. Depuis le premier regard. Était-il capable de lui rendre son amour ? Elle n'en savait rien et peu importait. Une lueur s'était allumée dans ses yeux quand il avait vu la chambre de leur bébé. Il commençait à éprouver des sentiments pour lui. Elle en était certaine. Et il avait accepté que Frodo reste. Il n'était donc pas totalement étranger à la compassion.

Javier lisait l'article que venait de lui envoyer par mail un reporter qui travaillait pour un journal anglais quand le téléphone fixe sonna sur son bureau. Il pressa une touche. Il avait demandé à son assistante de ne lui passer personne à part sa femme.

— J'ai Dante Moncada sur la une, annonça son assistante. Il dit que c'est important.

Il soupira. Dante Moncada était un magnat des nouvelles technologies sicilien qui avait hérité d'un terrain de cinq cents hectares situé près de Florence. Il voulait le vendre et les frères

Casillas étaient en négociation avec lui au moment de leur rupture. Javier avait décidé d'attendre que ses affaires soient définitivement dissociées de celles de son frère pour reprendre les discussions, mais la liquidation traînait en longueur. Via leurs avocats respectifs Luis avait demandé à le rencontrer, mais Javier avait refusé. Sa colère était toujours aussi vive et il ne voulait plus revoir son frère. Cependant, il tenait à ce que tout se passe dans les règles. Malgré son mépris pour son jumeau il ne cherchait pas à profiter de la situation. Les avocats devaient s'assurer de l'équité du partage. Du moins c'était ce qu'il avait cru jusqu'à la semaine précédente. Dante l'avait appelé pour l'informer que Luis lui avait fait une offre et pour lui demander s'il souhaitait la contrer. Cette nouvelle trahison de la part de son frère l'avait profondément atteint mais il s'était cuirassé. Après tout, si Luis avait été capable de s'acoquiner avec la garce qui avait comploté pour le détruire, quoi de surprenant à ce qu'il tente de conclure derrière son dos un contrat qu'ils avaient commencé à négocier ensemble ? Mais lui aussi pouvait jouer à ce jeu. Et il allait gagner...

— Oui, avait-il répondu au Sicilien. Je souhaite la contrer. Combien vous a-t-il offert ?

Il avait fait une offre supérieure à la somme que lui avait indiquée le Sicilien et depuis il attendait sa réponse.

— Passez-le-moi, dit-il à son assistante.

— Javier !

— Dante. Que puis-je pour vous ? Vous m'appelez pour me dire que vous acceptez mon offre ?

— Je viens à Madrid demain pour quelques jours. J'ai acheté un appartement dans votre ville et j'organise une soirée pour fêter ça. Venez. Nous en profiterons pour discuter.

— Luis sera là ? demanda Javier tout en cherchant un prétexte pour décliner l'invitation.

Il détestait les soirées. Il ne supportait pas de voir les gens perdre le contrôle d'eux-mêmes sous l'influence de l'alcool. C'était la raison pour laquelle il ne buvait jamais. Il ne prendrait pas le risque de devenir alcoolique comme son père. Lorsqu'il assistait aux soirées organisées par son frère autrefois, c'était uniquement pour veiller sur lui et l'empêcher de commettre des imprudences. Comme se jeter dans la piscine, complètement ivre… Mais aujourd'hui, pas question de prendre le risque de le croiser.

— Il ne répond pas à mes appels, répondit Dante. Alors…

Le message était clair. Puisque Luis était injoignable, le terrain était à lui.

— Quelle est l'adresse ?

Après la lui avoir donnée, Dante ajouta :

— Amenez votre femme. Tout le monde meurt d'envie de la connaître.

Plutôt nager au milieu d'un banc de requins avec une plaie sanglante que d'emmener Sophie à la soirée de ce don Juan ! Javier émit un grognement évasif, raccrocha, puis se massa les tempes. Il appela son assistante pour lui demander un café et des antalgiques, puis il reporta son attention sur l'écran de son ordinateur. Le journaliste qu'il avait payé pour faire des recherches dans les archives d'un journal du Devon avait fini par mettre dans le mille. Sous ses yeux il avait la copie d'un article publié vingt-quatre ans plus tôt. L'histoire de Sophie avait fait la une et l'article contenait tous les détails qu'elle avait omis. Par exemple, elle était si déshydratée que les médecins l'avaient crue perdue. Elle avait été trouvée dans une vieille boîte de chips, emmaillotée dans une couverture rose. Et elle n'avait pas été déposée sur le porche de l'église, mais dans les buissons. En fait, c'était un miracle que quelqu'un l'ait trouvée. Et elle espérait que la femme qui l'avait abandonnée vivait toujours ? Qu'elle allait bien ? Pour sa part, il espérait au contraire qu'elle était morte prématurément ! Mais il était impossible de le savoir. Sophie avait raison. Sa mère biologique resterait à jamais une inconnue. La police avait pourtant mené une enquête approfondie, mais celle-ci n'avait pas abouti.

Pourquoi avait-il tenu à fouiller dans cette période de la vie de Sophie ? Ça avait été plus fort que lui. Il avait éprouvé le besoin de tout savoir d'elle, de comprendre comment quelqu'un qui avait été abandonné à la naissance pouvait avoir un cœur aussi généreux.

Comment une femme comme elle pouvait-elle vivre avec un homme comme lui ? Comment pouvait-elle supporter qu'il la touche ?

10

— Que lis-tu ?

Sophie, assise en tailleur sur le lit avec un oreiller et son ordinateur portable sur les genoux, leva les yeux et sourit à Javier. Elle était tellement absorbée dans ses recherches qu'elle ne l'avait pas entendu rentrer...

— Je me renseigne sur les formations au diplôme d'auxiliaire vétérinaire, répliqua-t-elle en tournant l'écran vers lui. J'essaie de voir si je pourrais en suivre une après la naissance du bébé.

Il s'assit sur le lit à côté d'elle.

— Tu veux préparer un diplôme d'auxiliaire vétérinaire ?

Elle hocha la tête. Le temps qu'elle passait avec Frodo avait ranimé son amour des animaux et son désir de travailler avec eux.

— Pourquoi ferais-tu ça ?

— Je croyais que tu étais d'accord pour que je travaille. Puisque tu tiens à engager une nurse...

— Ce que je voulais dire c'est pourquoi *auxiliaire* vétérinaire alors que tu as toujours eu envie d'être *vétérinaire* ?

— Les études de vétérinaire sont très longues. Et de toute façon, je n'ai pas le niveau requis pour entrer en école vétérinaire.

— Eh bien, fais le nécessaire pour l'avoir.

Elle écarquilla les yeux.

— Tout simplement ?

— Pourquoi pas ?

— Javier, il va me falloir des années d'études pour l'atteindre, *si* j'y arrive.

— Pourquoi n'y arriverais-tu pas ? Tu n'es pas stupide. Si tu as réussi à devenir danseuse professionnelle sans en avoir envie, il n'y a pas de raison que tu n'atteignes pas le niveau requis pour entrer en école vétérinaire.

— Mais il faudra que j'étudie pendant des années. Il faut que je pense à notre enfant et...

— Arrête de chercher des excuses, coupa-t-il d'un ton vif.

Il prit l'ordinateur, quitta Internet et ferma le capot.

— Tu as toujours voulu être vétérinaire, alors arrête de chercher des excuses, et pour une fois dans ta vie pense à toi d'abord. S'il te faut dix ans pour y arriver, quelle importance ? C'est pratiquement le temps qu'il nous a fallu à Luis et à moi pour commencer à gagner vraiment beaucoup d'argent avec notre société, mais nous n'avons jamais envisagé de renoncer. Tu ne dois pas le faire non plus. C'est ton rêve, *cariño*. Alors réalise-le.

Elle le regarda, le cœur gonflé de joie. Comme c'était réconfortant de l'entendre défendre son rêve !

— Ça ne t'ennuierait pas ? demanda-t-elle après un silence.

— Est-ce que ça changerait quelque chose si ça m'ennuyait ?

— Bien sûr. Tu es mon mari. Ton opinion et tes sentiments comptent.

— Plus que les tiens ? N'est-ce pas ce que tu as déjà fait ? Renoncer à tes rêves parce que tu pensais plus à tes parents qu'à toi ?

— Non, ce n'est pas ça, murmura-t-elle, embarrassée.

Javier arqua un sourcil pour manifester son incrédulité.

— D'accord, peut-être un peu. Ils aimaient me voir danser. Ça leur faisait tellement plaisir. Que pouvais-je faire d'autre ? Ils m'ont tellement donné. Un foyer, une famille. De l'amour.

— Pensais-tu que si tu n'exauçais pas leurs souhaits ils te reprendraient leur amour ?

Elle le considéra avec stupéfaction. Il semblait toujours si indifférent... Quelle surprise de constater qu'il faisait attention à tout ce qu'elle disait. Et à tout ce qu'elle ne disait pas...

Elle tira sur une mèche de cheveux en soupirant.

— Je ne sais pas. Je me souviens avoir eu peur de ça quand j'étais petite et que j'ai vraiment compris ce que ça voulait dire d'être adoptée. Ils avaient choisi de me prendre avec eux, alors j'avais toujours peur qu'ils choisissent de me rendre.

Elle avait oublié cette peur irrationnelle...

— C'est quand je suis tombée enceinte que j'ai compris que leur amour pour moi était vraiment inconditionnel.

— Pourquoi ?

— J'avais peur de le leur annoncer. Ils sont très traditionnels. Pour eux le mariage doit venir avant les enfants. J'avais peur qu'ils soient déçus.

— Tu pensais qu'ils allaient te rejeter ?

— Pas consciemment. C'est quand ils m'ont serrée dans leurs bras à m'étouffer que j'ai compris à quel point j'avais eu peur de leur parler.

— Est-ce à cause d'eux que tu étais encore vierge quand nous avons conçu notre bébé ?

C'était la première fois que cette vérité était formulée à voix haute. Elle soutint le regard de Javier et hocha la tête. Il tendit la main comme pour toucher son ventre, puis il se ravisa et se leva.

— Il est temps que tu penses à toi au lieu de toujours penser aux autres. Notre enfant sera beaucoup plus heureux si sa mère est épanouie que si elle s'est contentée de pis-aller. Si tu as envie d'être vétérinaire, fais en sorte de le devenir. Il vaut mieux subir un échec plutôt que ne jamais avoir eu le courage de tenter...

Il s'interrompit, les yeux fixés sur la longue robe bleu marine pendue à la porte du dressing.

— Tu as fait du shopping ?

Déconcertée par ce brusque changement de sujet, elle suivit son regard.

— Je suis sortie cet après-midi. J'avais l'intention de la ranger mais, absorbée dans mes recherches, j'ai oublié.

Elle écarta l'oreiller de ses genoux et descendit du lit. Frodo, qui avait pris l'habitude de la suivre comme son ombre et qui dormait au pied du lit, se réveilla et sauta en l'air pour attraper la robe. Elle la souleva hors de sa portée et la rangea dans le dressing. Javier la suivit et s'appuya à l'encadrement de la porte. Elle se prépara à un commentaire caustique sur la présence du chien dans leur chambre, à laquelle il avait mis son veto, dont elle ne tenait aucun compte en son absence.

— Pourquoi cette robe ?

— Pour la soirée.
— Quelle soirée ?
— Celle de Dante Moncado demain soir.
— Comment es-tu au courant ?
— L'invitation a été apportée par coursier ce matin. Elle nous était adressée à tous les deux, alors je l'ai ouverte. Je l'ai posée sur ta table.
Il prit la feuille, la lut, puis la reposa.
— Nous devons discuter affaires. Tu ne vas pas t'amuser, *cariño.*
— Comment le sais-tu ?
— Tu es enceinte.
— Oui, enceinte. Pas morte.
— Il y aura plein d'imbéciles riches et snobs. Je vais y aller seul, discuter de notre affaire, et rentrer tôt.
Une immense déception serra le cœur de Sophie.
— Tu ne m'as jamais emmenée nulle part depuis que nous sommes mariés. As-tu honte de moi ?
— Quelle idée ridicule. Et je t'ai emmenée dans un dîner.
— Un dîner d'affaires. Ça ne compte pas.
— C'est justement une soirée à laquelle j'ai été invité pour traiter une affaire. Pour rien d'autre.
— Mais c'est une vraie soirée. C'est marqué sur l'invitation. Et il y a aussi mon nom dessus. Je veux y aller.
— J'ignorais que tu aimais sortir, commenta-t-il d'un ton crispé.
— Tu ne me l'as jamais demandé et nous n'avons jamais été invités à aucune soirée...
Elle plissa les yeux, soupçonneuse.
— À moins que tu me l'aies caché.
Il soutint son regard, mais il resta silencieux si longtemps que ses soupçons se muèrent en certitudes. Il avait refusé des invitations sans lui en parler.
— Je ne vais jamais dans les soirées, finit-il par dire sur le même ton crispé. Je ne bois pas. Qui a envie de regarder des gens boire et se ridiculiser.
— Moi. Si tu ne m'emmènes pas ce soir, je vais vraiment penser que tu as honte de moi.
Cacherait-il Freya comme il la cachait ? S'il l'avait encouragée

à entreprendre des études de vétérinaire, c'était sans doute pour avoir la paix pendant les dix prochaines années... Il ne lui était pas venu à l'idée qu'il pourrait ne pas avoir envie d'aller à cette soirée. Bien sûr, elle était consciente que son mari n'était pas le plus sociable des hommes, mais elle pensait qu'il serait prêt à se rendre à une soirée qui avait lieu à seulement vingt minutes de chez eux. Depuis son retour du Cap, il avait pris l'habitude de la prévenir assez tôt quand il avait des réunions ou des rendez-vous en dehors de ses heures de travail habituelles. Une attention qui lui avait donné de l'espoir. Leur mariage commençait peu à peu à ressembler à un vrai. Mais ce soir elle avait l'impression d'être revenue à la case départ. Il ne voulait pas montrer son épouse de second choix à ses pairs. Il était si fier de Freya qu'il avait donné une grande réception pour célébrer leurs fiançailles. En revanche, il n'avait invité personne à leur mariage. Et il n'avait pas organisé un seul dîner chez eux depuis.

— Je n'ai *pas* honte de toi.

— Prouve-le-moi en m'emmenant à cette soirée. Nous ne sommes pas obligés de rester longtemps. Je pourrai rencontrer des gens nouveaux pendant que tu discuteras affaires, et ensuite nous rentrerons.

Même Frodo, assis à ses pieds, semblait attendre la réponse de Javier... Ce dernier le remarqua.

— Et le chien ? Nous ne pouvons pas l'emmener, ni le laisser tout seul en liberté dans la maison.

Sentant la victoire proche, Sophie sourit et ouvrit la porte de la chambre. Marsela, la plus jeune des employées, qui était logée et nourrie, faisait le ménage dans les chambres d'amis quelques minutes plus tôt. Elle l'appela. La jeune fille arriva un instant plus tard. Frodo se précipita vers elle en remuant la queue.

— Vous avez quelque chose de prévu demain soir ? demanda Sophie.

— Non. J'ai rendez-vous avec ma télé.

— Pourriez-vous la regarder tout en gardant Frodo ?

Le visage de Marsela s'éclaira.

— Avec plaisir.

— Merci !

Sophie se tourna vers Javier.

— Alors, c'est d'accord ? Nous irons ?

Le regard noir, il hocha la tête, tourna les talons et quitta la pièce. Elle le suivit des yeux sans cesser de sourire, mais le cœur lourd.

Javier descendit de voiture, puis tendit la main à Sophie. Elle la prit en souriant et descendit à son tour. Tapotant ses cheveux, qu'elle avait bouclés pour l'occasion, elle déclara :

— Je crois que c'est le moment d'entrer.

Il hocha la tête.

— Prépare-toi. Tu vas être le point de mire.

— Ça va aller, répliqua-t-elle d'une voix aiguë qu'il n'avait jamais entendue.

Il saurait très vite si elle avait raison. En tout cas, elle était sublime. Quand elle était sortie du dressing, il avait failli rester bouche bée comme un idiot. Sa robe bleu marine en maille, dont le décolleté rond laissait entrevoir la naissance de ses seins de plus en plus généreux, et qui bouffait légèrement au niveau des hanches avant de tomber en plis souples jusqu'aux chevilles, semblait avoir été taillée sur mesure pour elle. Jamais il ne lui avait été donné de contempler un spectacle d'une telle splendeur. À la pensée des regards pleins de convoitise qui allaient se repaître de sa beauté, il en avait été malade. Il avait été pris d'une furieuse envie de lui arracher cette robe et de lui faire l'amour avec passion. Pour la marquer de son empreinte. Pour prévenir tous les autres qu'ils ne devaient pas la regarder et encore moins la toucher. Effrayé par la violence de cette impulsion, il avait crispé les poings et quitté la pièce avant d'y céder.

Ils n'avaient pas échangé un seul mot pendant le trajet. Posant la main au creux de ses reins, il l'entraîna dans le hall de l'immeuble. Un concierge les escorta jusqu'à l'ascenseur qui les conduisit au dernier étage, entièrement occupé par l'appartement que Dante venait d'acheter. L'immense salle prolongée par une terrasse, où se tenait la soirée, était déjà pleine de monde. Le brouhaha augmenta de volume tandis que Javier guidait Sophie à travers la foule tout en cherchant Dante des yeux. Il avait déjà hâte d'en finir et de repartir ! Ils pouvaient le dévisager et raconter tout ce qu'ils voulaient à son sujet, mais sa femme n'était pas un morceau de viande à dévorer des yeux.

Il avait décliné quatre invitations depuis leur mariage. Non seulement il détestait ce genre de soirées, mais il n'avait aucune envie d'exposer Sophie aux regards inquisiteurs dont il était invariablement la cible. Il allait régler le plus rapidement possible l'affaire du terrain puis l'emmener loin d'ici. Il prit deux verres de jus de fruit sur le plateau d'un serveur et en tendit un à Sophie. Il buvait la première gorgée quand Dante approcha, arborant un sourire désinvolte qui rappelait celui de Luis.

— Je savais que vous viendriez, dit-il d'un air suffisant avant de se présenter à Sophie et de poser les mains sur ses épaules nues pour l'embrasser sur les deux joues.

Javier serra les dents et réprima l'envie de décocher un coup de poing à Dante.

Du sang-froid, mon vieux. Il la salue juste comme il salue tout le monde. Comme tous ces gens très mondains se saluent entre eux.

Dante appela sa compagne. Une top model sculpturale qui défilait pour les plus grands couturiers. Elle posa sur Javier un regard reflétant un cocktail qui lui était familier. Un tiers de peur, un tiers de curiosité, un tiers de désir. Il réprima de justesse une moue de dégoût. Cette femme était belle. Impossible de le nier. Mais elle n'arrivait pas à la cheville de Sophie. Personne ne lui arrivait à la cheville.

— Lola, tiens compagnie à Sophie pendant que je lui vole son mari, demanda Dante. Nous devons discuter affaires.

Si Sophie fut contrariée, elle ne le montra pas. Elle sourit à Javier et lui adressa un clin d'œil imperceptible.

— Je crains d'avoir une mauvaise nouvelle, annonça Dante en entraînant Javier dans son bureau. La vente est annulée... provisoirement.

— Oh ?

Dante ouvrit une vitrine dans laquelle il prit une bouteille de whisky et deux verres.

— Une héritière illégitime a surgi de nulle part. Ses avocats affirment qu'elle a des droits sur l'héritage et donc sur le terrain.

— Et elle en a vraiment ?

— Je vais faire en sorte que non.

Javier haussa les épaules. Les problèmes de Dante ne l'intéressaient pas. Tout ce qu'il voulait c'était ramener sa femme à la maison.

— Un whisky ?

Javier secoua la tête.

— Oh ! oui, j'oubliais que tu ne bois pas. C'est plutôt le truc de Luis. À propos de Luis, je suis surpris que tu ne sois pas dans les Caraïbes avec lui. À moins que les rumeurs selon lesquelles vous n'avez pas seulement rompu vos relations professionnelles soient exactes ?

Javier ne daigna pas répondre.

— Quand penses-tu avoir réglé le problème de l'héritière illégitime ?

— Dans quelques semaines. Peut-être un mois. Je t'appellerai. Mais il faut que je te prévienne. Luis veut me faire une contre-proposition.

— Quelle qu'elle soit, je renchérirai.

Dante leva son verre en souriant.

— J'aime une bonne guerre d'enchères. Mais je parierais sur toi.

Javier ne put s'empêcher de demander avec curiosité :

— Pourquoi ?

Luis était peut-être le plus désinvolte des frères Casillas, mais en affaires il était aussi redoutable que lui.

— Quand je l'ai vu la semaine dernière, il était sur un petit nuage. Il n'a pas la tête aux affaires. Pour l'instant rien d'autre ne compte que son épouse.

— Il n'est pas encore marié.

Dante sembla sincèrement surpris.

— Tu n'es pas au courant ? Luis et Chloé se sont mariés hier. Ils ont publié un communiqué de presse ce matin.

Sophie promenait son regard sur la foule des invités. Tous ces gens étaient si élégants, si sûrs d'eux... Comme le jour de son mariage, elle avait le sentiment très désagréable d'être une usurpatrice. Elle qui se faisait une fête de cette soirée... Lola, la top model aux yeux de chat, l'avait abandonnée après quelques minutes d'un interrogatoire peu subtil auquel elle avait répondu de manière évasive, tout en restant souriante pour ne pas la blesser. Mais franchement, Lola s'attendait-elle vraiment à ce qu'elle fasse des confidences sur son mari à une parfaite étrangère ? Elle prendrait volontiers une coupe de champagne... Mais elle n'avait pas bu une goutte d'alcool depuis le début de sa grossesse et ce n'était pas ce soir qu'elle allait commencer.

Elle sortit son portable de son sac et envoya un texto à Marsela pour vérifier que Frodo allait bien. Comme elle aimait son petit chien ! Et il le lui rendait bien. Si seulement Javier pouvait être aussi affectueux que lui... Ce soir il n'avait même pas daigné faire un commentaire sur sa tenue. Elle qui avait fait des efforts en espérant qu'il serait fier de l'avoir à son bras. Il l'avait toisée de la tête aux pieds, puis il avait quitté la pièce. Une gifle aurait été moins insultante.

— Vous semblez perdue.

Elle rendit son sourire à l'homme qui venait de l'aborder avec un accent typiquement britannique.

— Non, je m'imprègne de l'atmosphère.

— Javier vous a abandonnée, n'est-ce pas ?

Le ton et les propos de l'inconnu suggéraient que Javier et lui se connaissaient.

— Il discute avec Dante.

— Vous n'avez pas été invitée à vous joindre à eux ?

— Ils parlent affaires. Je n'y connais rien.

— Ah oui, vous êtes danseuse. Je me souviens vous avoir vue dans *La Belle au bois dormant*.

— Vraiment ?

Elle faisait pourtant partie du corps de ballet et passait inaperçue dans son costume. L'homme eut une moue contrite.

— Pour être honnête, c'est ma femme, qui est espagnole, qui m'y a traîné. Et je sais que vous étiez sur scène parce qu'elle me l'a dit ce soir pendant le trajet. Dante a prévenu tout le monde que Javier viendrait avec sa femme. Vous êtes la principale attraction ce soir, vous savez.

— Ah bon ?

— Bien sûr. Il vous cache depuis des mois. Nous avions tous envie de vous voir de nos propres yeux. Et de vérifier si la rumeur selon laquelle il avait choisi pour épouse une autre danseuse anglaise... Oh ! excusez-moi. C'était indélicat de ma part.

— Non, pas de problème. Je suis bien la deuxième danseuse anglaise.

L'homme baissa les yeux sur son ventre.

— Et je vois que l'autre rumeur est vraie également... Mais peut-être allez-vous me dire que vous n'êtes pas enceinte et que vous avez juste mangé trop de cheese-cakes.

Sophie pouffa.

— Non. Je suis bien enceinte. Et l'avantage c'est que je peux manger autant de cheese-cakes que je veux.

— Vous n'en trouverez pas ici si c'est la petite amie de Dante qui a organisé le buffet, plaisanta-t-il. Allons voir si nous pouvons trouver autre chose à manger que des crudités. Et avec un peu de chance nous trouverons aussi ma femme. Je crois qu'elle m'a abandonné.

Ravie de cette compagnie agréable, Sophie était sur le point de suivre l'inconnu quand elle aperçut Dante en train de discuter avec un groupe de gens. Si sa réunion avec Javier était terminée... Elle promena son regard autour d'elle. Où était Javier ?

Javier marchait à grands pas dans les rues, les mains enfoncées dans les poches de son pantalon, esquivant les fêtards qui sortaient des bars et des clubs. Il bouillonnait de rage. Luis s'était marié. Sans en avoir réellement conscience, il avait gardé au fond de lui l'espoir que son frère retrouverait la raison et qu'il romprait avec Chloé. Mais non. Il l'avait épousée.

Il cherchait Sophie pour lui dire qu'ils s'en allaient quand il l'avait vue en grande conversation avec un homme séduisant dont le visage lui était vaguement familier. Non seulement elle lui parlait mais elle riait, le visage rayonnant. Elle appréciait tellement sa compagnie qu'elle n'avait pas vu son mari à quelques mètres d'elle. À cet instant, il avait eu le choix. Soit il les rejoignait, il empoignait l'homme qui flirtait avec sa femme et il le balançait par la fenêtre, soit il s'en allait. Il était parti sans un regard en arrière. Son téléphone vibra dans sa poche. Pour la troisième fois. Il le sortit et l'éteignit sans consulter l'écran. Pour l'instant il ne voulait parler à personne ni voir personne. Il n'était pas certain de pouvoir contenir sa rage. L'envie de faire payer à quelqu'un la souffrance qui l'étreignait était trop forte. Il avait au moins cette lucidité.

Il parcourut des kilomètres, faisant des détours par des rues dans lesquelles il n'était plus passé depuis son adolescence, à l'époque où Luis et lui n'avaient que leurs jambes pour moyen de transport. Ils avaient treize ans quand les rues de Madrid étaient soudain devenues leur maison. Pour fuir les grands-parents qui étaient à peine plus que des étrangers, ils avaient exploré le nouveau quartier dans lequel ils habitaient, se protégeant mutuellement comme ils l'avaient toujours fait. À chaque coin de rue se cachait un souvenir.

Vint le moment où il ne put plus reculer. Il ralentit le pas dans l'allée de la propriété. Il monta les marches. Avant qu'il ait le temps de poser la main sur la poignée de la porte, celle-ci s'ouvrit à la volée.

Sophie, pâle de colère, le foudroya du regard.

11

Sophie était partagée entre l'envie de se jeter au cou de Javier tant son soulagement était immense et celle de cribler son torse de coups de poing.

Elle l'avait cherché partout dans l'immense appartement, refusant de croire qu'il était parti sans elle. Elle avait dû se rendre à l'évidence quand elle était descendue voir si la voiture était toujours là et que Michael, le chauffeur, lui avait annoncé d'un ton compatissant qu'il était parti à pied. Trois heures s'étaient écoulées depuis.

Il l'avait abandonnée au milieu d'une foule d'étrangers. Sa stupeur avait été si grande qu'elle avait étouffé sa colère. Qui s'était peu à peu ranimée pendant qu'elle attendait son retour. Puis qui au fil des heures avait laissé place à l'inquiétude. Enfin elle l'avait vu apparaître sur l'écran de contrôle du système de surveillance, devant lequel elle s'était installée. À présent elle ne savait plus ce qu'elle ressentait. Elle était en proie à un tel tourbillon d'émotions contradictoires qu'elle avait à la fois envie de pleurer et de hurler.

La mâchoire crispée, la respiration difficile, il la fixait sans rien dire. Puis il finit par rompre le silence.

— Laisse-moi passer.

Elle secoua la tête.

— Non.

— Sophie, je ne suis pas sûr de pouvoir me contrôler, alors laisse-moi passer s'il te plaît.

— Non. Je ne bougerai pas tant que tu ne m'auras pas dit pourquoi tu m'as laissée à la soirée sans un...

— Tu n'avais pas l'air de t'ennuyer, coupa-t-il en la contournant.

Le temps qu'elle ferme la porte il était déjà dans l'escalier. Nu-pieds, elle remonta le bas de sa robe et s'élança derrière lui. Elle avait beau être enceinte, elle courait encore vite. Elle atteignit la porte de la chambre avant qu'il ait le temps de la claquer et de s'enfermer.

— Sophie, il faut que tu t'en ailles, intima-t-il en lui barrant le passage, les doigts crispés sur le bord de la porte. Dors dans une autre chambre, cette nuit. Nous parlerons demain matin quand je ne serai plus aussi furieux.

— Quand *tu* ne seras plus aussi furieux ? Je suis la seule à avoir des raisons d'être furieuse. Tu m'as abandonnée.

— J'ai dit à Michael que je rentrais à pied. Je savais qu'il te raccompagnerait et que tu serais en sécurité avec lui.

— Tu m'as laissée en plan. Tu m'as humiliée devant tous ces gens qui se moquaient déjà de moi.

— Si tu te sentais humiliée, tu l'as bien caché. Tu semblais bien t'amuser sans moi. Maintenant, j'ai besoin que tu t'en ailles.

— Je n'irai nulle part. Tu ne m'excluras pas, Javier. Pourquoi es-tu parti ? Dis-le-moi !

— Soit je partais, soit je balançais ton petit ami par la fenêtre. Tu aurais préféré ça ?

— De quoi parles-tu ?

— Je t'ai vue, *cariño*. Avec cet homme. En train de rire avec lui.

Elle se souvint soudain de l'Anglais avec qui elle avait bavardé quelques instants. Le seul moment agréable de toute la soirée...

— Mon Dieu, tu étais jaloux ? C'est ça le problème ?

— Pour l'instant je ne sais qu'une chose. Il vaut beaucoup mieux pour toi que tu ne restes pas dans la même pièce que moi ce soir. Alors disparais jusqu'à ce que je me sois calmé.

Le cœur battant à tout rompre, Sophie recula d'un pas. Puis, jouant sur la surprise, au lieu de s'éloigner elle passa devant Javier et entra dans la chambre.

— Sors d'ici ! cria-t-il.

— Non ! Tu te conduis comme un idiot. J'étais juste en train de discuter. C'est interdit ? Ai-je besoin de ton autorisation pour discuter avec un homme ? Et de toute façon, en quoi ça peut te déranger ? Je ne suis qu'un bien pour toi, n'est-ce pas ? L'épouse de second choix, pas à la hauteur de ton premier choix, pas aussi *parfaite*, pas assez bien pour être exhibée en public avec fierté parce que je ne suis qu'une danseuse de second rang, pas aussi belle…

— Ça suffit !

Le rugissement de Javier résonna dans la pièce tandis qu'il fondait sur elle, la saisissait par les bras et se penchait vers elle.

— Ne te déprécie plus jamais, tu m'entends ? Tu vaux un million de fois mieux que Freya. Tu n'es pas consciente de ça ? Tu es la personne la plus extraordinaire, la plus fantastique que j'aie jamais rencontrée et je vis dans la terreur de te faire du mal. Je n'éprouvais *rien* pour Freya, elle n'éprouvait rien pour moi et c'était rassurant. Toi tu ne me rassures pas. Tu déclenches en moi des sentiments que je ne devrais pas éprouver. À l'idée que quelqu'un pourrait toucher un seul de tes cheveux, je deviens fou et j'ai envie de massacrer tout le monde. C'est contre ça que je lutte depuis que tu es entrée dans ma vie, parce que je sais que le plus grand danger pour toi, c'est *moi*.

— Oh ! Javier, murmura-t-elle, les larmes aux yeux, en posant la main sur sa joue.

Même dans ses rêves les plus fous elle n'aurait jamais pu imaginer voir un jour une telle émotion dans ses yeux…

— Tu n'es pas ton père.

Javier contempla ce visage qui le hantait jour et nuit, et soudain il perdit la tête. Il referma les bras sur elle et l'embrassa avec toute la ferveur qu'elle lui inspirait. Elle répondit à son baiser avec une fougue qui acheva de le rendre fou. La passion qu'elle avait déclenchée en lui lors de leur première rencontre et qu'il tentait par tous les moyens de réprimer depuis le submergea. La soulevant de terre, il la porta jusqu'au lit, l'allongea dessus et lui caressa la joue en plongeant son regard dans le sien. Puis il l'embrassa de nouveau et ils furent emportés dans un même tourbillon de sensualité. Leurs vêtements volèrent dans la pièce tandis qu'ils se déshabillaient mutuellement avec des gestes fébriles. Puis chacun explora dans ses moindres recoins le corps de l'autre, comme s'il le découvrait pour la première fois.

S'il était capable d'aimer une femme, ce serait celle-ci, songea confusément Javier en relevant la tête pour plonger son regard dans celui de Sophie après avoir honoré la fleur de sa féminité. Elle posa la main sur sa joue. Il déposa un baiser au creux de sa paume, puis il chercha de nouveau les yeux bleu pâle. Sophie fut envahie par une joie indicible sous le regard brûlant de Javier. Pour la première fois elle voyait son cœur au fond de ses prunelles… Il n'y avait plus le moindre détachement dans son attitude. Plus la moindre distance entre eux. Oui, c'était bien son cœur qu'elle voyait dans ses yeux… Javier s'enfonça lentement au plus profond de Sophie en même temps qu'il se noyait dans ses yeux bleus. Un regard bouleversant…

Javier se réveilla en sursaut et ouvrit les yeux dans l'obscurité. Sophie était blottie contre lui, une jambe entre les siennes, un bras autour de sa taille. Il avait du mal à respirer et son cœur battait à grands coups. Que lui était-il arrivé ? Il avait complètement perdu le contrôle de lui-même. Avec Sophie. Elle se pressa plus étroitement contre lui. Était-elle réveillée ou bien en train de rêver ? Elle se hissa sur lui, sa joue se pressa contre la sienne, ses cheveux soyeux lui caressèrent le visage… et sa chaleur moite enveloppa sa virilité gonflée de désir. Tandis qu'il s'abandonnait aux sensations qui l'assaillaient de toutes parts, une pensée traversa son esprit. S'il arrivait quoi que ce soit à cette femme, il en mourrait.

Sophie déplia une jambe et sourit avant même d'ouvrir les yeux. C'était le début d'une nouvelle journée et le début de sa nouvelle vie. Aujourd'hui, c'était le vrai départ de son mariage. Ce qu'elle attendait depuis si longtemps était enfin arrivé. Javier s'était épanché puis il lui avait fait l'amour comme jamais auparavant, avec son cœur autant qu'avec son corps. Bien sûr, il ne fallait pas s'imaginer qu'à partir de maintenant tout allait être idyllique. Mais désormais un lien très fort les unissait.

Elle ouvrit les paupières et son cœur se serra. Javier s'était écarté d'elle. Il dormait au bord du lit, le dos tourné. Elle souffla sur une mèche de cheveux qui lui tombait sur les yeux. Allons, ce n'était pas si grave. S'il avait roulé sur le côté c'était sans doute parce qu'il était dans une mauvaise position. Il l'avait peut-être même fait en dormant. Mais quand même, il était loin. Pour le toucher il fallait qu'elle tende le bras… Il rabattit soudain les draps et se leva. Puis il se dirigea vers la salle de bains et ferma la porte derrière lui sans un regard pour elle. S'efforçant de ne pas dramatiser, elle se leva à son tour et se rendit dans le dressing pour mettre un T-shirt ample et un legging. Il fallait se comporter comme d'habitude.

Avant qu'elle ait le temps de quitter la chambre, il sortit de la salle de bains, une serviette nouée sur les hanches.

— Bonjour, dit-elle d'un ton enjoué.

Pour toute réponse, il se contenta d'un grognement.

— Je vais voir Frodo. Tu veux un café ?

— J'en prendrai un quand je descendrai.

— D'accord… Tout va bien ?

— Pourquoi ça n'irait pas ?

Ne sachant pas quoi répondre, elle haussa les épaules et quitta la chambre. Frodo dormait en bas de l'escalier. Il se réveilla à son approche et remua la queue. Au moins quelqu'un était content de la voir, songea-t-elle en le prenant dans ses bras. Elle trouva Marsela dans la salle à manger en train de mettre la table pour le petit déjeuner et la remercia d'avoir gardé Frodo.

— Je prendrai de l'argent pour vous quand je remonterai me changer, promit-elle.

— Je ne veux pas de votre argent, protesta la jeune fille, visiblement offensée. C'était un plaisir de le garder.

Spontanément, Sophie lui fit une bise. Au même instant, Javier arriva dans la pièce. Marsela s'en alla précipitamment.

— Tu es trop familière avec les employés, dit-il sans la regarder en s'asseyant à table.

— Ah bon ?

— Oui.

Elle s'assit en face de lui et posa Frodo par terre à ses pieds.

— Marsela a mon âge. Je l'aime bien. Je ne vois pas pourquoi je ne serais pas amie avec elle.

Il crispa la mâchoire mais n'insista pas.

— Je vais promener Frodo dans le parc tout à l'heure. Tu veux venir ? demanda-t-elle.

— Je vais au bureau.

— Un samedi ?

— J'ai pas mal de choses à organiser avant mon prochain voyage au Cap.

— Tu as encore une semaine.

— J'envisage de l'avancer.

— Nous avons l'échographie mercredi, rappela-t-elle.

— Je viendrai si je peux.

Elle le regarda, le cœur serré. Pourquoi était-il redevenu aussi froid ? C'était incompréhensible... Il but son café et se leva.

— Tu vas au bureau maintenant ?

— Oui. Si je ne rentre pas dîner, je te préviendrai.

Elle le suivit des yeux avec consternation.

— Javier.

— Quoi ?

— Cette nuit...

Elle se tut, incapable de poursuivre.

— Oui, eh bien ?

— Rien.

Il s'en alla sans dire au revoir.

La promenade au parc avec Frodo, qui s'en donna à cœur joie, réconforta un peu Sophie. Sur le chemin du retour, elle acheta un journal. Javier se moquait d'elle, mais elle préférait lire la presse sur papier que sur écran. Une nouvelle inattendue lui serra le cœur. Javier était-il au courant ? Sans doute. Un article d'une demi-page relatait le mariage de Luis Casillas et de Chloé Guillem.

12

Javier rentra tard et se rendit directement dans sa salle de sport pour faire une heure de musculation. Il prit ensuite une douche dans la salle de bains du sous-sol. Il y avait peu de chances que Sophie soit endormie quand il monterait, mais on ne savait jamais…

La nuit dernière, il avait commis une terrible erreur. Il devait absolument remettre leur mariage sur ses rails initiaux. Pour le bien de Sophie, même si elle avait du mal à le comprendre. Un jour elle le remercierait. Sans surprise il la trouva assise sur le lit en train de l'attendre sans même faire semblant de lire. Habillée.

— Tu t'es bien promenée ?

— Oui, répondit-elle en souriant. Et toi, tu as passé une bonne journée ?

— Longue.

— Tu es fatigué ?

— Épuisé.

— Tu as lu la presse ?

— À propos du mariage de Luis ?

— Tu es au courant, donc.

— Dante me l'a dit hier soir.

— Pourquoi ne m'en as-tu pas parlé ?

— Pourquoi l'aurais-je fait ?

Il sentit son cœur se serrer à la vue du regard blessé des yeux bleu pâle.

— Parce que je suis ta femme.

— Ce n'est pas important.

— Quoi donc ? Que Luis se soit marié ou que je sois ta femme ?

Il ne répondrait pas, comprit-elle en voyant la mâchoire de Javier se crisper.

— Tu as avancé ton voyage au Cap ?

Il hocha la tête.

— Et ?

— Je pars mardi.

La déception de Sophie fut si forte qu'elle en eut la nausée.

— Alors tu ne viens pas à l'échographie ?

— Non.

Elle inspira profondément.

— C'est délibéré ?

Il crispa de nouveau la mâchoire.

— Nous avons fait l'amour, la nuit dernière, murmura-t-elle.

Il resta silencieux.

— Nous avons fait l'amour et c'était fantastique. Tu m'as dit des choses que je n'espérais pas entendre. Je croyais que nous avions franchi un cap. Me suis-je trompée ? Parce que aujourd'hui tu m'as traitée comme si je n'étais rien pour toi. J'ai besoin de savoir si c'est parce que tu as du mal à faire le point sur tes sentiments pour moi ou bien si c'est parce que tu n'as *aucun* sentiment pour moi.

— Mes sentiments pour toi sont... compliqués.

Il ne niait pas en avoir... Elle sentit une lueur d'espoir se rallumer dans son cœur.

— C'est-à-dire ?

— La nuit dernière... J'aurais pu te faire du mal.

— Mais au lieu de ça tu m'as fait l'amour.

Il se frotta la nuque.

— Il y a quelque chose en moi qui est dangereux.

— Tu me l'as déjà dit la nuit dernière.

— Parce que c'est vrai. J'ai toujours eu ça en moi. Je passe ma vie à lutter contre.

— Est-il arrivé que tu perdes le contrôle de toi-même ?

— Oui. Quand j'avais quatorze ans, des garçons nous ont suivis dans la rue Luis et moi, en faisant des commentaires malveillants sur notre mère. C'était un mauvais jour parce que c'était la date de son anniversaire. Je leur ai donné une raclée. L'un d'entre eux a été hospitalisé avec une commotion cérébrale.

— Y a-t-il eu d'autres fois où c'est arrivé ?

— Non. Parce que je réprime mes émotions. Ce qui est arrivé la nuit dernière est une erreur. Je me suis laissé submerger par mes émotions. Ça ne se reproduira plus.

— Les émotions ne sont pas dangereuses.

— Dans mon cas, si. À chaque fois que je me regarde dans un miroir, je vois la vérité. Je suis le fils de mon père et ce dernier était dominé par ses émotions.

— Mais tu n'es pas ton père. Tu lui ressembles peut-être un peu…

— Je suis son double.

— Je ne trouve pas. De toute façon ce n'est pas parce qu'on ressemble physiquement à quelqu'un qu'on reproduit ses erreurs. En fait, je pense plutôt que…

Elle déglutit péniblement avant de poursuivre.

— Que tu utilises ton père comme une excuse pour me tenir à distance.

Des éclairs de colère jaillirent des yeux de Javier.

— Mon père a tué ma mère.

Dios, comment pouvait-elle penser ça ? Jamais il n'utiliserait le monstre qui lui avait donné la vie comme excuse pour quoi que ce soit !

— Il l'a étranglée. J'ai passé mon enfance à essayer de protéger Luis parce que mon père le détestait et saisissait le moindre prétexte pour le battre. Mon père n'aimait qu'une seule personne. Moi. Mais uniquement parce que j'étais son portrait. Il m'ébouriffait les cheveux et il me disait que j'étais comme lui.

Et à chaque fois que son père faisait ça, il éprouvait à la fois de la répulsion et, à sa grande honte, de la satisfaction. Il haïssait son père de toutes les fibres de son être. Mais en même temps il l'aimait. Et ce qui le terrifiait le plus, c'était que son père avait raison. Il était comme lui, physiquement et moralement.

— Il percevait quelque chose en moi, et ma mère le percevait aussi. Je le sais. Et si tu m'observais attentivement tu le percevrais aussi.

— Je t'ai observé, murmura-t-elle. Je ne l'ai jamais perçu.

— Alors tu es aveugle. Mais je ne vous mettrai pas en danger, ni toi ni notre enfant, en laissant se reproduire ce qui s'est passé la nuit dernière.

— Ce qui veut dire que tu as l'intention de me tenir à distance ?

— Ce qui veut dire que nous nous en tiendrons aux règles établies au départ.

Sophie se frotta les yeux, puis inspira profondément.

— C'est ce que je craignais. J'ai réfléchi toute la journée à cette éventualité en me demandant si je peux vivre comme ça. Je suis désolée mais je ne peux pas. Je ne peux plus. J'ai fait des efforts. Je pense que tu en as fait aussi. Mais ça ne suffit pas.

— Que veux-tu dire ?

— Qu'il faut reconnaître notre échec et en tirer les conséquences.

— Tu veux me quitter ?

— Non. Je ne veux pas. Mais je sais que je dois le faire. Quoi que tu en penses, je ne crois pas un seul instant que tu risques d'être violent avec moi. Mais si toi tu le crois et si tu continues à me tenir à distance, il y a de grandes chances pour que tu me détruises.

Javier regardait Sophie avec la plus profonde perplexité. Que disait-elle ? Elle pourrait aussi bien parler une langue inconnue. Il ne comprenait rien à ses propos. Lisant visiblement ses pensées sur son visage, elle laissa échapper un petit rire en même temps que des larmes ruisselaient sur son visage.

— Et tu dis que c'est moi qui suis aveugle ? Je t'aime, Javier. Je t'aime tellement que ça me tue.

— Comment peux-tu m'aimer ? J'ai été odieux avec toi.

— Pas tout le temps.

Elle s'essuya les joues.

— J'ai bien compris que tu étais délibérément odieux. Je ne suis pas aussi aveugle que tu le penses. Mais tu sais écouter. Tu fais des efforts quand tu peux. Et tu m'as apporté ton soutien. Tu ne peux pas savoir à quel point j'ai apprécié que tu m'encourages à entreprendre des études de vétérinaire. Tu m'as dit que je devais penser d'abord à moi et tu as raison. À moi et au bébé.

Elle s'essuya les joues une dernière fois, puis elle descendit du lit.

— Je ne peux pas continuer à faire passer les rêves des autres avant les miens. Il faut que ça change. Je refuse de passer ma vie à attendre que tu tombes amoureux de moi, alors que tu es déterminé à réprimer tes sentiments. Notre enfant mérite mieux lui aussi. Je pensais qu'avec le temps tu aimerais au moins notre bébé mais je ne vois pas comment ça pourrait arriver et ça me fend le cœur. Je comprends que tu ne puisses pas m'aimer. Mais réprimer délibérément ton amour pour notre enfant... ?

Les larmes cessèrent de couler et la colère commença à percer dans la voix de Sophie.

— C'est cruel et lâche. Avoir peur d'aimer un bébé sans défense ?

— Je n'ai pas peur, protesta-t-il, furieux de cette interprétation. J'essaie juste de vous protéger tous les deux !

— Oh si, tu as peur.

Les yeux de Sophie étaient maintenant complètement secs et son visage plus dur qu'il ne l'avait jamais vu.

— Tu as peur d'aimer, Javier Casillas. Ce n'est pas moi ni le bébé que tu protèges, c'est toi-même.

Elle disparut dans le dressing et en ressortit quelques instants plus tard avec une grande valise. Il faillit s'étrangler d'indignation.

— Tu avais tout préparé ? Tu avais décidé à l'avance de partir ?

— Non. Mais je savais que les probabilités étaient grandes.

— Où vas-tu aller ?

— Je vais aller dans un hôtel.

— On est au milieu de la nuit !

Elle posa la valise et ouvrit la porte.

— Et pourquoi ça ? Parce que tu as passé la journée à m'éviter ! Tu devrais te réjouir. Après mon départ, tu ne seras plus obligé de fuir de chez toi. Tu auras toute ta grande maison vide pour toi tout seul.

— Je ne fuyais...

— Arrête de nier ! Tu tiens déjà à distance notre bébé qui n'est même pas encore né ! Tu as avancé ton voyage au Cap pour éviter de m'accompagner à l'échographie et de voir ton enfant de tes propres yeux ! Si tu ne veux pas lui donner l'amour qu'il mérite, il vaut mieux que tu restes à la marge de nos vies et que tu me laisses l'aimer pour deux.

— Ne me menace pas de me prendre mon bébé. Tu ne me priveras pas de lui.

— C'est toi qui dis ça alors que tu voulais le reléguer dans l'aile est, le plus loin possible de nous pour ne pas être dérangé par ses pleurs ?

— Nous avons signé un contrat ! s'écria-t-il, hors de lui.

Si elle voulait partir, bon débarras, mais elle ne lui prendrait pas son enfant.

— Je m'en moque ! Notre bébé n'est pas un bien. C'est un être humain qui a besoin d'amour et de sécurité, pas d'un père trop lâche pour aimer, qui préfère couper les ponts avec son frère plutôt que de reconnaître qu'il a besoin de lui. Parce que devine quoi ? Tu as besoin de ton frère.

— Ne me parle pas de Luis. C'est lui qui m'a trahi et qui a tourné le dos à tout ce que nous avons construit ensemble !

— Au moins il n'a pas peur de ses sentiments, même s'il a vécu exactement la même chose que toi. Il *aime* Chloé, et si tu avais la moindre notion de ce qu'est l'amour, tu comprendrais ça et tu arrêterais de l'accuser de trahison. Quoi que tu penses le monde n'est pas ligué contre toi, Javier. Si un jour tu comprends ça, si tu décides de devenir un vrai père pour ton enfant, et si tu comprends que *tu n'es pas ton père*, viens me voir et tu auras toute la place que tu voudras dans sa vie.

Sur ces mots, elle saisit la poignée de sa valise et quitta la pièce sans un regard en arrière.

— Reviens ici ! hurla-t-il dans le couloir, assez fort pour réveiller les membres du personnel dans leurs logements indépendants à l'autre bout de la villa. Nous n'en avons pas encore terminé.

— Oh si ! rétorqua-t-elle sans oser se retourner.

Déjà sa colère s'estompait et sa résolution vacillait… Non, il fallait tenir bon. Pas question de regarder en arrière.

— Si tu pars, tu ne remettras plus jamais les pieds ici. La prochaine fois que tu me reverras, ce sera au tribunal.

Elle ne répondit pas. Sa gorge était trop nouée. Couché au pied de l'escalier, Frodo s'assit et la regarda. Pour une fois il ne remua pas la queue. À l'étage, une porte claqua. Elle ferma les yeux, prit une profonde inspiration, puis commanda un taxi. Dans le salon débarrassé de tous les objets précieux de Javier, elle rassembla les affaires de Frodo, lui mit sa laisse et sortit de la maison pour descendre l'allée. Lorsqu'elle arriva au bout, les grilles s'ouvrirent.

Le taxi arriva au même instant. Une minute plus tard, son chien sur les genoux, elle lança un dernier regard à la maison où elle aurait tant voulu se sentir chez elle. Alors seulement, ses larmes se mirent à couler.

La réunion était un fiasco. Le représentant du gouvernement faisait de l'obstruction systématique. L'architecte, une étoile montante du cabinet de Daniele Pellegrini, fuyait le regard de Javier. Normal, il avait toutes les raisons de le craindre. C'était un incapable et il allait le faire savoir à Daniele, se promit Javier. Son téléphone vibra. Il le saisit et foudroya du regard les cinq personnes assises autour de la table.

— Je vais prendre cet appel, et à mon retour je veux qu'on me donne des solutions au lieu de m'annoncer des problèmes. Compris ?

Il quitta la salle de réunion sans attendre de réponse. Quelques minutes de solitude lui feraient le plus grand bien. L'idéal serait de pouvoir se défouler sur son punching-ball. Il aurait dû l'apporter au Cap... Son téléphone ne vibrait plus. Il le consulta. Le nom de son comptable était affiché à l'écran. Il était sur le point de le rappeler quand l'appareil se remit à vibrer. Un message. De sa femme. Il inspira profondément. Depuis quatre jours aucune nouvelle et aujourd'hui un message ? Pas question de l'ouvrir. À partir de maintenant ils communiqueraient uniquement par l'intermédiaire de leurs avocats. Dès son retour à Madrid il appellerait le sien pour lancer la procédure. Pourquoi ne l'avait-il pas fait plus tôt ? Ils avaient signé un contrat, bon sang ! En cas de séparation, garde partagée. C'était elle qui avait insisté. Et maintenant elle voulait le rompre ! Tout de suite après lui avoir déclaré son amour, elle l'avait accablé d'accusations non fondées. De toute évidence sa déclaration d'amour n'était qu'un mensonge. Mais dans quel but ? En tout cas, elle ne lui prendrait pas son enfant. Sur le point de remettre son téléphone dans sa poche, il se ravisa et ouvrit le message. Il n'y avait pas de texte. Juste une vidéo en pièce jointe. Il arqua les sourcils avec perplexité. Qu'est-ce que... ? Son cœur se mit à tambouriner dans sa poitrine. Deux petits poings fermés de chaque côté d'une tête ronde. Des yeux, un nez et une bouche aux contours très nets. Des lèvres entrouvertes comme si son bébé était en train de ronfler dans son cocon… La gorge nouée, Javier prit plusieurs inspirations. Il revit le regard blessé de Sophie quand elle avait compris qu'il s'était arrangé pour manquer l'échographie. Lui avait-elle envoyé cette vidéo pour le narguer ? Non. Sophie était incapable de ce genre de mesquinerie. Il était sonné. Comme s'il venait de recevoir en quelques secondes autant de coups qu'il en avait donnés à son punching-ball en quatre jours…

Il fallait qu'il se ressaisisse. Il avait une réunion à terminer. Ou plutôt, des excuses à présenter… La colère qui l'étouffait depuis le départ de Sophie s'était évanouie et il venait de prendre conscience qu'il avait été odieux avec les gens qui l'attendaient. Il regagna la salle de réunion, présenta ses excuses aux cinq hommes interloqués, les libéra pour le reste de la journée et les chargea de se réunir de nouveau le lendemain pour réfléchir à tête reposée aux solutions nécessaires. Pour sa part, il rentrait en Espagne. Sa présence au Cap n'était pas indispensable. Il rediscuterait avec eux le moment venu en visioconférence.

En arrivant chez lui, il trouva Marsela dans son dressing en train d'emballer les affaires que Sophie lui avait demandé de lui envoyer en Angleterre. Parfait, se dit-il. Sa chambre, sa maison étaient de nouveau tout à lui. Plus de produits de beauté dans la salle de bains, plus de chien dans l'escalier… La porte de la chambre d'enfant était ouverte. Depuis le départ de Sophie il avait effacé cette dernière de son esprit, mais lorsqu'il passa devant quelque chose attira son regard. Une armoire, une commode et un berceau avaient été livrés en son absence. Les meubles que Sophie avait commandés à un menuisier… La gorge nouée, il pénétra dans la pièce. À côté de l'armoire un miroir en pied était posé contre le mur. Il s'en approcha et contempla son reflet. Quand elle le regardait, Sophie ne voyait pas la même chose que lui. Que voyait-elle ? Et comment pouvait-elle être aussi sûre de ce qu'elle voyait ? Comment pouvait-elle avoir la certitude qu'il ne lèverait jamais la main sur elle ? Il sentit son cœur faire un petit bond dans sa poitrine. La nuit de la soirée chez Dante… Après avoir appris que Luis s'était marié, il avait été submergé par une colère terrible. Il avait d'ailleurs voulu la protéger de cette colère en l'envoyant dormir dans une autre chambre. Elle avait refusé, ce qui avait encore attisé sa colère. Et pourtant, il ne l'avait pas frappée. Il lui avait fait l'amour. Avec une ferveur dont il ne se serait jamais cru capable. Malgré sa fureur il n'avait pas non plus frappé l'homme avec qui il l'avait vue rire. Pourquoi ? Parce qu'il avait deviné qu'elle serait horrifiée de le voir faire souffrir quelqu'un. Elle ne supportait pas de voir souffrir les autres. Et lui, il ne supportait pas de la voir souffrir.

Elle avait raison. Il était incapable de lever la main sur elle. Comme il avait été incapable de lever la main sur Luis lors de leur terrible querelle. Il n'était pas son père. Il était incapable de faire souffrir quelqu'un qu'il aimait.

13

La nuit tombait sur Madrid. Assis par terre dans la chambre d'enfant décorée par sa femme, Javier était incapable de bouger. Son reflet lui faisait face, éclairé par la lumière de la lune. Peu à peu le temps se diluait tandis qu'une foule de pensées et de souvenirs enfouis depuis des décennies tourbillonnaient dans son esprit. Ce fut seulement lorsque le soleil commença à s'élever dans le ciel qu'il sortit de sa torpeur.

Son soleil, c'était Sophie. Sans elle, sa vie resterait froide et sombre. Sans elle, il n'était rien. Il devait aller la retrouver. Mais avant il avait des torts à réparer.

Il prit son téléphone et composa de mémoire le numéro qu'il avait supprimé de ses contacts plusieurs mois auparavant. La voix endormie répondit au bout de trois sonneries.

— Javier ?

Il avait la gorge si nouée qu'il eut du mal à parler.

— Bonjour, Luis.

Javier prit une profonde inspiration et sonna à la porte de la villa les pieds dans l'eau située sur la côte méditerranéenne, à moins de trente kilomètres de la frontière française. La porte s'ouvrit presque aussitôt et un employé l'invita à entrer dans le hall spacieux. Des pas approchèrent, puis la longue silhouette de Chloé Guillem… non, Chloé Casillas apparut.

— Tu es en avance, dit-elle d'un ton crispé en éludant l'échange de politesses.

— Je suis désolé. Le trajet a été plus court que prévu.

Le visage de Chloé s'adoucit dès que Luis les rejoignit. Elle aimait son frère, comprit Javier. C'était flagrant. Il se tourna vers celui-ci et fut frappé par sa métamorphose. Jamais Luis n'avait eu un air aussi rayonnant. Et son visage n'exprimait pas la moindre hostilité, contrairement à ce qu'il craignait.

— Je vous laisse, déclara Chloé avant de déposer un baiser sur les lèvres de Luis.

Puis elle ajouta d'une voix plus basse mais pas assez pour qu'il ne puisse pas l'entendre :

— Appelle-moi quand il sera parti.

— Pas ma plus grande fan ? commenta-t-il d'un ton pince-sans-rire lorsque son frère et lui se retrouvèrent en tête à tête pour la première fois depuis des mois. Mais je peux difficilement lui en vouloir...

Luis le considéra un long moment sans rien dire, puis un sourire imperceptible étira ses lèvres.

— On fait d'abord le tour du propriétaire et on discute ensuite, d'accord ?

Après une brève visite de la villa dans laquelle Luis et Chloé avaient emménagé quelques jours plus tôt, ayant pris goût à la vie en bord de mer dans les Caraïbes, ils s'assirent dehors sur le muret qui donnait sur la plage privée. Ils venaient juste d'apprendre l'un et l'autre qu'ils allaient être oncle en même temps que père.

— Quand ferai-je la connaissance de Sophie ? demanda Luis. Je sais que j'ai dû la rencontrer quand elle dansait dans la compagnie, mais pour être honnête je ne me souviens pas d'elle.

Javier déglutit péniblement.

— Je ne sais pas. Elle est en Angleterre. Elle... m'a quitté.

— Oh.

— C'est ma faute. Tout est ma faute.

Luis eut un silence éloquent.

— Tu as parlé à Benjamin ? demanda Javier.

Il avait tenté de l'appeler plusieurs fois mais ses messages étaient restés sans réponse. Il avait fini par rappeler Luis pour lui demander s'il pouvait lui parler de sa part et organiser une rencontre entre eux.

Son frère hocha la tête.

— Il t'attend ce soir.

— Merci.

Après un nouveau silence, Luis demanda :

— Pourquoi as-tu fait ça ?

Javier attendait cette question.

— Escroqué Benjamin ?

— Oui. As-tu délibérément omis de le prévenir que le contrat avait été modifié ?

Ils connaissaient tous les deux la réponse, mais son frère avait besoin de l'entendre de sa bouche, comprit Javier. Et de son côté, il avait besoin de le dire.

— Oui.

Luis hocha lentement la tête, le regard fixé sur la mer.

— Et quand nous avons signé le contrat avec lui, tu savais qu'il n'était pas conscient de la modification ?

Javier ferma les yeux.

— Oui. Il a mentionné le pourcentage avant que je m'en aille. J'ai compris qu'il n'avait pas lu la nouvelle version. Je n'ai pas jugé utile de le détromper parce que j'étais un monstre d'insensibilité qui n'avait aucune compassion pour sa douleur. J'étais... mort à l'intérieur.

Il était mort depuis si longtemps qu'il avait compris trop tard que Sophie l'avait ramené à la vie.

— La seule personne à qui je tenais c'était toi, et j'éprouvais un certain ressentiment envers Benjamin à cause de votre complicité. Depuis toujours. Aujourd'hui j'en suis conscient, reconnut-il, le cœur lourd.

— Tu étais jaloux ?

— Je lui en voulais parce que avec lui tu t'amusais.

— Tu étais trop occupé à essayer de me protéger pour pouvoir t'amuser, reconnut Luis d'un air grave. Je regrette de t'avoir laissé porter ce poids.

Ils soupirèrent en chœur. Luis laissa échapper un petit rire étranglé, puis il demanda :

— Et aujourd'hui, que ressens-tu ?

— Je m'en veux terriblement. Je me suis cuirassé après la mort de notre mère. J'avais peur d'être comme notre père et de devenir aussi violent que lui si je ne me fermais pas à tout sentiment. Du coup je suis devenu un monstre d'un autre genre.

Il y eut un long silence, puis Luis finit par déclarer :

— Le climat familial dans lequel nous avons grandi nous a déséquilibrés bien avant que notre père commette son crime. Mais ça ne doit pas pour autant conditionner toute notre vie.

Sophie ignorait qui étaient ses parents biologiques, mais elle n'avait jamais laissé cette incertitude conditionner sa vie, songea Javier.

— Tu es heureux avec Chloé ?

— À un point que je n'aurais jamais pu imaginer.

— Tant mieux. Tu mérites d'être heureux.

— Toi aussi.

Javier haussa les épaules.

— Je crois que c'est trop tard pour moi. Cette fois je suis allé trop loin.

Sophie ne le priverait jamais de son fils. Il le savait. Mais en ce qui concernait leur mariage… Comment arranger les choses ?

— Parle-lui. Elle te surprendra peut-être.

— Sophie n'a jamais rien fait d'autre depuis le début.

Beaucoup plus tard, les deux frères prirent congé l'un de l'autre après s'être promis de se revoir très vite.

— Bonne chance avec Benjamin, dit Luis en embrassant Javier.

— Merci. Et merci de l'avoir convaincu de me recevoir.

— Pas de problème. Je suis heureux de t'avoir retrouvé. Tu m'as manqué.

Une question qu'il voulait poser à son frère revint soudain à la mémoire de Javier.

— Ton offre à Dante pour le terrain, c'était délibéré ?

Un vrai sourire étira les lèvres de Luis. Le sourire impertinent que Javier connaissait depuis toujours.

— Il fallait bien que j'arrive à te faire sortir du bois.

— Jusqu'où étais-tu prêt à faire monter les enchères ?

— Aussi haut que nécessaire pour que tu retrouves la raison et que tu reprennes contact avec moi. Je n'aurais jamais imaginé qu'une femme parviendrait à ce résultat.

Javier réussit à rendre son sourire à Luis.

— Moi non plus.

Sophie se concentrait pour déchiffrer le document qu'elle lisait dans la cuisine de ses parents. Elle aurait dû demander la version anglaise au lieu de l'espagnole... Elle ne serait pas obligée de chercher le sens d'un mot sur cinq. Mais bon, autant s'entraîner dès maintenant. Après la naissance du bébé, elle retournerait en Espagne. Si elle voulait devenir vétérinaire là-bas, il fallait qu'elle parle couramment espagnol. On frappa à la porte.

Elle se leva, ferma la porte du salon et alla ouvrir. À travers le verre dépoli de la partie supérieure de la porte d'entrée, elle distingua une silhouette très imposante. Son cœur s'affola dans sa poitrine. *Ne sois pas ridicule. Ça ne peut pas être lui.* Javier ne lui avait envoyé qu'un seul message depuis qu'elle l'avait quitté.

Merci.

Un seul mot, après avoir reçu l'échographie. Il lui avait fallu deux jours pour l'écrire... À part ça, aucune nouvelle.

Elle ne pouvait s'empêcher de redouter l'arrivée d'un avis de procédure judiciaire concernant la garde de l'enfant. Combien de fois avait-elle été tentée de l'appeler pour lui présenter des excuses et essayer de se réconcilier avec lui ? Heureusement, elle n'avait jamais flanché. Capituler n'était pas une solution. Il ne restait plus qu'à espérer qu'un jour Javier finirait par comprendre qu'il n'était pas comme son père. Le coup de téléphone de Freya, trois jours plus tôt, l'avait un peu réconfortée. Si Javier avait fait la démarche inattendue d'aller voir Benjamin, peut-être était-il sur la bonne voie ? Et si c'était vraiment lui, derrière la porte ? Elle compta jusqu'à cinq, accrocha un sourire à ses lèvres et ouvrit.

À la vue du visage familier qui lui avait tant manqué, elle faillit fondre en larmes.

— Hello, *cariño*, dit-il d'une voix douce qu'elle ne lui connaissait pas.

Et cette douceur se reflétait dans ses yeux...

— Excuse-moi d'arriver sans prévenir. Je peux entrer ?

— Oui, bien sûr...

Les jambes tremblantes, elle le conduisit dans le salon, où Frodo se mit à tourner autour de lui en remuant la queue. Javier le prit dans ses bras en riant et le chiot lui lécha aussitôt la joue.

— Il s'est étoffé.

Javier s'assit sur une chaise, posa Frodo sur ses genoux, et promena sur elle un regard qui s'attarda sur son ventre.

— Toi aussi.

Elle hocha lentement la tête, surprise par la joie de Frodo, à qui Javier n'avait jamais prêté la moindre attention, et par la réaction inhabituelle de ce dernier.

— Tu veux boire quelque chose ?

— Non, merci. Assieds-toi, s'il te plaît. Il faut que nous parlions.

Elle s'assit sur la chaise voisine de celle de Javier, puis elle la recula pour mettre un peu d'espace entre eux. Pourvu qu'il ne remarque pas le tremblement de ses mains...

— Comment vas-tu ? demanda-t-il.

Je suis malheureuse. Si malheureuse...

— Très bien. Le bébé est en pleine forme. Elle a appris à donner des coups de pied.

— Tu les sens ?

Elle hocha la tête.

— Elle est très active, surtout la nuit. Mais là je crois qu'elle dort.

Javier ouvrit de grands yeux.

— *Elle ?* Nous attendons une fille ?

— Je n'ai pas posé la question, mais l'échographie ne laissait aucun doute. Et l'infirmière me l'a confirmé.

Les traits de Javier se crispèrent.

— Je suis désolé de ne pas avoir été là.

— Moi aussi, dit-elle sans agressivité.

Elle était juste très triste de ne pas avoir partagé ce moment avec lui. Quant à sa colère, elle était oubliée depuis longtemps.

— Freya m'a dit que tu avais vu Benjamin.

Ce coup de téléphone avait été leur première véritable conversation depuis que Freya avait quitté Javier pour Benjamin. Ou plutôt, depuis que Freya avait été *kidnappée* par Benjamin, selon elle... Kidnappée ou pas, Freya était au comble du bonheur. Et abasourdie par les remords et les regrets exprimés par Javier lors de sa visite au château. Elle avait même demandé à Sophie quel philtre magique était à l'origine de cette métamorphose.

Javier poussa un profond soupir et posa Frodo par terre.

— Il fallait que je lui présente des excuses. Je me suis comporté d'une manière… Les excuses les plus plates ne changeront jamais rien au fait que je l'ai bel et bien escroqué. Et que je suis le seul responsable.

— Comment a-t-il réagi ?

— Il a refusé que je lui rende l'argent, mais il a accepté de m'écouter et c'est déjà beaucoup. J'espère qu'un jour il pourra me pardonner.

— Moi aussi. Je suis très heureuse que tu reconnaisses ce que tu as fait et que tu aies eu le courage de présenter des excuses. Ça n'a pas dû être facile pour toi. Qu'est-ce qui t'a poussé à le faire ?

Javier passa la main dans ses cheveux.

— Toi. C'est comme si ta bonté était contagieuse. Tu sais, j'ai beaucoup réfléchi. J'ai vraiment été odieux avec toi. Tu ne peux pas savoir à quel point je m'en veux. C'est toi qui as raison. Je me justifiais en disant que je voulais te protéger, mais en réalité je me protégeais moi-même.

Il ferma les yeux.

— Je me suis cuirassé contre toute forme d'émotion depuis si longtemps que je ne sais pas aimer. J'ai envie d'essayer, mais…

Il rouvrit les yeux et les plongea dans les siens.

— J'ai besoin de ton aide. Je veux aimer notre enfant… Cette échographie que tu m'as envoyée, elle m'a bouleversé. Depuis j'ai le cœur gros. Je sais ce que je dois faire, mais je ne sais pas comment m'y prendre. S'il te plaît, *cariño*, aide-moi.

Bouleversée à son tour, elle murmura :

— Bien sûr que je vais t'aider.

— Tout au fond de moi, je ne peux pas m'empêcher de continuer à me demander : « Et si je suis comme mes parents ? »

Elle posa la main sur son bras.

— Non, tu n'es pas comme ton père.

— Je sais. C'est grâce à toi que je l'ai compris. Je n'ai plus peur de faire du mal à notre enfant, mais j'ai peur…

— De quoi ? demanda-t-elle en lui prenant la main.

Il la pressa.

— Ma mère ne m'a jamais aimé. Elle ne m'a jamais maltraité comme mon père a maltraité Luis, mais elle n'a jamais été affectueuse avec moi non plus. Mes parents avaient chacun leur préféré, et Luis et moi nous en avons souffert tous les deux de manière différente. Et si je n'aime pas notre enfant ?

— Tu l'aimeras.

— Comment peux-tu en être sûre ?

— Si l'échographie t'a bouleversé et si depuis tu as le cœur gros, ça veut dire que tu l'aimes déjà. Et quand elle sera née, cet amour grandira au fil du temps. Je te le promets. Et je t'aiderai. Pendant les six premiers mois elle devra vivre à plein temps avec moi parce que j'espère la nourrir au sein, mais ça ne t'empêchera pas de la voir aussi souvent que tu le souhaiteras. Ma porte te sera toujours ouverte.

Javier sentit son estomac se nouer.

— Tu ne veux pas revenir chez nous, *cariño* ?

Le silence qui suivit cette question lui parut interminable.

— Je ne peux pas, finit-elle par murmurer, la tête baissée. Je retournerai à Madrid après la naissance de notre fille et j'y vivrai avec elle comme prévu, mais je ne peux pas retourner vivre chez toi.

— Mais... tu m'as dit que tu m'aimais.

— C'est pour ça que je ne peux pas retourner chez toi.

Le cœur broyé, il la considéra avec incrédulité, mais quand il vit une larme glisser sur sa joue puis tomber sur sa cuisse, il comprit. Il prit son visage à deux mains et lui fit lever la tête.

— M'aimes-tu encore ?

Les yeux bleu pâle se noyèrent de larmes. Elle hocha imperceptiblement la tête.

— Je t'aime depuis le premier instant, mais je ne peux pas vivre avec toi puisque tu ne peux pas m'aimer. Je ne supporterais pas de revivre ça. Je ne m'en remettrais pas.

— Quel idiot je fais, murmura-t-il en se maudissant. Je ne t'ai même pas dit que je t'aime. Je l'ai compris il y a seulement quelques jours mais crois-moi, *mi amor*, je t'aime depuis que j'ai croisé ton regard pour la première fois. Je m'en voudrai toute ma vie pour la souffrance que je t'ai infligée, mais si tu me donnes...

si tu *nous* donnes une seconde chance, je te promets d'être le mari dont tu rêves.

— Comment peux-tu être aussi sûr de toi ?

— Parce que je le sens.

Il s'autorisa enfin à sourire.

— Une femme qui s'y connaît m'a dit un jour que les sentiments sont parfois la seule chose à laquelle on peut se fier.

Elle sourit à son tour et il fut submergé par un soulagement si intense qu'il en eut le vertige. Un bras se glissa autour de son cou et un regard bleu pâle plongea dans le sien. Des lèvres d'une douceur exquise se posèrent sur les siennes et il sentit son cœur s'envoler. La bouche de Sophie se mêla à la sienne et leurs corps s'embrasèrent. C'était le début de leur nouvelle vie, songea-t-il confusément avant de la soulever de son siège et de la porter jusqu'à sa chambre en suivant ses indications.

Quatre mois plus tard…

La sage-femme prit sa fille sur la poitrine de sa femme éreintée et la lui tendit. Émerveillé, Javier contempla le petit visage fripé, la bouche en cerise, les oreilles délicates, les doigts minuscules déjà refermés sur son pouce… et il tomba éperdument amoureux.

Épilogue

— Je la vois ! s'exclama Fiona, la fille de Sophie et Javier, âgée de six ans et pleine de vivacité, à qui il manquait les deux incisives supérieures du milieu, tombées simultanément ce même jour sans aucune aide de sa part.

Fiona pointa l'île du doigt en sautillant sur le pont du yacht.

— Moi aussi ! cria son frère.

— Ce n'est pas vrai ! se moqua Christopher, le fils de Freya et Benjamin, soulignant que le petit Roberto âgé de trois ans ne pouvait pas voir l'île, que lui cachait le bastingage.

L'île de Luis et Chloé, où les trois familles se retrouvaient chaque été sous le soleil des Caraïbes. Une tradition née cinq ans plus tôt lorsque Luis avait invité tout le monde à se réunir pour une discussion à cœur ouvert qui devait permettre de régler les différends et d'enterrer le passé une fois pour toutes. La discussion n'avait jamais eu lieu mais le passé était définitivement enterré. Une donation de deux cent vingt-cinq millions d'euros plus intérêts — soit la somme subtilisée par Javier à Benjamin — avait été versée au nom de ce dernier à une association caritative choisie par lui. Cette année-là, lorsque Sophie avait surpris son mari et Benjamin en train de se taper dans le dos en pleurant de rire, elle s'était d'abord demandé si elle n'avait pas attrapé une insolation. Puis elle avait dû se rendre à l'évidence. Elle était en parfaite santé.

Cinq ans plus tard, en voyant Javier descendre du pont supérieur avec leur bébé Raul dans les bras, elle sentit son cœur se gonfler de joie, comme à chaque fois qu'elle posait les yeux sur lui. En sept ans de mariage, elle n'avait jamais regretté de lui avoir donné une seconde chance. Même si le traumatisme que lui avait laissé son enfance n'avait pas disparu du jour au lendemain, il était devenu comme promis le mari dont elle rêvait. Quand elle avait repris ses études, il lui avait apporté un soutien indéfectible et, comme il le lui avait prédit, elle avait atteint le niveau requis pour être admise dans une école de vétérinaire. Mais alors enceinte de Roberto et propriétaire de deux chiens supplémentaires, elle avait pris conscience que ce qu'elle aimait surtout c'était s'occuper des animaux au quotidien. Toujours avec le soutien de Javier, elle avait donc renoncé aux études pour ouvrir un refuge pour animaux, dont elle avait confié la gestion à Marsela.

Il la rejoignit et lui mit Raul dans les bras.

— Et un bébé tout propre, un !

— Tu vois, je t'avais dit qu'il était inutile d'emmener la nurse, commenta-t-elle avec un sourire malicieux.

— Mais tu t'étais bien gardée de préciser que ce serait moi qui ferais tout le boulot…

— Je vois Thomas ! hurla soudain Fiona en faisant de grands signes à son cousin, l'aîné de Luis et de Chloé né seulement quelques semaines après elle, qui arrivait sur la plage en agitant lui aussi frénétiquement les bras.

Il était suivi par Georgina et Gregory, les jumeaux de quatre ans, toujours à la traîne parce qu'ils ne pouvaient pas faire deux pas sans se chamailler.

Le capitaine du yacht de Javier jeta l'ancre à proximité du yacht de Luis. Les deux bateaux étaient exactement de la même taille, détail primordial pour les jumeaux, comme Sophie et Chloé aimaient le rappeler avec des mines espiègles. Freya apparut sur le pont, les mains sur le ventre et le teint gris, visiblement en proie à des nausées matinales. Elle était soutenue par Benjamin, qui ne possédait pas de yacht, préférant de loin sa collection de voitures anciennes. Tous les passagers montèrent à bord du Zodiac pour rejoindre le rivage.

Plus tard dans la soirée, blottie dans les bras de Javier sur un transat, Sophie regardait ses enfants et leurs cousins barboter dans l'eau tiède sous le clair de lune. Elle laissa échapper un petit soupir d'aise. Parfois, elle avait l'impression que son cœur allait exploser de joie...

Vous aimez la romance et souhaitez découvrir nos collections ?
Abonnez-vous dès maintenant, c'est sans engagement !

Recevez tous les mois (ou tous les 2 mois) vos romances préférées directement chez vous et offrez-vous un véritable moment de détente.
En plus, le premier colis est à prix réduit !

Votre 1er colis à **-60%** (incluant 3€ de frais d'envoi) contenant :
2 livres de la collection choisie + en cadeau
le 1er tome de la saga *La couronne de Santina*

8 tomes en tout sont à collectionner !

COCHEZ la collection choisie et renvoyez cette page au
Service Lectrices Harlequin – CS 20008 – 59718 Lille Cedex 9 – France

Collections	Prix 1er colis	Réf.	Prix abonnement (frais de port com
❑ **AZUR**	5,00€	AZ1406	6 livres par mois 31,50€
❑ **BLANCHE**	7,12€	BL1603	3 livres par mois 25,20€
❑ **PASSIONS**	7,52€	PS0903	3 livres par mois 26,79€
❑ **BLACK ROSE**	7,60€	BR0013	3 livres par mois 27,09€
❑ **HARMONY***	5,99€	HA0513	3 livres par mois 20,97€
❑ **LES HISTORIQUES**	7,12€	LH2202	2 livres tous les deux mois 17,80€
❑ **SAGAS***	7,68€	SG2303	3 livres tous les 2 mois, 29,46€
❑ **VICTORIA**	7,52€	VI2115	5 livres tous les 2 mois 42,59€
❑ **GENTLEMEN***	7,20€	GT2022	2 livres tous les 2 mois 18,00€
❑ **NORA ROBERTS***	7,52€	NR2402	2 livres tous les 2 mois prix variab
❑ **HORS-SÉRIE***	7,44€	HS2812	2 livres tous les 2 mois 18,65€

*Livres réédités / **Entre 18,80€ et 19,00€ suivant le prix des livres

F24PDFM

N° d'abonnée Harlequin (si vous en avez un) └┴┴┴┴┴┴┘

Mme ❑ Mlle ❑ Nom : ____________

Prénom : ____________ Adresse : ____________

____

Code Postal : └┴┴┴┴┘ Ville : ____________

Pays : ____________ Tél. : └┴┘└┴┘└┴┘└┴┘└┴┘

E-mail : ____________

Date de naissance : ____________

Date limite : 31 décembre 2023. Vous recevrez votre colis environ 20 jours après réception de ce bon. Offre soumise à acceptation et réservée aux personnes majeures, résidant en France métropolitaine, dans la limite des stocks disponibles. Prix susceptibles de modification en cours d'année. Vous pouvez demander à accéder à vos données personnelles, à les rectifier ou à les effacer. Il vous suffit de nous écrire en nous indiquant vos nom, prénom et adresse à : Service Lectrices Harlequin CS 20008 59718 LILLE Cedex 9. Service Lectrices disponible du lundi au vendredi de 9h à 17h : 01 45 82 47 47.